HEYNE <

Das Buch
»Alles okay mit dir?«, fragt er schließlich in seiner für ihn typischen gedehnten Sprechweise. Ich nicke, da ich meiner Stimme nicht traue und noch immer zu ergründen versuche, warum ganz plötzlich diese Spannung – diese elektrische Energie – zwischen uns besteht. Sicher, wir flirten miteinander, seit wir uns durch unsere besten Freunde Rylee und Colton kennengelernt haben, aber es ist nie über harmloses Geplänkel hinausgegangen. Das hier ist anders. Vielleicht liegt es daran, dass er durch das Spiel von Licht und Schatten ein wenig gefährlich aussieht, geheimnisvoll sogar, weit mehr wie der Rebellentyp, auf den ich normalerweise stehe. Bisher kam er mir immer vor, wie ein bodenständiger Junge vom Land, lieb, aber harmlos, doch nun bringt das Mondlicht eine andere, kantigere Facette von ihm hervor, und er rückt näher an jenen Männertyp heran, dem ich nur schwer widerstehen kann und der mir immer wieder aufs Neue das Herz bricht ...

Die Autorin
K. Bromberg lebt mit ihrem Mann und ihren drei Kindern im südlichen Teil Kaliforniens. Wenn sie mal eine Auszeit von ihrem chaotischen Alltag braucht, ist sie auf dem Laufband anzutreffen oder verschlingt gerade ein kluges, freches Buch auf ihrem eReader.

Lieferbare Titel
DRIVEN. Verführt
DRIVEN. Begehrt
DRIVEN. Geliebt
DRIVEN. Verbunden

K. BROMBERG

Driven
TIEFE LEIDENSCHAFT

Roman

Aus dem Amerikanischen
von Kerstin Winter

WILHELM HEYNE VERLAG
MÜNCHEN

Die Originalausgabe erschien 2015 unter dem Titel
Slow Burn bei Signet Eclipse, New York.

Verlagsgruppe Random House FSC® N001967

Taschenbucherstausgabe 01/2017
Copyright © 2015 by K. Bromberg
Copyright © 2017 der deutschsprachigen Ausgabe by Wilhelm Heyne
Verlag, München, in der Verlagsgruppe Random House GmbH,
Neumarkter Straße 28, 81673 München
Printed in Germany
Redaktion: Anita Hirtreiter
Umschlaggestaltung: Nele Schütz Design, München
unter Verwendung von shutterstock/tankist276
Satz: Greiner & Reichel, Köln
Druck und Bindung: GGP Media GmbH, Pößneck

ISBN 978-3-641-42026-7

www.heyne.de

HADDIE

Der Alkohol dämpft meine Empfindungsfähigkeit. Und das ist mir so was von recht! Zum ersten Mal seit sechs Monaten tut die Sehnsucht, die mich stets mit der Erinnerung überfällt, nicht mehr ganz so weh.

Ich schaue mich um und versuche, mich auf meine Umgebung zu konzentrieren – die Überfülle an Blumen, die kühlende Brise, die vom Meer hereinweht, das einsame Paar High Heels in der Ecke –, kann aber nur daran denken, wie glücklich und wunderschön Rylee heute Abend ausgesehen hat. Und immer wieder schiebt sich die Erinnerung an meine Schwester Lexi am Tag ihrer Hochzeit in mein Bewusstsein. Ihre Worte zu mir, ihre Scherze mit den Gästen, ihr glückliches Lächeln, als Danny sein Glas hob und auf ihre strahlende Zukunft trank.

Hör auf, Had. Mach den wunderschönen Abend nicht kaputt. Du darfst die Hochzeit deiner besten Freundin feiern, ohne gleich ein schlechtes Gewissen zu haben.

Aber ich kann nicht aufhören, an jene andere Hochzeit zu denken, obwohl die Einzelheiten bereits zu verblassen beginnen. Dabei darf ich unter gar keinen Umständen etwas vergessen; jede noch so kleine Einzelheit ist wichtig. Ich muss meiner Nichte Madelyn doch eines Tages erzählen können, wie sehr ihre Mutter es liebte, im Regen zu stehen und Tropfen mit der Zunge zu fangen. Dass sie bei ihrer Pizza immer erst rundherum den Rand wegaß, weil sie ihn am liebsten mochte. Oder wie viel Spaß sie hatte, wenn wir in entgegengesetzte Richtungen schaukelten, damit wir uns in der Mitte abklatschen konnten. Es gibt so vieles, das ich zu vergessen fürchte.

Und so vieles, das ich nur allzu gerne vergessen würde.

»Wir kommen morgen früh wieder, Miss. Dann nehmen wir auch die Tische, Stühle und den ganzen Rest mit.«

Die Stimme des Caterers reißt mich aus meinen melancholischen Gedanken, die auf einer solchen Traumhochzeit keinen Platz haben dürfen. Ich wende mich zu ihm um, aber meine Kehle ist wie zugeschnürt.

»Kein Problem.«

Erschreckt fahre ich zusammen. Mir war nicht bewusst, dass Becks hier draußen auf der Terrasse ist, aber ich bin froh, dass er übernimmt, weil Erinnerungen und zu viel Alkohol es mir schwer machen, auf den Mann einzugehen. »Die Haushälterin wird um zehn Uhr hier sein und kann Ihnen aufschließen.«

Ich leere mein Glas, während der Caterer Becks dankt und sich verabschiedet. Ich schwanke ein wenig, als er aus dem Halbschatten ins Licht des Vollmonds tritt. Und es muss daran liegen, dass die Ereignisse dieses Tages mich so aufgewühlt haben, aber als unsere Blicke sich begegnen, stockt mir der Atem.

Es ist doch nur Becks, unauffällig attraktiv wie immer, zerzaustes, verwaschen blondes Haar, Augen von einem so hellen Blau, dass sie in der Nacht fast transparent wirken ... Warum also um alles in der Welt sind gewisse Teile meines Körpers plötzlich in heller Aufregung?

Ich fahre mir mit der Zunge über die Lippen, als er sich

mit einer Schulter an den Pfosten eines Rankgitters lehnt, den Kopf leicht zur Seite neigt und mich betrachtet. Sein Hemdkragen steht offen, seine Fliege baumelt an einer Seite herab. Die Eiswürfel in seinem Glas klingen, als er es auf einem Tischchen neben sich abstellt, ohne mich aus den Augen zu lassen.

»Alles okay mit dir?«, fragt er schließlich in seiner für ihn typischen gedehnten Sprechweise. Ich nicke, da ich meiner Stimme nicht traue und noch immer zu ergründen versuche, warum ganz plötzlich diese Spannung – diese elektrische Energie – zwischen uns besteht. Sicher, wir flirten miteinander, seit wir uns durch unsere besten Freunde Rylee und Colton kennengelernt haben, aber es ist nie über harmloses Geplänkel hinausgegangen. Das hier ist anders.

Vielleicht liegt es daran, dass er durch das Spiel von Licht und Schatten ein wenig gefährlich aussieht, geheimnisvoll sogar, weit mehr wie der Rebellentyp, auf den ich normalerweise stehe. Bisher kam er mir immer vor, wie ein bodenständiger Junge vom Land, lieb, aber harmlos, doch nun bringt das Mondlicht eine andere, kantigere Facette von ihm hervor, und er rückt näher an jenen Männertyp heran, dem ich nur schwer widerstehen kann und der mir immer wieder aufs Neue das Herz bricht.

Wenn ich also den Grund bereits zu kennen glaube, warum will mein trunkener Verstand dann trotzdem wissen, wie seine Küsse schmecken? Wie sich seine Hände anfühlen, wenn sie an meinen Beinen aufwärtsstreichen? Wie seine tiefe, gelassene Stimme sich wohl anhört, wenn er die Kontrolle verliert?

Das knisternde Schweigen zwischen uns wird untermalt vom fernen Rollen der Wellen. Ich hole tief Luft und schüttele wieder den Kopf. »Mir geht's gut«, sage ich und lache, um Fragen aus dem Weg zu gehen, die ich nicht beantworten will. »Ich bin nur betrunken und genieße es.«

»Genießen ist definitiv eine gute Sache«, sagt er, richtet sich zu seiner vollen athletischen Größe auf und kommt einen Schritt auf mich zu. »Aber, City, ich denke, es ist das Beste, wenn ich dich ins Bett schaffe, bevor aus dem guten Gefühl ein ungutes wird.«

Dass er mich bei meinem Kosenamen nennt, bringt mich zum Lächeln. Er verpasste ihn mir in jener Nacht in Las Vegas, als meine Welt noch in Ordnung war. Es kommt mir vor, als sei es eine Ewigkeit her, dabei ist kaum ein Jahr vergangen, seit wir mit Rylee und Colton spontan in die Stadt der Sünde flogen, miteinander flirteten und uns interessiert beschnupperten, aber niemals einen Schritt weitergingen. Ich schließe die Augen und rufe mir die wunderbare Sorglosigkeit jener Nacht in Erinnerung. Ich nannte ihn *Country*, um mich über seine entspannte Bodenständigkeit lustig zu machen, die allem widersprach, was mich an Männern faszinierte, und er konterte, indem er mich *City* nannte. Und plötzlich fällt mir wieder ein, dass ich schon damals im blitzenden Licht des Nachclubs überlegte, wie Beckett Daniels wohl küssen mochte.

Vergiss es, Montgomery, schelte ich mich. Verlegen will ich meine Hand auf das Geländer hinter mir legen, verfehle es aber, und er lacht leise.

Auch ich muss unwillkürlich kichern. Meine Gedanken machen sich selbstständig und malen sich aus, was ich jetzt gerne fühlen würde. Ein bisschen Zerstreuung der besonderen Art könnte mich bestimmt von den bittersüßen Emotionen von eben ablenken.

Herr im Himmel! Wieso habe ich nicht eher daran gedacht? Ins Bett zu gehen – und zwar nicht allein! – ist genau das, was ich jetzt brauche.

Das hat in den vergangenen Monaten immer geklappt. Ich werde meinen Schlüssel und mein Handy holen, Dylan oder Pete anrufen und Bescheid geben, dass ich auf dem Weg bin. Und mich in »sexuell geselliger Stimmung« befinde. Einer von beiden wird mir schon beim Vergessen helfen. Der Trick ist, weniger zu fühlen, indem man etwas ganz anderes fühlt.

»Was ist denn so lustig?«

Ich presse mir die Hand auf den Mund, kann aber mein Kichern nicht unterdrücken. »Ich fühle mich bloß, ähm, gesellig.« Es war Lex, die gesagt hat, Frauen seien keine Schlampen, sondern nur sexuell gesellig. Und heute Nacht ... Gott, heute Nacht will ich nur das sein. Ich will nicht denken. Ich will keine Rücksicht nehmen. Ich will nur meinen quälenden Erinnerungen entkommen.

»Ach, gesellig also?« Sein Blick ist abschätzend, seine vollen Lippen zucken.

»Jep.« Ich nicke eifrig. »Ich verschwinde jetzt und feiere woanders weiter, Country.« Ich setzte mich in Bewegung – und stolpere. *Verdammt.* Wie soll ich bloß Auto fahren? Ich stütze mich mit einer Hand an der Wand ab und gehe weiter.

»Netter Versuch, Haddie. Schon vergessen, dass du abgeholt worden bist? Ich werde dich wohl nach Hause fahren müssen.«

Mist. Aber so schnell gebe ich nicht auf. »Ach, lass nur, dann nehme ich eben deinen Wagen«, sage ich, während ich weitergehe.

»Witzig, meine Liebe, aber ich fürchte, du bist nicht in der Verfassung dazu«, ruft er mir nach, und der amüsierte Unterton gefällt mir gar nicht. »Du fährst nirgendwo hin, gesellig oder nicht.«

»Und ob ich das tue«, rufe ich ihm über die Schulter zu und bin schon fast im Haus. *Lass mich einfach in Ruhe, flehe ich ihn in Gedanken an. Kehr hier bloß nicht das Alphamännchen raus, wenn ich dich ausgerechnet jetzt ruhig und verlässlich brauche, weil ich verdammt noch mal so betrunken und ausgehungert bin, dass ich mich glatt mit dir einlassen könnte.*

»Probier's doch mal.«

Sein arroganter Unterton bringt mich in Rage. Treibt mich dazu, auf die Barrikaden zu gehen, damit ich nicht tue, was ich gewiss bereuen würde. Damit ich nicht tue, was ich am liebsten täte. Herrgott. Wenn ich nur wüsste, was ich überhaupt wollte! Fest steht jedenfalls, dass Beckett Daniels ein Mann ist, mit dem man sich niederlässt … und mich niederzulassen bin ich nicht bereit.

Niemals.

Der Schmerz kehrt zurück und mit ihm die Erinnerungen. Ich bleibe stehen, weil meine Knie einzuknicken drohen, und ermahne mich abermals, nicht denselben Fehler zu machen wie meine Schwester.

Ich höre ihn hinter mir. Er ist mir gefolgt. Ich weiß, dass er auf eine Reaktion wartet, doch ich schweige. »Keiner von uns ist noch in der Lage, Auto zu fahren. Schluss mit Partys und Geselligkeit«, sagt er. Etwas knirscht direkt hinter mir unter seinem Schuh, und ich kneife die Augen zu, um meine tobenden Gedanken auszubremsen.

»Komm schon, Montgomery. Es war ein großartiger Tag, aber nun geht's ins Bettchen.«

Ich stoße ein schnaubendes Lachen aus, denn obwohl seine Worte unschuldiger nicht sein könnten, da wir Rylee versprochen haben, über Nacht zu bleiben, um uns morgen um die Aufräumarbeiten zu kümmern, hat Becks den Nagel auf den Kopf getroffen. Ins Bett will ich, und zwar vorzugsweise in seins. *Moment mal!* Das will ich *nicht!* Verdammt, der Alkohol bringt mich völlig durcheinander. Ich hasse es, wenn ich so unentschlossen bin.

Wieder sagt er meinen Namen, und irgendetwas in seiner Stimme lässt mich innehalten. Stumm stehe ich mit dem Rücken zu ihm da und warte schweigend ab. Am liebsten würde ich davonlaufen. Würde die Zeit zurückdrehen und mein früheres Ich zurückholen. Das sorglose fröhliche Ich, das ich war, ehe ich in Trauer ertrunken bin.

Er legt seine Finger um meinen Oberarm, und ich weiß nicht warum, aber plötzlich bin ich furchtbar wütend auf ihn. Ich will nicht sanft angefasst, will nicht verhätschelt werden. Ich will nur fort und meinen Erinnerungen entkommen, die der heutige Tag aus den Tiefen meines Bewusstseins hervorgeholt hat.

Ich fahre herum, um mich aus seinem Griff zu befreien, doch durch die abrupte Bewegung wird mir schwindelig. »Vorsicht«, mahnt er, doch schon falle ich gegen ihn und drücke ihn mit dem Rücken gegen die Wand.

Nicht, dass wir uns heute Abend nicht schon oft so nah gewesen sind; wir haben fast den ganzen Empfang über miteinander getanzt. Doch als meine Brüste sich an seinen harten Körper schmiegen, bin ich verloren. Plötzlich nehme ich nichts anderes mehr wahr, und als ich zu ihm aufschaue, bleibt mein Blick an seinem sinnlichen Mund hängen.

Vielleicht liegt es am Alkohol. Vielleicht sind es die sentimentalen Nachwehen der Hochzeit von zwei Menschen, die füreinander geschaffen sind. Vielleicht liegt es auch daran, dass ich mich heute Lexi so nah fühle wie schon lange nicht mehr. Ich weiß nicht. Ich weiß nur, dass es mir im Augenblick vollkommen egal ist, ob ich einen Fehler mache und welche Folgen er haben mag. Ich will nur fühlen. Mich hingeben und vergessen. Und, Herrgott noch mal, es ist doch nur Becks.

Ich meide seine Augen. Ich brauche nicht zu wissen, ob er das hier wirklich will, denn *ich* will es. Ich beuge mich vor und lege meine Lippen auf seine, und ehe er reagieren kann, fahre ich ihm mit den Händen über die Brust und schiebe meine Zunge zwischen seine Lippen. Er schmeckt nach Rum, und die Wärme seines Mundes entlockt mir ein Stöhnen. Starke Hände streichen langsam meine bloßen Arme aufwärts, und gemeinsam versinken wir in dem Kuss.

Plötzlich packt er meine Schultern und macht sich von mir los, und ich schnappe nach Luft.

»Haddie!«, stößt er hervor. Es klingt wie eine Mischung aus Fluch und Flehen.

Und obwohl mein Verstand vernebelt und mein Körper in lustvoller Alarmbereitschaft ist, kann ich doch sehr deutlich spüren, dass er den Kuss mehr als nur genossen hat.

Ich schaue auf und begegne seinem Blick. »Was ist los, Becks? Willst du mich etwa nicht?«

Sein leises Lachen klingt gezwungen. »Oh, am Wollen liegt es sicher nicht«, sagt er und schließt für einen Moment die Augen. Seine Kehle arbeitet, als er schluckt, dann schiebt er mich weg. »Ich will nur auf Nummer sicher gehen, Had.«

Seine Zurückweisung tut weh, doch ich spüre sein Zögern, ehe er seine Hände von meinen Schultern nimmt. Die Lust, die durch meinen Körper strömt, macht mich forsch, und ich trete wieder auf ihn zu, streiche ihm mit beiden Händen über sein weißes Hemd und schaue ihm in die Augen. »Komm schon, sicherer kann es gar nicht sein. Ich bin's nur, und du wirst mir doch bestimmt nichts tun, oder, Becks?« Becks kann sein Verlangen nicht verbergen, und verdammt will ich sein, wenn er dadurch nicht noch viel attraktiver auf mich wirkt. »Wird es nicht von den Trauzeugen praktisch erwartet, dass sie zusammen im Bett landen?«

»Haddie«, sagt er frustriert seufzend, und ich spüre seinen warmen Atem auf meinen Lippen.

Die Art wie er meinen Namen ausspricht, schürt das Feuer in mir erst recht, denn nun kenne ich die Antwort auf eine meiner Fragen: So also hört es sich an, wenn er die Kontrolle verliert. Und wenn er glaubt, er könnte mich jetzt noch abweisen, dann ist er hundertprozentig auf dem Holzweg.

»Heute Nacht will niemand auf Nummer sicher gehen. Komm schon ... lass dich mal gehen.« Ich fahre mit dem Finger über seinen Hals und beuge mich vor. »Ich will leben, Becks. Hilf mir dabei.«

»Oh, ich glaube, du lebst schon verdammt intensiv.« Er lacht leise, aber sein Blick lässt meinen nicht los. Die Luft zwischen uns scheint sich zu verdichten. »Das liebe ich ja so an dir.«

Seine Nonchalance macht mein Verlangen nach ihm nur noch größer. Verdammt noch mal, was ist hier eigentlich los? Kann er mich nicht einfach verführen? Ich bin es nicht gewohnt, Männer überreden zu müssen, mit mir ins Bett zu gehen, warum muss er es also so ungeheuer kompliziert machen?

»Liebe interessiert mich nicht, Country«, sage ich im scherzhaften Ton, obwohl mir nicht nach Scherzen zumute ist. Seine Ablehnung tut weh. »Ich will auch keine feste Bindung. Ich will mich nur eine Weile gut fühlen … und mich darin verlieren.«

Er beugt sich vor und legt mir die Hände an die Wangen. Seine Augen sind noch immer voller Verlangen, doch ich kann auch Sorge darin erkennen. »Mir war nicht klar, dass du dich verlieren willst.«

»Braucht das nicht jeder hin und wieder?« Meine Frage hängt in der Stille der Nacht, während er in meinen Augen nach einer Erklärung sucht, die ich ihm nicht geben werde.

Dann schüttelt er den Kopf und richtet sich auf. »Ich will nicht alles noch komplizierter machen«, sagt er, nimmt die Hände langsam herunter und weicht zurück, doch sein Blick ist ein einziger Widerspruch dazu.

»Es gibt keine Komplikationen«, sage ich und versuche, mir die Verzweiflung, die ich plötzlich empfinde, nicht anhören zu lassen. »Nur ein bisschen Sex – Entspannung nach einem aufregenden Tag. Ich verstehe dich nicht, Becks. Welcher Mann lässt sich ein solches Angebot schon entgehen?«

Er stöhnt auf. »Ein Mann, der angestrengt versucht, das Richtige zu tun.« Er tritt wieder einen Schritt auf mich zu und legt mir einen Arm um die Schultern. »Komm, gesellige Haddie. Ich bring dich in dein Zimmer.«

»Spielverderber«, maule ich wie ein beleidigtes Kind, und am liebsten hätte ich mit meinen Zehn-Zentimeter-Pumps auf den Boden gestampft.

»Mag sein, aber vor allem bin ich mindestens so blau wie du«, sagt er und drückt mir einen züchtigen Kuss auf den Scheitel. »Ach, Had, ich müsste blöd sein, nicht mit dir ins Bett zu wollen, denn ich bin sicher, dass es fantastisch werden würde, aber ich will einfach nicht, dass einer von uns morgen etwas bereuen muss, weil wir betrunken waren. Es wäre doch schrecklich, wenn wir uns in Zukunft in der Gegenwart des anderen immer unwohl fühlen müssten. Aber du machst es mir verdammt schwer, für meine Überzeugung einzutreten.«

»Aha!«, sage ich und fühle mich schon ein bisschen stabiler, jetzt, da ich weiß, dass er mir nicht wirklich einen Korb gibt, sondern nur der gute Mensch sein will, für den ich ihn immer gehalten habe. »Also willst du mich doch.«

Er bleibt wie angenagelt stehen und blickt mich fassungslos an. Er setzt zu einer Antwort an, besinnt sich jedoch und schüttelt den Kopf, seufzt und setzt sich wieder in Bewegung. Ich drehe mich in seinen Armen leicht, damit ich zu ihm aufsehen kann, während er mich durchs Haus zu unseren Zimmern führt, und betrachte seinen starken Kiefer und seine gebräunte Haut. Unwillkürlich frage ich mich, wie es wohl wäre, wenn ich mit der Zunge über seinen Hals fahren würde. Die Sehnsucht nach den Empfindungen, die ich mir bisher nur vorstellen kann, stärkt mich in meiner Entschlossenheit, ihm zu beweisen, dass ich das hier brauche, dass ich *ihn* jetzt brauche, und dass wir gemeinsam Spaß haben können, ohne dass am nächsten Morgen Reue aufkommen muss.

Shit, manchmal brauchen Männer nichts weiter als einen kleinen Schubs.

Schließlich bleibt er stehen, sieht mich mit hochgezogenen Brauen an und deutet mit dem Kinn auf die offene Tür meines Zimmers. *Jetzt oder nie, Had.* Ich schmiege mich an ihn, und mein Verlangen flammt augenblicklich wieder auf. »Bitte, Becks.« Ich spreche leise, obwohl nur wir zwei hier sind. »Hat denn die Romantik und die Melancholie dieses Tages gar nichts bei dir bewirkt? Hast du denn nicht den Wunsch nach einer Frau in deinen Armen, in die du dich versenken kannst, um alles um dich herum zu vergessen?«

Herrgott, meine Worte machen mich selbst an. Mein Versuch, ihn zu verführen, setzt meine Nervenenden in Flammen. Ich stelle mich auf Zehenspitzen und bringe meinen Mund an sein Ohr. »Tröste mich, Becks, bitte.«

»Verdammt, Haddie, wenn du dich so benimmst, ist es verdammt hart, standhaft zu bleiben«, sagt er fast wütend, und als ich einen Schritt zurückweiche, kommt er mir instinktiv nach. Seine Reaktion weckt eine Seite meines altes Ichs, und ich packe sie, halte sie fest, und kämpfe die weinerliche, bedürftige Haddie nieder, die sein Monaten durch Trauer beherrscht wird. Und, Gott, ich bin so froh, wieder die Alte zu sein, und sei es auch nur für einen kurzen Moment.

»Hart, hm?«, sage ich mit kehliger Stimme. »Ein schönes Wort.«

Rückwärts trete ich in mein Zimmer, ohne den Blick von ihm zu lassen. Er steht in der Tür, die Hände links und rechts am Rahmen, und sieht mich an, und ich weiß, dass ich ihn an der Angel habe und es nur noch einer Winzigkeit bedarf, um zu bekommen, was ich von ihm haben will. Und so unbedingt brauche.

Und während wir uns stumm ansehen, frage ich mich flüchtig, was es war, das mir das Gefühl der Normalität zurückgegeben hat. Fort sind die Schuldgefühle, die mich niederdrücken, fort der Krieg meiner Gedanken, der in letzter Zeit jede Sorglosigkeit zunichte gemacht hat. Und nun will ich nur noch fühlen.

Ohne den Blick von ihm zu lassen, ziehe ich den Reißverschluss meines Kleids auf. »Hey, Becks?« Seine Augen weiten sich. Das Kleid rutscht an mir herab und fällt um meine Füße. »Vergiss Nummer sicher und komm.«

2

Beckett starrt mich einen Moment lang ungläubig an, dann – endlich – gibt er die Zurückhaltung auf und setzt sich in Bewegung. Obwohl ich nur noch in Spitzenunterwäsche vor ihm stehe, bleibt sein Blick auf mein Gesicht fixiert, doch das Verlangen in seinen Augen ist unverkennbar.

Und als er mich erreicht, als er mich packt und mich mit einer Hand in meinem Nacken, die andere auf meinem Rücken an sich zieht, lösen sich meine Gedanken auf. Seine Lippen pressen sich auf meine, und unsere Zungen vereinen sich.

Das Verlangen flammt auf und brennt sich durch den Alkoholdunst. Seine Hände streichen rastlos über meinen Körper, seine Finger fahren unter die Spitze meines BHs, um zu tasten und mich zu necken, aber mehr nicht, noch nicht. Mein anfängliches Stöhnen wird zu einer gemurmelten, endlosen Litanei von *Mach schnell*, *Beeil dich*, *Ich brauche es* und *Komm schon*.

Fieberhaft ziehe und zerre ich an seinem Hemd, denn ich habe es eilig, die Wärme seiner Brust an meiner zu spüren, aber seine Zunge, seine Lippen attackieren mich unaufhörlich und lenken mich von meiner Aufgabe ab. Mir entfährt ein Kichern, als ich meinen Mund von seinem löse, um Luft zu holen und mich darauf zu konzentrieren, Knöpfe zu öffnen, anstatt einfach nur hilflos ins

Hemd zu greifen. Aber es gelingt mir nicht; die Ungeduld macht meine Finger ungeschickt.

Er lacht leise, und ich spüre die Vibration an meinen Fingern. »Lass mich machen«, sagt er, und ich blicke zu ihm auf. Er legt seine Hände über meine und zieht, und das Geräusch der Knöpfe, die mit einem Ploppen abspringen und zu Boden prasseln, mischt sich mit unserem hastigen Atem.

Seine Augen verdunkeln sich, sein Mund senkt sich wieder auf meinen. Meine Hände streichen über die definierten Muskeln seiner Brust, als er das Hemd von den Armen streift. Ich fahre mit den Nägeln über seine Haut, und er zieht scharf die Luft ein, greift mit der Faust in mein Haar und zieht meinen Kopf zurück, damit sein Mund sich meinem Hals und meiner Schulter widmen kann.

»Süße Haddie«, murmelt er. Seine Hände tasten sich zu meinen Brüsten und ziehen den BH herunter, und ich keuche auf, als seine schwieligen Hände den weichen Stoff ersetzen. »Meine süße Haddie«, fährt er fort, während sein Mund sich abwärts zu bewegen beginnt. »Ich frage mich, ob deine Muschi genau so gut schmeckt wie deine Küsse, wie deine Haut – wie das hier?«

Sein heißer Mund legt sich über eine Brust, und die Empfindung überlagert alles. Ich lasse den Kopf nach hinten fallen, und die Worte kommen von allein. »Probier's aus. Los, mach schon.«

Wieder spüre ich sein Lachen an meiner Brust vibrieren, und er hebt den Kopf, um mich anzusehen. »Ziemlich herrisch, was?« Seine Augen funkeln herausfordernd, als wollte er mich auf die Probe stellen.

Und vielleicht will er das ja. Was wird er tun? Wie viel Kontrolle wird er mir lassen? Gehorcht er mir, oder wird er seinen eigenen Willen durchsetzen?

Ja, ich will es wissen.

»Na los, Becks, tu es. Ich will deinen Mund auf mir, deine Zunge in mir spüren, bis ich komme, und ich will mich selbst auf deinen Lippen schmecken, während du mich vögelst.«

Ein gequältes Stöhnen entwischt ihm, als er fest an meinem Nippel saugt, dann lässt er von mir ab, richtet sich zu voller Größe auf und blickt auf mich herab. »Verdammt, Haddie«, sagt er, ehe sein Mund sich über meinen hermacht, als wäre ich sein Eigentum. »Willst du mir wirklich sagen, wie ich dich zu vögeln habe?«

Ich spüre seinen heißen Atem an meinen Lippen, sehe das spöttische Funkeln in seinen Augen, aber mir fällt keine kluge Erwiderung ein. Seine Hände fahren an meinen Seiten herab und packen mich an der Taille, und mit einem Ruck zieht er mich an sich. Seine beeindruckende Erektion drückt sich gegen meinen Bauch und facht die Glut in mir um ein Vielfaches an.

Becks beugt sich vor, und seine Lippen streichen so zart über mein Ohr, dass es mir Gänsehaut verursacht. »Glaub mir, Haddie, ich weiß, wie ich dich nehmen muss. Und dich zum Kommen bringe.« Er zupft mit den Zähnen an meinem Ohrläppchen. »Ich weiß, wie ich es anstellen muss, damit du dich unter mir windest, damit du zitterst und bebst und mich anflehst, dich zu erlösen … Also entspann dich und lass mich machen.«

Und damit packt er mich und wirft mich mit dem Rücken aufs Bett, und wieder entfährt mir ein Glucksen, doch ehe ich noch Luft holen kann, ist Beckett schon über mir. Kichernd versuche ich, mich unter ihm hervorzuwinden, mich umzudrehen, aber natürlich habe ich gegen ihn keine Chance.

»Süße Haddie«, neckt er mich und hält meine Handgelenke rechts und links von meinem Kopf auf dem Bett fest. Er beugt sich herab, knabbert an meinen Lippen, fährt mit der Zunge darüber und schiebt sie in meinen Mund, während er seine Erektion genau an der Stelle platziert, wo ich sie brauche. Ich beginne mit den Hüften zu kreisen – Geduld ist nicht meine Stärke. Er lässt mich los und richtet sich auf, sodass er zwischen meinen Schenkeln kniet. Und als ich seinen breiten, gut definierten Oberkörper bewundere, muss ich mir eingestehen, dass ich mir noch nie bewusst gemacht habe, wie sexy und attraktiv Beckett wirklich ist.

Ich muss schlucken, als er den Kopf leicht zur Seite legt und mich mustert. Sein Blick hypnotisiert mich, und als seine Finger plötzlich über mein Höschen streichen, keuche ich auf. »Die Frage ist nur«, fragt er leise, während er sich langsam zu mir herabbeugt, »wie oft du kommen kannst.«

Und dann drückte er meine Schenkel auseinander, und sein heißer Mund legt sich über den Stoff, der meine Klitoris bedeckt. Unwillkürlich kralle ich eine Hand ins Kissen. Ich sehne mich nach seiner Berührung und verfluche die dünne Seide, die sich noch immer zwischen der Erfüllung meiner Lust und seiner Zunge befindet.

»Becks«, ist alles, was ich herausbringe, und ich werfe den Kopf zurück, schließe meine Augen und lasse mich fallen. Seine Finger spielen über die Innenseiten meiner

Schenkel, und kühle Luft streicht über mein heißes Geschlecht, als er den String zur Seite zieht. Und als sein Mund endlich auf nackte Haut trifft und glühende Hitze mich durchströmt, bäume ich mich auf und stoße einen Schrei aus.

»Gott, du schmeckst so gut«, höre ich durch das Rauschen meiner Lust. Er beginnt mich zu lecken, während seine Finger mich spreizen, damit er eindringen kann, und ich stöhne auf, als er auf die richtigen Stellen trifft.

Er setzt seinen verführerischen Angriff auf meine Sinne fort und reibt und leckt mit genau dem richtigen Maß an Druck, sodass sich die Wogen der Empfindungen immer höher türmen, bis sie schließlich mit einem atemberaubenden Tosen über mir zusammenschlagen. Wieder und wieder kommt sein Name von meinen Lippen, als ich mich vom Höhepunkt mitreißen lasse und er seine Zunge in mich stößt, bis ich es beinahe nicht mehr ertragen kann.

Der Raum dreht sich, und ich kneife unwillkürlich die Augen zu. Er lässt von mir ab und rutscht an mir hoch, und dann liegt sein Mund wieder auf meinem, und seine Zunge taucht durch meine geöffneten Lippen. »Probier mal, wie köstlich du bist. Schmeckst du, was ich gerade mit dir gemacht habe?«

Ich kann als Antwort nur stöhnen. Er setzt sich rittlings auf mich, fasst mein Gesicht mit beiden Händen, und küsst mich so gründlich und ausgiebig, dass ich um Atem ringen muss, als er sich von mir löst und mir in die Augen sieht.

»Das war Nummer eins...«, neckt er mich, doch seine Stimme verklingt, als ich die Hände ausstrecke und nach seiner Hose greife. Zwar pulsiert mein Körper noch von meinem Orgasmus, aber ich will mehr.

Er stößt einen zischenden Laut aus, als ich meine Hand in seine Boxershorts schiebe und seine Erektion befreie. Leicht fahre ich mit den Finger daran entlang, und mein Daumen reibt einen Tropfen Flüssigkeit über seine Spitze. Becks lässt den Kopf zurückfallen und stöhnt mit solch einer Befriedigung, dass meine Libido sofort wieder zu vollem Leben erwacht.

»Nummer eins?«, ahme ich seinen spielerischen Tonfall nach. Ich umfasse seinen Schwanz, fahre mit der Hand am Schaft auf und ab und freue mich daran, wie seine Bauchmuskeln zucken. »Bitte sag mir, dass du deine Versprechen gewöhnlich hältst. Nur einmal zu kommen reicht mir nämlich nicht.« Denn zu effektiv hat er meine düsteren Gedanken vertrieben. »Und, Becks: Du hast sogar noch mehr getrunken als ich. Ich hoffe nicht, dass du mir hier aus Promillegründen zusammenschrumpelst.«

Sein Kopf kommt mit einem Ruck wieder nach vorne, und wieder lacht er leise. Seine Finger schließen sich um meine Hand an seinem Schwanz, und er grinst. »Ach, bin ich dir nicht hart genug?«

Ich muss ein Lächeln unterdrücken, aber wer mit vollmundigen Versprechen um sich wirft, muss definitiv auf die Probe gestellt werden. »Doch, schon, ich wollte nur sichergehen, dass das auch so bleibt.«

»Willst du mich beleidigen?«, fragt er, bewegt unsere vereinten Hände auf und ab und schließt einen Moment lang genießerisch die Augen.

»Ich spreche nur Wahrheiten aus.«

Er öffnet die Augen und sieht mich, dann plötzlich springt er vom Bett. Ich lasse mich auf die Unterarme zurücksinken, um zu sehen, was er vorhat. Hoffentlich ist er nicht sauer. Aber dann denke ich mir, was soll's. Falls er wirklich sauer ist, dann soll er doch gehen. Auf einen Mann, der nicht einmal ein bisschen Spaß erträgt, kann ich verzichten.

Allerdings ist seine Zunge wirklich großartig.

Und so seufze ich innerlich vor Erleichterung, als Becks nicht das Zimmer verlässt, sondern mit dem Rücken zu mir stehen bleibt. Gleichzeitig meldet sich eine leise Stimme in meinem Bewusstsein und warnt mich, Becks sei vielleicht genau die Mischung aus böser Bube und netter Junge, die meinen Vorsatz zum Wanken bringen könnte. Nein! *Keine feste Beziehung, Haddie. Du willst dich nicht binden!*

Doch dann verflüchtigt sich jeder vernünftige Gedanke in meinem Kopf, denn Becks streift seine Hose ab und dreht sich zu mir um. Mein Blick wird wie magisch von seiner beeindruckenden Erektion angezogen, über die er ein Kondom gestreift hat. Wow. Der Alkohol hat ihn definitiv nicht beeinträchtigt. Nur mühsam gelingt es mir, meinen Blick zu lösen und das Gesamtpaket zu begutachten, als er nun mit raubtierhafter Geschmeidigkeit zum Bett zurückkehrt. Breite Schultern, selbstbewusster Gang, ein amüsierter Blick und das kleine Lächeln, das mich herauszufordern scheint.

Und dann hat er das Bett erreicht. Er packt mich an den Waden und zieht mich mit einem Ruck zu sich, bis sich seine Hüften zwischen meinen Oberschenkeln befinden. Er greift nach meinem String, streift ihn ab und zieht ihn mir über die Füße, die noch immer in den High Heels stecken.

Es macht mich an, wie er mich betrachtet, wie er gierig meine Scham begafft und betastet und seine Finger über meine Spalte fahren. Seine Nasenflügel blähen sich und seine Lippen erschlaffen, als er vollkommen schamfrei zusieht, wie seine Finger langsam in mich gleiten und nass wieder herauskommen.

Wir keuchen beide auf, und seine Finger beginnen in einem trägen, doch gleichmäßigen Rhythmus in mich einzudringen, bis sich mein überempfindliches Geschlecht in höchster Alarmbereitschaft befindet. Ich stöhne tief, und Becks schaut flüchtig auf. Er fährt sich mit der Zunge über die Lippen, als er die Finger zurückzieht, mich öffnet und sich in Position bringt.

Langsam dringt er in mich ein, füllt mich aus, dehnt mich und stimuliert jeden Nerv in mir. Als er bis zum Anschlag in mir steckt, hält er inne. Seine Kiefer sind angestrengt zusammengepresst, seine Augen dunkel vor Lust. Meine Lider wollen zufallen, um dieses exquisite Gefühl auszukosten, doch ich kämpfe dagegen an. Ich will ihn sehen. Ich will in seine Augen blicken und seinen traumhaften Körper beobachten, während er mich und sich zur Raserei bringt.

Ich ziehe mich um ihn herum zusammen, um ihm zu bedeuten, dass ich bereit bin, als er mich überrascht, indem er sich herabbeugt und mich küsst. Während unsere Zungen sich träge und verführerisch umschlingen, schiebt er sich noch weiter in mich, bis ich sicher bin, es nicht weiter ertragen zu können. Mein Körper ergibt sich, und als mein Verstand gerade wieder beginnt, sich zu sorgen, ob diese unvermutete Zärtlichkeit nicht doch zu Bindung führen könnte, richtet er sich abrupt wieder auf und grinst auf mich herab. »Hart genug?«

Ich bin froh, von meinen Sorgen ablassen und mich stattdessen auf sein arrogantes Lächeln konzentrieren zu können. Der Druck lässt ein wenig nach, als er sich einrichtet, während er unverwandt auf mich herabblickt. Dann zieht er sich langsam zurück, bis nur noch die Spitze in mir steckt. »Na? Ich warte auf eine Antwort. Ist das hart genug für dich?«

Gott, ja. Und Gott, ja, ich will, dass er sich in mich rammt, dass er mich nimmt, dass er mir gibt, was ich jetzt nötig habe. Ich öffne meine Beine weiter und knete meine Brüste, und ungeduldig, erwartungsvoll ziehen sich meine Muskeln wieder um ihn zusammen.

»Fick mich, Becks«, sage ich, und bevor noch sein Name verklungen ist, nimmt er die Hüften zurück und stößt in mich, und eine Schockwelle rast durch meinen Körper. Er packt meine Oberschenkel, zieht sich wieder heraus und rammt sich erneut in mich.

Jeder Stoß treibt mich weiter hinauf. Mein Puls rast, mein Atem jagt ihm hinterher, ein endloses Rennen auf der Zielgeraden. Meine Sinne sind berauscht, ihm hilflos ausgeliefert, und mich schaudert, obwohl sich ein Schweißfilm über meine Haut legt. Immer härter, immer tiefer treibt er sich in mich. Meine Hand wandert verstohlen über meinen Bauch, und ich schiebe einen Finger in meine Spalte, um das Bisschen mehr an Reibung zu erzeugen, das ich brauche, um endlich abzuheben.

Ich schaue zu ihm auf, um zu sehen, wie er darauf reagiert. Ob er vielleicht zu den Arschlöchern gehört, die meinen, nur sie selbst dürften die Frau zum Höhepunkt bringen. Doch er blickt herab und beobachtet fasziniert, wie ich mich selbst liebkose. Seine Finger graben sich in meine Oberschenkel, und er stößt umso fester zu.

Ich schreie auf und erstarre, als grellweißes Feuer mich durchströmt. Jeden Muskel zum Zerreißen gespannt, ergebe ich mich dem Orgasmus, aber Becks macht weiter und stimuliert jede Faser meines Körpers, bis ich glaube, es unmöglich noch eine Sekunde länger ertragen zu können. Und doch will ich nicht, dass er aufhört.

»Becks«, stoße ich verzweifelt hervor, als mein Körper unter der Wucht des Höhepunkts zu zittern beginnt. Er drosselt das Tempo und beginnt stattdessen, sich mit rotierenden Bewegungen in mich zu treiben.

»Bleib bei mir«, stöhnt er und stößt noch ein paarmal zu. Ein Knurren kommt aus seiner Kehle, als sein Kopf zurückfällt, seine Hände meine Hüften packen und er erstarrt. Ich spüre seinen Schwanz in mir pulsieren, und er wiegt sich leicht, als der Orgasmus ihn überkommt. Ich lasse meinen Kopf auf das Bett zurücksinken und schließe meine Augen, um ihm Zeit zu geben, den Rausch bis ins Letzte auszukosten.

Dann regt er sich, und ich schnappe überrascht nach Luft. Seine Bartstoppeln schaben über meine Haut, als er sich Kuss um Kuss von meinem Bauch zwischen meinen Brüsten hindurch hocharbeitet, bis er unter meinem Kinn innehält. »Das war Nummer zwei«, murmelt er.

»Oh, ja, das war es«, erwidere ich, und ich spüre sein Lachen als Vibration an meiner Brust. Nur mühsam kann ich mich davon abhalten, ihm den Rücken zu streicheln, als er sich auf mich herablässt. Doch eine solche Geste kommt mir zu intim vor, wenn ich doch alles tun will, um dies hier locker und ungezwungen zu halten.

Ein paar Augenblicke liegen wir still da und kommen zur Ruhe, als Becks sich plötzlich zu bewegen beginnt. Ich nehme an, dass er sich aus mir herausziehen und rasch unter die Dusche springen wird, daher bin ich völlig verblüfft, als er sich mit Lippen und Zunge wieder abwärts bewegt. An einer Brust hält er an, nimmt einen Nippel in den Mund und knetet mit der Hand den anderen, bis ich mich unter ihm zu winden beginne.

Mit einem zufriedenen Seufzen zieht er sich aus mir heraus. Sein Mund setzt erneut an und arbeitet sich abwärts bis zu meiner Scham, und ungläubig nehme ich den Kopf hoch.

Schon wieder?

Heiliger Strohsack. Der Kerl will mich umbringen.

Er küsst meine Schamlippen und blickt mit funkelnden Augen zu mir auf. »Ich habe irgendwo gelesen, dass eine Frau das zweite oder dritte Mal noch viel intensiver kommt als das erste. Du sagst es mir gleich, ja?« Wieder küsst er meine Muschi und lacht leise. »Also los. Nummer drei.«

3

Die Sonne scheint so strahlend hell durch die Fenster, dass das Licht mir sogar durch die geschlossenen Lider wehtut. Ich kneife die Augen zusammen und versuche, den zähen Nebel aus meinem Kopf zu vertreiben und mich daran zu erinnern, was gestern geschehen ist. Wenn ich so betrunken war, dass ich heute einen Filmriss habe, müsste mir dann nicht eigentlich der Schädel platzen?

Ich schmiege mich wieder ins Kissen, denn eigentlich will ich noch nicht aufwachen. Sobald mein Körper anerkennt, dass er wach ist, werden die Kopfschmerzen garantiert einsetzen. Doch es ist zu spät; meine Gedanken klären sich, und vor meinem geistigen Auge ziehen Bilder des gestrigen Tages vorbei. Lachen, Glück und Liebe. Tanzen und Flirten und Trinken. Und ... oh, verdammt!

... Vergiss Nummer sicher ...

... Also los. Nummer drei ...

Mit einem Schlag bin ich hellwach und reiße die Augen auf. Das grelle Licht blendet mich, und ich verziehe vor Schmerz das Gesicht. Blinzelnd blicke ich mich um, und als ich endlich etwas erkennen kann, sehe ich Becks neben mir. *Oh, verdammt!*

Friedlich schlafend liegt er da. Sein Haar steht in alle Himmelsrichtungen ab, und ein Bartschatten zieht sich über Kinn und Wangen. Vage erinnere ich mich an das schabende Gefühl auf meinem Bauch. Mein Blick wandert abwärts über seine prächtige Brust bis zu seinem Nabel, doch weiter komme ich leider nicht. Der Rest seines Körpers wird von einem Laken bedeckt.

Einen Moment lang betrachte ich ihn reglos, dann ziehe ich langsam und vorsichtig das Laken zu mir. Doch mit dem Wunsch, ihn in ganzer Pracht vor mir zu sehen, fluten die Erinnerungen an die gestrige Nacht in klaren scharfen Bildern meinen Verstand.

Geflüsterte Worte, stöhnende Laute. Die betörende Mischung aus spielerischem Geplänkel, unverhohlener Lust und unstillbarem Verlangen. Seine geschickten Hände und Lippen, die meinen Körper in Brand setzten, wie es noch keiner zuvor getan hat. Ich wollte intensive körperliche Empfindungen, die meine Emotionen betäuben würden, und – Gott! Die hat Becks mir wahrhaftig verschafft.

Alles zieht sich in mir zusammen, als ich mich in Einzelheiten daran erinnere, was er mit mir angestellt hat. Behutsam lege ich meinen Kopf zurück auf das Kissen und schließe die Augen, um das Verlangen, das sich erneut in mir aufbaut, niederzukämpfen.

Das war eine einmalige Sache.

Unverbindlicher Sex. Ohne Reue.

Genau, wie ich es gewollt hatte.

Warum also muss mir ausgerechnet jetzt einfallen, was er murmelte, als ich mich an ihn schmiegte und er vermutlich glaubte, ich wäre schon eingeschlafen? Leise Worte, frustriert und verwirrt. »*Keine Bindungen? Verdammt, Haddie.*«

Während immer mehr Erinnerungen in meinem Bewusstsein aufsteigen, setzt langsam mein Verstand wieder ein. Herrgott. Was in aller Welt habe ich mir bloß dabei gedacht? Aber natürlich habe ich im Grunde gar nicht gedacht. Ich war so darauf fokussiert, meine Trauer zu vergessen, dass ich nie auch nur in Erwägung gezogen habe, ich könnte ihn am Ende damit verletzen.

Verdammt. Du blöde Kuh.

Schließlich weiß ich doch, was für ein guter Kerl er im Grunde ist. Es ist alles meine Schuld. Auch wenn ich mich nicht an alles klar erinnern kann, weiß ich doch noch sehr gut, dass Becks versucht hat, mich zur Vernunft zu bringen. Er hat mich daran gehindert, noch in ein Auto zu steigen, und wollte dafür sorgen, dass ich unbehelligt meinen Rausch ausschlafen kann.

Das hier habe ich zu verantworten. Ich ganz allein. Warum bin ich bloß nicht abgehauen, um mir jemanden zu suchen, den es einen Dreck interessiert hätte, wenn ich am nächsten Tag ohne ein Wort verschwunden wäre? Warum wollte ich ausgerechnet gestern Nacht ein kleines bisschen mehr fühlen? Hatte ich vielleicht Angst, dass die Mauern, die ich um mein Herz errichtet habe, unter der Last der Trauer einstürzen könnten und wollte jemanden in meiner Nähe haben, der sich um mich kümmern würde, falls es geschehen wäre?

So war es wohl.

Also habe ich ihn benutzt.

Habe einen Mann ausgenutzt, der das ganz sicher nicht verdient hat. Das schlechte Gewissen nagt an mir, und ich zwinge mich, die Augen zu öffnen und Becks anzusehen.

Beckett, der attraktive, typisch amerikanische Blondschopf, ist die Quintessenz des netten Jungen – das absolute Gegenteil von dem tätowierten Klischeerebellen, auf den ich grundsätzlich stehe. Mein Blick wandert unwillkürlich abwärts zu der Stelle, an der das Laken locker über seinen Hüften liegt. Auch wenn er vielleicht nicht mein Typ ist, kann ich ja trotzdem zu schätzen wissen, dass er einen megascharfen Körper hat. Automatisch muss ich daran denken, wie sich seine Muskeln unter meinen Fingern anfühlten. Ob ich mich je an ihn gewöhnen könnte? Ich meine – auf dieser Ebene?

Normalerweise liebe ich die wilden, unzuverlässigen, dramatischen, aber alles andere als langweiligen Beziehungen mit den Kerlen, vor denen einen die eigene Mutter immer gewarnt hat. Okay, wenn man das überhaupt Beziehungen nennen kann.

Mir entfährt ein Kichern, als mir ein Gedanke kommt: Wer hätte gedacht, dass Ry mit dem wilden finsteren Schurkentyp ins Bett geht – und ihn dann sogar heiratet! –, während ausgerechnet ich die Nacht mit dem typischen Südstaaten-Gentleman verbringe? Sieht aus, als hätten wir einen kleinen Rollentausch vollzogen.

Ich blicke wieder auf und fahre erschreckt zusammen, als ich Becks' strahlend blauen Augen begegne. Einen Moment lang sehen wir uns verlegen an, dann gähnt er und grinst. »Morgen«, sagt er, ohne seinen Blick von mir zu lösen, als wolle er erst meine Reaktion abwarten, bevor er weiterspricht.

»Guten Morgen«, sage ich etwas steif, und schlage die Augen nieder. Ein Lächeln huscht über seine Lippen, und mein Herz kommt stotternd zum Stehen.

Plötzlich wird mir innerlich warm, und ich spüre, wie sich eine wunderbare Zufriedenheit in mein Herz stehlen will.

Nein!

Panik schnürt mir die Kehle zu.

Ich will nicht.

Und am wenigstens will ich, dass er mich ansieht, als könnte aus dem hier so viel mehr werden, wenn ich es nur zuließe.

Denn das hat Lexi getan.

Und was hat es Danny gebracht? Und Maddie?

Ich schüttele den Gedanken ab und kämpfe gegen die blanke Furcht an, die sich in meiner Magengrube festzusetzen beginnt. Hastig wende ich den Blick ab und rufe meine übereifrige Fantasie streng zur Ordnung, damit ich verdammt noch mal nicht durchdrehe. Es hat schließlich einen bestimmten Grund, dass ich die Batterien aus der biologischen Uhr genommen und in meinen Vibrator gesteckt habe.

Ich komme hiermit zurecht. Ich erinnere mich vielleicht nicht an jede Einzelheit von gestern Nacht, aber dass ich ihm gesagt habe, ich wollte etwas Unverbindliches, weiß ich noch sehr wohl. Er wusste von vornherein, auf was er sich einlässt. Was immer gestern Nacht passiert ist, geschah im gegenseitigen Einvernehmen und ohne Vorspiegelung falscher Tatsachen. Warum also fürchte ich mich davor, wieder aufzublicken und ihm in die Augen zu sehen?

»Hey«, sagt er verschlafen, aber es klingt verunsichert. »Was denkst du gerade?«

Ich raffe das Laken um meine Brust zusammen und blicke auf. »Ach, mach dir keine Gedanken«, beginne ich und lächele ihn an. »Es ist alles okay. Wir waren vielleicht gestern beide ziemlich betrunken, aber ich bin nie *zu* betrunken, um genießen zu können, und – *Alter Schwede!*

Genossen habe ich wahrhaftig.« Ich muss das einfach hinzufügen, denn der Mann hat es echt drauf. Nummer drei war definitiv noch mal eine Steigerung zu Nummer zwei, und auch Nummer vier war verdammt gut. Meine Bemerkung entlockt ihm ein spitzbübisches Grinsen, und am liebsten würde ich mich ihm sofort wieder an den Hals werfen. Aber das geht nicht. Denn der Gedanke, den ich nicht zu Ende zu denken wage, ist viel zu verlockend.

»Wir haben uns auf unverbindlichen Sex geeinigt, und das ist für mich absolut in Ordnung«, füge ich mit einem Achselzucken hinzu. Etwas flackert in seinem Blick auf, doch ich kann es nicht deuten, also fahre ich fort. »Ich bin nicht das typische Weibchen, das nach einer heißen Nacht anhänglich wird.«

»Stimmt. Du bist alles andere als typisch«, murmelt er schläfrig.

Das wirft mich etwas aus der Bahn. Ich stocke, rufe mir aber schließlich in Erinnerung, dass ich besser loswerde, worum es mir geht, ehe ich etwas tue, was ich später bereuen könnte. »Danke, aber ich wollte damit nur sagen, dass ich keine Frau bin, die dir nach ein bisschen unverbindlichem Sex schon hinterherläuft und Forderungen stellt.«

»Vier Mal zu kommen hat eigentlich nichts mit ›ein bisschen unverbindlichem Sex zu tun‹, oder?«, neckt er mich, und ich lache nervös.

»Hör auf, Becks, ich will uns doch bloß die Verlegenheit nehmen. Es tut mir leid, dass ich dich gestern gedrängt habe. Ich wollte bestimmt nicht, dass ...« Ich seufze. Irgendwie wollen mir die richtigen Worte nicht einfallen.

»Niemand drängt mich zu etwas, das ich nicht will. Schon gar nicht beim Sex.«

Sein Blick sucht meinen, als wolle er noch mehr sagen, aber er tut es nicht. Also spreche ich aus, was mir noch auf der Seele liegt. »Danke, dass du auf mich aufgepasst hast«, sage ich und verziehe peinlich berührt das Gesicht, bin aber dennoch froh, dass es raus ist.

Wieder sieht er mich einen Moment lang stumm an, dann nickt er und setzt sich auf. »Okay. Schön, dass wir das geklärt haben.« Er schwingt die Beine aus dem Bett, sodass er mir den Rücken zukehrt, und fährt sich mit einer Hand durch sein zerzaustes Haar. »Keine Bedingungen, keine Forderungen«, wiederholt er, steht auf und marschiert splitterfasernackt auf das Badezimmer zu. Ich könnte schwören, dass er irgendwas von ›Lasso‹ und ›eingefangen‹ brummelt, aber ich bin zu abgelenkt von seinem Anblick, um genau hinzuhören.

Unverbindlich oder nicht – es wird doch wohl erlaubt sein, einen knackigen Hintern zu bewundern, oder?

Die Tür zum Bad fällt zu, und ich muss grinsen. Jetzt verstehe ich, warum Colton meint, Becks sei der beste Pit-Crew-Chef, den es im Rennzirkus geben kann. Meinen Motor hat er jedenfalls in der vergangenen Nacht mit konstanter Perfektion auf Touren gebracht.

Ich wälze mich auf den Rücken und blicke an die Decke. Die Toilettenspülung rauscht, dann wird die Dusche angedreht. Von draußen hört man gedämpft die Brandung, und ich lasse meine Gedanken wandern. Zurück zur gestrigen Nacht. Zu seinem Geruch, zu seinem Geschmack, dem Gefühl seiner Hände auf meiner Haut.

Ein Lächeln breitet sich auf meinem Gesicht aus, und

ich spüre ein Prickeln in meinem Bauch. Plötzlich habe ich Lust, laut aufzulachen, und mir wird bewusst, dass ich zum ersten Mal seit Langem aufgewacht bin, ohne dass die Trauer um Lexi meine Stimmung trübt.

Ich reibe mir die Augen. Schon seltsam, dass ich ausgerechnet heute Morgen das Gefühl habe, ich könnte meinen Kummer doch eines Tages überwinden. Und obwohl meine Gedanken immer wieder zu dem Kerl unter der Dusche nebenan zurückkehren, dränge ich sie zurück. Dränge ich *ihn* zurück. Es kann einfach nicht sein, dass ich wegen ihm so empfinde. Dass die vergangene Nacht oder die Art, wie er mit mir, umgegangen ist, etwas damit zu tun hat.

Wahrscheinlich liegt es allein an der körperlichen Entspannung. Genau. So wird es sein.

Außerdem: Wen interessiert schon das Warum? Nach vier Orgasmen muss man schließlich nicht mehr alles infrage stellen.

»Wie gefällt es dir eigentlich, deine eigene Chefin zu sein? Läuft es gut?«

Becks' Frage reißt mich aus meinen Gedanken, während die Landschaft am Beifahrerfenster vorbeirauscht. Ich rücke auf meinem Platz ein wenig herum, sodass ich sein Profil sehen kann. Gott hat sich bei der Verteilung der Äußerlichkeiten bei ihm ganz sicher nicht lumpen lassen. Wieso bemerke ich das alles erst jetzt?

»Ja, und es ist ziemlich cool.« Ich zucke die Achseln. »Ich habe eine Reihe von Aufträgen von einem Unternehmen namens Scandalous bekommen. Sie kaufen alte Clubs in der Stadt und renovieren sie. Ich soll die Promotion für Wiedereröffnungsveranstaltungen machen, und wenn ihnen gefällt, wie es läuft, machen sie mich zu ihrer Standard-PR-Agentur.«

»Womit du einen wichtigen Kunden hast, der dir automatisch weitere einbringt. Nett«, sagt er und nickt bedächtig.

»Noch habe ich den Deal nicht in der Tasche. Man soll den Tag nicht vor dem Abend loben.«

Er stößt ein schnaubendes Lachen aus. »Nicht so bescheiden. Ich bin sicher, dass der Auftrag gut verlaufen wird, denn schließlich wirst *du* ihn erledigen.«

Es freut mich, dass er eine so hohe Meinung von mir hat – und das nach gestern Nacht. Er setzt den Blinker und wirft mir dabei einen kurzen Blick zu, ehe er sich wieder auf die Straße konzentriert.

»Erzähl mir von dir.«

Ich betrachte ihn mit verengten Augen. Was soll die Frage? Ich meine, wir kennen uns doch schon über ein Jahr. Aber dann wird mir bewusst, dass Becks und ich uns bis auf ein paar oberflächliche Plaudereien nie wirklich ernsthaft unterhalten haben. Ganz sicher wissen wir kaum etwas über die Vergangenheit des anderen. Wodurch mir die Frage noch weniger gefällt. Wir wollten diese Sache doch unverbindlich halten, und dabei sind Zusatzinformationen nur hinderlich, oder?

»Becks, hör mal«, sage ich mit einem Seufzen. »Ich weiß wirklich zu schätzen, dass du die Situation auflockern willst, damit möglichst keine Verlegenheit aufkommt, aber wir müssen uns nicht krampfhaft kennenlernen.«

Er lacht leise und schüttelt den Kopf, als müsse er verarbeiten, was ich gerade gesagt habe. »Erstens frage ich dich nicht, weil ich meine, ich müsste es. Ich finde dich faszinierend und bin neugierig, also tu mir doch einfach den Gefallen.«

»Und zweitens?«, frage ich mit einem Hauch Trotz in der Stimme.

»Zweitens? Hm. Und zweitens habe ich keine Ahnung mehr, was ich sagen wollte, weil deine aufregenden Beine mich ablenken.« Er lacht, und natürlich fühle ich mich ungeheuer geschmeichelt. »Aber ich kann dir versichern, dass es etwas verdammt Gutes war.«

»Geschmeidig«, spotte ich gutmütig. Auf *dieser* Ebene fühle ich mich wohler.

»Magst du es vielleicht weniger geschmeidig? Kann ich auch.« Er grinst und tätschelt mein Knie. »Also?«

Ich seufze laut. Noch immer will mir nicht in den Kopf, was das soll, da wir keine gemeinsame Zukunft haben werden. »In Long Beach aufgewachsen, normale Kindheit, eine Schwester. Lexi«, erkläre ich ihm, als wüsste er das nicht längst, und werfe ihm verstohlen einen Seitenblick zu, um zu überprüfen, ob er das Beben in meiner Stimme gehört hat. Doch er blickt auf die Straße vor uns. »Gutes Mittelmaß in der Schule, nichts Herausragendes. Als ich im vorletzten Jahr war, wurde meine Mutter krank, und ich ...«

»Krank?«

»Brustkrebs.« Im Augenwinkel sehe ich seinen schockierten Blick. Dass mehr als nur eine meiner nächsten Angehörigen von dieser Krankheit heimgesucht wurde, wusste er nicht – woher auch? »Sie hatte alle möglichen Behandlungen, OPs, Chemos und Rehas bis weit in mein Abschlussjahr hinein, aber ich schaffte es dennoch auf die UCLA.« Ich lächle bei der Erinnerung an meinen Frust, weil Lexi damals nach Arizona ging. Wir hatten uns immer ausgemalt, uns zusammen eine Wohnung zu nehmen, aber ich war dort nicht angenommen worden. »Jedenfalls marschierte ich im ersten Jahr in das mir zugewiesene Zimmer im Wohnheim und traf auf ein hübsches Mädchen mit braunen Haaren, neugierigen Augen und einem schüchternen Lächeln.«

»Rylee.«

»Jep. Meine Eltern fuhren wieder, nachdem ich ausgepackt hatte, und Ry und ich wurden unzertrennlich. Gemeinsam überlebten wir die üblichen Collegedramen wie Partys, Besäufnisse, zu viel Junkfood, Herzschmerz, Flirts und so weiter. Ich hatte das Glück, nach meinem Abschluss direkt einen Job bei PRX zu bekommen und arbeitete mich vom Mädchen für alles hoch, bis ich irgendwann meine eigenen PR-Events organisierte. Ich mochte die Stelle dort wirklich gerne, und nachdem ich einmal bewiesen hatte, dass das niedliche Blondchen nicht nur Deko war, konnte ich mir einen ziemlich guten Ruf erarbeiten.«

»Das ist die Untertreibung des Jahres, wenn du mich fragst«, sagt er, und wieder freut mich seine positive Meinung von mir mehr, als sie es sollte. »Warum hast du dann dort aufgehört und HaLex ins Leben gerufen?«

Ich schenke ihm ein kleines Lächeln, obwohl mein Herz schwer wird. »Weil Lexi und ich immer schon etwas zusammen machen wollten. Schon als Kinder organisierten wir gemeinsam für unsere Barbies Fotoshooting-Termine oder spielten mit Puppen Werbespots nach.« Ich lache bei der Erinnerung. »Sie hatte den BWL-Abschluss und das Know-how, ich die Erfahrung und die richtigen Verbindung, also beschlossen wir, es zu probieren. Was hatten wir schon zu verlieren? Ein paar Kunden boten mir kleinere Aufträge an, also kündigte ich bei PRX. Zwei Monate später bekam Lexi ihre Diagnose.«

»Had …«

Ich zucke die Achseln und tue, als sei es nichts gewesen, obwohl in Wirklichkeit meine ganze Welt eingestürzt war. »Tja. Und daher …« Ich lasse den Satz verklingen, da ich ohnehin nicht weiß, was ich sonst noch sagen soll. Ich räuspere mich, dann senkt sich Schweigen über uns.

»Und deine Mom? Ihr geht es inzwischen wieder gut?«

Der Schmerz durchdringt mich scharf. »Vier Jahre lang hatte sie Ruhe, dann meldete sich der Krebs zurück. Das zweite Mal war schlimm.« Ich schaudere. »Beidseitige Mastektomie, endlose Chemo, Bestrahlungen … grausig.«

Er streckt den Arm aus und greift nach meiner Hand. Die Geste tut mir gut, obwohl ich ihr üblicherweise aus dem Weg zu gehen versuche. Aber vor allem bin ich froh, dass er nicht »Das tut mir leid« sagt, denn ich kann es nicht mehr hören. Wieder senkt sich Schweigen über uns, als wir beide unseren Gedanken nachhängen.

Nach einer Weile beginnt Becks, mit dem Daumen über meine Hand zu streichen, und obwohl er mir sicher nur Trost spenden will, erinnert es mich auch wieder an den verdammt guten Sex, den wir gestern Nacht hatten. Ohne dass ich es kontrollieren könnte, reagiert mein Körper mit einem sehnsüchtigen Ziehen. Ich werfe ihm einen verstohlenen Blick zu, aber er konzentriert sich ganz auf den Straßenverkehr.

Ob er es auch spürt?

Oh, verdammt. *Lass gut sein, Montgomery. Hör auf, mit der Muschi zu denken, wenn es doch nur etwas Einmaliges war. Hier geht es nicht um eine knospende Liebe, Herrgott noch mal. Konzentrier dich auf irgendwas Harmloses, ehe seine Erektion dein ganzes Denken beherrscht.*

»Gestern Nacht ...«, beginnt er und lässt den Satz verklingen, als er hinter sich blickt, um die Spur zu wechseln.

Ade, Herrschaft der Erektion.
Willkommen, Peinlichkeit.

Das war auf jeden Fall der Eimer mit kaltem Wasser, den ich brauchte, um mein frisch erwachtes Verlangen wieder auszulöschen. Ich tue so, als müsste ich mich am Arm kratzen, damit ich ihm die Hand entziehen kann.

Sein Seufzen verrät mir, dass er mich durchschaut hat, also wende ich mich ihm zu. Ich will, dass er meinen Gesichtsausdruck sieht, um zu verstehen, dass ich mit dem, was passiert ist, vollkommen im Reinen bin. Aber er blickt nicht zu mir – nicht einmal flüchtig.

»Hatte das was mit Lexi zu tun? Ich meine, irgendwann wirst du mit jemanden darüber reden müssen, oder ...«

»Nein«, unterbreche ich ihn barsch. Ich muss nicht, und ich will nicht. Vor allem nicht jetzt. *Bitte ruinier' mir meine gute Laune nicht, Becks.* »Möchtest du manchmal nicht auch einfach Spaß haben, ohne Komplikationen fürchten zu müssen? Komm schon, das kennst du doch sicher auch. Ja, ein Vibrator kann einem viel Freude machen, aber es geht doch nichts über eine agile Zunge.«

Er lacht laut, und ich weiß, dass ich die Frage für ein Weilchen aufgeschoben habe. »Ja, du hast recht, ich stehe auch definitiv auf Zungen.« Er bedenkt mich mit einem anzüglichen Blick und lacht wieder.

»Was denn?«, frage ich unschuldig und ziehe die Brauen hoch. »So ist das Leben.« Ich will noch eine clevere Bemerkung hinterherschicken, als ich feststelle, dass wir bereits in meine Auffahrt einbiegen.

Ich nehme meine Tasche aus dem Fußraum und greife nach dem Türgriff, als seine Stimme mich aufhält. »Kommst du klar?«

Seine Frage kann mehrfach interpretiert werden. Werde ich je mit Lexis Tod klarkommen? Komme ich damit klar, dass Rylee nun weg ist? Kann ich damit umgehen, dass die einzigen beiden Menschen, auf die ich mich in meinem Leben immer verlassen konnte, nicht mehr greifbar sind?

Ich entscheide mich für die Variante, mit deren Antwort ich keine Schwierigkeiten habe. »Womit? Allein zu leben? Na ja, Rylee war in den letzten Monaten ohnehin nicht mehr oft hier … Nun ist eben einfach offiziell.« Dennoch überkommt mich bei dem Gedanken, meine beste Freundin als Mitbewohnerin verloren zu haben, erneut Traurigkeit. Verdammt. Als hätte es in dem turbulenten vergangenen Jahr nicht schon genug Veränderungen gegeben. Es wird Zeit, dass langsam etwas Ruhe eintritt. »Ich glaube, es wird ganz schön, ein Weilchen allein zu leben. Von nun an kann ich sogar splitternackt durchs Haus tanzen, wenn mir danach wäre.«

Ich schenke ihm ein rasches Grinsen und will aussteigen, als mir einfällt, dass mein Handy noch in der Mittelkonsole liegt. Ich lehne mich wieder ins Auto und greife danach, aber Becks packt mein Handgelenk, und ich fahre erschreckt zusammen.

Dann sehe ich zu ihm auf. Sein Blick ist so aufrichtig, so freundlich und mitfühlend, dass ich nicht wegsehen kann, so gerne ich es auch täte. Ich will nicht, dass er ausspricht, was ich in seinem Blick zu lesen glaube, daher versuche ich, mich loszumachen, doch er hält mich einfach fest.

»Du weißt, dass du mich immer anrufen kannst, wenn du mich brauchen solltest, nicht wahr? Immer.«

Seine sonore Stimme berührt mich tief in meinem Inneren, und mir fällt einfach keine schlagfertige Bemerkung ein, die die Ernsthaftigkeit dieses Augenblicks auflockern könnte.

Daher nicke ich nur. »Okay. Danke.« Ohne meinen Blick abzuwenden, taste ich nach meinem Handy, steige aus und werfe die Tür zu. Erleichtert atme ich durch, kehre dem Wagen den Rücken zu und gehe zum Haus.

4

Ich weiß nicht genau, was ich empfinde, als ich eintrete, die Tür schließe und mich mit dem Rücken dagegen lehne, während ich auf den Motor von Becks' Wagen draußen lausche, aber es kommt mir vor, als könnte ich zum ersten Mal seit einer Ewigkeit richtig Luft holen.

Was zum Henker ist denn mit dir los, Montgomery? Es war bloß Sex. Nur überwältigender Sex mit multiplen Orgasmen. *Krieg dich wieder ein. Denk an was anderes. Blick nach vorne.*

Mein Kopf will, mein Körper leider nicht.

Ich lasse meine Tasche auf den Boden fallen, werfe Schlüssel und Handy in das Körbchen auf den Tisch im Flur und gehe in die Küche. Im Vorbeigehen drücke ich auf die Taste des Anrufbeantworters und blende den Telefonverkäufer aus, während ich den Kühlschrank öffne und nach einer Cola light suche. Der Apparat piept, und Maddies Stimme ertönt in der leeren Küche.

»Hallo, Tantchen. Wie war denn die schicke Hochzeit? Ganz bestimmt toll, oder? Ich freu mich so auf dich. Ich weiß schon, was wir spielen können.«

Wie immer geht mir sofort das Herz auf, und unwillkürlich muss ich lächeln. Ich bin gespannt, was sie für morgen geplant hat. Letzte Woche haben wir zuerst auf dem Spielplatz Sandkuchen gebacken, später dann den Barbies Tee und Kekse serviert.

Es klingelt an der Tür, und mein Herz setzt einen Schlag aus, als mir sofort Becks in den Sinn kommt. Vielleicht habe ich ja etwas im Auto vergessen.

Und wieso beginnt mein Puls prompt zu jagen?

Mist! Ich muss unbedingt ein bisschen Abstand kriegen, damit das, was geschehen ist, sich setzen und verblassen kann.

Ich packe den Knauf, wappne mich, öffne die Tür – und bin einen Moment lang komplett handlungsunfähig, weil mitnichten Beckett vor mir steht.

»Was zum Geier machst du denn hier?«, bringe ich endlich hervor.

»Dir auch einen schönen Tag.«

Ein Schauder rinnt mir über den Rücken. Wie gut ich diese tiefe, heisere Stimme kenne! Die grauen Augen, die sich von einem Moment zum anderen von samtweich zu eiskalt oder umkehrt wandeln können. Diesen muskulösen Oberkörper, von dem ich jeden Zentimeter mit Fingern und Zunge erforscht habe. Sein Anblick beschwört Bilder von heruntergerissenen Kleidern und zügellosem Sex herauf, aber auch von Wutanfällen und heftigen Streitereien.

Und doch übt er immer noch eine magische Anziehungskraft auf mich aus, dieser Mann, von dem ich einst glaubte, er könnte der Richtige sein – bis er genau so plötzlich von der Bildfläche verschwand, wie er aufgetaucht war.

Wie er es jedes Mal tut.

Ich stemme die Hände in die Hüften. »Was willst du, Dante?«

»Was denn – kein Kuss? Keine Umarmung? Willst du

mich denn nicht richtig begrüßen?« Er schiebt die Hände in die Taschen seiner abgewetzten Jeans und lehnt sich mit einer Schulter gegen den Türrahmen. Ich versuche, nicht zu auffällig auf die neue Tätowierung zu blicken, die aus seinem Hemdkragen lugt, aber ich frage mich dennoch, was er sich wohl diesmal ausgesucht haben mag. Ich hebe den Blick, als er sich mit einer Hand über den Goatee reibt, und sein Grinsen weckt in mir den Verdacht, dass er mir auf diese Art in Erinnerung rufen will, was genau er mit dem Streifen Barthaar anstellen kann, wenn er zwischen meinen Beinen liegt.

Nein! Ich bremse meinen Gedankengang aus und denke stattdessen an das letzte Mal, das er mich tief verletzt hat. »Sei froh, dass ich dir zur Begrüßung keinen Tritt in die Eier verpasse.« Ich verschränke die Arme vor der Brust und ziehe eine Augenbraue hoch.

Er lacht laut, was die Intensität, die sein Gesicht so faszinierend macht, noch verstärkt. »Ah, das ist mein Mädchen, meine Wildkatze – genau, wie ich dich am liebsten habe.«

»Ich bin nicht dein Mädchen. Du hast das Recht verloren, mich so zu nennen, als du von heute auf morgen verschwandst.« Ohne wirklich etwas zu sehen, blicke ich über seiner Schulter einem Nachbarsjungen nach, der über den Gehweg läuft.

»Hast du Angst, dass dein Liebhaber zurückkommt und angefressen ist, weil ich hier stehe?«

»Liebhaber?«

Er hebt das Kinn. »Ja. Oder ist das dein Freund, der dich gerade hergebracht hat? Machst du jetzt auf gediegen, Had? Statt rebellisch kultiviert?«

Ich muss lachen. Becks kultiviert? Das ist nicht das erste Adjektiv, das mir bei ihm in den Sinn käme, aber in Dantes Augen ist wahrscheinlich jeder Nicht-Tätowierte ein spießiger Langweiler.

»Was er ist oder nicht ist, geht dich überhaupt nichts an.«

»Alles, was dich betrifft, geht mich etwas an.«

Ich schnaube verächtlich. Glaubt er ernsthaft, ich würde ihn mit offenen Armen empfangen, nachdem er vor einem Jahr einfach verschwunden ist und bis heute rein gar nichts von sich hat hören lassen?

»Komm schon, Baby«, sagt er. »Sei nicht so grob zu mir. Andererseits ... ich stehe ja eigentlich drauf, wenn du ein bisschen grob zu mir bist.« Wieder das arrogante Grinsen. In der Vergangenheit hat er mich damit oft wieder umstimmen können.

In der Vergangenheit, ganz genau. Ich habe keine Lust auf eine Neuauflage. Liebeskummer ist nicht so meins.

»Was willst du?«

Er zuckt die Achseln. »Ich bin wieder in der Stadt.«

»Schön für dich. Warum? Haben die ›neuen Ufer‹ doch nicht gehalten, was sie versprochen haben?«

Er lacht, und die Grübchen in seinen Wangen vertiefen sich.

»Baby, es gibt immer Neues zu entdecken. Sogar zu Hause.«

»Mag sein, aber dann solltest du dir unbedingt ein Zuhause suchen.«

Er kommt einen Schritt auf mich zu, und ich weiche einen zurück. Ich darf ihn nicht zu nahe an mich heranlassen; hinterher werde ich doch noch schwach. »So schlimm war's doch gar nicht mit uns«, sagt er leise. »Wir zwei hatten viel Spaß zusammen.«

Ich schlage nach seiner Hand, als er nach meinem Arm greifen will. »Tja, nur komisch, dass *ich* mich vor allem an andere Zeiten erinnere.«

»Mag sein, aber *wenn* wir Spaß hatten ... hmmmm, also mir schwirren da ein paar sehr schöne Erinnerungen durch den Kopf.«

»Wirklich? Mir nicht«, lüge ich ohne schlechtes Gewissen, denn er hat mir schon viel zu oft Unwahrheiten aufgetischt.

Einen Moment lang sieht er mich prüfend an. Ich ermahne mich streng, mich bloß nicht einwickeln zu lassen, aber dann dringt mir sein Aftershave in die Nase, und schon setzt das Kopfkino wieder ein. »Sei doch nicht so hart zu mir«, murmelt er.

Und das ist meine Rettung, denn das Wort ›hart‹ bringt mir die Erinnerungen an gestern Nacht zurück, als Becks mir unbedingt beweisen wollte, *wie* hart er war. Ich atme geräuschvoll aus und schüttele den Kopf. Becks und der Mann vor mir sind grundverschieden.

Doch beide gefährlich.

Noch immer lächelnd neigt er den Kopf zu mir herab und sieht mir in die Augen. »Ah, sie gibt nach. Du hast noch nie lange sauer auf mich sein können. Komm schon, Baby. Widerstand ist zwecklos.«

Am liebsten würde ich auf ihn einprügeln. Denn er hat recht. Natürlich will ich mir meine Würde bewahren, und niemals würde ich mir verzeihen, wenn ich mich wieder auf ihn einließe, aber bei Gott! – Dante schafft es wie kein anderer, dass ich meine Prinzipien vergesse.

Ich kämpfe gegen das Lächeln an, das an meinen Mundwinkeln zupft, obwohl ich weiß, dass es keinen Sinn hat. »Dante ...« Meine Stimme verklingt, und ich versuche es neu. »Warum bist du gekommen?«

Sein Grinsen wird zu einem strahlenden Lächeln, als er erkennt, dass er gewonnen hat. »Ich brauche ein Dach über dem Kopf, um ein paar Stündchen zu schlafen.« Seine Augen blicken ernst, aber bei Dante weiß man nie, was echt ist und was gespielt.

»Und siehst du ein ›Zimmer-frei‹-Schild auf meinem Rasen?«

Er atmet hörbar aus. Dante ist es nicht gewohnt, etwas erklären zu müssen – normalerweise nimmt er, ohne zu fragen. »Komm schon, Babe, ich weiß, dass Ry ausgezogen ist.« Ich ziehe eine Braue hoch, und er schüttelt genervt den Kopf. »Ich bin nicht blöd, Haddie. Es ist ja nicht so, als hätte nicht jede Promi-Webseite gestern noch über die bevorstehende Hochzeit spekuliert.« Aber ich bleibe mit verschränkten Armen stehen und warte ungeduldig ab, bis er schließlich seufzt. »Ich brauche bloß ein zwei Tage, höchstens eine Woche, um ein paar Dinge zu klären.«

Da ist etwas in seiner Stimme, etwas Angestrengtes in seiner Miene, das mich aufmerken lässt, und ich frage mich, weswegen er wohl wirklich in die Stadt zurückgekehrt ist. »Also bist du geradewegs zu mir gekommen? Hältst du dich für so unwiderstehlich, dass du glaubst, ich würde einfach alles vergessen, was vorher war?«

Einen Moment lang blicken wir uns stumm an. »Bitte, Haddie«, sagt er dann. »Du kennst mich. Und du kennst meine Vorgeschichte. Ich dachte, du würdest vielleicht zu mir stehen.«

Verwirrt versuche ich zu entschlüsseln, was er damit sagen will. Ja, ich kenne seine Geschichte – Einzelkind, bei Mutter aufgewachsen, Vater nicht vorhanden –, also worum geht es hier? Um seine Mutter? Um seinen Job? Und was geht es mich an? Dennoch kann ich nicht einfach über seinen Gesichtsausdruck und den Hauch Verzweiflung in seiner Stimme hinweggehen. Fast habe ich Mitleid, dass ich ihm anfangs in die Eier treten wollte.

Tja nun, die Option habe ich ja immer noch. Aber erst muss ich mich vergewissern, dass es ihm wirklich gut geht. Resigniert schüttele ich den Kopf. Ich bin mir bewusst, dass ich das Chaos in mein Leben einlade.

»Keine komischen Geschichten, Dante. Das meine ich ernst.«

Er hält eine Hand hoch. »Großes Pfadfinderehrenwort«, sagt er mit einem triumphierenden Lächeln.

»Genau davor habe ich mich gefürchtet«, murmele ich. Dante ist schon in der Grundschulzeit bei den Pfadfindern rausgeflogen, weil er unter den Mitgliedern eine Meuterei angestiftet hat.

Er bedenkt mich mit einem Lächeln, das mit »Nach mir die Sintflut« untertitelt werden könnte und tritt über die Türschwelle.

So fängt es an, denke ich schicksalsergeben, als er in mein Haus einzieht.

5

BECKS

Ich lasse den Truck ausrollen und halte an. Endlich da. Zum Glück herrschte nur wenig Verkehr, und im Stillen danke ich meinem Lieblingssender, dass er mich wenigstens vorübergehend von meiner Grübelei abgelenkt hat.

Ich steige aus und blicke über die Bäume. Normalerweise kann ich hier immer zur Ruhe kommen und mich entspannen. Aber obwohl ich mich darauf freue hineinzugehen, ein kaltes Bier aufzumachen und mich an den Pool zu setzen, ist mir jetzt schon klar, dass ich dieses Mal keine Chance habe, den Kopf freizukriegen.

Und schuld daran ist Haddie.

Die süße, wunderbare Haddie und der Ausdruck auf ihrem Gesicht, als ich sie gestern Nacht an die Bettkante zog und sie betrachtete: Das blonde Haar ausgebreitet, die Wangen rot, die Lippen geöffnet, die Muschi so nass und köstlich. Wieso muss ich ständig daran denken, wie sie mich angesehen hat – ein wenig spöttisch, unschuldig, wachsam – und wie es zu diesem Ausdruck ihrer Augen kam? Liege ich richtig mit meiner Annahme, dass sie durch die Nacht mit mir vergessen wollte?

Ich schüttele den Kopf und pfeife nach Rex, der aus dem Wagen springt, ehe ich die Tür zuwerfe. Nun, da das Radio verstummt ist, höre ich ihre Stimme wieder deutlich in meinem Kopf. *Wir haben uns auf unverbind-*

lichen Sex geeinigt. Nein, haben wir nicht. *Sie* hat davon gesprochen, sie hat immer wieder betont, dass es sich nur um einen One-Night-Stand handelt. Von wegen unverbindlich. Es kommt mir vor, als hätte sie mich mit einem Lasso eingefangen und es fest zugezogen.

Ich weiß, dass ich mich gestern Nacht mehr hätte anstrengen müssen, um ihr zu widerstehen, denn es war von vornherein klar, dass es mir niemals reichen würde, nur eine Kostprobe von ihr zu bekommen. Herrgott noch mal, das war schließlich der Grund, warum ich sie mir die vergangenen anderthalb Jahre auf Armeslänge vom Leib gehalten habe. Dass Haddie sexy ist, stand von Anfang an außer Frage, aber ich wollte nicht riskieren, mit ihr im Bett zu landen, da Rylee ihre beste Freundin und Colton mein bester Freund ist. Und beste Freunde, die etwas mit besten Freunden anfangen – das geht selten gut aus.

Also habe ich alles versucht, um dem aus dem Weg zu gehen. Sehr effektiv, wie man sieht, da ich gestern Nacht mit Pauken und Trompeten untergegangen bin, und ich habe den dumpfen Verdacht, dass ich noch nicht einmal gerettet werden will.

Ich richte die Baseballkappe auf meinem Kopf und hole meine Tasche von der Ladefläche. So ist das mit den Muschis: Willst du sie, kriegst du sie nicht, und willst du sie nicht, kriegst du sie – und dann bekommst du sie nicht mehr aus deinem verdammten Schädel.

Haddie jedenfalls hat sich in meinem Kopf breitgemacht.

»Hey, Arschloch.«

Die Stimme schreckt mich aus meinen Gedanken, und

ich fahre herum und blicke zur Veranda. »Was zum Henker machst du denn hier, Walker?«

»Ich freu mich auch, dich zu sehen, Kumpel«, gibt mein Bruder zurück und beugt sich zu Rex herab, der ihm prompt einen schlabbernden Kuss verpasst. Walker lacht und zerzaust ihm das Fell, ehe er wieder zu mir aufblickt.

Ich schaue mich um, ob ich in meiner Geistesabwesenheit den Wagen meines Bruders übersehen habe, aber ich kann ihn nicht entdecken. »Ich hatte keine Ahnung, dass du hier sein würdest.« Ich hänge mir meine Tasche über die Schulter und setze mich in Richtung Haus in Bewegung.

»Na ja, es war eine spontane Entscheidung. Aubrey wollte zu einer Junggesellinnenparty nach Vegas.« Er zuckt die Achseln und hebt das Bier in seiner Hand an die Lippen. »Ich dachte, ich nutze die Zeit und komme für ein paar Tage her. Um wieder aufzuladen. Ein bisschen runterzukommen. Eins mit der Natur zu werden.« Er zieht die Brauen hoch, als er wiederholt, was unsere Mutter immer sagte, wenn sie uns zu diesem alten Familienbesitz in Ojai schleifte. Als Kinder verdrehten wir darüber nur die Augen, als Erwachsene können wir es nachvollziehen.

»Mein Wagen steht hinter der Scheune. Ich hatte ihn Raul geliehen.« Prompt sehe ich mich nach unserem Verwalter um, doch auch ihn kann ich nicht entdecken. »Und warum bist du hergekommen?«, fragt Walker.

Ich habe die Stufen erreicht. »Ich wollte ein Weilchen allein sein.«

»Oh, armer Kleiner«, spottet er. »Ist mein großer Bruder vielleicht ein kleines bisschen traurig, dass die Hochzeit seines besten Kumpels die innige Männerfreundschaft gestört hat?«

»Verpiss dich«, sage ich, obwohl ich genau weiß, dass ich keine Chance habe. Wenn es darum geht, wie nahe Colton und ich uns stehen, kann er den Mund einfach nicht halten. »Ich brauchte einfach nur ein bisschen Ruhe. Ich hab gestern zu viel getrunken und wollte mich ein paar Tage erholen. Allein. War ja klar, dass mir das kleine Arschloch von Bruder einen Strich durch die Rechnung machen muss.«

Er schlägt mir auf den Rücken und lacht. »Sei froh, dass ich es getan habe, denn so ist der Kühlschrank wenigstens voller Bier.«

»Wirklich?« Wie nett. Das erspart mir die Fahrt in den nächsten Ort.

»Wirklich. Hast du mich jetzt wieder lieb?« Er setzt sich in Richtung Küche in Bewegung, und ich folge ihm hinein, um meine Sachen in meinem Schlafzimmer abzustellen.

»Was meinst du, wie sehr ich dich lieb habe, wenn du mir ein Bier mitbringst«, rufe ich ihm durch den Flur zu. »Oder gleich zwei oder drei.«

Ich ziehe den Schirm meiner Kappe herab und sinke noch etwas tiefer in den Liegestuhl. Die Wärme der Sonne tut mir gut, das eiskalte Bier, das durch meine Kehle strömt, fast noch mehr. Walker redet unaufhörlich auf mich ein, aber ich blende ihn aus. Er hat definitiv das Plaudertaschen-Gen meiner Mutter geerbt.

Ich schließe die Augen, und meine Gedanken wandern zurück zur gestrigen Nacht. Zu dem verdammt guten Sex, den wir hatten. Haddie ist einfach großartig. Es macht mich total an, wenn eine Frau selbstbewusst ist und kein Blatt vor den Mund nimmt.

»Was ist los, Kumpel?«, fragt Walker.

»Hm?«

»Wie heißt sie?«, kontert er grinsend.

»Wie heißt wer?« Ich versuche es mit einem klassischen Ausweichmanöver. Walker muss nichts von Haddie wissen, denn schließlich war es ja nur ein One-Night-Stand. Aber falls meine Klatschbase von Bruder glaubt, es stecke mehr dahinter, verpetzt er mich bei Mom, die mir wiederum sofort mit Enkelkindern in den Ohren liegen wird. Anschließend ruft dann garantiert mein Vater an, um sich zu beschweren, dass Mom ihn mit dem Babygefasel wahnsinnig macht, und könnte ich mich nicht gefälligst ein bisschen beeilen und heiraten, damit er endlich wieder seine Ruhe hat? Nicht, dass ich etwas gegen Kinder hätte – ich muss nur nicht jetzt sofort welche haben.

»Du sitzt mit geschlossenen Augen da, hast ein dümmliches Grinsen auf dem Gesicht und rückst alle paar Sekunden deinen Schwanz zurecht«, sagt er und zieht eine Braue hoch. »Entweder du erinnerst dich an einen schönen Moment mit einer tollen Frau – und es sieht nach *sehr* schön und *sehr* toll aus –, oder du gönnst dir gerade einen feuchten Tagtraum, was ich ziemlich krank fände, da ich schließlich direkt neben dir sitze.«

»Halt die Klappe!« Ja, ich gebe zu, dass es ein schwacher Konter ist, aber er hat mich auf frischer Tat ertappt, und mehr fällt mir auf die Schnelle nicht ein.

»Ha. Ich wusste es doch!« Er wendet sich mir voll zu,

und seine Augen funkeln vergnügt. »Welche arme Frau musste denn gestern unter deinem Mangel an Geschick leiden?«

Herrje. Ich liebe meinen Bruder abgöttisch, aber er muss sich wirklich ein paar schlauere Sprüche einfallen lassen. Ich schätze, er ist einfach zu oft mit seiner Freundin Aubrey zusammen, denn er könnte nicht mehr Östrogen ausdünsten, wenn er Lippenstift aufgelegt hätte.

Ich will seine schwachsinnige Bemerkung gerade kommentieren, als ein Handy klingelt. Ich lasse meinen Kopf zur Seite fallen und starre ihn an. Oh ja, definitiv zu viel Östrogen. Ein Katy-Perry-Song? *Ernsthaft?* »Bitte sag mir, dass das nicht dein Klingelton ist«, sage ich mit leidender Stimme.

Er sieht mich verständnislos an. »Kumpel, ich habe mein Handy hier«, sagt er und hält es zum Beweis hoch. »Das ist deins.«

Wie bitte? Ich erhebe mich und kehre durch die gläsernen Schiebetüren ins Haus zurück, wo ich mein Telefon liegen gelassen habe. Die ganze Zeit über trällert Katy Perry von kalifornischen Mädchen und Eis am Stil, und ich kann mir nur vorstellen, dass sich Colton mal wieder einen Scherz erlaubt hat. Ein Abschiedsgeschenk für mich, ehe er in die Flitterwochen verschwunden ist. Beim letzten Mal hatte er mir »I Touch Myself« eingestellt, und es klingelte mitten in einer wichtigen Besprechung. Manchmal ist er schlichtweg ein Arschloch.

Ich greife nach meinem schwarzen iPhone und sehe Rylees Namen auf meinem Display. Wehe, er hat auch etwas mit meinen Kontakten angestellt.

»Hallo?«, melde ich mich misstrauisch.

»Becks? Wieso hast du Haddies Telefon?«, fragt Rylee, und jetzt endlich kapiere ich. Haddie muss heute Morgen das falsche Handy genommen haben, als ich sie bei ihr zu Hause abgesetzt habe. Aber welche Frau hat schon ein schlichtes, schwarzes Telefon? Haddie ist jedenfalls alles andere als schlicht. »Becks? Bist du noch dran?«

Na, großartig. Jetzt kann ich ebenso gleich auf Facebook posten, dass ich mit Haddie im Bett war, denn dass ich an ihr Handy gehe, besagt doch nichts anderes. Verflucht noch mal. Ablenkung ist meine einzige Chance. »Ja, ich bin da … Solltest du am ersten Tag deiner Hochzeitsreise nicht etwas anderes machen, als mich anzurufen?«

»Unser Flug hat Verspätung«, sagt sie, als ich auch schon eine Durchsage im Hintergrund höre.

Ich lache. »Als würde sich Colton davon abhalten lassen!«

»Bist du bei Haddie?«, fragt sie neugierig, aber ich habe jetzt überhaupt keine Lust, irgendetwas zu erklären, zumal Walker in der Tür steht und schamlos lauscht.

»Nein. Ich weiß auch nicht, wo sie …«

»Und wieso gehst du dann an ihr Handy?« Während ich noch fieberhaft überlege, was ich ihr sagen soll, fährt sie schon fort. »Habt ihr zwei etwa …?«

»Gib mir mal das Telefon«, höre ich Colton, und jetzt weiß ich, dass ich erledigt bin. Ich höre es rascheln, dann: »Becks?«

»Hallo, Mr. Ehespießer.«

Er lacht. »Tja, Alter, wenigstens darf ich regelmäßig ran. Du bist doch bloß neidisch. Wenn du deine Ansprüche ein bisschen runterschrauben und dich mal umsehen würdest, dann wärest du viel ausgeglichener und … Oh, verdammt!« Ich schwöre, ich kann hören, wie es in seinem Hirn Klick macht. »Du warst mit Haddie im Bett, richtig?«

»Quatsch«, protestiere ich und verziehe das Gesicht. »Nichts ist passiert.«

»Erzähl keinen Blödsinn!«, brüllt er und lacht. »Von wegen nichts passiert. Man nimmt sich doch nur versehentlich das falsche Handy, wenn man im Dunkeln flüchtet, bevor sie wach wird, oder am Morgen von der Nacht noch so durcheinander ist, dass man nicht aufpasst.« Wieder lacht er.

»Denk doch, was du willst. Beide Handys lagen auf der Arbeitsfläche deiner Küche. Ich habe mich einfach nur vergriffen – basta.«

»Is' klar. Und ich bin der Osterhase.«

»Inklusive Stummelschwanz?«

Er gluckst. »Höchstens durch Überbeanspruchung.«

Einen Moment lang schweigen wir beide, während ich zum Kühlschrank gehe, mir eine Dose heraushole und sie aufmache. »Ehrlich«, fahre ich schließlich fort. »Es ist nichts passiert.« Er grunzt nur ungläubig, und ich beschließe, ihn abzulenken, ehe er weitere Fragen stellt. »Also, warum rufst du an?« Im gleichen Moment fällt mir wieder ein, dass Ry ja Haddie angerufen hat, aber nun ist es zu spät.

»Ah, ein mehr oder weniger geschickter Themenwechsel ... wenn das nicht nach ›Ja, wir haben's getan!‹ schreit.« Wieder sein albernes Lachen.

»Ich lege jetzt auf«, drohe ich, denn ich weiß, dass er stundenlang so weitermachen kann.

»Mann, Alter, entspann dich und sei nicht so zickig.

Tatsächlich war ich gerade dabei, deine Nummer zu wählen, als Ry dich schon statt Haddie an der Strippe hatte. Ich muss dich um einen Gefallen bitten.«

»Klar, worum geht's?« Da gibt es kein Zögern. Schließlich spreche ich mit Colton, der mir so nahesteht wie mein eigener Bruder.

»Ich habe gerade einen Anruf von Firestone bekommen. Die Reifenlieferung kommt zwei Tage früher – ...«

»Nanu? Was ist passiert? Steht der Weltuntergang bevor?«, frage ich. Der Laster mit den Reifen der Sponsoren ist normalerweise zwei Wochen zu spät, wodurch wir immer gezwungen sind, die Zeit für die Tests zu kürzen.

Und auf der Rennstrecke ist Zeit Geld.

»Ja, so was Ähnliches habe ich zu Ry auch gesagt.«

»Na klar. So was hast du ihr bestimmt ins Ohr gestöhnt.«

»Wie gesagt, Kumpel, du bist doch bloß neidisch.« Er will wieder lachen, bricht aber ab. »Oder vielleicht auch nicht. Vielleicht hast du ja gestern selbst genug gestöhnt, hm, Daniels?«

»Oh, Mann, lass gut sein. Ich hab dir doch schon gesagt – ...«

»Ja, ja, ja ... schon verstanden. Und wenn du dich dann besser fühlst, darfst du es auch gerne noch ein paarmal wiederholen.«

Ich atme genervt aus. »Was willst du, Colton?«

»Glaub ja nicht, mir wäre nicht aufgefallen, dass du schon wieder ablenkst, aber unser Flug wird gerade aufgerufen, ich muss also gleich los. Hör zu. Ich weiß, du hast gesagt, du wolltest vielleicht ein paar Tage zu eurem Farmhaus oben – ...«

»Und da bin ich gerade.«

Er seufzt. »Der Fahrer hat einen enorm knappen Zeitplan und muss direkt wieder los, wenn er hier ist, um wieder zurück zu sein, bevor das Unwetter über den Mittleren Westen niedergeht. Ehrlich, Alter, ich frage nur ungern …«

»Tu nicht so. Tust du nicht.«

Er lacht laut, und ich höre, dass sie sich in Bewegung gesetzt haben. »Stimmt, tue ich nicht.«

»Weißt du, es ist wirklich das Letzte, dass du mich darum bittest, obwohl ich gerade erst gekommen bin und bereits fünf oder sechs Bier intus habe, aber, okay, ich fahre morgen früh zurück in die Stadt und schließe den Laden auf, um die Lieferung in Empfang zu nehmen.«

»Danke, Bruder. Ich bin dir was schuldig.«

»Das ist die Untertreibung des Jahres.«

»Hm. Vielleicht bist du ja schon in Naturalien bezahlt worden.« Er klingt vergnügt. »Hab ich dir damals nicht gleich gesagt, dass Rylees Freundin unfassbar heiß ist? Komm, erzähl schon – hast du dein Thermometer reingesteckt und die Temperatur nachgemessen?«

»Du bist doch krank, Mann.«

»Anders würdest du mich gar nicht haben wollen.«

»Stimmt. Aber es ist nichts passiert.« Er schnaubt, während der Flug im Hintergrund abermals aufgerufen wird. »Gute Reise.«

»Bis bald. Und danke.«

Ich lege auf und wähle sofort meine eigene Handynummer. Einerseits wünsche ich mir, dass sie rangeht. Andererseits aber auch nicht.

»Ja?«

Die männliche Stimme wirft mich vollkommen aus der Bahn. Ich nehme das Handy vom Ohr und schaue aufs Display, ob ich vielleicht die falsche Nummer gewählt habe. Aber nein – das ist meine.

Wer zum Henker ist da an meinem Handy? Habe ich meins vielleicht auf der Hochzeit verloren?

»Hallo?«, fragt die Stimme jetzt verärgert. *Er* ist verärgert? Er geht an *mein* verfluchtes Telefon!

»Wer zum Geier bist du?«

»Was geht dich das an?«

Seine Arroganz macht mich sofort sauer. »Weil das mein verdammtes Telefon ist, das du da in der Hand hast.«

»Was?« Jetzt ist er an der Reihe, verblüfft zu sein. Er nimmt das Telefon vom Mund, aber ich kann ihn dennoch deutlich verstehen. »Hey, Babe…«

Babe? Habe ich das wirklich richtig gehört? Ist mir irgendwas entgangen?

Im Hintergrund erklingt Haddies Stimme.

»Hier ist irgendein Typ am Telefon, der sagt, dass du sein Handy hast…«

Ich höre Schritte, Rascheln und verstümmelte Wörter. »Hallo?« Ihre atemlose Stimme dringt durch die Leitung zu mir, und obwohl ich nicht weiß, was hier eigentlich los ist, zieht sich in mir alles zusammen.

»Du hast mein Handy«, sage ich barsch. Ich will eigentlich kein Mistkerl sein, aber ich kann nicht anders. Vor nicht einmal zehn Stunden waren wir noch miteinander im Bett, und nun geht irgendein fremder Kerl an mein Telefon? Tja, das mit dem »unverbindlich« war ihr anscheinend verdammt ernst. Meine Stimme trieft vor Sarkasmus, als ich fortfahre. »Kannst du vielleicht irgendwo ein bisschen von deiner knappen Zeit abzwacken, damit wir tauschen können?«

Die süße Haddie ... wohl doch nicht so süß.

Einen Moment lang herrscht Stille. »Becks?«

»Jep.« Wenigstens kann sie sich noch an meinen Namen erinnern. Ganz toll. »Wann können wir uns treffen?«

»Becks, ist alles okay mit dir?« Ihre Stimme ist von einer Sorge durchzogen, die ich nicht hören will. *Frauen!* »Oh«, fährt sie fort, als sie offenbar kapiert, warum ich angefressen bin. »Es ist nicht so, wie du denkst. Dante ist bloß – ...«

»Wie wär's mit morgen? Hättest du morgen Zeit für mich, *Babe*?« Habe ich das wirklich gerade gesagt? Warum bin ich überhaupt eifersüchtig? Unverbindlicher Sex, richtig? Keine Forderungen, das war der Deal. Warum also komme ich mir so betrogen vor?

»Oh ...« Sie klingt gekränkt. Und jetzt bin ich wütend auf mich, weil ich so bescheuert reagiere. *Es war eine tolle Nacht, aber jetzt reg dich wieder ab, Daniels. Reiß dich zusammen und kehr zur Tagesordnung zurück.*

Und dann höre ich sie seufzen. Natürlich muss ich sofort an ihr Seufzen der gestrigen Nacht denken, als ich mich in sie versenkte. Immer und immer wieder.

»Ähm, ich kann eigentlich nicht«, sagt sie, und das Geräusch des Fernsehers wird leiser, als sie anscheinend den Raum verlässt. »Ich habe morgen eine Verpflichtung und am Abend ein Event, bei dem ich anwesend sein muss.«

Ach – eine Verpflichtung, ja? Ich schüttele den Kopf. »Wo findet dein Event statt?«

»In der Innenstadt. Wir könnten uns höchstens kurz am Nachmittag treffen, bevor ich dorthin muss, wenn du willst.«

»Ach, Mist«, sage ich, da ich gehofft habe, zu dem Zeitpunkt bereits wieder auf dem Weg zur Ranch sein zu können. »Ja, okay ... irgendwie kriege ich das schon hin.«

»Becks?«

Ich hasse den unsicheren Unterton in ihrer Stimme. Wenn das Ganze nur ein One-Night-Stand war, warum benehmen wir zwei uns dann wie zwei dumme Teenies?

Und da heißt es immer, Sex mache die Dinge nicht noch komplizierter.

»Ja?«, antworte ich. Aber jetzt werde ich ungeduldig. Ich will nur noch auflegen, mein Handy zurückhaben, und mir eine Auszeit nehmen, damit wir dieses alberne Stadium überspringen können, in dem wir beide analysieren, was der andere möglicherweise denken könnte.

Sie seufzt. »Weißt du ... gestern Nacht ...«

Und dann höre ich *seine* Stimme wieder. »Babe, ich springe mal eben unter die Dusche.«

»War ein Fehler«, beende ich den Satz für sie. Toller Sex, aber ein Riesenfehler. Man geht nicht mit Freunden ins Bett. Danke, ich hab's kapiert.

»Nein, das finde ich nicht. Ich dachte, dass -...«

»Doch, offenbar war es ein Fehler.« Ich gehe mit dem Telefon zu meinem Zimmer, damit Walker nicht mithören kann. »Wir haben uns vielleicht auf etwas Unverbindliches geeinigt, aber anscheinend ist das auslegungsfähig.«

»Auslegungsfähig?«

»Ja.« Ich hole tief Luft.

»Ich versteh dich nicht. Was meinst du damit? Wir wussten doch beide, auf was wir uns einlassen.«

»Jep, das wussten wir allerdings.« Mayday, Mayday, dieses Gespräch läuft total aus dem Ruder.

»Was ist denn dann das Problem?«

»Die Grenzen sind schwimmend«, sage ich, »und das müssen wir ändern. Ich will klare Verhältnisse.«

»Du klingst total angefressen.«

»Quatsch, ich bin super drauf. Ich ruf dich an, wenn ich morgen in der Stadt bin.«

»Becks, warte doch mal. Ich verstehe dich n...«

»Du hast die Regeln aufgestellt. Du solltest wissen, was sie bedeuten. Schönen Abend noch.«

Mit einer Mischung aus Ärger und Erleichterung drücke ich das Gespräch weg. Was soll's. Vorbei. Ich werfe das Telefon auf die Theke und nehme einen tiefen Zug aus der Dose.

»›Super drauf?‹«

Bei Walkers spöttischer Frage ziehe ich unwillkürlich den Kopf ein. War ja klar, dass dieser Mistkerl lauscht. »Wer war das?«

»Halt die Klappe und verschwinde.« Ich werfe den Kronkorken nach ihm. »Das geht dich nichts an.«

6

HADDIE

Er ist »super drauf«?

Wenn wir uns doch darauf geeinigt haben, keine Forderungen zu stellen – was schließlich auf meinem Mist gewachsen ist, verdammt und zugenäht! –, warum stehe ich dann hier, starre auf Becks' Telefon in meiner Hand und ärgere mich über seine Nonchalance?

Verdammt, ja, er hat jedes Recht, sich mir gegenüber wie ein Arschloch aufzuführen. Ich stöhne auf. Was für eine Ironie, dass Dante ausgerechnet heute hier aufkreuzt und dann auch noch die Frechheit besitzt, an mein Telefon zu gehen.

An Becketts Telefon zu gehen.

Ich lehne mich mit der Hüfte an die Küchentheke, und obwohl ich mich dagegen zu wehren versuche, kehren meine Gedanken automatisch zur gestrigen Nacht zurück. Nur zu gut kann ich mich daran erinnern, wie er über mir aufragte, auf mich herabblickte, mich ausfüllte … und mich befriedigte.

Wieder stöhne ich, als die Sehnsucht mich überfällt, doch dass Becks so angefressen ist, beunruhigt mich auch. Ich presse die Kiefer zusammen und schüttele den Kopf. Eigentlich sollte mir vollkommen egal sein, dass er sauer auf mich ist. Ist nicht genau das eingetroffen, was ich befürchtet hatte? Anscheinend ist es mit der Unbeschwertheit zwischen uns vorbei.

Ich schüttele frustriert den Kopf. Kann man als Frau nicht einfach mal eine heiße Nacht mit einem Kerl verbringen, ohne dass er gleich meint, er hätte Anspruch auf mehr?

Ich seufze laut, als mein Ärger verebbt und das schlechte Gewissen erneut Einzug in mein Bewusstsein hält.

Nebenan lacht Dante über irgendwas im Fernsehen, und ich verdrehe unwillkürlich die Augen.

Verdammt.

Ich will mir gar nicht vorstellen, was Becks in diesem Moment wohl denkt. Ich blicke herab auf das Handy in meiner Hand und begreife erst jetzt, wieso ich das falsche Telefon genommen habe. Auf der Küchentheke liegt meine mit Strass besetzte Hülle. Ich habe sie gestern abgenommen, damit ich mein Handy unter dem engen Kleid in den BH schieben konnte.

Ich habe gerade beschlossen, Beckett zurückzurufen und ihm zu erklären, wieso Dante hier ist, als ausgerechnet Dante die Frage stellt, die ich selbst noch zu beantworten versuche.

»Wer war das?«

Ich schaue mich um. Er lehnt im Türrahmen zur Küche. Er hat die Hände in die Taschen geschoben, sodass die Jeans tief auf den Hüften sitzt und ein Stück seines makellos definierten und tätowierten Unterbauchs zu sehen ist. Er grinst, als er bemerkt, wovon mein Blick angezogen wird. Selbstbewusstsein ist etwas, an dem es ihm nicht mangelt.

»Gute Frage«, murmele ich mehr zu mir als zu ihm.

Dante schnaubt amüsiert. »Babe, du hast sein Telefon, also hat er anscheinend irgendeine Bedeutung für dich.«

Das hat er wohl, aber welche genau? Ich hole meine Gedanken aus dem Land der Orgasmen zurück und rufe mich scharf zur Ordnung. Anscheinend kriege ich bald meine Tage, wenn ich mir wegen einer Nacht, die nicht mehr als eine Nacht sein dürfte, unaufhörlich den Kopf zerbreche.

Kopf ein- und Libido ausschalten, Montgomery. Ich richte meinen Blick wieder auf Dante, der, wenn ich seinen Blick richtig interpretiere, nicht nur eine Antwort auf seine Frage will, sondern noch etwas ganz anderes. Aber wenn er darauf hofft, dass ich ihm mir nichts, dir nichts um den Hals falle, dann irrt er sich gewaltig. Ich bin nicht mehr das naive, leicht zu beeindruckende Ding, mit dem er einst zusammen war, und es ist lange her, dass mich das Unberechenbare unserer Beziehung angemacht hat. Der ständige Wechsel zwischen heiß und kalt, heftigem Streit und umso wilderem Versöhnungssex, diese Explosion von Gefühlen, die nur vorübergehend zur Ruhe kommen durften, ehe das ganze Drama von vorne begann – nein, danke!

Ich schaue weg, und meine Gedanken kehren augenblicklich zu Becks zurück. Das, was er mir unterstellt, habe ich nicht verdient. Ich verdränge mein schlechtes Gewissen und lasse das Handy auf die Theke fallen. Das Klappern hallt in meiner inneren Leere wieder. »Nein, er hat keine Bedeutung. Es war ein Irrtum, mehr nicht.«

»Ich glaube mich zu erinnern, dass du das auch mal über mich gesagt hast«, bemerkt er mit einem anzüglichen Unterton, als er nun langsam durch die Küche auf mich zukommt.

»Ganz genau. Und wo stehen wir heute?« Ich kenne

dieses Leuchten in seinen Augen, weiß genau, wie ich diesen raubtierhaften Gang interpretieren muss, und unwillkürlich umklammere ich die Thekenkante hinter mir mit beiden Händen.

Dicht vor mir bleibt er stehen und stützt sich rechts und links von meinen Hüften an der Theke ab. »Wie wär's, wenn ich dir zeige, wie schön es sein kann, sich zu irren?« Zu meinem Ärger vibriert seine Stimme in meinem Inneren nach, und die animalische Männlichkeit, die von ihm ausgeht, verfehlt ihre Wirkung auf mich nicht. Ich hätte nicht übel Lust, meinen Frust über Becks mit ihm zu vertreiben ...

Den einen benutzen, um den anderen zu vergessen? *Ganz toll, Montgomery, wirklich.* Was ist bloß los mit mir?

Ich bedenke ihn mit einem warnenden Lächeln. Aber wem will ich hier etwas vormachen? Dante zu warnen ist gleichbedeutend damit, ihm den Fehdehandschuh vor die Füße zu werfen, und wie ich ihn kenne, wird er die Herausforderung nur allzu gerne annehmen. Dennoch kann ich meinen Mund nicht halten. »Träum weiter«, sage ich und hoffe, dass er das leichte Beben in meiner Stimme nicht hört. Seine Nähe ist ungeheuer verlockend. Schon immer hat Dante eine magische Anziehungskraft auf mich ausgeübt, gegen die anzukämpfen schier aussichtslos erscheint.

Seine Augen funkeln amüsiert, als er sich langsam an mich lehnt. Sofort stemme ich meine Hände auf seine Brust und drücke ihn weg. Ich muss mich unbedingt schützen. Vor ihm. Vor der Versuchung, der ich nicht erliegen will, aber die ich verdammt noch mal gut nutzen könnte, um die vage Sehnsucht nach Becks zu tilgen. Prompt muss ich daran denken, wie ich mich heute Morgen beim Aufwachen am liebsten an ihn gekuschelt hätte, um in der Wärme der ersten Sonnenstrahlen träge und gemächlich Liebe zu machen, und wie die Schmetterlinge in meiner Magengrube aufflatterten, als es später an meiner Tür klingelte und ich glaubte, er sei zurückgekommen.

Dante lacht leise, und ich spüre das Vibrieren unter meinen Händen, die noch immer auf seiner Brust liegen. Er weiß, welche Wirkung er auf mich hat, und das macht mich wütend.

»Dante …« Ich komme nicht weiter. Er umfasst meine Hände, nimmt sie von seiner Brust, presst sie auf die Küchentheke und hält sie dort fest. Mein Blick folgt alarmiert, und als ich wieder aufschaue, habe ich keine Chance mehr, auch nur einen Laut von mir zu geben, ehe sein Mund auf meinem liegt.

Ich leiste praktisch keinen Widerstand. Ich weiß nicht, ob es Verwirrung ist, Verlangen oder etwas anderes, aber ich lasse es geschehen. Zuerst reagiere ich nicht, bleibe passiv, doch als seine Zunge in meinen Mund dringt und auf meine stößt, entfacht sie das Feuer, das Becks gestern Nacht in mir geschürt hat, neu.

Keine Bedingungen.

Ich verdränge den Gedanken und schmiege mich an ihn. Sofort übernimmt Dante die Kontrolle. Er stöhnt tief, presst seinen harten Körper gegen meinen und hält mich mit den Hüften an der Küchentheke fest. Eine Hand greift in mein Haar, die andere legt sich auf meinen unteren Rücken, und ich wehre mich nicht gegen seine Dominanz, sondern genieße die Stromstöße, die meine Nerven befeuern. Mein Körper weiß noch, was für einen wilden Ritt Dante bedeuten kann – Genuss und Schmerz, Wonne und Leid in Personalunion.

Und – ja! – ich will es, ich will alles. Ich will seine Küsse und das Chaos, das er in mein Leben bringt, weil ich dann so sehr damit beschäftigt sein werde, die Scherben wieder aufzufegen, dass ich nicht einmal mehr spüren kann, was durch Lexis Tod in mir zerbrochen ist.

Und was Becks gestern Nacht zu kitten begonnen hat.

Becks.

Gestern Nacht.

Was zum Henker mache ich denn hier?

Sofort fange ich an, mich gegen die Droge namens Dante zu wehren. Ich stemme mich gegen seine Schultern und will mich von ihm lösen, aber seine Hand hält mich am Nacken fest. Mein Körper ist mehr als willig, aber mein Herz und mein Verstand mahnen mich, mich verdammt noch mal zusammenzureißen und ein bisschen Integrität zu zeigen.

»Nein«, murmele ich an seinen Lippen. Je mehr ich von ihm bekomme, um so schwerer wird es mir fallen, ihm den Rücken zu kehren. »Nein!«, sage ich nachdrücklicher und versetze ihm einen trotzigen Stoß gegen die Brust.

Endlich lässt er von mir ab und weicht einen Schritt zurück. Seine Augen sind geweitet, die Nasenflügel blähen sich, und sein Atem kommt stoßweise. Ich spüre, dass der Ärger über meine Zurückweisung dicht an der Oberfläche lauert, doch er schafft es, sich zu zügeln.

Meine Lippen prickeln von seinem Kuss, aber ich

weiß, dass es nicht gut gehen kann. Entschlossen drücke ich mich von der Theke ab. »Ich hab einiges zu tun.«

»Was soll das, Had?«, fragt er verärgert.

Plötzlich ist es mir zu eng in der Küche. »Du suchst ein Dach überm Kopf? Dann fass mich nicht noch einmal an.«

Sein Lachen folgt mir hinaus, und es schwingt etwas darin mit, das mich unangenehm berührt. Im Flur hinter der Tür bleibe ich stehen und lehne mich einen Moment lang an die Wand, als es mir klar wird.

Es ist die Leere, die am stärksten nachhallt.

Sein Lachen klingt genauso, wie meins in den vergangenen sechs Monaten geklungen hat. Es ist falsch und aufgesetzt und gibt vor, dass alles in Ordnung ist, während es sich in Wirklichkeit umgekehrt verhält. Und weil ich eigentlich ein mitfühlender Mensch bin, müsste ich nun zurückkehren und ihn fragen, was ihm zugestoßen ist, dass ihm die innere Wärme abhandenkommen konnte. Doch mein egoistisches Selbstschutzprogramm mahnt mich, ich würde besser damit fahren, wenn ich die Beine in die Hand nähme und verschwände.

Und wäre es nicht eine tolle Idee, wenn ich bei Becks unterkommen könnte?

Herrgott noch mal, Haddie, jetzt reiß dich endlich zusammen.

Ich seufze und schüttele den Kopf, dann setze ich mich wieder in Bewegung. Meine Augen beginnen verdächtig zu brennen.

Mir ist zum Heulen.

Ich betrete mein Schlafzimmer und schalte Musik ein, um mich abzulenken.

Leider ist es eine Tatsache, dass man sich besonders intensiv erinnert, wenn man bewusst vergessen möchte. Lexi. Dante. Becks. Alle drei schwirren in meinen Gedanken herum und lassen mich nicht zur Ruhe kommen.

An Lexi zu denken tut viel zu weh. Ich werde den ganzen morgigen Tag damit verbringen, Erinnerungen zu verarbeiten, gegen die Tränen anzukämpfen und mich an das Einzige zu klammern, was mir von ihr geblieben ist, daher schiebe ich sie, so gut ich kann, an den Rand meines Bewusstseins.

Die Tür zum Garten fällt zu, und meine Gedanken wandern zu Dante. Dante, der Verführerische. Manchmal fürchte ich, dass es zwischen seinem Mund und meiner Muschi eine Direktleitung gibt, doch es ist derselbe Weg, auf dem die Abrissbirne auf mein Herz zusteuert.

So gut. Und so verdammt schlecht.

Die Art, wie wir uns kennenlernten, hätte mir damals schon als Warnung dienen sollen: Ich stand draußen vor einem Nachtclub, als er mich mit einer anderen verwechselte und mir mit einem Kuss den Atem raubte, bis er irgendwann feststellte, dass ich gar nicht die war, für die er mich gehalten hatte. Nie vergesse ich seinen Gesichtsausdruck, als er es begriff: Seine Augen waren schockgeweitet, und ihm klappte buchstäblich die Kinnlade herab. Doch während wir uns gegenseitig begutachteten, stahl sich das für ihn typische arrogante Grinsen auf sein Gesicht, und fast augenblicklich war ich ihm verfallen.

Unsere Beziehung war von Anfang an intensiv und kräftezehrend, eine wilde Mischung aus Spontaneität, Unbekümmertheit und jugendlichem Leichtsinn. Dante und Liebe passten einfach nicht zusammen. Gegen seine Launen, seine Unberechenbarkeit kam ich nicht an, und die Nonchalance, die mir anfangs so verführerisch erschienen war, kostete mich irgendwann am meisten Nerven. Mit seiner Gleichgültigkeit gegenüber allem, was zwei Menschen zusammenschweißt, sabotierte Dante unsere Beziehung immer wieder aufs Neue, und doch liebte ich ihn.

Manchmal ist Liebe allerdings nicht genug. Am wenigsten dann, wenn der, den man liebt, eines Tages einfach ohne ein Wort von der Bildfläche verschwindet. Und monatelang fortbleibt.

Verdammt, ja, ich liebte Dante, aber er brachte mir bei, dass es, was Männer betrifft, genau drei Haltungen gibt: Fick dich, fick mich und verpiss dich. Zum Glück war der »Fick-mich«-Teil ziemlich gut, denn sonst wären mir von ihm nicht viele positive Erinnerungen geblieben.

Vergiss Dante.
Vergiss Beckett.
Fickt euch doch, Jungs.
Ich lache schnaubend, denn dummerweise denke ich jetzt natürlich ans Vögeln, daher wandern meine Gedanken automatisch zu Becks und der gestrigen Nacht, in der er mir sein beeindruckendes Können demonstriert hat. Ein süßes Ziehen fährt mir zwischen die Beine, und ich bewege unruhig die Hüften, als ich mir in Erinnerung rufe, wie er auf mir lag und mich küsste, während er sich in mich versenkte. Und dann fällt mir ein, wie er mich angesehen hat, als er heute Morgen aufwachte. Und wie gekränkt sich eben seine Stimme am Telefon angehört hat.

Ich stöhne und werfe mir einen Arm über die Augen, als könnte ich so sein Bild ausblenden, aber es ist sinnlos. Ich will mich nicht binden. Ich will keine feste Beziehung. Reagiere ich vielleicht deshalb so heftig, weil es sich anfühlt, als hätte er mich mit einem Bann belegt, der irgendwie meine Gedanken beeinflusst?

Becks gehört definitiv in die Kategorie »Mann fürs Leben«, dessen bin ich mir sicher. Dumm nur, dass ich die Einweg-Version bevorzuge. Dennoch will er mir einfach nicht aus dem Kopf. Ich lecke mir über die Lippen und schmecke Dante, wünschte mir aber, es wäre anders.

Herrgott.

Das ist so was von gar nicht witzig. Mein Kopf muss unbedingt anfangen, meinen Körper so zu steuern, dass die beiden sich wieder im Einklang bewegen. Dann kann ich anfangen, nach vorne zu schauen, und in dieser Richtung ist kein Beckett Daniels in Sicht.

Meine Spritztour mit Becks ist vorüber.

Es wird Zeit, das Steuer selbst wieder in die Hand zu nehmen.

7

Ich habe mich heute Morgen regelrecht geschunden. Um meinen Gefühlen zu entkommen, bin ich zu schnell und zu lange gelaufen. Nun tun meine übersäuerten Muskeln so weh, dass ich den sinnbildlichen Hieb in den Magen von heute Morgen kaum noch wahrnehmen kann.

Zweck erfüllt.

Die kalifornische Sonne scheint warm durch die Windschutzscheibe, als ich mühsam aussteige. Ich bleibe einen Moment lang stehen, betrachte die Bäume, die die Straße säumen, und lausche auf das Bellen der Hunde, die Rufe der Mütter, Kindergeschrei. Das Leben. Darauf will ich mich konzentrieren, nicht auf eine erhöhte Anzahl von Leukozyten und Tumormarkern im Blut. Automatisch denke ich an Lexis tapfere Durchhalteparolen, an ihre unermüdliche Energie im Kampf gegen den »Scheißkrebs«, um noch ein paar Jahre herauszuschinden, dann ein paar Monate, schließlich nur noch Momente und letzte Atemzüge.

Meine Finger umklammern den oberen Rand der Autotür, und Tränen brennen in meinen Augen, als die Erinnerungen auf mich einströmen. Das stete Tropfen der Infusionen, ihr Ringen um Luft, das stumme Flehen um mehr Zeit und weniger Schmerz. Gebete, es möge ein Wunder geschehen.

Nach einem halben Jahr sind die Bilder verblasst und

gleichzeitig noch immer frisch. Ihre magere zerbrechliche Hand in meiner, als sie mir entglitt, als ich ihr immer wieder versprach, dass Maddie in ihrem Geist erzogen werden würde, als ich mich ein letztes Mal von ihr verabschiedete, ehe sie endlich ihren Frieden finden konnte.

Ich hole tief Luft. Ich weiß, dass ich in meiner Trauer ertrinke, obwohl ich endlich anfangen müsste, sie zu verarbeiten und wieder nach vorne zu schauen. Doch hier überfällt mich der Schmerz immer mit voller Wucht. Alles hier, alles in diesem Haus ist sie, wie sie war, wie sie gelebt hat, obwohl sie für immer von uns gegangen ist.

Und dann höre ich den fröhlichen Aufschrei und das Trappeln der kleinen Füße, und der Blick in die Augen meiner Nichte lindert meinen Schmerz ein wenig.

Das kleine Bündel Liebe und Leben wirft sich mir in die Arme, und ich drücke es an mich. Tief atme ich Maddies Duft ein, ehe sie in meinen Armen zu zappeln beginnt und mich wie immer mit ihren Fragen und ihrem Geplapper bestürmt.

»Tantchen! Ich bin so froh, dass du da bist«, ruft sie aufgeregt, als ich sie wieder auf dem Boden abstelle. Ihre kleine Hand greift nach meiner und breit lächelnd schaut sie mit ihren großen braunen Augen zu mir auf. Sie zieht mich auf die Haustür zu, und ihre Fröhlichkeit und ihre überschäumende Liebe sind so ansteckend, dass ich mich wenigstens vorübergehend leicht und unbeschwert fühle.

Während Maddie unaufhörlich auf mich einplappert und mir erklärt, was wir heute alles tun müssen, zieht sie mich durch den Eingangsbereich ins Wohnzimmer. »Daddy! Sie ist da, sie ist da!«

Ich höre Danny leise lachen, doch wie immer wird

mein Blick zuerst von der Wand gegenüber angezogen, an der die vielen Porträts und Momentaufnahmen hängen. Wieder wird mir das Herz schwer, und ich reiße meinen Blick los und wende mich meinem Schwager zu.

Danny beobachtet lächelnd seine Tochter, doch als er meinem Blick begegnet, sehe ich in seinen Augen die Trauer, die sich dort für immer eingenistet zu haben scheint. »Hey, Danny, wie läuft's?«, begrüße ich ihn, aber er weiß, was ich ihn in Wirklichkeit fragen will: Wie schlägst du dich? Schaffst du es, nicht zusammenzubrechen?

»Gut. Mir geht's gut«, antwortet er, und unwillkürlich beginne ich zu zählen, wie oft er in den nächsten Minuten das Wort »gut« äußern wird – meine Messlatte für seinen tatsächlichen Gemütszustand. »Gut«, wiederholt er mit einem bekräftigenden Nicken, als meine Nichte meine Hand loslässt und aufgeregt auf und ab hüpft.

»Gut«, wiederhole ich leise und möchte weinen. Ich kann kaum begreifen, wie er es schafft, in diesem Haus zu leben, wo jeder Gegenstand an sie erinnert, obwohl ich verstehe, warum er sich nicht vorstellen kann, jemals woanders zu wohnen.

Lächelnd wendet er sich Maddie zu. »Also? Was stellt ihr zwei Hübschen heute an?«, fragt er mit erzwungener Begeisterung.

Maddie sieht mich mit funkelnden Augen an, denn normalerweise halte ich meine Pläne für unseren besonderen Tag immer bis zum letzten Augenblick geheim. »Hmm«, spanne ich sie auf die Folter. »Ich hatte vielleicht an Kino gedacht, danach ein Eis und anschließend einen Abstecher zum Buchladen zu einer Lesestunde!«

Sie quiekt begeistert. »Wirklich?«, schreit sie so laut und hoch, dass es mir in den Ohren wehtut. »Lesestunde?«

Und diesmal kommt das Lächeln von ganz allein, denn es tut gut zu wissen, dass Lexis Liebe zu Büchern in ihrer Tochter weiterlebt. »Ja, Lesestunde ... aber ich muss mal eben mit deinem Vater sprechen, also lauf doch schnell hoch und hol dir einen Pulli, falls es im Kino etwas kühler wird.«

Ihr Lächeln ist strahlend, doch plötzlich verschwindet es, und sie mustert mich mit schief gelegtem Kopf. »Ihr lasst mich aber nicht auch allein, oder?«

Es kostet mich jedes bisschen Kraft, dem scharfen Schmerz, der mich durchfährt, standzuhalten. Danny erstickt einen Schluchzer und wendet sich hastig ab, damit seine Tochter seine Miene nicht sieht.

Ich stähle mich innerlich und gehe vor ihr in die Hocke, damit ich ihr in die Augen sehen kann. Ihre Unterlippe zittert. »Ach, Schätzchen«, sage ich und kann nicht verhindern, dass meine Stimme bricht. Behutsam streiche ich ihr über Haar und Wange. »Dein Daddy und ich gehen nirgendwohin, versprochen. Und du und ich, wir sind doch Haddie Maddie, oder?« Als wir noch Kinder waren, nannte meine Schwester mich so, und mir zu Ehren gab sie ihrer Tochter den Namen Maddie. »Wir müssen noch viele Herzen brechen und High Heels tragen.«

Ihre großen schokobraunen Augen blicken mich prüfend an, als sie zu ergründen versucht, ob ich die Wahrheit sage. Ich halte ihr meinen kleinen Finger hin. »Gib mir dein Wort.«

Endlich lächelt sie, als ihr kleiner Finger sich um meinen hakt. »Haddie-Maddie-Ehrenwort«, flüstert sie und grinst noch breiter. »Herzen und High Heels.«

»Genau so. Also – ab mit dir.«

Sie wirft mir noch einen raschen Blick zu, dann läuft sie hinaus.

Als sie fort ist, drehe ich mich zu Danny um. Seine Augen schimmern hell. Es gibt nichts, was ich noch nicht gesagt hätte, nichts, das ihm Trost spenden könnte, daher schüttele ich nur den Kopf und kämpfe gegen die aufsteigenden Tränen an. Ich blicke gerade auf ein Foto von Lexi mit dem Neugeborenen, als er hinter mir zu sprechen beginnt. »Als Lexi krank wurde«, sagt er mit bebender Stimme, »und ihr bei der Chemo die Haare ausfielen ... da dachte ich, ich würde wahnsinnig.«

Er schüttelt den Kopf bei der Erinnerung, und ich frage mich, worauf er hinauswill. Maddie wird gleich zurückkehren, und ich will nicht, dass er in ihrer Gegenwart mit solch einer Trauer über Lexi spricht.

»Ich versuchte, dumme Witze darüber zu machen«, fährt er fort, »und necke sie, sie würde haaren wie ein Hund im Sommer. Überall lagen Büschel herum – auf der Couch, auf den Autositzen, auf T-Shirts, die ich auf die Leine hängen wollte ... Überall ihre Haare.« Er lacht auf, bricht aber rasch wieder ab. Ich wende mich zu ihm um, obwohl ich mich am liebsten nicht daran erinnern würde, wie verzweifelt sie über den Verlust gewesen war.

Er seufzt, und seine Schultern beben, als er sich sichtlich zusammenreißt. »Gott, Had ... neulich habe ich sie so entsetzlich vermisst. Ihr Geruch verschwindet langsam aus ihren Kleidern, und ich bin ... ich bin komplett durchgedreht. Ich brauchte unbedingt etwas, um ihr nahe zu sein.« Er fährt sich mit der Hand durchs Haar und presst sich die Finger unter der Brille auf die Augenlider. »Plötzlich fiel mir wieder ihr Haar ein, und wie ein Irrer bin ich durchs Haus gerast und habe gesucht – überall, in jedem Zimmer, in jedem Winkel, doch ich konnte nichts finden. Kein Büschel, keine Strähne, kein einzelnes Haar.« Er schaut auf und blickt mir ungläubig und unglücklich in die Augen. »Es ist nichts mehr da.«

Kontrolliert atme ich ein und aus, um zu verhindern, dass die emotionalen Dämme in mir bersten. Ich will jetzt nicht weinen.

»Ich habe sogar das Fusselsieb im Trockner durchsucht, Herrgott noch mal«, flüstert er kopfschüttelnd, wirft seine Brille auf die Couch und reibt sich über das Gesicht. Ein Muskel in seinem Kiefer zuckt, als er um Fassung ringt. »Manchmal habe ich das Gefühl, verrückt werden zu müssen.«

Eine einzelne Träne rinnt mir über die Wange, als ich auf ihn zugehe. Er hält abwehrend die Hände hoch, und ich bleibe stehen. Er hat recht: Wenn ich ihn nun in die Arme nehme, heulen wir beide Rotz und Wasser. »Warum hast du mich nicht angerufen?«, frage ich. »Du weißt, dass du immer – …«

Er unterbricht mich mit einem Lachen, das einen schrillen Unterton hat. »Und was hätte ich sagen sollen? Du trauerst genau wie ich. Ich will dich nicht jedes Mal mit mir runterziehen, wenn ich … wenn ich einen schlechten Tag habe.«

Ich formuliere im Kopf, was ich sagen will, aber die Worte drohen mir in der Kehle stecken zu bleiben. Nur mit Mühe spreche ich sie aus. »Lexi wollte, dass du weiterlebst, Danny. Sie wollte, dass du dir irgendwann eine andere suchst und wieder nach vorne schaust.«

Sein Kopf ruckt hoch, und seine Augen blitzen verärgert auf. »Sie war die Frau meines Lebens, Haddie, das weißt du genau. Sie war mein Ein und Alles, und ich … ich kann mir nicht einmal vorstellen, mit jemand anderem zusammen zu sein.« Er schaut einen Moment zu Boden, und als er mir wieder in die Augen sieht, ist sein Blick scharf und klar. »Niemand wird je in der Lage sein, diese Lücke in meinem Herzen zu füllen. Niemals.«

In diesem Moment erklingen Maddies Schritte. Dannys Haltung und Miene verändern sich augenblicklich, doch sein Lächeln erreicht die Augen nicht.

Und als er sie in seine Arme zieht und so fest umklammert, als fürchte er, sie auch zu verlieren, bin ich mehr denn je überzeugt davon, dass mein Entschluss, keine Bindungen einzugehen, der einzig richtige Weg ist.

Ich muss mich abwenden, als ganz plötzlich eine unbändige Wut in mir aufwallt. Wut auf Lex, auf mich selbst, Wut auf Danny und auf alles und jeden.

Meine Gedanken wandern zurück zu dem uneindeutigen BRCA-Testergebnis, das auf der Küchentheke bei mir zu Hause wartet. Es lässt sich nicht ersehen, ob ich das verfluchte Brustkrebsgen in mir trage oder nicht, und eigentlich müsste ich erneut zur Blutabnahme. Doch die Ungewissheit hat etwas seltsam Tröstendes.

Ach, verflucht. Verfluchte Lex, die mich verlassen hat. Ich hasse das Leben.

Scharf rufe ich mich zur Ordnung. Ich muss mich zusammenreißen, aber manchmal ist es so verdammt schwer. Doch als ich mich umdrehe und Maddie aufgeregt vor mir auf und ab hüpfen sehe, verflüchtigt sich mein Zorn, denn ich mag vielleicht das Wann und Warum nicht kontrollieren können – das Hier und Jetzt mit meiner geliebten Nichte jedoch, das habe ich in der Hand!

»Bist du bereit, schöne Frau?«

»Ja!«, ruft sie begeistert, drückt Danny einen Kuss auf die Wange und läuft hüpfend hinaus.

»Viel Spaß«, sagt er mit einem gepressten Lächeln.

»Den werden wir haben«, sagte ich leise. »Herzen und High Heels.« Ich nicke ihm zu und folge Maddie hinaus.

Und dann sind wir im Auto unterwegs zu unserem wöchentlichen Abenteuer, singen alberne Lieder und unterhalten uns über alles und nichts. Immer wieder blicke ich in den Rückspiegel, um sie zu betrachten.

Es gibt so vieles, was ich ihr von ihrer Mutter erzählen muss. Geschwistergeheimnisse, die bis heute kein anderer kennt, und ich kann es kaum erwarten, bis sie alt genug ist, um sie zu erfahren. Manchmal habe ich Angst, dass es mir nicht gelingen wird, allein mit Worten Lexi zum Leben zu erwecken, damit Maddie sie so lieben kann, wie ich es tue – als sei sie noch bei uns nämlich. Aber dann wird mir klar, dass ich gar keine Wahl habe.

Denn wer außer mir könnte es tun?

8

Ich betrachte das Bild auf meinem iPad und muss lachen. Maddie hat mir ein Foto von Danny mit Haarspangen und Klammern im Haar geschickt. Wenigstens hat unser gemeinsamer Tag sie in gute Laune versetzt.

Sie ist ein großartiges, zähes kleines Ding. Der Tag mit ihr war wunderschön. Und ich bin wild entschlossen, den Lebensmut, den meine Nichte mir immer wieder aufs Neue eingibt, dazu einzusetzen, ein anderes Versprechen an Lex einzulösen: Ich werde das Unternehmen, das wir gemeinsam geplant hatten, aufbauen und groß machen.

Und ich schwöre, es wird die beste PR-Agentur weit und breit werden.

Gedanklich bin ich bei meinem Auftrag für heute Abend, während ich den Gurt löse. Ich brauche mein Handy im Augenblick so dringend wie die Luft zum Atmen. Auf meinem Telefon ist alles gespeichert: Meine To-do-Listen, die Namen von Leuten, die ich mir unbedingt merken muss, mein Terminkalender – einfach alles. Und ich brauche einfach alles, um sicherzustellen, dass dieses erste von drei Events, die ich für einen potenziellen Großkunden organisiere, ohne Patzer über die Bühne geht.

Entnervt stoße ich den Atem aus, blicke auf meine Uhr, um mich zu vergewissern, dass die Zeit nicht stillsteht, und suche abermals den Parkplatz ab, den Becks mir als Treffpunkt genannt hat. Wo bleibt er nur?

Andererseits: Wem will ich hier eigentlich was vormachen? Ich bin gar nicht wirklich derart angefressen, dass ich warten muss, sondern eher ungeheuer verunsichert, weil ich nicht weiß, wie wir einander begegnen werden. Können wir uns normal benehmen? Oder eher nicht?

Es ist zum Kotzen. Was ist bloß los mit mir? Das kann mir doch alles vollkommen egal sein. Zum zigsten Mal blicke ich auf die Uhr, und als ich wieder aufschaue, entdecke ich seinen SUV, der auf den Parkplatz einbiegt.

»Na, Halleluja«, brummele ich, wütend auf mich selbst, weil mich bei der Aussicht, ihm gleich gegenüberzustehen, ein sehnsuchtsvolles Ziehen durchfährt.

Verdammt, ich habe jetzt keine Zeit für so einen Quatsch. Ich muss mich auf den Abend vorbereiten und pünktlich und hellwach zur Stelle sein.

Er stellt den Wagen neben meinem ab, und mein Magen schlägt einen Purzelbaum, als ich zu ihm hinüberschaue. Er trägt eine Sonnenbrille und blickt nach unten, und ich begutachte sein Profil, während ich warte. Endlich ist er fertig mit dem, was immer er gemacht hat, wirft einen flüchtigen Blick in meine Richtung und steigt aus.

Mein Herzschlag nimmt an Tempo zu, als ich ebenfalls aussteige, und das ärgert mich. Auch das Ziehen zwischen meinen Beinen ärgert mich, und als ich – genau wie er – zum Kofferraum herumgehe, versetzen sein Anblick, der Duft seines Aftershaves und seine geschmeidigen Bewegungen all meine Sinne in Alarmbereitschaft. Er lehnt sich mit einer Schulter gegen seinen Wagen und verschränkt die Arme vor der Brust. In einer Hand hält er das Handy. Seine Augen sind hinter der Sonnenbrille nicht zu sehen, aber ich kann spüren, dass er mich trotz seines leidenschaftslosen Gesichtsausdrucks von Kopf bis Fuß mustert.

Und so stehen wir stumm voreinander und versuchen einzuschätzen, wie der jeweils andere wohl reagieren wird. Und obwohl ich unbeteiligt sein sollte, kehrt mein Blick immer wieder zu seinem schönen Mund zurück. Was für großartige Dinge er damit anstellen kann!

Vergiss es endlich, Had. Es war eine einmalige Geschichte. Jetzt sei ein großes Mädchen, und kauf dir stattdessen neue Batterien für deinen Vibrator.

»Hey.«

»Haddie.« Er nickt mir zu, spricht aber nicht weiter. Sein Verhalten ist so untypisch für den Becks, den ich kenne, dass ich keine Ahnung habe, was ich tun soll. Ich nehme an, dass er wissen will, warum ein Mann an sein Telefon gegangen ist, aber im Grunde genommen geht ihn das gar nichts an. Es lässt mich zwar in keinem guten Licht dastehen, aber vielleicht ist das sogar ganz nützlich.

Vielleicht.

Ich halte ihm sein Handy hin, und er nimmt es, und als seine Finger meine berühren, ist mir, als bekäme ich einen elektrischen Schlag. Ich reiße meine Hand zurück und verfluche mich augenblicklich, denn es ist unmöglich, dass er es nicht bemerkt hat. Aber mein Fluch gilt auch meiner Reaktion an sich. Und der Tatsache, dass *er* gar keine zeigt, sondern die Arme wieder verschränkt, ohne mir seinerseits mein Telefon zu geben.

»Bist du sauer auf mich?«

Er betrachtet mich einen Moment lang stumm, dann schüttelt er den Kopf. »Nein.« Schließlich drückt er sich vom Wagen ab und richtet sich zu voller Größe auf. »Ich muss sie mir im Kopf nur immer wieder aufsagen.«

Wie bitte? Irgendetwas entgeht mir hier. »Aufsagen? Was denn?«

»Meine Prinzipien.« Ein winziges Lächeln umspielt seine Lippen, und ich möchte ihm am liebsten die Sonnenbrille abnehmen, damit ich meinen lässig-lustigen Becks zurückbekomme. So distanziert und arrogant habe ich ihn noch nie erlebt, obwohl ich zugeben muss, dass mich seine Art ganz schön anmacht.

Verdammt! So was kann ich gerade überhaupt nicht gebrauchen.

»Deine Prinzipien?«

»Jep«, bestätigt er mir mit einem Nicken und sieht mich einfach nur weiterhin an. Ich will ihn gerade fragen, was das für Prinzipien sein sollen, als er von selbst beginnt. »Nummer eins: Geh niemals mit jemandem ins Bett, mit dem du befreundet bist. Das macht alles nur komplizierter.«

Ich sehe ihm an, dass er sich das Grinsen verkneifen muss, und meine Bemerkung ist schon heraus, ehe ich sie noch zurückhalten kann. »Wie es aussieht, Country, hast du die Regel schon gebrochen.«

Er zieht die Augenbrauen so hoch, dass sie über dem Brillenrand zu sehen sind. »Richtig. Und man sieht ja, wohin uns das geführt hat.«

»Na ja, andererseits sind wir ja nicht wirklich Freunde.« Was zum Teufel soll denn das heißen, Haddie? Mein, Gott. Ich habe wirklich nicht alle Tassen im Schrank.

»Ach – wir sind gar keine Freunde?«

Sein spöttischer Tonfall ärgert mich, und ich überlege

noch, was ich sagen soll, als er einen Schritt auf mich zukommt. Ich weiche automatisch einen Schritt zurück, stoße aber gegen sein Auto und kann nicht weiter, während er den Abstand zwischen uns noch mehr verringert. Die Sonne steht so, dass ich seine Augen hinter den getönten Gläsern erkennen kann, und er begegnet meinem Blick amüsiert.

Seine plötzliche Nähe macht mich nervös. Mein Puls beginnt erneut zu jagen, und mir fehlen die Worte, obwohl ich sonst immer recht schlagfertig bin. Wieder zieht er die Brauen hoch und macht mit der Hand eine kurbelnde Geste, um mir zu bedeuten, dass er auf eine Antwort wartet, und in meiner Verzweiflung platze ich mit einem Spruch heraus, der vollkommen schwachsinnig ist.

»Nein, keine Freunde. Wir sind doch ... Familie.«

Becks wirft den Kopf zurück und lacht laut und ungehemmt, und die Spannung löst sich spürbar. »City«, sagt er kopfschüttelnd, als er sich wieder etwas beruhigt hat. »Nach dem, was wir vorgestern Nacht miteinander angestellt haben, klingt das verdammt schräg, aber ich weiß ziemlich genau, was du meinst.«

Und zum ersten Mal seit jener Nacht ist das jungenhafte Grinsen zurück, das ich von Becks kenne. Der Boden unter meinen Füßen beginnt sich zu festigen, und ich verspüre Erleichterung. Ja, es *ist* aufregend und sexy, wenn er plötzlich das Alphatier herauskehrt, aber es macht mich auch verdammt nervös.

Er blickt auf meine fordernd ausgestreckte Hand, gibt mir aber mein Telefon nicht zurück. Dafür kommt er näher und näher, und mit einem Mal habe ich das Gefühl, als würde die Luft zum Atmen knapper.

Reiß dich zusammen, Haddie. Keuschheitsgürtel laden und sichern!, versuche ich mich auf meinen Humor zu berufen, um meine Nerven zu beruhigen, die – völlig untypisch für mich – aus dem Ruder zu laufen scheinen.

»Okay. Regeln. Ich hab's kapiert«, sage ich und stoße frustriert den Atem aus. Mit Mühe richte ich den Strom meiner Gedanken wieder auf die momentane Situation und auf ihn. *Auf* ihn? Prompt beschwört mein schmutziges Bewusstsein Bilder herauf, wie ich auf ihm sitze und ihn reite. *Herr im Himmel!* Ich muss mich konzentrieren, muss das Ziel im Auge behalten, muss einen kühlen Kopf bewahren. Doch als er sich mit der Zunge über die Unterlippe fährt, klemme ich unwillkürlich die Beine zusammen.

»Schön«, murmelt er, ohne mir eine Chance zu geben, mich aus meinem verbalen Dilemma zu befreien. Stattdessen streckt er die Hand aus, und ich hoffe schon, dass er mir endlich mein Handy gibt – aber weit gefehlt.

Zärtlich streicht er mir eine Haarsträhne aus dem Gesicht, und seine Fingerspitzen liebkosen dabei meine Wange. Mir stockt der Atem, und mein Herz jagt davon, aber seine Berührung ist wie ein Weckruf, und ich schlage seine Hand weg. »Ich habe auch so meine Prinzipien, weißt du ...« Und obwohl ich es trotzig gemeint habe, kommen die Worte atemlos und aufgeregt heraus.

Er lächelt wissend, und das regt mich mehr auf, als es sollte. Eigentlich kann es mir doch egal sein. Eigentlich *ist* es mir egal. Meine Libido sieht das aber leider anders.

»Ist das so?«

Was soll denn das jetzt? Der Mann, der viel und gerne

redet, gibt sich jetzt geizig mit seinen Kommentaren? Na gut, wie er will. Das kann ich auch. »Jep.«

»Jep? Mehr hast du dazu nicht zu sagen?« Er lacht leise und macht den letzten Schritt auf mich zu, dann schiebt er sich seine Sonnenbrille auf den Kopf. Einen Moment lang blinzelt er in der hellen Sonne, dann fängt sein Blick meinen ein.

Und verdammt und zugenäht – aber was hatte ich gerade sagen wollen? Ich kann mich nicht mehr erinnern, denn er ist mir so nah, dass sein Atem über mein Gesicht streicht und eine Gänsehaut meinen Körper überzieht, obwohl es verdammt warm hier draußen ist.

»Jep?«, neckt er mich wieder, doch sein Atem klingt einen Hauch *zu* beherrscht, und einen Moment lang bin ich vor allem erleichtert, dass er keinesfalls so ungerührt ist, wie er zu sein vorgibt.

»Hm-hm«, mache ich nur, da ich ohnehin nicht mehr herausbekomme.

»Und das sind?«, drängt er mich und beugt sich vor.

»Ach, diverse«, sage ich. Mein Verstand hat anscheinend den Dienst quittiert, während sich alles andere, was mich ausmacht, dort versammelt, wo Sehnsucht, Verlangen und Lust zu Hause sind.

Wieder lacht er leise. »Komm schon, zähl sie mir auf.« Sein Atem streicht über meine Lippen, und ich weiß, dass ich etwas sagen müsste, aber ich kann nur seinen Mund sehen und daran denken, was er damit tun kann, was er damit tun *sollte*, und in Erwartung seiner Liebkosung fallen meine Lider von allein zu.

Küss mich.
Küss mich nicht.

Mach schon, Becks.

»Möchtest du etwas Bestimmtes, Had?«, murmelt er so dicht an meinen Lippen, dass ich die Bewegung spüre.

Jeder Nerv in mir ist auf ihn ausgerichtet. Sein Körper schmiegt sich an meinen, sein Duft umweht mich, seine Energie vibriert in mir. Wieder bringe ich nur ein bestätigendes »Hm-hm« hervor – mehr geht nicht. Dumpf frage ich mich, wieso ich mich derart mitleiderregend benehme. Ich habe die Kerle immer genommen, wie sie kamen – wieso erscheint mir ausgerechnet Beckett Daniels jetzt so begehrenswert wie ein Hauptpreis?

»Wenn ich dir geben soll, was du willst, musst du mir schon etwas mehr bieten«, murmelt er, und sein spöttischer Unterton durchdringt den Dunst meiner Verwirrung und entzündet das Verlangen, das längst in mir schwelt.

»Keine Bedingungen«, flüstere ich in der Hoffnung, dass er mich endlich küsst, aber sobald ich die Worte ausgesprochen habe, verschwindet die Wärme seines Körpers. Ich reiße die Augen auf, und meine Kinnlade klappt herunter. Er ist einen Schritt zurückgewichen.

»Netter Versuch, City, aber diese Regel kannte ich schon.« Er setzt die Sonnenbrille wieder auf und drückt mir mein Telefon in die Hand. Arrogant grinsend weicht er zurück, und lässt mich – angemacht wie einen Kronleuchter – einfach stehen.

Ich will seinen Namen sagen und öffne den Mund ein paarmal, aber nichts kommt heraus, und schließlich gebe ich auf und klappe ihn einfach wieder zu.

Meine sexuelle Frustration ist anscheinend nur allzu deutlich zu spüren, denn sein Grinsen ist triumphierend.

»Also. Viel Erfolg bei deinem Kunden heute Abend«, sagt er und geht um den Wagen herum zur Fahrerseite. Ich wanke zu meinem, als auch schon sein Motor aufheult, er über den freien Parkplatz vor ihm aus der Lücke fährt und verschwindet.

Ich stehe da, spüre das Adrenalin durch meine Adern rauschen und versuche, mein ungestilltes Verlangen einzudämmen.

Nicht schlecht, Daniels. Nicht schlecht.

Am liebsten würde ich ihm hinterherlaufen und betteln.

9

BECKS

Das heiße Wasser strömt über meinen Rücken, als ich mich einschäume, um mir das Meersalz abzuspülen. Die Wellen waren ziemlich stattlich heute Morgen. Nicht so beeindruckend wie die, die ich aus Santa Cruz kenne, aber dennoch brauchbar. Und nach der Dreiviertelstunde, die ich nach dem Surfen noch am Strand entlanggelaufen bin, fühle ich mich nun rundum ausgelastet und zufrieden.

Nun ja, ich wäre noch sehr viel zufriedener, wenn ich jetzt hier mit Haddie stehen und ihren Körper einseifen könnte. Ich würde mit meinen glitschigen Händen über ihre schönen Rundungen fahren, keinen Zentimeter auslassen, mich dann in sie versenken und dafür sorgen, dass wir beide sehr bald schon wieder verschwitzt und salzig sind, sodass wir die nächste Dusche benötigen.

Oh, verdammt noch mal.

Der Ansturm der Erinnerungen, den allein der Gedanke an ihren Körper mit sich bringt, macht mich in Sekundenschnelle hart wie Stahl, ohne dass Erleichterung in Sicht wäre.

Denn ich will nur sie.

Aber mag ihr Körper auch der Inbegriff der Perfektion sein, etwas in ihren Augen sagt mir, dass ihr Inneres alles andere als im Einklang damit steht. Das Selbstvertrauen, das ihr so eigen ist wie ihre makellos goldbraune Haut, ist im Augenblick mit etwas durchsetzt – ob Trauer oder Traurigkeit kann ich nicht sagen. Nur hin und wieder gelingt ein kurzer Blick hinter die Fassade, hinter der sie sich zurückgezogen hat. Sie scheint ihre Mitmenschen auf Abstand zu halten.

Nun, bis auf Rylee vielleicht, aber die beiden sind ja auch beste Freundinnen. So wie Colton und ich beste Freunde sind.

Und ehrlich – ich vermisse das Arschloch. Klar, ich freue ich für ihn, dass er nach all dem Mist, den er in seinem Leben hat durchmachen müssen, mit Rylee glücklich ist, aber mit fehlt sein sarkastisches Mundwerk und sein ärgerliches Mikromanagement bei der Arbeit.

Ich werde aus meinen Gedanken gerissen, als ich merke, dass mein Schwanz in meiner Hand immer noch von den Gedanken an Haddie in Habachtstellung ist. Warum in aller Welt sind meine Gedanken dann zu Colton abgedriftet?

Mannomann, das darf man keinem erzählen. Ich lache laut, als mir klar wird, wie sehr mich die Vorbereitungen für die bevorstehende Rennsaison unterschwellig beschäftigen müssen, wenn ich mir eigentlich wegen Haddie Erleichterung verschaffen will, mein Bewusstsein aber auf halber Strecke zu Colton switcht.

Ich konzentriere mich wieder auf die süße Haddie, lege den Kopf an die Wand zurück und beginne mich zu streicheln, obwohl es nur ein trauriger Abklatsch der Empfindungen zu sein scheint, die sie mir neulich verschafft hat – als ich ihr zu widerstehen versuchte, weil ich nicht riskieren wollte, dass eine einzige, gemeinsame Nacht unser gesamtes freundschaftliches Gefüge aufbrechen würde.

Ich schließe die Augen und rufe mir in Erinnerung, wie sie tief in der Kehle schnurrte, bevor sie kam, wie ihr

Körper sich mir entgegenbog, wie ihre Nägel sich in meinen Bizeps bohrten.

Meine Muskeln verspannen sich, als der Orgasmus anrollt, und atemlos arbeite ich auf die dringend benötigte Erlösung hin. Die Begierde tobt in mir, seit ich Haddie vorgestern das Telefon zurückgegeben habe, und sie begleitet mich ständig, scheint niemals ganz abzuebben und beschwört immer wieder neue Einzelheiten aus meiner Erinnerung herauf.

Und dann beginnt Rex wie ein Irrer zu bellen.

Zuerst versuche ich den Lärm auszublenden und mich auf das zu konzentrieren, was ich gerade tue, aber dann kapiere ich, dass jemand an der Tür ist. *Hallo? Geht's noch?* Mit der Hand am besten Stück stehe ich reglos da und versuche mich zu entscheiden, ob ich es schnell zu Ende bringe oder die Störung als Zeichen werten muss. Weil ich mich nicht mit dem Ersatz zufriedengeben, sondern auf das Echte und Wahre warten sollte.

Wenn das kein Zweckoptimismus ist.

Verdammt. Ich drehe die Dusche ab, und wieder klingelt es an der Tür, obwohl es über Rex' Getöse kaum zu hören ist. Er bellt enthusiastisch und klopft mit der Rute auf den Boden, also muss es jemand sein, den er kennt.

»Moment!«, brülle ich, rubbele mich kurz ab und schlinge mir das Handtuch um die Hüfte. Auf dem Weg zur Tür ermahne ich meinen Ständer mental, gefälligst einen Gang herunterzuschalten, obwohl er freiwillig in sich zusammenfällt, als ich durch den Spion blicke und sehe, wer mir von draußen entgegenlächelt.

»Mist.« Ich seufze, als ich vorsichtshalber an mir herabblicke, dann resigniert den Türgriff packe und öffne. Sie betrachtet mich prüfend, schüttelt abschätzig den Kopf und betritt das Haus, ehe ich auch nur »Hallo« sagen kann.

»Es ist zehn Uhr durch, und du fauler Hund kommst gerade erst aus der Dusche? So habe ich dich aber nicht erzogen, Beckett Dixon.« Als sie verstohlen in der Luft schnuppert, muss ich mir ein Lachen verbeißen; ihr Bluthundinstinkt versucht zu wittern, ob ich in weiblicher Begleitung bin oder vor Kurzem zumindest noch war.

»Hi, Mom.« Ich mache die Tür hinter ihr zu und halte mit einer Hand das Handtuch an der Hüfte fest, während sie ihre Tüten auf meiner Küchentheke abstellt. Mein Grinsen wird breiter, als sie scheinbar ziellos durchs Wohnzimmer schlendert, während sie tatsächlich auch hier nach Anzeichen einer weiblichen Besucherin sucht – eine Frauenzeitschrift auf dem Couchtisch, ein Flipflop auf dem Teppich, irgendetwas. Sie hat immer die Hoffnung, dass ich endlich die eine Richtige finde, heirate und ihr Enkelkinder verschaffe.

Was in etwa so wahrscheinlich ist wie mein Ausstieg aus dem Renngeschäft.

»Du darfst deiner Freundin gerne sagen, dass sie jetzt aus der Dusche kommen kann«, sagt sie laut, während sie mit einem aufgeregten Rex an ihrer Seite durch den Flur zu meinem Schlafzimmer geht. »Ich bin nicht entsetzt, versprochen.«

»Mom.« Ich schüttele lachend den Kopf. »In meinem Zimmer ist niemand.«

»Und in der Dusche? Du kommst doch gerade aus der Dusche, oder?« Der erwartungsvolle Unterton macht mich traurig, denn wer enttäuscht seine Eltern schon gerne? Dennoch: Ich und die Ehe? Und Kinder? Ja, grundsätzlich bin ich mit beidem einverstanden, aber doch nicht schon jetzt.

Ich fahre mir mit einer Hand durch mein noch nasses Haar. Es hat meiner Mutter gutgetan, ihre Arbeit als Lehrerin aufzugeben und früh in Rente zu gehen, aber der Wunsch, sich wieder um etwas Kleines kümmern zu dürfen, ist dadurch nur verstärkt worden.

Sie geht an mir vorbei, und da ich mich vergewissert habe, dass mein Handtuch sich nicht lösen kann, schnappe ich sie mir und nehme sie ihn die Arme. »Hallo, Momma. Schön, dass du gekommen bist.«

Sie drückt mich an sich. »Hallo, Schätzchen. Ich freu mich auch, aber jetzt lass mich los. Du bist noch nass.« Sie drückt mich genauso schnell von sich, wie sie mich normalerweise in die Arme zieht. Es war schwer für sie, uns gehen zu lassen, also versucht sie, den Emotionen aus dem Weg zu gehen, die auch nun wieder ihre Kehle verschließen. Als hätte ich es nicht längst in ihrer Stimme gehört.

Gott, ich liebe diese Frau. Für mich ist sie der Inbegriff von Anmut, Klasse und Geborgenheit zugleich. Wohlwollend betrachte ich sie. Die Falten um ihren Mund sind etwas ausgeprägter geworden, doch ihre Augen funkeln noch immer fröhlich. Ja, meine Mutter kann eine extreme Nervensäge sein, aber ich würde sofort alles stehen und liegen lassen, wenn sie mich bräuchte.

Ich ziehe den Knoten an meinem Handtuch fester, und sie schlägt spielerisch nach meinem Arm. »Entspann dich. Da ist nichts, was ich nicht schon mal gesehen habe. Schließlich hab ich dir auch den Hintern abgewischt.«

»Ja. Vor dreißig Jahren«, sage ich, während sie mir den

Rücken zukehrt und sich abermals umsieht. Sie könnte ja etwas übersehen haben.

Ich werfe einen Blick zur Uhr. Ich war ohnehin schon recht spät dran, doch nun schaffe ich es garantiert nicht mehr pünktlich zur Arbeit. Ich gehe im Geist meine Termine durch und beschließe, auf der Fahrt Firestone anzurufen; die Konferenzschaltung wird auch aus dem Auto funktionieren.

»Eins musst du mir verraten«, sagt sie, während sie zur Theke geht und beginnt, aus den Tüten Plastikdosen mit selbst gebackenen Keksen und zubereiteten Mahlzeiten hervorzuholen. Als ich einen tiefen, mit Alufolie abgedeckten Teller sehe, beginnt mein Magen zu knurren, denn das sieht verdächtig nach meinem Lieblingsgericht aus. »Wieso weigert sich mein gut aussehender Sohn eigentlich so hartnäckig, eine feste Beziehung einzugehen?«

»Ha. Ich bin der gut aussehende Sohn? Und was ist dann Walker?« Ich lasse mir keine Chance entgehen, ihn in die Pfanne zu hauen, selbst wenn er nicht dabei ist. So ist das eben mit wahrer Bruderliebe!

»Becks! Lass das«, schimpft sie, während sie die Tupperdosen in den Kühlschrank räumt. »Walker sieht genauso gut aus wie du, nur auf andere Art.«

Aber meine Gedanken sind bereits wieder bei den wirklich wichtigen Themen. Ich deute auf den abgedeckten Teller. »Ist das Lasagne?« Nur allzu gerne lasse ich meine Ration mütterlicher Ermahnungen über mich ergehen, wenn sie mir dafür Selbstgekochtes vorbeibringt. Ich bin absolut dafür, autark zu leben, aber Kochen ist echt nicht meins. Ich kann's einfach nicht.

»Ja, Lasagne«, sagt sie, doch sie ist nicht bei der Sache. Und als sie weiterspricht, begreife ich endlich, warum sie tatsächlich gekommen ist. »Walker hat mir erzählt, dass du oben auf der Ranch warst und ziemlich aufgewühlt gewirkt hättest. Was war denn los? Und warum ist sie jetzt nicht hier?«

Walker, die Klatschbase! Ich hätte es wissen müssen.

»Hmm?«, hakt sie aufgesetzt desinteressiert nach, als ich nicht antworte.

Ich spiele wie immer mit und tue so, als würde ich gar nicht bemerken, wie dreist sie versucht, in meinem Privatleben herumzuschnüffeln. »Ach, du kennst doch Walker. Er ist so ein Mäd …« Ich verkneife mir das Wort im letzten Moment, weil ich weiß, dass sie mich deswegen ausschimpfen wird.

Aber es ist zu spät. »Beckett. Ich kann es nicht leiden, wenn du so redest. Mach das meinetwegen mit deinen Kumpels in einer Bar, aber nicht in meiner Gegenwart. Du bist gebildet und gut erzogen und weißt ganz genau, dass das Wort ›Mädchen‹ keinesfalls als Schimpfwort herhalten sollte.« Ich wage es, die Augen zu verdrehen, als sie mir den Rücken zukehrt, denn natürlich habe ich diese Standpauke schon oft bekommen. »Und verdreh jetzt ja nicht die Augen, sondern erzähl mir von der jungen Frau, um die es wirklich geht. Sie hat nicht zufällig pinke Flipflops?«

»Herrje, Mutter! Du und deine pinken Flipflops!«

»Schnauz mich nicht so an. Du weißt, dass ich an Träume glaube, und in meinem hatte deine Frau pinke Flipflops an.«

»Du bist wirklich unverbesserlich.«

»Und du ein hübscher Junge, der unter die Haube muss. Und jetzt hör auf abzulenken und erzähl mir von ihr.«

Ich verkneife mir das entnervte Seufzen, doch dann übernehmen die Gedanken an Haddie mein Bewusstsein, und mein Frust über das, was zwischen uns besteht, strömt mit dem Atem aus mir heraus.

»So gut?«, fragt sie, als ich darüber hinaus nichts sage.

Ich hole tief Luft, den Widerspruch schon auf der Zunge. Ich bin ein erwachsener Mann – der momentan nur ein Handtuch trägt –, und meine Mutter steht vor mir, schimpft mit mir, versucht mich auszuquetschen und will ganz offensichtlich mit mir über mein Sexleben reden. *Leute – geht's noch?* Und doch bringe ich es einfach nicht übers Herz, sie zu enttäuschen und ihr zu sagen, dass es eigentlich niemanden gibt.

»Möglicherweise könnte sich etwas entwickeln«, sage ich in der Hoffnung, dass sie sich damit zufriedengibt.

»Und? Wie geht's dir?« Zeit, auf sie und Dad, ihre diversen Wehwehchen und ihre neusten Reisepläne umzuschwenken.

Ich greife an ihr vorbei, hole mir einen Keks aus einer der Dosen und lasse mich auf einem Barhocker nieder. Das hier wird noch ein Weilchen dauern.

Trisha Daniels lässt sich nicht drängen.

Durch nichts und niemanden.

Nicht einmal durch ihren Ältesten, der viel, viel zu spät zur Arbeit kommt.

Mein Glück, dass ich mich mit dem Chef so gut verstehe.

10

HADDIE

Ich klopfe mit dem Stift den Takt der Musik, während ich die Notizen, die ich überall um mich herum verteilt habe, betrachte, ohne sie wirklich zu sehen. Stattdessen denke ich immer wieder an Rys SMS: *Auch wenn ich in den Flitterwochen bin – glaub ja nicht, ich würde vergessen, dich an diverse Termine zu erinnern!*

»Lass mich doch in Ruhe«, brumme ich – wütend, dass sie es nicht vergessen hat und gleichzeitig aus demselben Grund zutiefst gerührt. Ich blicke zum Kalender neben mir an der Wand und muss lachen, als ich die fünf Arzttermine sehe, die ich dort ordnungsgemäß eingetragen und wieder gestrichen habe, nachdem ich sie spontan absagen musste, weil … was weiß ich, der Himmel an dem Tag zu blau war.

Ich bin wirklich ein furchtbarer Feigling in der Hinsicht, aber Verdrängung ist momentan meine einzige Rettung. Mir ist der Stift aus der Hand gefallen, und ich habe unbewusst angefangen, im Uhrzeigersinn um meine Brust zu reiben. Wobei ich natürlich nicht allzu fest drücke, da ich Angst habe, unter dem Gewebe etwas zu ertasten. Dieselbe bösartige Wucherung vielleicht, die meine Mutter die Brüste und meine Schwester das Leben gekostet hat.

Und die, wie ich tief im Inneren nur allzu gut weiß, auch mein Leben drastisch verkürzen kann.

Ich schüttele den Kopf und stoße den Atem aus. Ich muss mir Gewissheit verschaffen, das ist mir klar. Aber ich habe Lex' langsames Sterben miterlebt. Ich musste zusehen, wie der Krebs jeden Tag ein Stückchen mehr von ihr holte, bis nichts mehr übrig war als Schmerz und Hoffnung, Tränen und Versprechungen. Bis nur noch Resignation und Verzweiflung blieben.

Ich kenne den Weg, kenne den Schmerz, weiß, dass es keinen Sinn hat. Selbst wenn der Krebs früh erkannt wird, nützt es häufig nichts. Lex hat auf keine Behandlung angesprochen, und wir haben die gleichen Gene, daher täte ich das wohl auch nicht. Das, was zu meiner Identität als Frau gehört, kann durchaus mein Todesurteil in sich tragen.

Zorn flammt in mir auf – auf Lex, auf mich, auf alles und jeden –, denn ich habe entsetzliche Angst. Die Wahrheit zu erfahren. Die Wahrheit nicht zu kennen. Ich weiß, dass ich mich albern benehme. Ich weiß, dass ich mir mit dem Bluttest Gewissheit verschaffen sollte, damit ich, wenn ich das Gen in mir trage, eine Chance habe, dagegen anzukämpfen, aber – verdammt noch mal, das hat auch Lex gedacht, und was hat es ihr genützt?

Ein halbes Jahr später war sie tot.

»Ach, verfluchter Mist«, seufze ich und fahre mir mit einer Hand durchs Haar, ehe ich nach dem Telefon greife und die Nummer wähle, die ich auswendig kenne. Ich mache einen Termin und verspreche hoch und heilig, ihn diesmal nicht wieder abzusagen, und eine kleine Last rutscht mir von den Schultern, damit eine neue den Platz einnehmen kann. Ich habe gerade die Daten in meinen Kalender eingetragen, als mein Handy klingelt.

Ich stöhne auf, als ich auf dem Display Cals Namen sehe, meinen Kontakt bei Scandalous. Das Event vom vergangenen Wochenende lief gut. Mehr als ausreichend Gäste, viel Medienaufmerksamkeit, positive Kritiken für den neuen Club und Zusagen von Promis für das bevorstehende Event, aber ... es ist nie genug! Cal ist nie zufrieden. Ich setze mein Leck-mich-Grinsen auf, um ihm – zumindest heimlich – etwas entgegenzusetzen, und nehme das Gespräch an.

»Cal! Wie geht's d ...«

»Samstag muss größer werden als das letzte Wochenende«, sagt er barsch, ohne sich mit Höflichkeiten aufzuhalten.

Ja, dir auch einen schönen Tag, Arschloch.

Ich beiße mir auf die Zunge, um diesem Mr. Superwichtig nicht zu sagen, was er mich mal kann. Ich will diesen Kunden nicht verprellen. Wenn ich mir Scandalous an Land ziehe, werde ich nicht nur regelmäßige Einnahmen haben, sondern auch sehr viel leichter zu weiteren Kunden kommen. Also zwinge ich mich zu einer süßlichen Freundlichkeit, die mir die Kehle zukleistert.

»Okay.« Ich ziehe das Wort erwartungsvoll lang. »Was genau hat dir beim letzten Mal nicht gefallen? Hättest du Vorschläge?«

»Liebelein, ich bezahle dich, richtig? Also solltest *du* ein paar gute Vorschläge parat haben.«

Mühsam beherrscht rolle ich mit den Schultern. Wenn dieser Auftrag in trockenen Tüchern ist, werde ich nichts mehr mit Cal zu tun haben, denn er kümmert sich nur um »neue Talente«, wie er es nennt. Bei Vertragsabschluss bekäme ich eine Dauervergütung, wäre also einer anderen Abteilung unterstellt, und der Gedanke macht es mir leichter, die Erwiderung, die mir auf der Zunge liegt, für mich zu behalten.

»Hm.« Ich schweige einen Moment lang und überfliege meine Notizen. Jetzt kommt es darauf an, ihn zufriedenzustellen, ohne dass er sich in die Defensive gedrängt fühlt. »Nach der letzten Veranstaltung habe ich drei weitere Sponsoren und vier prominente Gäste für uns gewinnen können. Die Besucherzahl war dreißig Prozent höher als dein Arbeitgeber sich erhofft hatte, und der Club ist anschließend Gesprächsthema aller sozialer Medien gewesen. Um es anders auszudrücken: Ich bin mir nicht sicher, wie viel mehr Leistung du von HaLex erwartest, wenn wir die gesteckten Ziele mit Leichtigkeit übertroffen haben. Und obwohl du mich natürlich bezahlst, Cal, kann ich deine Erwartungen nur schlecht erfüllen, wenn du sie mir gegenüber nicht aussprichst.« Ich hole tief Luft und erkenne, was ich gerade gesagt habe. Ich habe diesem chauvinistischen Vollpfosten eine goldene Brücke gebaut.

Er lacht leise und anzüglich, sodass mir prompt die Haare zu Berge stehen, und der Klang seiner Stimme macht mir klar, dass er nur allzu gerne über diese Brücke tritt. »Oh, Ms. Montgomery, von meiner Warte aus ist ein kleines *Extra* immer willkommen, falls Sie sich tatsächlich ein solches Auftragsvolumen wie von Scandalous sichern möchten.«

Mich schaudert bei der Andeutung, die klarer nicht hätte sein können, und am liebsten hätte ich ihm entgegengeschleudert, dass er wohl der Letzte wäre, mit dem ich ins Bett springen würde, aber mein Verstand siegt über meinen Stolz, und meine Stimme bleibt unbeeinflusst. »Ich halte es für besser, wenn wir uns an den Vertrag halten. Und für die kommende Veranstaltung denke ich mir etwas aus, keine Sorge.«

Am anderen Ende herrscht Stille, und ich bin mir nicht sicher, ob ich belustigt oder angefressen sein soll, dass es ihm offenbar die Sprache verschlagen hat. Er scheint es nicht gewohnt zu sein, einen Korb zu bekommen.

»Also, dann«, fahre ich fort, um ihm keine Zeit zu geben, sich wieder zu fassen. »Falls du sonst nichts mehr hast, sollte ich jetzt Schluss machen. Ich habe nämlich für die Veranstaltung kommenden Samstag ein Extra zu planen.«

Ich lege auf, ehe er noch etwas erwidern und damit meinen perfekten Abgang ruinieren kann. Ich lasse das Handy auf den Tisch fallen und den Kopf in meine Hände sinken. Einen Moment lang sitze ich nur da und warte darauf, dass der Lärm in meinem Schädel zur Ruhe kommt, und endlich ebbt das Getöse zu einer Art weißem Rauschen ab.

Meine Schultern schmerzen vor Anspannung. Mein Innenleben fühlt sich an wie ein emotionaler Molotowcocktail, der nur auf die richtige Zündung wartet. Mein Bewusstsein springt zu Becks, und ich verfluche ihn für die verdammte Sehnsucht, die er erzeugt hat. Denn sie will sich nicht verflüchtigen, so oft mein kleiner batteriebetriebener Freund und ich uns auch miteinander verabreden.

Es ist einfach nicht dasselbe.

Noch nicht einmal im Ansatz.

Ich stöhne frustriert. Einzelne Bilder jener einen Nacht flackern in meinem Bewusstsein auf, als ich Dantes Motorrad in der Auffahrt höre. Verdammt. Das Letzte, was ich jetzt gebrauchen kann, ist ein prächtiges Alphamännchen mit Testosteronüberschuss, das allzeit bereit für einen Quickie auf der Couch – oder auf der Küchentheke – ist.

Gott, ja, mich darauf einzulassen wäre ein Riesenfehler. Aber selbst wenn ich ihn eingehen wollte, weil ich genau weiß, dass Dante unfassbar geschickt im Bett ist und mich durch und durch befriedigen würde – ich kann nicht.

Ich kann einfach nicht.

Denn wenn ich an Sex und meine Sehnsucht denke, denke ich an Becks. Ich sehe ihn zwischen meinen Schenkeln stehen, sehe sein sexy Lächeln und seinen verzückten Blick, als er sich in mich treibt. Aber die Tatsache, dass ich nicht aufhören kann an ihn – und an diese verfluchte Nacht – zu denken, könnte glatt dazu führen, dass ich doch irgendwann eine Dummheit begehe und Dante dazu benutze, mein schwelendes Verlangen zu befriedigen.

Und natürlich wäre damit nichts gelöst. Es beweist nur, wie bescheuert mein Verstand im Augenblick arbeitet.

Herrgott. Ich muss dringend raus und frische Luft schnappen, damit meine außer Rand und Band geratenen Hormone wieder zur Ruhe kommen.

Ich starre ein paar Sekunden lang aus dem Fenster, das zum Vorgarten hinausgeht. Langsam dämmert mir, was ich brauche. Und es ist definitiv nicht der Anblick Dantes, der sein T-Shirt auszieht und seine Hände daran abwischt, nachdem er etwas an seinem Bike eingestellt hat. Nackte Haut, definierte Muskeln, sexy Tätowierungen.

Ich schiebe den Stuhl zurück.

Nichts wie weg.

»Na bitte. Genau das, was der Doktor uns verordnet hat, Maddie Haddie.«

Maddie kichert laut und leckt an ihrem riesigen Eishörnchen. »Jawohl, Haddie Maddie«, verdreht sie unsere Namen, wie Lexi es immer getan hat. »Das war wirklich eine tolle Idee.«

»Nicht wahr?« Ich halte mein Hörnchen hoch und tippe es wie zum Toast an ihres. Nichts heitert mich effektiver auf als Zeit mit Maddie, und nichts kann mich besser von dem Gedanken an tiefenentspannte Jungs vom Land ablenken, an die ich eigentlich gar nicht denken dürfte. Ich bin heilfroh, dass Maddie zu Hause war, als ich Danny anrief, um zu fragen, ob ich sie auf ein Eis abholen dürfte. Maddie freut sich über den unverhofften Ausflug, und ich kann den ganzen Mist, aus dem mein Alltag besteht, vergessen.

Wie immer plappert sie unaufhörlich und erzählt mir detailliert, was in der Grundschule alles passiert ist, und ihre Begeisterung macht mich regelrecht glücklich. Das kleine Ding hat in ihrem kurzen Leben schon so vieles durchmachen müssen, und doch wächst und gedeiht sie und ist gewillt, dem Leben vor allem die schönen Seiten abzugewinnen.

Wir sitzen im Gras an einem Hang und blicken auf einen großen Bauernmarkt zu unserer Rechten, zur Linken ist in der Ferne das Meer zu sehen. Ich greife in meine Tasche, um eine Serviette für Maddie hervorzuholen, als ich plötzlich eine Pusteblume in der Nähe entdecke.

Mir stockt der Atem. Natürlich weiß ich, dass es überall Pusteblumen gibt – Löwenzahn ist weiß Gott keine seltene Blume –, aber in meinen Augen ist sie dennoch ein Zeichen, das Lexi mir geschickt hat, denn als Kinder glaubten wir, sie könnten Wünsche erfüllen.

Ich pflücke die Blume ganz vorsichtig, damit die Schirmchen sich nicht lösen, und halte sie Maddie hin. »Als wir klein waren, haben deine Mama und ich uns damit immer etwas gewünscht.«

»Wirklich?«, fragt sie und schaut mich zweifelnd an. Ich weiß, dass sie meint, sie sei schon zu alt, um an so etwas zu glauben, aber wie immer freut sie sich, wenn sie etwas über ihre Mutter erfährt.

»Jep. Eine Zeit lang haben wir sogar Pusteblumen gesammelt und sie mit einem Zaubertrank benetzt, um sie stärker zu machen. Wir ließen sie trocknen und bewahrten sie auf, damit wir sie wegpusten konnten, wenn wir einen besonderen Wunsch hatten.« Ich lächle, obwohl die Erinnerung bittersüß schmeckt.

»Was denn für einen Zaubertrank?«, fragt sie und rutscht aufgeregt näher an mich heran.

»Verschiedene. Wir nahmen alles, was wir aus dem Haus schmuggeln konnten, ohne dass deine Oma es merkte. Parfüm, Goldglitzer, Salz ... manchmal mischten wir alles zusammen.«

Ich muss lachen. »Dein Opa regte sich total auf, weil wir die Blumen zum Trocknen überall liegen ließen. Und wenn er versehentlich darauf trat, machten wir ein Höllentheater. Einen Sommer lang hat er uns sogar die Löwenzahn-Schwestern genannt.«

»Die Löwenzahn-Schwestern?« Sie lächelt, und ich nicke. »Sind eure Wünsche denn wahr geworden?« Die Ehrfurcht in ihrer Stimme dringt mir mitten ins Herz.

»Ganz oft.« Ich streichele ihr über die Wange. »Und

das, was deine Mama sich am allermeisten wünschte, ist ebenfalls eingetreten.«

»Oh. Und was war das?«

Ich lächele wieder, aber es schnürt mir die Kehle zu. »Du«, flüstere ich. Maddies Blick hält meinen fest, und ein Grinsen breitet sich über das ganze Gesicht aus, doch ich sehe ihre Augen auch verdächtig glitzern. Ich lege einen Arm um ihre Schultern und ziehe sie an mich. Schweigend sitzen wir ein Weilchen da, während ich überlege, wie ich ihr ihre Mutter näherbringen kann.

»Magst du auch eine Löwenzahn-Schwester sein?«

Ihr Kopf fährt auf, und sie blickt mich mit ihren riesigen braunen Augen aufgeregt an. »Geht das denn? Was muss ich machen?«

»Na ja, du musst dir was wünschen, und eine Löwenzahn-Schwester macht das so: ›Ich wünsche mir, ich wünsche mir, ich wünsche mir den Wunsch von dir.‹ Dann machst du die Augen zu, denkst ganz fest an deinen Wunsch und pustest kräftig, sodass die Schirmchen davonfliegen.«

»Mehr muss man nicht machen?«

»Nein, mehr nicht. Also – willst du eine werden?«

»Ja!«

Ich halte ihr die Pusteblume hin, und sie nimmt sie. Als sie mir einen kurzen Blick zuwirft, nicke ich. »Ich wünsche mir, ich wünsche mir, ich wünsche mir den Wunsch von dir.« Sie kneift die Augen zu, verstummt, als sie im Kopf ihren Wunsch spricht, und pustet.

»Und eines Tages«, sage ich, damit sie die Augen wieder aufschlägt, »kommt eines dieser Schirmchen, die mit deinem Wunsch beladen sind, zurück und erfüllt ihn, okay?« Sie schmiegt sich in meinen Arm, und während wir zusehen, wie die Samen der Pusteblume davongetragen werden, macht sich Zufriedenheit in mir breit, dass es mir gelungen ist, diese Erinnerung mit Maddie zu teilen. »Und immer wenn du von nun an eine Pusteblume siehst, weißt du, dass es ein Gruß deiner Mom ist, da du nun offiziell eine Löwenzahn-Schwester bist.«

Nach einer Weile sammeln wir unsere Sachen zusammen und beschließen, auf dem Weg zum Auto noch über den Bauernmarkt zu schlendern. Natürlich muss Maddie an fast jedem Stand halten und die Waren bestaunen, und so kommen wir nur langsam voran.

Wir diskutieren gerade darüber, warum sie keine Tüte Popcorn mehr braucht, da sie kurz zuvor eine Riesenportion Schokoladeneis gehabt hat, wovon noch die Flecken in ihrem Gesicht zeugen, als ich irgendwo hinter uns eine vertraute, tiefe Stimme höre. Mir ist klar, dass es schon ein sehr großer Zufall sein müsste, aber ich drehe mich automatisch nach der Stimme um.

Im selben Moment schaut er auf, und unsere Blicke begegnen sich. Und schon löst sich meine Entschlossenheit, mich von Beckett Daniels fernzuhalten, weil ich schließlich nichts mehr von ihm will, in Wohlgefallen auf.

Der Funke meines Verlangens zündet sofort, als das träge, leicht schiefe Lächeln auf seinem Gesicht erscheint, und mit Entsetzen mache ich mir bewusst, wie ich aussehe: Ich trage eine alte, abgeschnittene Jeansshorts und ein schlabberiges T-Shirt, das mir ständig von einer Schulter rutscht. Meine Haare habe ich vorhin nur hastig zu einem unordentlichen Pferdeschwanz zusammengefasst, und mein Make-up? Nun ja, mein Make-up ist nicht existent; ich hatte in meiner Eile, aus dem Haus zu kommen, darauf verzichtet.

Na toll.

Wir sehen einander eine Weile stumm an, und ich überlege fieberhaft, was ich tun soll, als ich mit einiger Verspätung den Arm bemerke, der sich bei Becks eingehakt hat. Ich folge dem Arm aufwärts und entdecke eine Frau an seiner Seite. Sie sagt etwas zu ihm, und schließlich wendet er den Blick von mir ab, um zu sehen, auf was sie deutet.

Natürlich packt mich sofort die Eifersucht, und ich hasse mich dafür, aber ... Becks und eine andere Frau! Und es ist nicht irgendeine andere Frau, sondern das komplette Gegenteil von mir – dunkelhaarig und exotisch, wo ich blond und gewöhnlich bin.

Maddie zieht an meiner Hand und holt mich in die Gegenwart zurück, und ich bin so durcheinander, dass ich ihr das Popcorn kaufe. Ich weiß nicht, wie es kommt, aber zum ersten Mal in meinem Leben bin ich durch einen Mann total verunsichert.

Was in aller Welt stellt er bloß mit mir an?

Ich ermahne mich streng, mich wie ein großes Mädchen zu benehmen, aber die Tatsache, dass sich mein verlässliches Selbstbewusstsein eine Auszeit genommen hat, macht mich vollkommen fertig. Plötzlich bemerke ich, dass mich der Popcornverkäufer anstarrt, als hätte ich nicht mehr alle Tassen im Schrank, und endlich wird mir bewusst, dass ich längst gezahlt habe und nun die Kunden in der Schlange hinter mir blockiere.

Verdammt.

Verblüfft über mich selbst, lasse ich mich von Maddie

davonschleifen, und plötzlich muss ich lachen. Maddie schaut zu mir auf und lacht mit, obwohl sie nicht weiß, worum es geht. Das ist doch ein Witz! Ausgerechnet jemand wie Becks wirft mich derart aus der Bahn, dass ich mich neben dieser anderen Frau regelrecht unzulänglich fühle?

Während ich mich an einen Picknicktisch setze und blind Popcorn in mich schaufele, kapiere ich es plötzlich. So muss er sich gefühlt haben, als er mich anrufen wollte und Dante an sein Telefon ging. Kein Wunder, dass er sich mir gegenüber so ekelig benommen hat.

Aber Dante hat keine Bedeutung. Die Frau an seiner Seite jedoch scheint eine zu haben.

Nicht, dass es mich wirklich kümmert oder so was.

Ich habe mich noch nicht einmal zu Ende belogen, als ich zufällig aufblicke und ihn direkt vor mir sehe. Oder eher seinen Bauch, und das allein verschlägt mir den Atem, denn unwillkürlich denke ich daran, wie sich die definierten Muskeln unter seinem T-Shirt anfühlen. Ich muss den Kopf in den Nacken legen, um ihm in die Augen zu sehen. Er hat den Schirm der Kappe tief ins Gesicht gezogen.

»Dante.«

Der Name purzelt heraus, ehe ich meine Gedanken noch richtig sortiert habe, denn eigentlich hatte ich vorgehabt, ihm zu erklären, dass ich nun begreife, warum er sauer auf mich war und was Dante überhaupt bei mir zu Hause zu suchen hat. Aber mein Verstand ist durch seine plötzliche Nähe so durcheinandergeraten, dass ich die Botschaft aufs Wesentliche eingedampft habe.

Becks zieht die Brauen zusammen, doch ehe er die Frage stellen kann, die ich auf seiner Zunge sehe, mischt sich Maddie ein.

»Wie nennt man Popcorn für Adelige?«, fragt sie zu meiner Rechten.

Er fährt herum und betrachtet das kleine Mädchen neben mir, dem ich eigentlich antworten sollte, doch ich scheine mich ausschließlich auf Becks konzentrieren zu können. Auf seiner Miene zeichnet sich eine Vielfalt unterschiedlicher Emotionen ab: Verwirrung, Neugier, Belustigung. Das Lächeln, das auf seinem Gesicht erscheint, ist echt, als er vor Maddie in die Hocke geht, um mit ihr auf Augenhöhe zu sein.

»Hm«, macht er und schürzt nachdenklich die Lippen. »Ich glaube, ich wüsste eine Antwort, aber ich darf eigentlich nicht mit Fremden reden, und, tut mir leid, aber ich weiß gar nicht, wer du bist.«

Er verzieht keine Miene, als sie vergnügt zu kichern beginnt. »Ich bin Maddie«, sagt sie schließlich.

»Ah ... du bist nicht zufällig ein Teil des berühmten Haddie-Maddie-Duos?«, fragt er, und mein Herz geht auf, als ich mir bewusst mache, dass er sich den Spitznamen offenbar aus Gesprächen, die ich mit Rylee geführt habe, gemerkt hat. Und natürlich will ich überhaupt nicht, dass mir das Herz aufgeht – denn wieso sollte es das tun, wenn ich ihn gar nicht auf *diese* Art mag? Aber Maddies Glucksen reißt mich aus meiner Selbstanalyse, mit der ich mich in letzter Zeit für meinen Geschmack viel zu häufig beschäftige.

»Doch«, sagt sie vergnügt.

»Oh. Okay. In diesem Fall kenne ich dich«, antwortet er und hält ihr eine Hand hin. »Ich bin Becks. Deine Tante Haddie ist eine Freundin.«

Eine Freundin. Hm. Ich weiß nicht, ob ich den Klang

des Wortes mag. In meinen Ohren hört sich »Partnerin für wilden, animalischen Sex, dessen einzige Bindungen die Handschellen am Kopfende sind« richtiger an.

Maddie nimmt seine Hand und schüttelt sie. »Und wie muss die Antwort heißen?«

»Wie man Popcorn für Adelige nennt?«, wiederholt er und richtet sich auf, um sich eine Handvoll Popcorn aus unserer Tüte zu nehmen. »Ich würde es als ›Snobcorn‹ bezeichnen.« Er lacht leise, als Maddie ihn fassungslos anstarrt. Offenbar hat er richtig geraten.

Becks wendet sich wieder mir zu, und ich stehe vor ihm mit vollkommen leerem Verstand. Er legt den Kopf zur Seite und betrachtet mich. »Hey.«

Mein Körper reagiert prompt auf seine Aufmerksamkeit. Meine Nippel verhärten sich, mein Puls beginnt zu jagen. »Hi«, bringe ich mühsam hervor.

»Dante?«, fragt er, und ich ziehe mental den Kopf ein, als mir wieder einfällt, wie ich ihn gerade begrüßt habe. »Ist mir irgendetwas entgangen?«

Ich schüttele seufzend den Kopf. »Ja. Ähm, nein. Ich wollte dir nur erklären, wer da neulich an dein Handy gegangen ist. Dante ist – …«

»Geht mich nichts an«, sagt er mit einer wegwerfenden Geste. Ich bin einen Moment lang aus dem Konzept gebracht, aber ich will, dass er Bescheid weiß.

»Er ist ein alter Bekannter. Er brauchte für ein paar Tage ein Dach über dem Kopf.«

Becks zieht nur eine Augenbraue hoch. Ich werfe Maddie einen raschen Seitenblick zu. Sie futtert Popcorn aus der Tüte und sieht uns fasziniert zu, als säße sie im Kino.

»Sag ruhig Ex. Wir hatten uns doch auf unverbindlich geeinigt, weißt du noch?«

Mein Gott, hätte ich bloß nie damit angefangen! Muss ich mir jetzt bis an mein Lebensende seinen Spott gefallen lassen? Und was will er mir damit eigentlich sagen? Falls ich doch lieber etwas Verbindliches wollte, dann könnte er sich durchaus darauf einstellen? Ich meine, das ist doch lächerlich.

»Becks, du sollst nur wissen, dass ich dich nicht einfach gegen ihn eingetauscht habe, okay? Zwischen mir und Dante spielt sich nichts ab.«

»So wie sich zwischen uns nichts abspielt?«, fragt er anzüglich. Die Frage hängt in der sexuell aufgeladenen Luft, und ich senke den Blick, um auf diesem unsicheren Terrain irgendwie wieder Tritt zu finden.

»Becks …« Meine Stimme verebbt, weil ich nicht weiß, was ich sagen soll, denn im Grunde hat er recht. Zwischen uns spielt sich definitiv etwas ab – und ich kann es nicht ändern, auch wenn es mir nicht gefällt. Vielleicht sollten wir einfach noch einmal miteinander in die Kiste hüpfen, damit ich meine ungesunde Sehnsucht nach ihm ein für alle Mal stillen kann.

Ja. Warum eigentlich nicht? Ich bin bereits im Geist dabei, ihn auszuziehen, als eine weibliche Stimme seinen Namen ruft. »Becks?«

Sofort stelle ich die Stacheln auf. Becks fährt sich mit der Zunge über die Unterlippe. »Momentchen«, ruft er Miss Exotik zu, ohne den Blick von mir zu lösen.

Aber obwohl ich nur allzu gerne wissen will, wer sie ist – ich frage nicht. Ich hebe nur hochmütig das Kinn und schüttele leicht den Kopf, dann blicke ich zu der Frau hinüber. Sie schenkt mir ein aufrichtiges Lächeln, und ich hasse sie augenblicklich. Kann sie nicht irgendeine oberflächliche Schlampe sein, damit ich einen Grund habe, sie nicht zu mögen? Und ich hasse es, dass ich sie dafür hasse, aber sie hat keine Ahnung, wer ich bin. Oder wie Becks mit meinem Körper umgegangen ist.

Und was er mit meinem Gefühlsleben anstellt.

»Haddie?«

Ich werfe Maddie einen kurzen Seitenblick zu, ehe ich mich wieder ihm zuwende. »Ja?«

»Du weißt, dass du mich immer anrufen kannst, nicht wahr? Wenn du mich brauchst, bin ich da.«

Ich rolle voller Unbehagen mit den Schultern. Ich will nicht. Ich kann es nicht gebrauchen, dass dieser Mann, den ich offenbar versehentlich in mein Herz gelassen habe, mir mehr anbietet, als ich annehmen kann. Etwas, das über Freundschaft hinausgeht.

»Danke«, erwidere ich, und es klingt verzagt und verunsichert. Im Versuch, meine Würde wieder herzustellen, füge ich einen typischen Haddie-Spruch hinzu: »Wo wir es doch unverbindlich halten wollten, richtig?« Mein Lachen klingt schal und unecht.

Er tritt näher und streicht mir über den Arm, und obwohl ich weiß, dass die Berührung trösten soll, drehen meine Sinne sofort durch. »Wenn du meinst, du müsstest ständig davonlaufen, dann ist das deine Sache, Haddie«, murmelt er mit seiner tiefen Stimme. »Aber irgendwann wirst du dich in all den Bindungen, die zu knüpfen du dich standhaft weigerst, hoffnungslos verheddern … und wer rettet dich dann aus diesem Chaos?«

Seine Worte schrammen über meine Seele, denn ich

weiß, dass sie wahr sind, auch wenn ich es nicht wahrhaben will. Ich *habe* mich längst in einem Netz verheddert, auch wenn es eines ist, das ich geknüpft habe, um andere vor Leid zu bewahren.

Und so muss es bleiben.

»Ich brauche nicht gerettet zu werden.«

Kopfschüttelnd tritt er zurück und sieht mich suchend an, doch meine Schutzmauer steht. »Du irrst dich, City. Jeder muss irgendwann gerettet werden.«

Er wendet sich ab, zerzaust der kichernden Maddie das Haar und geht davon. Ich sehe seinen breiten Schultern hinterher, bis die Menge ihn verschluckt hat. Ich erlaube mir nicht, mich zu fragen, ob sie ihn auf die Wange küsst, als er bei ihr eintrifft, ihre Finger in seine schiebt oder ihm den Arm um die Taille legt.

Ich tu's nicht.

Denn er ist einer für die Ewigkeit.

Und ich kann mich nur auf heute konzentrieren.

11

Erschöpft nehme ich mein Weinglas, wandere hinaus in den Garten und lasse mich auf den Liegestuhl nieder, wo ich das Gesicht in die warme Sonne drehe und die Augen schließe. Dann lasse ich meinen wirren Emotionen freien Lauf, nippe ab und zu am Wein und kämpfe nicht dagegen an, als die Tränen hinter den Lidern zu brennen beginnen.

Ich denke an meine kleine Maddie, die sich vorhin weinend an mich geklammert hat, als ich sie zu Hause absetzte. Ich denke an das, was kommen mag und was niemals sein wird, und mich überkommt eine solche Melancholie, dass es einfacher ist, im schwindenden Licht sitzen zu bleiben und dem Lärm der Nachbarschaft zu lauschen, als hineinzugehen und die ohrenbetäubende Stille zu ertragen.

Denn in der Stille kommen die Zweifel, die Erinnerungen, die Sehnsüchte.

Also bleibe ich sitzen und genieße in meinem eingezäunten kleinen Garten die Geräusche des Lebens, das sich draußen abspielt, und ich kann nicht umhin, das als traurige Metapher für meinen emotionalen und seelischen Zustand zu betrachten. Der Wein tut mir nur allzu gut, und ich spüre, wie ich langsam abzudriften beginne.

Ich erwache jäh, als man mir mein Weinglas aus der

Hand nimmt. Ich reiße die Augen auf und sehe Dante, der auf der Kante meiner Liege sitzt und das Glas auf dem Tischchen daneben abstellt.

»Hey«, sagt er und legt mir die Hand an die Wange. Ich zucke zusammen, aber mein Herzschlag beschleunigt sich. Ich sage mir scharf, dass mir Adrenalin durch die Adern strömt, weil ich aus den Schlaf gerissen worden bin, aber das Ziehen in meinem Unterbauch macht mir klar, dass ich mir etwas vormache.

Ich reibe meine Lippen aneinander, um Zeit zu schinden, bis mir etwas einfällt, das ich sagen kann, aber mein Hirn ist leer, und ich starre nur zu ihm auf. »Hey«, bringe ich schließlich hervor. »Alles okay?«

Ein Muskel in seinem Kiefer zuckt, und ich spüre, wie er sich leicht verspannt, aber dann ist es auch schon wieder vorbei. »Klar. Ich bin es nur nicht gewohnt, dich so traurig zu sehen.« Er neigt den Kopf zur Seite. »Du bist nicht mehr das Energiebündel, das ich einmal kannte.«

Ich betrachte das Haar, das sich über dem Kragen seines T-Shirts lockt, das Bärtchen, das sein attraktives Gesicht umrahmt. Als er geistesabwesend den Daumen über meine Unterlippe reibt, setze ich mich mit einem Ruck auf. Die Luft zwischen uns lädt sich plötzlich auf, und ich weiß, dass ich das hier auf sicheres Terrain zurückführen muss.

»Ich habe Lex sterben sehen. So was verändert einen, das weißt du.« Tatsächlich weiß er es, denn er hat die Hand seines Großvaters gehalten, als dieser an Krebs starb, aber das ist fünfzehn Jahre her, und es kommt mir vor, als sei meine Schwester erst gestern gestorben.

Er nickt. Dann legt er mir plötzlich die Hand auf

den Oberschenkel, ohne dass sein Blick meinen loslässt. Alarmglocken schrillen in meinem Kopf los, aber ich weiß nicht, was sich lauter bemerkbar macht – das Warnsignal oder mein Verlangen. Mühsam schlucke ich, während sein Daumen an meinem inneren Oberschenkel Kreise zu ziehen beginnt und dabei aufwärtswandert.

»Was soll das, Dante?«, frage ich, aber es klingt nicht verärgert wie beabsichtigt, sondern atemlos. Ja, ich habe ihm gesagt, dass ich nicht mit ihm ins Bett gehen werde, aber die Sehnsucht nach Vergessen ist wieder stärker geworden.

Nur ist es diesmal nicht meine Schwester, die ich vergessen will.

Sondern Becks.

Becks und die unvermutet aufblitzenden Gedanken an ein Morgen, an eine Zukunft – Gedanken, die ich keinesfalls tolerieren will. Nicht tolerieren kann.

»Lexi würde nicht wollen, dass du dich in deinen Kummer vergräbst, das weißt du. Sie hat das Leben gefeiert.« Er neigt sich langsam vor, und mir stockt der Atem.

»Dante ...«

Ich weiß, ich sollte ihn aufhalten, ihn von mir stoßen, doch sobald seine Lippen meine berühren und ich seine Zunge schmecke, fühle ich mich schlagartig lebendig. Und dann schiebe ich alle Einwände aus meinem Bewusstsein und lasse mich in seinen Bann ziehen. Ich will mich in ihm verlieren, ich will vergessen, ich will mich an ihm und seinem Körper berauschen, und freudig überlasse ich ihm die Kontrolle, damit ich das Denken abstellen kann.

Betäube mich, Dante.

Ich will mich fallen lassen. Ich will weg von meinen Gedanken, Fragen, Unsicherheiten. Ich will so hart und schnell ins Orgasmus-Nirwana gelangen, dass ich alles andere vergesse und mich aufs Wesentliche konzentrieren kann. Nämlich dass es genug ist. Genug sein muss. Dass so das Leben ist, das ich für mich gewählt habe.

Sex mit einem Mann, der nicht mehr von mir will als Sex. Der so schnell aus meinem Leben verschwindet, wie er aufgetaucht ist.

Das ist gefahrlos. Das kann ich akzeptieren.

»Nein, nein, nein!« Ich stemme beide Hände gegen Dantes sehr verführerische Brust, sodass unsere Lippen sich voneinander lösen. Ich kann das nicht. Ich kann mich nicht Dante hingeben, wenn ich in Wirklichkeit Becks will.

Frustriert presst Dante die Kiefer zusammen. Seine Augen blitzen. »Doch«, murmelt er. »Ich kann dir helfen, Haddie. Lass mich nur machen. Du wirst dich gut fühlen, versprochen.«

Mein Körper und mein Herz können sich nicht einigen, aber ich halte ihn auf Armeslänge von mir, während ich mich zu beruhigen versuche. Er neigt den Kopf und sieht mir in die Augen, ehe er den Blick senkt und seine Finger beginnen, die Bänder über dem Ausschnitt meiner Bluse zu lösen.

Irgendwann wirst du dich in all den Bindungen, die zu knüpfen du dich standhaft weigerst, hoffnungslos verheddern ...

Becks' Worte erklingen deutlich in meinem Kopf. Und halten mich davon ab, einen gewaltigen Fehler zu machen.

»Nein«, sage ich mit mehr Nachdruck.

Dante beugt sich vor und stemmt sich gegen meine Hände auf seiner Brust, um das letzte Band zu lösen. »Komm schon, Babe. Du willst mich doch genauso sehr wie ich dich.«

Doch Herz und Verstand gewinnen das Ringen mit meinem Körper. Ich versetze ihm einen letzten Stoß vor die Brust, schwinge die Beine über die Kante der Liege, und schüttele seine Hände an meiner Bluse ab. Dann stemme ich mich hoch und gehe zurück zum Haus.

Ich habe die Hand schon an der Glastür, als hinter mir seine beißende Bemerkung erklingt. »Ein mieses Spiel, das du da treibst.«

»Pass auf, was du sagst, Dante«, erwidere ich scharf und ziehe die Tür auf.

»Was denn? Du zierst dich doch bloß.« Er hat mich fast eingeholt. »Aber darauf stehe ich, das macht mich hart, Baby, und ich weiß doch, dass du es schön hart magst.«

Normalerweise hätte Dantes Bemerkung mich angemacht, aber jetzt tut sie es nicht – im Gegenteil. Stattdessen muss ich an Becks denken, der etwas Ähnliches gesagt hat ... und wie viel verführerischer seine Worte gewesen waren. Herrgott noch mal. Warum kann er nicht aus meinen Gedanken verschwinden?

Ich wende Dante den Rücken zu und betrete das Haus. »Fass mich noch mal an, und du kannst eine neue Bleibe suchen.«

»Ist das eine Drohung oder ein Versprechen«, fragt er mit einem leisen Lachen.

»Eine Tatsache«, fauche ich, betrete mein Schlafzimmer und werfe die Tür zu. Und dann stehe ich nur da, balle die Fäuste und spüre, wie die Wut durch mich hindurchströmt. Ja, ich bin sauer auf Dante, aber ich fürchte, ich bin vor allem sauer auf mich.

Nicht, dass es richtig wäre, mit jemandem zu schlafen, um seinen Kummer zu betäuben, aber mit dem einen Kerl ins Bett zu gehen, um einen anderen zu vergessen – wie krank ist das denn? Seit wann bin ich eine Frau, die die Männer nur benutzt?

Ich setze an, um ins Bad zu gehen, bleibe dann aber abrupt stehen und schnappe mir mein Telefon. Ich muss nur eben ihre Stimme hören. Um mich zu erden und daran zu erinnern, was für ein Mensch ich einmal war. Eine selbstbewusste und couragierte Frau. Nicht dieses weinerliche Wesen, das ich selbst nicht leiden kann.

Ich erkenne mich nicht wieder.

Nur ihre Stimme erdet mich.

Und eine Nacht mit Becks.

Argh! Ich wähle meine Mailbox an, klicke mich durch die neuen Nachrichten, die ich jetzt nicht hören will, und finde die einzige Aufnahme, die ich gespeichert habe. Und wie oft ich sie auch schon gehört haben mag, noch immer wird mir die Brust entsetzlich eng.

Die gepeinigte Stimme, die mühsam um Atem ringt, erklingt. Sie spricht unzusammenhängend, springt von einem Thema zum anderen, doch als sie zum Schluss kommt, umklammere ich mein Telefon fest. »Vergiss nie, Had – Zeit ist kostbar. Verschwende sie klug.« Sie hält inne, und man hört ihren rasselnden, pfeifenden Atem, und die schrecklichen Bilder fluten meine Erinnerung. »Ich liebe dich. Von hier bis zum Mond und zurück ist nicht genug, Schwester. Ich liebe dich.«

Ein Schluchzen löst sich aus meiner Kehle, und eine Gänsehaut überzieht meinen Körper, während sie, mühsam um Atem ringend, das Gespräch abbricht. Dann lasse ich mich aufs Bett fallen. Gott, ich vermisse sie so sehr. Sie war mein Fels. Die Ernste von uns beiden, die es mir ermöglichte, die Rolle der Lustigen zu übernehmen. Ich erlaube mir nur wenige Tränen, ehe ich sie wütend wegwische. Es ist dumm, traurig zu sein. Ich sollte mich über das Geschenk, das sie mir mit der Nachricht gemacht hat, freuen.

Als es an der Tür klopft, schrecke ich zusammen. Ich will jetzt nicht mit Dante reden. Ich will bloß allein sein und schlafen, um nicht mehr denken zu müssen. Stumm wickele ich mich in meine Decke und ziehe den Kopf ein.

»Haddie, komm schon ... Es tut mir leid, wirklich. Ich ... ich wollte dich nicht provozieren ...« Durch die Tür höre ich sein Seufzen und einen dumpfen Laut, und ich nehme an, dass er die Stirn ans Holz hat sinken lassen. »Na ja, wenn ich ehrlich bin, wollte ich dich natürlich provozieren. Es tut mir leid. Aber hier zu sein erinnert mich eben an damals, und du bist einfach so verdammt sexy, sodass ich ... Ach, verdammt. Bitte sprich mit mir, Babe.«

Abgesehen von meinem milden Erstaunen darüber, dass sich der selbstherrliche Dante tatsächlich entschuldigt, berühren seine Worte mich nicht. Sie können mich nicht trösten. Die Traurigkeit hüllt mich ein wie eine Decke, und ich kneife die Augen zu und lege meinen Arm über mein Gesicht, um – vergeblich – auszusperren, was ich nicht fühlen will.

»Had ...« Seine Stimme verebbt. Ich bleibe stumm,

presse mein Gesicht ins Kissen und beschließe, es auszusitzen. Ich will allein sein. Ich muss allein sein. Und lange brauche ich nicht zu warten. Nach einer weiteren Minute höre ich, wie er erneut seufzt, dann entfernen sich seine Schritte durch den Korridor.

Ich atme tief ein, doch dann schütteln die Schluchzer mich, und als ich mich endlich wieder beruhigen kann, ist es dunkel geworden und ich liege auf dem Bett und starre blicklos an die Decke. Ich würde jetzt so gerne mit Rylee reden. Sie würde mir sagen, dass ich eine alberne Gans bin und endlich meinen eigenen Grundsatz beherzigen soll: *Leb endlich!* Und das Leben beginnt dort, wo die Komfortzone aufhört.

Ich greife nach meinem Handy und wähle Becks' Nummer. Vielleicht muss ich erst herausfinden, wo genau die Grenzen meiner Komfortzone verlaufen.

»Hallo?«

Plötzlich weiß ich nicht, wie ich erklären soll, warum ich anrufe. Nichts Vernünftiges will mir einfallen, also verlege ich mich auf mein neuestes Hilfsmittel: Sarkasmus. »Und du bist also ein Fan von Regeln, die man brechen kann?« Keine Ahnung, warum der Zorn plötzlich hervorbricht. Er hat ihn nicht verdient, bekommt ihn aber ab. Ungefiltert.

Ich höre, wie er aufsteht und sich offenbar vom Fernseher wegbewegt, denn die Hintergrundgeräusche werden leiser. Warum muss er aufstehen und gehen? Ist *sie* etwa dort?

»Had? Sagst du mir, worum es hier gerade geht?«

Mein Gefühlsleben steckt in solch einem Chaos, dass ich nicht einmal begreife, worauf ich hinauswill, bis es zu spät ist. »Deine Regel Nummer eins: Nicht mit Freundinnen ins Bett gehen. Ist sie auch eine Freundin?«

Ich kann nicht fassen, dass ich das wirklich laut ausgesprochen habe. Er scheint genauso verdattert, denn einen Augenblick lang herrscht Stille auf der anderen Seite der Leitung. Dann: »Ist Dante denn ein Freund?« Ein Hauch Schärfe liegt in seiner Stimme, und ich beiße mir auf die Innenseite der Wange und überlege, was ich entgegnen soll.

Ich kann schließlich nicht ernsthaft behaupten, dass er nur ein Freund ist, wenn ich vor nicht einmal einer Stunde in Erwägung gezogen habe, ihn zu benutzen, um über den Mann, mit dem ich gerade telefoniere, hinwegzukommen. »Über ihn reden wir hier gerade nicht.«

»Dann reden wir auch nicht über sie. Übrigens verstehe ich nicht, worüber du dich aufregst. Ich halte mich exakt an das, was du gefordert hast. Eine unverbindliche Nacht, keine Forderungen. Wieso interessiert es dich, was Deena mir bedeutet?«

Ah, Miss Exotik hat einen Namen. Deena? Konnte ich noch nie ausstehen. Na ja, okay, das stimmt so nicht, aber jetzt mag ich ihn nicht mehr. Augenblicklich stelle ich mir vor, wie er diesen Namen herausstöhnt, und ich könnte kotzen.

»Du kannst mich nicht permanent auf Abstand halten und dann einfach anrufen, wenn es dir doch gerade in den Kram passt«, fährt er fort, als ich schweige.

»Das tue ich doch gar nicht.« Das ist eine glatte Lüge, aber was bleibt mir übrig?

»Schwachsinn, Montgomery. Dante – oder wie zum Geier der Kerl heißt – mag dich ja verhätscheln, wenn du es brauchst, und dich ansonsten brav in Ruhe lassen, aber ich bin nicht so. Ich bin nicht er. Du kannst nicht mit den Gefühlen anderer spielen und dann auch noch erwarten, dass sie für dich da sind, wenn du es gerade nötig hast.«

Die Schärfe seiner Worte verblüfft mich. »Von Gefühlen hat ja auch keiner geredet«, kontere ich mit kindischem Trotz. »Die kommen in meinen Prinzipien nämlich nicht vor.«

»Du willst über Prinzipien reden, ja, Haddie? Kennst du schon meine Regel Nummer zwei? Ich spiele keine Spielchen.«

Ich schnaube verächtlich und verdrehe die Augen, obwohl er es nicht sehen kann, sage aber nichts weiter.

Nach einer Weile seufzt er verärgert. »Gibt es sonst noch etwas, weswegen du angerufen hast, oder wolltest du einfach nur deine Nase in Dinge stecken, die dich nichts angehen?«

Ich mache den Mund auf und klappe ihn wieder zu. Ich verstehe nicht, wieso mein Bedürfnis, seine Stimme zu hören, so schnell in diese Art von Diskussion münden konnte, in der ich vergeblich versuche, wieder etwas hinzubiegen, das gar nicht hingebogen werden muss.

Weil ich das hier gar nicht will. Weil ich ihn nicht will.

»Tja, dann ... Hör zu, Had, wenn du wirklich reden willst, dann bin ich für dich da, aber diese bescheuerte Nummer, die du da gerade abziehst ... damit komme ich nicht besonders gut klar. Wir hatten unsere eine Nacht, und die war großartig, aber du hast sehr deutlich gemacht, dass du nicht mehr willst, also steht es dir einfach nicht zu, mich anzurufen und wissen zu wollen, was ich mit irgendeiner anderen habe oder nicht. Du willst keine

Beziehung? Na, schön, dann eben nicht, aber ehrlich gesagt habe ich den Eindruck, dass du gar nicht weißt, was du wirklich willst. Daher würde ich vorschlagen, dass wir beide jetzt auflegen, ehe eine ohnehin schon blöde Situation richtig aus dem Ruder läuft.«

»Warte!«, rufe ich verzweifelt, und ich hasse mich selbst dafür, dass ich so klinge, aber ich bin so allein und so traurig, und wenn ich jetzt auflege, wird alles nur noch viel schlimmer sein, das weiß ich genau.

Ich lausche in die Stille der Leitung und warte auf das Tuten, das mir bestätigt, wie klug es war, Stacheldraht um mein Herz zu ziehen – schmerzhaft, aber notwendig. Doch da ist nichts, nur Schweigen, bis ich plötzlich das Schaben von Bartstoppeln hören kann.

Und immer noch warte ich, und mein Hals tut weh von Tränen, die ich so gerne vergießen würde und doch so leid bin, weil sie mir keine Erleichterung mehr bringen.

»Ich bin noch da, Haddie«, sagt er leise, und das Mitgefühl, das in seiner Stimme mitschwingt, gibt mir beinahe den Rest. »Ich geh nicht weg, okay?«

Der seltsame Laut, der aus meiner Kehle kommt, ist alles, womit ich ihm danken kann, dass er nicht einfach auflegt. Mich nicht aufgibt.

»Sprich mit mir. Was ist los?«, fährt er behutsam fort, als fürchte er, dass ich davonlaufen könnte, wenn er mich zu stark drängt. Und genau das würde ich gerne tun. Warum er mich so gut einschätzen kann, ist mir ein Rätsel.

»Es tut mir so leid«, flüstere ich kaum hörbar.

Lexi zu verlieren war etwas, das ich nicht verhindern konnte, aber niemals hätte ich erwartet, dass ich mich selbst dabei verlieren könnte. Und Becks hat irgendetwas an sich – vielleicht ist es seine Freundlichkeit, vielleicht seine entspannte Lebensart –, das die Mauern, die ich errichtet habe, überwindet und mich berührt, und es fühlt sich an, als wolle er nach dem Schatten meines wahren Ichs greifen, das immer ein Stück außerhalb meiner Reichweite zu schweben scheint.

Wie der Luftballon an der Zimmerdecke. Immer da, immer zu sehen, doch nie zu packen.

Bis die Luft entwichen ist. Und er kraftlos zu Boden fällt.

»Das muss es nicht, Haddie. Es muss dir nicht leidtun, dass du mich brauchst.«

Ich brauche dich nicht! Fast hätte ich die Worte ausgesprochen, doch seine sanfte Stimme macht den Schmerz nur noch größer.

»Willst du darüber reden?«

Du hast ja keine Ahnung! Ich will dir alles erklären. Wie sehr ich dich begehre, und wie groß meine Angst ist. Aber wenn ich dir die Gründe für all das sage, wirst du unweigerlich das antworten, was alle anderen antworten: »Lex ist tot, Haddie. Sie hätte gewollt, dass du glücklich wirst, deine Träume lebst. Nach vorne schaust. Leb für sie, Haddie. Leb weiter.«

Und ich weiß nicht, was schlimmer wäre: Mir mein Idealbild von ihm ruinieren zu lassen, weil er mir mit diesen Standardfloskeln kommt, oder mich ihm zu öffnen, den Dingen ihren Lauf zu lassen und ihn eines Tages genauso zu vernichten, wie Lex' Tod Danny vernichtet hat.

Ich höre das Rasseln von Hundemarken im Hintergrund, und aus irgendeinem Grund entlockt mir das ein kleines Lächeln. Der Gedanke, dass Becks zu Hause pelzige Gesellschaft hat, tröstet mich und lenkt mich von der Verletzlichkeit ab, die mir aus allen Poren zu sickern scheint.

»Nein«, beantworte ich seine Frage.

»Ist alles in Ordnung mit dir? Soll ich vorbeikommen?«

Ja!

»Nein.« Ich kann nicht. Becks herzubitten hieße zuzugeben, dass er eine Kerbe in mein gepanzertes Herz geschlagen hat. Und das größte Problem ist, dass ich ihn längst eingelassen habe, nur darf er es niemals wissen. Wenn ich es ihm sagte oder spüren ließe, dann würde auch er sich mir öffnen, mich in sein Herz lassen und damit eines Tages durchmachen, was ich jetzt durchmache.

»Was brauchst du von mir?«

Und bei dieser Frage zieht sich mein Herz zusammen. Nicht »Was kann ich für dich tun?«, sondern »Was brauchst du?« Wo, bitteschön, ist seine Arroganz, wenn ich sie brauche? Kann er denn nicht das Arschloch geben, sodass ich mich daran klammern und es nutzen kann, um Abstand zu ihm einzunehmen?

Um ihn zu schützen?

»Nichts. Ich ... ich musste nur ...« Ich kann nicht weiterreden, denn ich würde ihm so gerne sagen, was ich von ihm brauche. Warum ich ihn aber nicht darum bitte, weil ich das Risiko, ihn zu verletzen, nicht eingehen will. Ich möchte ihm sagen, dass sich im Moment alles um meine Angst dreht, einen bescheuerten Bluttest zu machen, und dass ich nichts anderes tun kann, als von Tag zu Tag, von Augenblick zu Augenblick zu leben.

Aber ist das nicht Teil des Problems? Wenn ich diese Theorie vertrete, warum halte ich mich nicht daran? Wenn das Morgen ungewiss ist, sollte ich doch jede Sekunde auskosten, jede Vorsicht in den Wind schreiben und alles aus diesem Leben herausholen, was es mir zu bieten hat. Aber ich tue es nicht.

Weil ich mich fürchte.

Ich schließe die Augen, als stumme Tränen über meine Wangen rinnen, und ich weiß nicht, was ich sagen soll. Aber irgendwie habe ich das Gefühl, dass ich gar nichts sagen muss, weil Becks es ohnehin schon weiß. Einfach so.

»Ich bin hier, okay?«

Ich nicke, als könne er mich sehen, und brauche ein paar Sekunden, ehe ich es begreife. »Okay.«

»Übrigens, ähm, haben wir neulich unser Gespräch gar nicht zu Ende gebracht.«

Ich schweige verwirrt, weil ich nicht weiß, worauf er hinauswill.

»Ich kam in Texas zur Welt, und als ich sechs Jahre alt war, zogen wir in die Gegend um Santa Cruz. Tja, ziemlich langweiliger Vortrag, nicht wahr? Aber ich dachte, ich bin es dir schuldig ... Jedenfalls gibt es nur meine Eltern, meinen kleinen Bruder Walker und mich.«

Ich lächle bei seiner Wortwahl. Ich weiß zu schätzen, dass er mir ein wenig von sich erzählt. »Hm-hm«, mache ich, um ihm zu bedeuten, dass ich zuhöre, damit er fortfährt.

»Als ich ungefähr zwölf war, wurde mein Vater nach Santa Monica versetzt. Er war bei der Bank, bei der er arbeitete, ein ziemlich hohes Tier, und die Firmenzentrale befand sich hier, also zogen wir um. Ich war so sauer, weil ich wegen ihm meine Freunde und mein Football Team verlassen musste, dass ich meinen Rucksack packte und ausriss.« Er lacht, und es klingt so fröhlich, dass ich mich seltsamerweise direkt besser fühle. »Ich hatte meinen Gameboy dabei und ein paar Snacks und setzte mich außerhalb der Sichtweite unseres Hauses auf den grünen Stromkasten, um zu überlegen, wohin ich gehen sollte. Meine Mutter aber, klug wie sie ist, backte Schokokekse – meine größte Schwäche, wie sie wusste –, ging hinaus und rief alle Nachbarskinder zusammen, und das natürlich so laut, dass ich es hören musste. Dem konnte ich nicht widerstehen, also kehrte ich nach ganzen eineinhalb Stunden wieder nach Hause zurück.«

Er schweigt einen Augenblick, als müsste er seine Gedanken sortieren. »Wir zogen also hierher. Ich spielte Football und Baseball und war in der Highschool in der Ringermannschaft. Meine schulischen Leistungen waren okay. Ich freundete mich mit einem Jungen namens Smitty an. Sein Vater arbeitete in einem lokalen Racing Team. Eines Tages fragte er, ob ich mitkommen wollte, und eigentlich interessierte mich das gar nicht sonderlich, aber nach zwei Stunden auf der Rennstrecke war ich wie im Rausch. Es war nicht einmal das Rennfahren selbst, was mich faszinierte. Klar, das Adrenalin, die Geschwindigkeit, all das war schon großartig –, aber die Organisation des Teams, die Technik, das Ineinandergreifen der vielen Einzelheiten, damit ein Fahrer als Sieger hervorgehen konnte … das waren die Dinge, die mich wirklich packten.« Er seufzt, und ich lausche gespannt und würde so gerne Fragen stellen, doch ich bleibe bei zustimmenden Lauten und warte einfach ab.

»Also fragte ich, ob ich vielleicht helfen dürfte, verbrachte viel Zeit auf der Strecke und lernte, was ich konnte. Zuerst hielt ich mich zurück, aber je mehr Selbstvertrauen ich bekam, umso öfter machte ich Vorschläge, sprang ein, wenn jemand ausfiel, und wurde ein wichtiges Mitglied. Eines Tages dann, ich war ungefähr achtzehn, begegnete ich einem ziemlich dreisten Mistkerl namens Colton, der in Fontana fuhr. Ich hatte gehört, dass er der Sohn irgendeiner Hollywoodgröße war, und blieb, um ihn scheitern zu sehen, denn die Typen, die sich für etwas Besseres halten, tun das meistens. Der Kerl aber, der ungefähr so alt war wie ich, überraschte mich – und wie! –, denn er besaß echtes Talent. Ich sprach ihn an, und er kam ein paar Tage später vorbei und testete den Wagen. Der Rest ist, wie man so schön sagt, Geschichte.«

Wieder höre ich das Rasseln der Hundemarken, und ich will ihn nach ihrer Freundschaft fragen, nach seinem Liebesleben, nach seinen Eltern ... aber ich schmiege mich in die Stille und bin dankbar, dass er mir von sich erzählt und keine weiteren Fragen an mich stellt.

Es kommt mir merkwürdig vor, dass er genau zu spüren scheint, was ich brauche, obwohl ich ihn um nichts gebeten habe. Der Gedanke setzt sich am Rand meines Bewusstseins fest, und flüchtig frage ich mich, was er zu bedeuten hat und wie er hineinpasst in diese ... diese Situation, die ich mit fast lächerlicher Sturheit zu bekämpfen versuche.

Er spricht weiter, erzählt mir nun von Rex, dem Streuner, den er aus einem Tierheim geholt hat, von seinem Bruder, von dem Haus der Familie in Ojai. Alles gefahrlose Themen. Alles wunderbare Informationen über ihn, aber nicht das, was mich am meisten interessiert: Wer ist Deena? Und was bedeutet sie ihm?

Und dann werde ich wütend, dass es mich überhaupt kümmert. Damit ich nicht wieder zickig werde, lasse ich ihn plaudern, denn ich will auf keinen Fall, dass er es bereut, in der Leitung geblieben zu sein und mir von sich erzählt zu haben.

Nach einer Weile hört er auf zu sprechen, und einen Moment lang herrscht Schweigen. »Hey, Had?«

»Ja?«

»Wie du wahrscheinlich schon an meinem endlosen Gerede gemerkt hast, bin ich heute Abend ein bisschen einsam hier. Würde es dir etwas ausmachen, am Telefon zu bleiben, bis ich einschlafe? Du musst nicht reden oder so was ... Es wäre nur einfach schön zu wissen, dass du da bist.«

Ich weiß verdammt gut, dass er nicht einsam ist und mir das nur erzählt, um mir meine Verlegenheit zu nehmen, und – verdammt noch mal! Prompt begehre ich ihn umso mehr. Ohne es zu wollen, lächele ich, wodurch mein verweintes Gesicht zu spannen beginnt. »Kein Problem.«

Und nun kann ich es spüren. Ich spüre feine Erschütterungen in meinem Herzen, weil er mit Geduld und Verständnis statt Hammer und Meißel meiner Panzerung die ersten Haarrisse beibringt.

Minuten verstreichen, in denen ich nur seinen regelmäßigen Atem und das gelegentliche Klopfen von Rex' Rute höre – es klingt, als läge der Hund auf einer Matratze. Ich ziehe meine Decke fester um mich, schmiege mich in mein Kissen, und lasse mich von dem Wissen um Becks' Nähe langsam in den Schlaf lullen.

»Danke.« Das Wort kreist träge durch meinen Kopf, aber ich bin mir nicht sicher, ob ich es tatsächlich ausspreche.

Falls ja, äußert sich Becks nicht dazu.

12

BECKS

Der Beat tobt über dem unablässigen Basswummern, während ich mich im Club umschaue. Ein bisschen zu laut, viel zu trendy und viel zu oberflächlich für meinen Geschmack. Mir persönlich reicht eine dunkle Ecke, ein frisch Gezapftes und eine Bedienung in kurzem Rock und Stiefeln – perfekt!

Über einen Mangel an nackter Haut kann ich mich hier allerdings nicht beschweren. Doch wie an jenem Abend, an dem wir spontan nach Las Vegas flogen und ich sie zum ersten Mal sah, wird mein Blick immer wieder von ihr angezogen.

Von dem einen Menschen, der mir nicht mehr aus dem Kopf gehen will.

Und das wird langsam zu einem ernsthaften Problem.

Denn nun, da ich einmal die Verführung namens Haddie kennengelernt habe – da ich weiß, wie sie duftet, wie köstlich sie schmeckt, was für wunderbare Laute sie von sich geben kann –, bin ich für alle anderen offenbar verdorben.

Verdammt!

Verdammt und zugenäht.

Und dann ist da noch der Ausdruck ihrer Augen. Das stumme Flehen, ihr dabei zu helfen, die Trauer zu verarbeiten, und ihr zu beweisen, dass sich zu öffnen nicht zwingend erfordert, sofort wieder alle Schotten dicht machen zu müssen.

Und verdammt will ich sein, wenn ich keine Schwäche für schlagfertige langbeinige Blondinen habe, die eine Schulter zum Ausweinen brauchen. Okay, machen wir uns nichts vor. Am liebsten möchte ich natürlich, dass sie nur deshalb schluchzt, weil der Orgasmus sie so erschüttert hat, aber ich bin kein unsensibler Schuft, nur weil ich es vielleicht heimlich denke. Ich meine – Leute! Es ist schließlich Haddie!

Und ich wäre ein dämlicher Vollpfosten – oder ein blinder! –, wenn ich sie nicht noch mal in meinem Bett haben wollte.

Ich stöhne frustriert, während ich beobachte, wie sie, ganz die Gastgeberin, mit den Leuten plaudert, lacht, Kontakte knüpft, und ich kann nicht leugnen, dass sie etwas an sich hat, das mich unwiderstehlich anzieht. Und sie wichtig für mich macht. So wichtig, dass ich gerne zwei Stunden schweigend am Telefon hänge, nur um mich zu vergewissern, dass sie ruhig atmet.

Etwas Derartiges habe ich für noch niemanden getan. Aber sie klang so verloren, so sehr nach einem kleinen, verängstigten Mädchen, dass ich nie im Leben einfach hätte auflegen können.

Jetzt allerdings hat sie rein gar nichts mehr von einem kleinen Mädchen. Wie sie sich bewegt, wie sie das Haar über ihre Schulter wirft, wie ihre Hüften schwingen – aufregend! Wohlgeformte, lange Beine, perfekte Brüste unter einem engen V-Top, Smoky Eyes und wie lackiert glänzende Lippen.

Und obwohl mein bestes Stück sich danach sehnt, sie

ein zweites – oder sollte ich besser sagen: ein fünftes? – Mal zum Höhepunkt zu bringen, möchten mein Verstand und mein Herz ihr einfach nur nahe genug sein, um sich vergewissern zu können, dass es ihr wirklich gut geht.

Ich nehme einen tiefen Zug aus meinem Glas – Cola-Rum –, nicke im Takt mit dem Kopf und lasse sie nicht aus den Augen.

»Mann, wenn du die Kleine unbedingt in die Kiste kriegen willst, musst du schon hingehen und sie ansprechen.«

Wenn Blicke töten könnten, läge Walker jetzt im Leichensack. »So spricht man nicht über eine Lady«, beginne ich und wende mich ihm halb zu.

»Mag sein, aber ich habe die dumpfe Ahnung, dass das, was du mit ihr anstellen willst, eher in die Kategorie Hure statt Heilige fällt, also können wir den Lady-Aspekt gleich beiseite lassen, oder?«

Auch dieser Blick könnte ihn ins Kühlhaus bringen. Ja, er hat recht, verdammt noch mal, aber niemand darf so über Haddie reden.

Aber wieso? Wieso ist sie mir so wichtig, während ich ihr offenbar nichts bedeute?

Schwachsinn. Und ob ich ihr etwas bedeute! Sie will es vielleicht nicht, aber es ist so.

Und deswegen habe ich Walker vermutlich auch hierhergeschleift. Ich meine, ich sehe, dass sie etwas umtreibt, spüre die Angst, die von ihr ausgeht, höre die Furcht in ihrer Stimme ... Aber woher rührt sie?

Also beobachte ich, wie sie sich durch den Club bewegt. Den Kopf beim Lachen zurückwirft. Ihre Hand auf den Oberarm eines Gastes legt, was mir fast ein Knurren entlockt. Sich bückt, um ein Schapsglas vom Tisch zu nehmen und es wie ein Profi in einem Zug zu leeren. Beeindruckend.

»Oooooh«, macht Walker und reißt die Augen auf, als er offenbar versteht. »Und ich habe gedacht, du hast mich hergeschleift, weil du mal mit deinem kleinen Bruder um die Häuser ziehen wolltest. Na ja, und natürlich, weil dein Lieblingskumpel es vorzieht, mit seiner eigenen Frau zu verreisen.«

Er zwinkert mir aufgesetzt zu, und ich muss lachen, obwohl mir klar ist, dass Walker tatsächlich manchmal ein bisschen eifersüchtig auf Colton ist.

»Bestell uns noch einen Drink, Brüderchen, ich denke, wir brauchen noch einen«, neckt er mich. Ich verdrehe die Augen, richte den Blick wieder auf die Menschenmenge, kann Haddie aber plötzlich nicht mehr entdecken. Angestrengt suche ich die Tanzfläche ab, dann sehe ich ihr Glitzertop, das das Licht auf ihr helles Haar wirft. Nachdem ich mich vergewissert habe, dass es ihr gut geht, wende ich mich wieder meinem Bruder zu.

Er deutet auf mich, dann auf Haddie – oder zumindest die Stelle, wo sie gerade gewesen ist. »Das ist also, ähm ... Haddie? Seid ihr zwei ...? Ich meine, hattet ihr ...?« Er zieht die Brauen hoch, kann sich aber anscheinend nicht dazu durchringen, explizit zu fragen, ob wir miteinander im Bett waren. »Also?«

»Also was?« Ich denke ja gar nicht daran, ihm freiwillig Einzelheiten zu verraten. Klar, er ist mein Bruder, aber wahrscheinlich wird er es sofort brühwarm Aubrey erzählen, die wiederum sofort meine Mutter anrufen wird. Und ich kann es im Augenblick überhaupt nicht gebrauchen, dass mich jemand auf Ehe und Babys und pinke Flipflops anspricht.

»Alter, irgendwie kapier ich gar nichts«, sagt er.

Ich boxe ihm leicht gegen die Schulter. »Das ist ja nichts Neues.« Rasch weiche ich zurück, als er wie erwartet zum fingierten Gegenschlag ausholt.

»Du tauchst mit Sternen und Herzchen in den Augen auf der Ranch auf, aber ein paar Tage später steht plötzlich Deena vor der Tür. Mir kam es zunächst vor, als hätten wir es hier mit einem Fall von Regressionsmuschi zu tun, aber ...«

Fast spucke ich meinen Drink aus, presse mir aber noch rechtzeitig die Hand vor den Mund. »Regressionsmuschi? Wie bitte?« Ich beginne zu husten, als das Gelächter sich Bahn brechen will. »Was zum Geier meinst du damit?«

Grinsend zuckt er die Achseln. »Na ja, du hast bald Geburtstag. Du sagst ständig, dass du dich wie ein alter Sack fühlst, da dachte ich, du versuchst das vielleicht zu kompensieren, indem du wieder was mit Deena anfängst. Eine Rückkehr zu Zeiten, als du noch ein junger Bock warst. Da wir nun aber hier stehen und die scharfe Braut dort hinten anstarren, frage ich mich, was hier eigentlich vor sich geht.«

»Ich schwöre: Nie im Leben stammen wir beide von derselben Mutter ab.« Ich schüttele den Kopf. »Und – junger *Bock*? Ist das dein Ernst? Hengst passt da wohl eher.«

»Na klar, träum weiter.« Er schnaubt. »Also? Erst knallst du Deena und dann suchst du dir die Nächste?«

Verärgerung steigt in mir auf. »Ich hatte nichts mit Deena.« Als er nur ungläubig die Brauen hochzieht, fahre ich fort. »Glaub's mir, es gibt kein Revival. Und ich weiß ja, dass du schon immer scharf auf sie warst, aber so wahnsinnig toll ist sie gar nicht.«

Jetzt ist es an ihm, sich an seinem Drink zu verschlucken. »Was? Sie ist auf einer Skala von eins bis zehn mindestens eine fünfzehn.«

»Ja, was das Äußerliche angeht, stimme ich dir zu, aber wenn ich das, was ich heute weiß, mit dem vergleiche, was damals war …« Ich schüttele den Kopf. Naiv wie ich war, hielt ich Deena für eine Göttin im Bett.

»Deena könnte seit dem College durchaus auch etwas dazugelernt haben.«

»Wahrscheinlich«, gebe ich zu.

Damals waren wir verliebt, unbeholfen und experimentierfreudig, gaben uns aber selbstbewusst und erfahren. Irgendwann gingen wir getrennte Wege und hörten nichts mehr voneinander, bis Deena vor ein paar Tagen zufällig bei mir anklopfte, weil sie gerade in der Stadt war. Nach einem Tag mit ihr war ich mehr als bereit, es noch einmal für eine Nacht zu probieren, aber …

Aber dann begegneten wir Haddie.

Verfluchte Haddie. Haddie mit den Rehaugen, die mir ohne Worte Fragen stellt. Die sich stur weigert zuzugeben, dass auch sie jemanden braucht, wenn sie leidet. Und dann ruft sie mich an und macht mir Vorwürfe, und ich denke ja gar nicht daran, mir das alles gefallen zu lassen, ohne ein paar Widerworte zu geben.

Bis sie diesen einen kleinen Laut von sich gab. Dieser halbe Schluckauf, der alles sagte. Dass sie Angst hatte und sich nach jemandem sehnte, dass sie allein sein musste und es doch nicht sein wollte.

»Alter, ich an deiner Stelle würde sie mir langsam schnappen, wenn du sie haben willst. Wie es aussieht, flirtet sie verdammt gerne ...«

Ich muss mich zusammennehmen, um ihn nicht am Kragen zu packen. Wie kann er es wagen, sie zu verurteilen, wenn sie nur ihre Arbeit macht? Aber dann kapiere ich, dass er genau darauf abzielt. Er will, dass ich reagiere und verrate, was sie mir bedeutet, und beinahe wäre ich in die Falle getappt.

»Weißt du was, Walker? Es ist ein Wunder, dass Aubrey dich mit einer solchen Geisteshaltung nicht vor die Tür setzt. Im Übrigen kommt man mit Ruhe und Zielstrebigkeit manchmal viel eher ans Ziel.«

»Wir spielen hier nicht Hase und Igel, Brüderchen.« Er schüttelt den Kopf und nippt am Bier. Als die Kellnerin vorbeikommt, bedeutet er ihr, uns noch eine Runde zu bringen. »Mit der Strategie kriegst du jedenfalls keine solche Klassefrau wie die dort drüben.«

Er kann ja nicht wissen, dass ich sie schon gekriegt habe. Und dass genau das mein eigentliches Problem ist.

Die Nacht verstreicht, wir trinken und verulken uns gegenseitig, aber irgendwann fällt mir auf, dass Haddie nicht mehr ganz so stabil zu stehen scheint. *Verflixt.* Ich weiß doch, wie wichtig es für sie ist, dass der Abend gut läuft. Das ist das zweite Event von den dreien, die ihren Auftrag ausmachen, und wenn sie sich den Kunden endgültig an Land ziehen will, muss sie ihr Bestes geben. Was ist los? Trinkt sie zu viel, um etwas zu übertünchen und eine fröhliche Fassade aufsetzen zu können?

Es nagt an mir, dass ich mir Sorgen darüber mache.

Mir ist bewusst, dass Walker mich mit Argusaugen beobachtet, um herauszufinden, was mir an dieser Frau liegt. Zum Glück weiß Haddie nicht, dass wir hier sind, denn ich habe das dumpfe Gefühl, dass sie dann noch mehr trinken würde – ganz einfach um das Bedürfnis, mich nicht zu brauchen, im Alkohol zu ertränken.

Und wo wir gerade bei Ertränken sind: Gerade kippt sie wieder einen Schnaps herunter. Ich verziehe das Gesicht. Nein, sie betrinkt sich nicht gezielt, aber ich kann ihr ansehen, dass sie nicht mehr ganz Herrin der Lage ist.

Verdammt. Kann mir doch egal sein. Wütend auf mich selbst, fahre ich mir mit der Hand durchs Haar. Ich meine, mal im Ernst – warum bin ich überhaupt hier? Warum habe ich Walker überredet herzukommen? Um Haddie bei der Arbeit zu beobachten wie ein großer Bruder mit übersteigertem Beschützerdrang?

Oder ein liebeskranker Volldepp?

Mist. Vielleicht sollte ich Deena anrufen. Vielleicht sollte ich mich doch auf eine Revival-Nacht einlassen, um mir in Erinnerung zu rufen, dass es auch unkomplizierter geht.

Und dann sehe ich ihn. Das Arschloch zu ihrer Rechten. Zurückgegeltes Haar, eindeutig betrunken, und seine Hand dreist auf ihrem Hintern. Blitzartig schieße ich von meinem Stuhl auf, aber ehe ich noch fünf Schritte gekommen bin, packt sie seine T-Shirt-Front, sagt etwas zu ihm, und schubst ihn von sich.

»Okay, nicht schlecht«, murmele ich, froh, dass Haddie ganz offensichtlich auf sich selbst aufpassen kann. Und aus irgendeinem Grund macht die kleine Darbietung sie in meinen Augen nur noch begehrenswerter. Denn obwohl sie knallhart ihre Frau steht, hat sie eine sehr verwundbare Seite und vertraut mir anscheinend genug, um sie mir zu zeigen.

Sie braucht mich.

Und das gefällt mir. Die Mischung aus forsch und verletzlich macht mich höllisch scharf.

Als ich mich wieder auf meinen Platz setze, wird mir bewusst, dass Walker jede meiner Bewegungen beobachtet hat. Wahrscheinlich lauert er nur auf die Gelegenheit, mir eine gepfefferte Bemerkung um die Ohren zu hauen. Klar, aus seiner Sicht muss es jämmerlich wirken, dass ich diese Frau aus der Entfernung anschmachte.

Aber er hat einfach keine Ahnung, welche Macht Haddies Voodoo-Muschi besitzt.

Fast verschlucke ich mich an meinem Drink. Habe ich wirklich gerade *Voodoo-Muschi* gedacht? Ach du Schande. Ich verwandele mich in Colton. Ich kann mich noch verdammt gut an seine Erklärung erinnern, warum er sich so schnell und so hoffnungslos in Rylees Bann hatte ziehen lassen. Sollte es mir nicht zu denken geben, dass ich seinen Ausdruck und Haddies Namen ohne mit der Wimper zu zucken in Verbindung gesetzt habe?

Das kann doch nicht wahr sein. Sie kann doch nicht … ich meine, ich kann nicht … Herrgott noch mal, wir waren doch nur *einmal* miteinander im Bett. Klar, wir haben die Nacht voll ausgenutzt, aber seit wann stehe ich denn nach ein bisschen Sex unter der Fuchtel einer Frau?

Ein bisschen unfassbarem, bewusstseinsveränderndem, denkwürdigem Sex für die Ewigkeit – aber denoch nur Sex.

Oh, Mann.

Ich schüttele den Kopf. Was für eine blöde Idee. Muss am Alkohol liegen. Sofort bestelle ich noch eine Runde für Walker und mich. Ich brauche etwas, das mein Hirn wieder wach macht – oder betäubt –, sodass ich auf andere Gedanken komme.

Die Drinks kommen, die Musik dröhnt – wer kann zu diesem Techno-Quark überhaupt tanzen? –, und mein Bruder unterhält mich, indem er anfängt, die Frauen, die sich uns nähern, zu bewerten.

»Mann, wenn ich nicht mit Aubrey glücklich wäre, dann würde ich …«

Doch Walkers Worte verlieren sich im Lärm des Clubs, da ich mich ohne nachzudenken in Bewegung gesetzt habe. Der Mistkerl mit dem gegelten Haar ist wieder da und fasst sie an. Sie steht mit dem Rücken zur Wand und kann nicht fliehen, und ich sehe rot. Ohne Rücksicht dränge ich mich durch die dichte Menschenmenge.

Sie gehört mir.

Als der Gedanke diesmal in meinem Bewusstsein aufschlägt, erschreckt er mich nicht mehr, denn irgendwann in der letzten Stunde habe ich beschlossen, Haddie Montgomery kein zweites Mal gehen zu lassen. Ohne Kampf gebe ich sie nicht auf.

Zwar weiß ich, dass ich den Vorsatz bereuen werde, aber ich habe keine Zeit mehr, mit mir zu streiten. Anscheinend bedrängt der Schmierlappen sie, denn Haddie versucht den Kopf wegzudrehen, stemmt die Hände gegen seine Brust und zieht ein Knie hoch.

Ich packe ihn an den Schultern und zerre ihn zurück, ehe sie ihm das Knie noch in die Kronjuwelen rammen kann. Befeuert von Zorn und Alkohol, handele ich instinktiv und ramme Mr. Schmierig mit dem Rücken gegen die Wand, während das Stroboskoplicht alles in eine irreale Zeitlupe taucht. »Was soll das?«, schnauze ich ihn an, drücke ihm den Unterarm gegen die Brust und greife mit der anderen sein Hemd, sodass die Knöpfe abspringen. »Die Lady hat Nein gesagt.«

Und das blöde Arschloch lacht mich einfach aus. »Verpiss dich, Mann«, fährt er mich an, ohne auch nur ansatzweise den Eindruck zu vermitteln, ich hätte ihm Angst gemacht. »Ich glaube kaum, dass ›mehr‹ ihr Wort für ›Nein‹ ist.«

Der Schock reißt mich jäh aus dem Alkoholdunst. *Was?* Haddie *wollte* sich von diesem Arsch küssen lassen?

Und jetzt höre ich auch, dass sie meinen Namen ruft. Laut! Und zwar immer wieder, während sie an meinem Oberarm zerrt, den ich zurückgezogen habe, um ihm die Faust auf die Nase zu rammen.

Ich kapiere nichts mehr. Verwirrt lasse ich von dem Schmierlappen ab. Und als würde mein Körper erst jetzt realisieren, dass sie neben mir steht, wird mein Verstand ganz plötzlich von all meinen fünf Sinnen attackiert, und ich reagiere auf die einzige Art, die mir in meinem Alkoholdunst sinnvoll erscheint.

Mr. Schmierig ist vergessen. Ich wende mich von ihm ab und zu Haddie um, packe sie, hieve sie hoch und werfe sie mir über die Schulter.

Mich interessiert nicht, dass alle Welt nun ihr Hinterteil unter dem superkurzen Röckchen sehen kann. Mich interessiert auch das Event nicht, das sie leitet, denn im Grunde läuft es längst ohne sie, und sie kümmert sich für meinen Geschmack ohnehin etwas zu sehr um ihre Gäste. Dass ihre Fäuste auf meinen Rücken trommeln und sie verlangt, dass ich sie herunterlasse, ist mir ebenso egal wie die Blicke der Leute, die mich wahrscheinlich für gestört halten.

Sollen sie ruhig.

Denn ich kann nur daran denken, dass sie diesen Kerl angefasst hat, obwohl sie doch eigentlich nur mich anfassen dürfte.

Ich rücke sie auf meiner Schulter zurecht und warte, dass die Menge sich zerstreut, damit Haddie nicht versehentlich jemanden tritt. Die Musik ist so laut, dass ich nicht wirklich verstehen kann, mit welchen Worten sie mich beschimpft. Oder vielleicht will ich sie auch nicht verstehen, denn als wir an Walker vorbeikommen, kann ich *seine* Stimme laut und deutlich hören. »Mit Geduld und Zielstrebigkeit, ja?«, spottet er.

Ich ziehe nur eine Braue hoch und gehe auf den Seitenausgang zu, wo ein Rausschmeißer mich aufhalten will. »Vorsicht, sie kann sich jeden Moment übergeben!«, sage ich, und er weicht hastig zurück.

Und dann sind wir draußen. Haddie strampelt und flucht unablässig, und plötzlich muss ich lachen. Ich denke ja gar nicht daran, sie loszulassen. Mit der zappelnden Haddie auf der Schulter marschiere ich, ohne anzuhalten, zwei Blocks weiter, wo sich praktischerweise meine wunderbar zentral gelegene Wohnung befindet.

Ich höre sie »Mistkerl« und »Lass mich runter« und »Untersteh dich« zischen, und jeder, der an uns vorüberkommt, sieht uns entgeistert an. Eigentlich bin ich schockiert, dass keiner einzugreifen versucht. Aber vielleicht verrät ihnen mein Grinsen, dass keine Gefahr besteht – oder sie halten mich für einen psychopathischen Irren, den man besser nicht aufzuhalten versucht. Jedenfalls bin ich viel zu sehr damit beschäftigt, ihren sich windenden Körper festzuhalten, als dass ich mir Gedanken darüber machen könnte, was das über unsere Gesellschaft verrät.

Bis wir die Treppe zum Eingang meines Wohnhauses erreicht haben, ist Haddies Rock so weit hinaufgerutscht, dass mein Arm nackte Haut berührt und ich nur noch lange, makellose Beine und hohe Absätze im Blickfeld habe.

Angestrengt schlucke ich, als wir auf den Fahrstuhl warten. Ich überlege, ob ich vielleicht doch besser die Treppe nehmen soll, um durch die Anstrengung etwas von meinem aufgestauten Verlangen loszuwerden, denn am liebsten würde ich sie sofort an die Wand drücken und nehmen. Aber ich weiß, dass sie sich gegen mich wehren wird – das tut sie schließlich bereits! –, und ich brauche meine Energie, um dafür zu sorgen, dass sie mir wirklich zuhört.

Denn ich werde sie nicht eher wieder gehen lassen, bis ich gesagt habe, was ich zu sagen habe.

Und das ist eine ganze Menge.

13

HADDIE

Nicht viel dringt durch meinen heillosen Zorn. Was mir allerdings auffällt, während ich unablässig auf Becks' Rücken trommele und ihn wüst beschimpfe, sind seine tadellosen Manieren. Er schleppt mich wie einen Sack Kartoffeln durch die Straßen von Los Angeles, wünscht aber allen Leuten, die uns entgegenkommen, freundlich einen schönen Abend.

Dieser verfluchte Bastard. Ich bin so sauer!

Und ich bin müde und vollkommen erschöpft. Mein Kopf fühlt sich zentnerschwer an, als ich ihn hebe, um zu sehen, wo wir uns befinden, doch plötzlich zieht Becks mich von seiner Schulter und wirft mich durch die Luft.

Mit einem lauten Ächzen lande ich auf einer weichen Couch, und einen Moment lang hebt sich der Alkoholnebel, der mir das Denken erschwert. Als mein Verstand mit meinem Körper gleichzieht, versuche ich augenblicklich auf die Füße zu kommen, um mich auf ihn zu stürzen und ihn erneut zu attackieren.

Doch ich habe mich noch nicht einmal aufgerichtet, als Becks schon über mir ist, sich rittlings auf mich setzt und mir die Hände rechts und links von meinem Kopf auf die Polster drückt. Und, Gott! – ich bin so wütend auf ihn, dass ich ihm am liebsten das Knie in den Schritt rammen würde. Gleichzeitig wünsche ich mir jedoch sehnlichst, dass er sich zu mir herabbeugt, damit ich seinen aufregenden Mund verschlingen kann, der sich so verführerisch dicht über meinem befindet. Verdammt. Es muss am Alkohol liegen, dass ich trotz meiner Wut so scharf auf ihn bin.

Hat er wirklich geglaubt, ich hätte ihn im Club nicht gesehen? Mein Körper wusste schon vor meinem Verstand, dass er da war, denn es war wie eine elektrische Unterströmung, die mich mit jeder Minute unruhiger – kribbeliger! – machte. Ein konstanter Angriff auf meine Libido, doch er hielt sich im Hintergrund.

Die. Ganze. Zeit.

Und ich wurde immer nervöser.

Ich. Die ich normalerweise die Coolness in Person bin.

Ich wusste, dass Cal anwesend war und ein Auge auf mich haben würde, aber, verdammt noch mal, Becks dort zu wissen war zehnmal schlimmer. Ich versuchte mir einzureden, dass er nur zufällig mit seinem Freund in dem gleichen Club gelandet war, in dem ich das Event ausrichtete, aber ich glaube eigentlich nicht an Zufälle.

Den ganzen Abend spürte ich seinen Blick. Ich wusste, dass er mich beobachtete, dass er wartete – aber auf was? Er hatte doch diese Frau vom Bauernmarkt, wie hieß sie noch gleich? Und die Erinnerung an diese andere machte es mir natürlich noch schwerer, mit einem strahlenden Lächeln hin und her zu laufen, mit den Gästen zu plaudern und dafür zu sorgen, dass sich alle wohlfühlten. Meine Gedanken waren die ganze Zeit bei ihm.

Mit jedem Drink, den ich mir zu Gemüte führte, beruhigten sich meine Nerven ein bisschen, während mein Zorn wuchs. Wie konnte er es wagen, mich dazu zu bringen, ihn zu mögen? Wie konnte er es wagen, mich zu der Annahme zu verleiten, dass er dort drüben saß, weil er sich vergewissern wollte, dass es mir gut ging?

Was mich auf die Idee brachte, dass er deswegen in den Club gekommen war? Na ja, es ist Becks! Er ist der Typ Mensch, der genau das tut.

Und das machte mich umso wütender.

Also noch ein Drink. Und noch einer. Und als mir ein Kerl, der in meinen alkoholtrüben Augen ganz passabel aussah, einen mehr oder weniger originellen Anmachspruch präsentierte, ergriff ich die Gelegenheit. Um mit diesem Kerl meinen Kummer zu vergessen. Und als mir bewusst wurde, dass ich meine Strategie, die Trauer über Lexis Tod mit Sex zu betäuben, auf mein Bedürfnis, Becks zu vergessen, übertrug, war es bereits zu spät.

Ich küsste den Kerl.

Doch trotz des Alkoholpegels und des Kicks, mich auf einen Fremden einzulassen, wollte sich kein Rausch einstellen. Der Mann war nicht der, den ich begehrte. Und dann war der, *den* ich begehrte, plötzlich da und zerrte den anderen von mir, und ich war so angefressen, dass er mich erwischt hatte – so angefressen über das, was er nun von mir halten musste –, dass ich meine Verlegenheit in nackte Wut kanalisierte.

Hat mir ja viel genützt.

»Geh runter von mir«, keuche ich und stemme mich gegen ihn.

»Uh-oh.« Er grunzt vor Anstrengung, als ich mich unter ihm aufbäume, um ihm zu entkommen. Und natürlich kann ich seine Erektion groß und hart an meinem unteren Bauch spüren, was alle Alarmglocken losschrillen lässt und meinen Entschluss, ihn nicht zu wollen, sofort ins Wanken bringt.

Denn tief in meinem Inneren beginnt das Verlangen sich einem Lavastrom gleich auszubreiten und in jeden Bereich meines Körpers zu sickern.

»Verdammt noch mal, Montgomery. Hör endlich auf zu zappeln, dann lass ich dich auch los. Aber du gehst nicht, bevor wir nicht geredet haben.«

»Verpiss dich.« Ich habe die Worte schon hervorgestoßen, ehe ich mich noch zurückhalten kann. Ich meine es nicht so, aber er macht mich momentan einfach wahnsinnig.

Zumal er mich auslacht! Je mehr ich mich unter ihm winde, umso lustiger scheint er es zu finden. Ich halte inne und blicke zornig in sein Gesicht auf, das zur Hälfte im Schatten liegt, und er beugt sich langsam zu mir herab, bis seine Lippen dicht über meinen sind. »Das würde dir gefallen, nicht wahr? Wenn ich dich in Ruhe lassen würde, ohne dir eine einzige Frage zu stellen.« Und als er sich über die Lippen leckt, reicht der Anblick seiner Zunge aus, meine Fantasie anzuregen, und prompt verhärten sich meine Nippel.

»Du kannst mich mal«, presse ich hervor und fange wieder an mich zu wehren. Ich winde mich unter ihm und bäume mich auf, doch als ich spüre, dass seine Erektion wächst, beginnt mein Widerstand erneut zu bröckeln. Verdammt! Mein Verlangen bringt mich noch um!

Er stößt ein Lachen aus, das nun eher verzweifelt als belustigt klingt. »Oh, glaub mir, das würde ich nur allzu gerne, aber ich stehe nicht auf Frauen, die sich gegen mich wehren. Ich mag es willig, und davon bist du, süße Haddie, leider meilenweit entfernt.«

Von wegen, er mag es willig! Wer hat mich denn über die Schulter geworfen und verschleppt? Erwartet er wirklich, dass ich nach solch einer Behandlung *willig* bin? Hat er nicht mehr alle Tassen im Schrank? Tja, scheint so. *Aber warte nur ab. Ich ... ich ...* Meine Gedanken zerfasern, als seine Lippen sich auf meine legen.

Automatisch öffne ich den Mund. Ich bin so ausgehungert nach ihm, dass ich mich ihm reflexartig entgegenbiege und um mehr bitte, und einen Moment lang bin ich entsetzt von mir selbst, doch dann gebe ich meinem Verlangen nach.

Seine Zunge leckt über meine, und ein tiefes Stöhnen entringt sich meiner Kehle, ehe der Kuss noch richtig begonnen hat. Seine Hände packen meine Handgelenke fester, und ich balle die Fäuste, um mich gegen die Wucht meines Verlangens zu stemmen, doch vergeblich. Alle Sinne sind auf ihn eingestellt: Ich schmecke Minze und Rum auf seiner Zunge, rieche sein Aftershave, den Duft des Shampoos, und ich will mehr, noch viel mehr von diesem Mann, den ich mir hartnäckig zu versagen versuche.

Und während ich mich an ihm berausche, sage ich mir, dass es genug sein muss, dass nur der Alkohol in meinem Hirn die Sehnsucht anfacht, aber ich weiß sehr gut, dass es nicht stimmt. Ich will ihn gerade anflehen, mich so weit zu bringen, dass ich an nichts mehr denken kann, als er plötzlich aufhört.

Sich von mir löst und aufsteht.

»Verdammt!«, entfährt es ihm, während ich noch zu

verarbeiten versuche, was gerade geschehen ist – wie wir in so kurzer Zeit vom Club auf die Couch zu gar nichts gelangen konnten. »Ich brauche einen Augenblick.«

Ich rappele mich auf und blicke auf seinen breiten Rücken, während er sich murmelnd durch die Haare fährt. »Haddie ...«, beginnt er mit einem Stöhnen, und dann kommt nichts mehr, und ich habe nicht die geringste Ahnung, was jetzt im Augenblick in ihm vorgeht.

Aber ich bin noch derart aufgeputscht durch meinen Zorn, durch seinen Kuss, und ich brauche ihn so unbedingt, dass mein Körper instinktiv reagiert. Und – verdammt, ja! – mir ist bewusst, dass ich ihn jetzt nur benutzen will. Und ich will, dass er auch mich benutzt. Denn wenn ich weiß, dass es ein gegenseitiges Nehmen ist, kann ich ohne schlechtes Gewissen wieder gehen.

Und das werde ich, denn ich habe nicht mehr zu bieten als das.

Und so trete ich vor ihn, lege meine Hand auf seine Erektion und meine Lippen auf seine. Und einen Moment lang versucht er mir zu widerstehen, will etwas sagen, aber ich fühle, wie sein Schwanz unter der Jeans pulsiert, härter wird, größer wird. Ihm stockt der Atem, und sein Körper verspannt sich unter meinen gierigen Händen. Doch als unsere Münder sich öffnen und die Zungen sich vereinen, gibt er nach, und wir stürzen uns in einen Kuss voller Aggressionen und Gier, der nach Wut schreit und nichts von Liebe wissen will.

Es dauert eine Weile, bis mir auffällt, dass er mich nicht berührt, und weil ich mich nach seinen Händen sehne, beschließe ich, die Taktik zu wechseln. Ich bin es gewohnt zu bekommen, was ich haben will, und jetzt will ich ihn, und zwar ganz. Ich löse mich von seinen Lippen, platziere mit offenem Mund Küsse auf seinen Hals und fahre mit der Zunge über seine salzige Haut, und sein Geschmack befeuert die Glut in mir.

Doch er bleibt starr und hält sich mit beeindruckender Willenskraft zurück. Ich habe keine Ahnung, warum er zögert, aber ich will es auch gar nicht wissen. Mein ganzes Denken und Streben ist auf die Sehnsucht in meinem Inneren ausgerichtet, und ich brauche ihn dazu, sie zu stillen. Jetzt. Sofort.

»Haddie. Nicht ... Meine Regeln ... Wir sollten nicht ...«

»Schsch!« Ich lege ihm den Finger auf die Lippen. »Vergiss die Regeln, wir haben ohnehin schon alle gebrochen. Warum jetzt aufhören?« Ich beuge mich vor und knabbere an seinem Ohrläppchen, und er zieht zischend die Luft ein. »Bitte, Becks«, flüstere ich ihm ins Ohr. »Ich brauche dich.«

»Hör auf, Had. Ich will keine Dummheit begehen.« Endlich kommt Leben in ihn, und er zieht den Kopf zurück, und weil ich fürchte, dass er sich wieder von mir lösen will, greife ich in sein Haar und halte ihn fest.

Eindringlich sehe ich ihm in die Augen. Ich will, dass er das unbedingte Verlangen in meinen erkennt. »Du kannst mich auch später noch respektieren«, sage ich leise. »Jetzt will ich nur das tun, was falsch ist.« Ich sehe etwas in seinen Augen aufflackern und erkenne, dass er genauso scharf auf mich ist wie ich auf ihn. Seine Zurückhaltung hängt am seidenen Faden, also werde ich den jetzt durchtrennen. »Ich will das Gefühl haben, genommen zu werden.«

Seine Augen weiten sich, und ich weiß, dass meine direkte Art ihn gepackt hat. In Erwartung seiner Reaktion spannt mein ganzer Körper sich an.

Einen Moment lang sehen wir einander in stummer Akzeptanz dessen, was kommen wird, an. Ich will es hart und schnell, und es kommt mir vor, als spiegele sich das, was in mir tobt, in seinen Augen.

Und dann liegt sein Mund erneut auf meinem – wo er hingehört. Mit einer Hand drückt er mich an sich, während die andere meinen Hintern knetet.

Sein Kuss ist so gut, dass ich mir wünschte, er würde niemals aufhören. Sanft und fest zugleich, fordernd und doch tröstend, neckisch und verzweifelt. Ich sinke hinein in diesen Kuss, verliere mich in ihm. Ich kann nicht mehr denken, kann nur noch fühlen. Ich bin bereit, ich bin willig, mein Körper fleht nach mehr, und doch hat er bisher nichts weiter getan, als mich zu küssen.

Der Gedanke weckt Erwartung, und die Erwartung erzeugt ein Flattern in meinem Bauch, und plötzlich will ich ihn drängen, sich zu beeilen, will mir die Kleider vom Leib reißen, damit er mich jetzt sofort nimmt, aber etwas warnt mich, es nicht zu tun. Mag sein, dass er sich beim ersten Mal von mir hat herumkommandieren lassen, ein zweites Mal wird er mir das aber wohl nicht erlauben.

Ich habe den Eindruck, dass Beckett Daniels im Herzen genau der Rebell ist, auf den ich normalerweise stehe.

Ich taste nach dem Saum seines Hemds und schiebe meine Hände unter den Stoff. Seine Muskeln zucken, als ich über seinen Bauch streiche und schließlich über die Seiten seinen Rücken umfasse.

Seine Hand schiebt sich unter meinen Rock und liebkost nackte Haut. Eine Schauder rinnt mir über den Rücken, obwohl die Glut in mir mit jeder Sekunde heißer zu werden scheint. Ich hebe ein Bein an und schlinge es ihm um die Hüfte, sodass meine Scham sich an seiner Erektion unter der Jeans reiben kann.

Ich stöhne, ohne dass ich es kontrollieren könnte. Wie aus eigenem Willen ziehen meine Hände ihm das T-Shirt über den Kopf, und nur kurz lassen unsere Münder voneinander ab, ehe sie wieder aufeinandertreffen, als bräuchten wir zum Leben den Atem des anderen.

Nun hindert meine Hände nichts mehr. Rastlos streichen sie über seinen Oberkörper, und mir wird klar, dass die Kombination aus Küssen und Streicheln funktioniert, als der sonst so gemächliche Becks immer hastiger agiert. Seine Hand an meinem Hintern bewegt sich aufwärts, greift in mein Haar und packt fest zu, damit ich den Kuss intensiviere. Nur kurz lässt er locker, dann fordert er erneut mehr ein.

Atemlos versuche ich mitzuhalten – kein Mann hat mich je so geküsst! –, doch am liebsten würde ich schreien, damit er mich endlich auf die Couch, auf den Tisch, auf den Boden legt und in mich eindringt. »Becks …«, flehe ich. Das Vorspiel ist überbewertet. Ich will ihn zwischen meinen Beinen spüren, will ihm den Rücken zerkratzen, will vor Lust seinen Namen herausschreien.

Es kostet mich Überwindung, meine Hände von ihm zu nehmen, und ich packe rasch den Saum meines Tops, ziehe es über den Kopf und werfe es zur Seite. Das Stöhnen, das Becks von sich gibt, als er sieht, dass ich nichts darunter trage – kein Hemdchen, kein BH –, ist so sexy, dass ich mich am liebsten auf ihn werfen möchte.

Doch hier ist eine andere Strategie erforderlich. Ich weiche einen Schritt zurück, um die Dinge ein wenig zu beschleunigen. Ohne den Blickkontakt abzubrechen, gehe ich rückwärts, bis meine Waden gegen die Couch stoßen. Er kommt mir nach, bleibt dann jedoch stehen und betrachtet mich von Kopf bis Fuß.

Meine Lippen sind taub von seinen Küssen, und ich bin nass vor Verlangen, doch er steht starr da, die Fäuste geballt, die Augen verengt, und sieht mich nur an.

»Fick mich, Becks«, sage ich, denn ich schäme mich nicht, dass ich ihn so unbedingt will. Doch ein Hauch Unbehagen setzt sich in mir fest, als er sich noch immer nicht rührt, sondern mich nur ansieht, als könnte er bis in mein Innerstes blicken.

Plötzlich schaut er einen Moment lang zur Decke, als müsse er Kraft sammeln, um mich abzuweisen. Panik steigt in mir auf, als mir einfällt, was er eben gesagt hat. *Du gehst nicht, bevor wir nicht geredet haben.* Ich weiß, dass er Fragen stellen wird, die ich nicht beantworten will. Aber warum jetzt? Warum etwas abbrechen, was wilder Biss- und Kratzspuren-Sex geworden wäre?

Weil er *mehr* will.

Der Gedanke kommt nicht aus dem Nichts, aber er nimmt erst jetzt Gestalt an. Und mit der Gestalt weckt er die Panik, die mich wie eine Abrissbirne vor den Kopf trifft. Ich weiß, dass Becks nicht versucht, mich zu manipulieren, und dass er mich im Club von meinem Flirt weggezerrt hat, weil er ein guter Kerl ist, der mich vor einem Fehler bewahren wollte, aber mein alkoholisiertes Hirn macht aus dem, was ich für Zurückweisung halte, ein Szenario, das meinen Fluchtinstinkt weckt.

Er rollt die Schultern, flucht plötzlich und wendet sich ab. Zum zweiten Mal an diesem Abend kehrt er mir den Rücken zu.

Das ist zu viel. Befeuert von meinem verletzten Stolz und meiner unbefriedigten Lust, kocht Zorn in mir auf. »Was?«, schreie ich, und das Klacken meiner Absätze klingt laut und kalt in der eisigen Stille, als ich hinter ihm her stampfe. Doch er bleibt stehen und wendet sich um, und ich raffe mein Top vom Boden auf und streife es mir wütend über. »Du holst mich einfach aus meinem Club, küsst mich, als wolltest du mich vögeln – und dann? Änderst du deine Meinung, oder was?«

»Ja, stell dir mal vor!«, stößt er hervor, legt sich beide Hände in den Nacken und senkt den Kopf. »Verdammt noch mal, Haddie, ich weiß, dass es dir am liebsten wäre, wenn du deinen Quickie kriegst, damit du dich möglichst schnell wieder verabschieden kannst.« Ich starre ihn nur wortlos an, und er fährt fort. »Aber einer von uns beiden muss etwas tun, damit das Ganze nicht aus dem Ruder läuft. Du scheinst jedenfalls nur nehmen zu können, ohne auch nur ein winziges bisschen von *dir* zu geben.«

»Ohne auch nur ein winziges bisschen von mir zu geben?« Meine Stimme steigt mit jeder Silbe an, bis sie fast kippt. Hat er überhaupt eine Ahnung, wie schwer es mir fällt, mich im Augenblick zurückzuhalten? Dass ich fast nur noch an ihn denke? Wie sehr ich mir wünschte, den Sprung zu wagen und nicht immer das Morgen im Blick zu halten?

Aber das kann ich nicht.

Ich kann nicht, solange ich nichts sicher weiß. Bis ich nicht weiß, ob es für uns überhaupt ein Morgen gibt.

»Ich gebe dir im Augenblick alles, was ich zu bieten habe, Beckett«, sage ich ruhig, aber resolut, und ich sehe förmlich, wie meine Worte ihn mit Wucht vor die Brust stoßen.

»Schwachsinn«, flucht er, wendet sich wieder ab und geht auf die Fensterreihe zu. Er schiebt die Hände in die Hosentaschen und starrt hinaus, und in diesem Augenblick sieht er so einsam aus, dass ich am liebsten zu ihm gehen, meine Arme um ihn legen und alles mit ihm teilen möchte. Aber das wäre nicht fair, denn falls ich es täte, falls ich ihm von meiner Angst erzählte und mich auf ihn einließe, dann würde er sich verpflichtet fühlen, bei mir zu bleiben, wenn die Katastrophe eintritt.

Wie kann ich das von ihm verlangen, wenn ich mich fühle wie eine tickende Zeitbombe?

Ich zwinge mich, mich von ihm abzuwenden. Die Versuchung ist so groß, den Schritt zu wagen und ihm zu sagen, dass auch ich etwas Verbindliches will, eine Bindung – eine Beziehung mit allem, was dazu gehört, hübsch verpackt mit Schleifchen und Blümchen und Frühstück am Morgen.

Mit allem Drum und Dran.

Danny und Maddie.

Ich kneife die Augen zu, um gegen die Panikattacke anzukämpfen, die bei dem Gedanken an das, was ich nie haben werde, heranzurollen droht.

Als ich Schritte höre, schlage ich die Augen wieder auf. Becks kehrt zur Haustür zurück. Dort bleibt er stehen und wendet sich zu mir um. »Ich habe mir selbst das Versprechen gegeben, nicht noch einmal gegen meine Prinzipien zu handeln, so verführerisch du auch sein magst,

Haddie. Entweder wir zwei haben etwas oder wir haben nichts.« Er zuckt die Achseln, sieht mich aber flehend an. »Also sag's mir. Was zum Teufel ist das hier, Had?«

Wieder packt mich die Angst und schnürt mir die Kehle zu. Ich weiß nicht, was ich ihm sagen soll, denn entweder kränke ich ihn oder schade mir. Also stelle ich mich dumm und hoffe, dass er es dem Alkohol zuschreibt. »Was zum Teufel ist was? Eben hast du mich noch gewollt, jetzt tust du es nicht mehr. Was soll ich dazu noch sagen?«

Und ich erkenne, dass ich kläglich gescheitert bin, als er sich wieder in Bewegung setzt, vor der Tür stehen bleibt und mit der Faust kräftig dagegen schlägt. Der dumpfe Laut klingt noch nach, als er sich umdreht, mit dem Rücken gegen die Tür sackt, einen Fuß dagegenstemmt und die Daumen in die Hosentaschen hakt. Stumm betrachtet er mich von Kopf bis Fuß.

»Was soll das? Willst du das wirklich so darstellen? Als ob ich dich nicht wollte? Als ob ich dich zurückweise? Haddie, am liebsten würde ich vor dir auf die Knie fallen und dich anflehen, mit mir ins Bett zu gehen. Ich möchte dich vögeln, bis du deinen eigenen Namen vergisst, weil du nichts anderes tun kannst, als meinen zu stöhnen.« Er lässt den Kopf an die Tür zurückfallen und blickt an die Decke. Mein Körper reagiert so heftig auf seine Worte, dass mein Höschen feucht wird, denn genau das ist es, was ich jetzt will. »Verdammt, Had – ich stehe auf unverbindlichen Sex, wirklich, das tue ich, aber das hier – wir beide zusammen –, ist so kompliziert, dass es nicht weiter von unverbindlich entfernt sein könnte. Also schieb mir meinetwegen die Schuld in die Schuhe, wenn es denn sein muss, aber du weißt im Grunde, dass es hier um deine Entscheidung geht. Ich frage dich noch mal: Wird das was mit uns oder nicht?«

Bilder zucken durch meinen Verstand, Bilder von zwei Menschen, die sich zusammenraufen und gemeinsame Erinnerungen schaffen, Bilder, die Hoffnung und Glück versprechen. Doch dann sehe ich Lexis Sarg, Tränen, ein Kind ohne Mutter. Und mag mein Körper bei dem Gedanken an Becks auch Ja schreien, so stimmen mein Kopf und mein Herz für Nein.

Bitte geh, sagen sie. Und komm nicht wieder.

Bitte vergib mir. Ich sende den Gedanken in die Stille des Raumes und hoffe, dass das Universum ihn ihm irgendwie eingibt, damit er vielleicht eines Tages verstehen kann, warum ich so handeln musste, um ihn zu schützen.

»Es muss nicht kompliziert sein. Du warst derjenige, der plötzlich zur Stelle war, um mich vor jemandem zu retten, vor dem ich nicht gerettet werden musste.« Falls ich seine volle Aufmerksamkeit gewollt habe, war das jedenfalls das Richtige, denn sein Kopf fährt zu mir herum, und seine Augen blitzen wütend auf.

Er presst die Kiefer so fest zusammen, dass ein Muskel zu zucken beginnt. Ich weiß, dass er zu verbergen versucht, wie sehr ihn meine Antwort verletzt hat. »Wenn er der ist, den du willst – bitteschön.« Er stößt sich von der Tür ab, um mir Platz zu machen. »Du findest den Weg zum Club zurück bestimmt allein.«

Herausfordernd starrt er mich an, und ja, ich will auf ihn zugehen – aber ganz sicher nicht, um ihn zu verlassen. Jede Faser meines Seins möchte seine Frage ehrlich beantworten – ja, es gibt ein »Uns« – und ihm erklären, dass ich aus genau diesem Grund gehen *muss*.

Nur denke ich nicht besonders klar. Noch rauscht zu viel Alkohol durch meine Adern, noch schmecke ich Becks' Kuss auf meiner Zunge – genug von beidem, um trotzig zu reagieren und wegen seiner Höhlenmenschenaktion von eben einen Streit vom Zaun zu brechen. Schließlich ist er Schuld, dass aus einer schnellen, schlichten Nummer mit dem Kerl im Club ein kompliziertes Drama geworden ist – und ein Drama ist das Letzte, was ich jetzt gebrauchen kann.

Becks interpretiert mein inneres Dilemma falsch. »Was – hast du plötzlich deine Zunge verschluckt? Geh ruhig. Ich bin sicher, Mr. Schmierig im Club wartet nur darauf, dich wie eine Lady zu behandeln. Und auf dem Klo findet sich bestimmt noch ein leerer Verschlag. Wow, das hat Klasse.«

Mir ist klar, dass er mich provozieren will, aber sein Sarkasmus ist genau das, was ich brauche, um den Absprung zu schaffen. Denke ich zumindest. Doch obwohl ich meinen Füßen befehle, sich in Bewegung zu setzen, scheinen meine High Heels plötzlich mit dem Boden verwachsen zu sein.

Er lacht leise und beinahe schadenfroh. »Wovor hast du eigentlich Angst, hm? Warum ist das, was er zu bieten hat, verführerischer als das, was du von mir haben kannst? Oh, jetzt weiß ich es.« Seine Worte triefen nur so vor Hohn. »Er haut ab, ohne dir Fragen zu stellen. Aber ich nicht, Haddie, und das weißt du, nicht wahr? Ich habe jede Menge Fragen. Und meine erste ist eben die: Wovor rennst du eigentlich weg?«

Mein Blick begegnet seinem, und wir starren einander an, doch hastig wende ich mich wieder ab, denn er darf nicht sehen, wovor ich mich selbst zu verstecken versuche.

Meine Gedanken rasen zurück zu der Nacht der Hochzeit. Wie ich ihn gebeten – ja, fast gezwungen! – habe, mit mir ins Bett zu gehen. Wusste ich zu dem Zeitpunkt schon, dass ihn zu verführen in das hier münden würde? Dass ich so furchtbar gerne einen Schritt weiter gehen würde, doch es nicht wage, weil meine Ängste zu groß, zu real sind?

Also sag es ihm doch endlich, Had, blitzt es plötzlich in meinem Bewusstsein auf.

Mist, verdammter. Ich kann es einfach nicht.

»Ich laufe vor gar nichts weg«, antworte ich schließlich ruhig.

Keine Ahnung, was ich als Reaktion erwartet habe, das süffisante Grinsen allerdings nicht. »Wenn du es dir lange genug selbst einredest, glaubst du es ja vielleicht tatsächlich. Aber was immer *er* dir angetan hat, muss dich ziemlich fertiggemacht haben, wenn du gar keine Nähe mehr zulässt.«

Einen Moment lang bin ich fassungslos, dass er offenbar meint, ich würde ihm einen Korb geben, weil ich beziehungsgeschädigt bin. »Du weißt doch überhaupt nichts über mich«, beginne ich, doch dann wird mir bewusst, dass es vielleicht besser ist, wenn ich ihn in dem Glauben lasse. Warum nicht einen fremden Mann für meine eigenen Unzulänglichkeiten verantwortlich machen?

»Ja, das denke ich auch langsam«, sagt er leise, und es klingt enttäuscht. »Aber wie ich schon sagte – tu dir keinen Zwang an.« Und damit klopft er einladend auf die Eingangstür neben sich.

Plötzlich kann ich es nicht ertragen, dass er sich ein Urteil anmaßt. »Ach, fick dich doch«, entfährt es mir, und wieder bekomme ich als Reaktion nur ein herablassendes Lachen.

»Klar, das kann ich tun, aber eine Antwort habe ich von dir noch immer nicht bekommen.«

Seine scheinbare Nonchalance macht mich fertig. Ich wünschte, er würde mich bitten, ihn zu wählen, bei ihm zu bleiben, damit ich meine Fluchtgedanken an etwas festmachen könnte – Sonntage, an denen wir gar nicht aus dem Bett kommen, zusammen kochen, das Wissen, dass jemand abnimmt, wenn ich bei mir zu Hause anrufe.

Doch er sieht mich nur weiterhin herausfordernd an, und nun ist es seine Gelassenheit, sein Heiligenschein und seine Belustigung, die mich wütend machen. Komm schon, denke ich. Sag mir endlich, dass ich ein Feigling bin. Sag mir, dass ich mich entscheiden soll. Sag mir, dass ich verschwinden soll, weil ich verdammt noch mal dich oder dein Mitgefühl nicht verdient habe.

Denn wenn ich anfange, mich in seiner Wohnung genauer umzusehen und all die Kleinigkeiten zur Kenntnis nehme, die ihr den persönlichen Touch geben – die zerschlissenen Hundespielzeuge, die Carole King-CD im Regal, die mich an Lex erinnert, eine orangene Keramikgiraffe auf dem Couchtisch, und ich liebe Giraffen! –, dann wird Becks nur realer. Echter. Idealer. Und erreichbarer, obwohl ich all das doch unbedingt aus meinem Leben verbannen will.

Tu etwas, schreie ich ihn in meinem Kopf an. *Hilf mir doch.*

Aber er steht nur da und wartet darauf, dass ich den nächsten Schritt mache. Ich rege mich nicht. Ich bin handlungsunfähig.

»Nun«, sagt er schließlich, »wenn es dir so schwerfällt, dich zu entscheiden, weil du mich anscheinend mit Mr. Schmierig über einen Kamm scherst, dann helfe ich dir.« Womit er mir unbewusst genau das gibt, was ich brauche. Er packt den Türknauf, zieht die Tür auf, lehnt sich dagegen und verschränkt die Arme vor der Brust.

Und doch bin ich schockiert, als ich mir bewusst mache, dass er mich hinauswirft. Ich reiße mich zusammen, damit er es mir nicht anmerkt. Wüsste er, wie schizophren meine Gedankengänge sind, würde er sofort begreifen, dass er mir zu viel bedeutet.

In der albernen Hoffnung, einen anderen Ausgang zu entdecken, blicke ich mich im Raum um, denn ich will ihm bestimmt nicht die Befriedigung gönnen, an ihm vorbeitrotten zu müssen. Doch wie es aussieht, befinden wir uns in einem der oberen Stockwerke, sodass ein Sprung vom Balkon auch keine Alternative darstellt.

»Geh weg von der Tür.« Ich komme ein paar Schritte auf ihn zu und trete gegen ein blaues Kissen, das wahrscheinlich bei seiner brachialen Entführungsaktion auf dem Boden gelandet ist.

»Nö«, sagt er grinsend. Sein Haar ist von unserem Gerangel zerwühlt, und sein Hemdkragen steht an einer Seite ab. Wie kann er mich derart wütend machen und gleichzeitig zum Anbeißen aussehen?

»Daniels, ich glaube, du hast keine Ahnung, wie angefressen ich momentan bin.«

Wieder lacht er herablassend. »Wie du dir wahrscheinlich denken kannst, interessiert es mich nicht sonderlich, wie angefressen du bist, City.«

Also schön. Versuchen wir einen anderen Ansatz. »Weißt du eigentlich, wie wichtig der Auftrag war, den du mir wahrscheinlich kaputtgemacht hast?«, fahre ich ihn an. Wenn man es genau betrachtet, ist es eine Unverschämtheit, wie unbekümmert er in mein Arbeitsleben eingegriffen hat.

»Wenn du mich fragst, hast du selbst alles gegeben, um ihn dir zu vermasseln«, kontert er mit einem selbstherrlichen Grinsen. »Noch ein, zwei Drinks und vielleicht noch eine Zunge im Hals, und du hättest bestimmt ein anderes Jobangebot kriegen können.« Er zieht die Braue hoch, um die Provokation noch zu unterstreichen. »Aber wenigstens würdest du dann dafür bezahlt werden, nicht wahr?«

Mir verschlägt es die Sprache. Becks' gemeine Seite kannte ich noch nicht. Entsetzt über die Verachtung in seiner Stimme, setze ich mich wieder in Bewegung. Ich muss hier raus.

»Geh mir aus dem Weg«, knurre ich, als ich an ihm vorbeigehen will. Doch er packt meinen Arm und hält mich fest, ehe ich noch einen Fuß über die Schwelle gesetzt habe. Unsere Blicke verschränken sich, und ich kann spüren, dass sich in seinem Inneren ein erbitterter Kampf abspielt.

Aber das ist mir so was von egal. Gott, ja, ich bin egoistisch – und ich würde es ihm gegenüber sogar zugeben, wenn er meine Gedanken nicht so vernebelt hätte –, aber ich muss dennoch raus hier, wenn ich jemals wieder einen klaren Kopf bekommen will.

»So leicht fällt dir die Entscheidung? Du lässt mich tatsächlich stehen?«, höhnt er.

Ich schnaube verächtlich. Was will dieser Kerl eigentlich? Erst entführt er mich, dann stößt er mich von sich, dann versucht er mich wieder umzustimmen? Nun, wie auch immer. Ich habe keine Lust, mich beleidigen zu lassen. Ich versuche, mich aus seinem Griff zu befreien, aber er hält fest.

Und ich muss gegen das aufregende Ziehen ankämpfen, das durch meinen Zorn zu dringen versucht.

»Lass mich los, Becks. Ich muss zurück«, stoße ich hervor. »Vielleicht finde ich ja noch jemanden, der mich für meine *Dienste* bezahlt.« Ich weiß nicht einmal mehr, auf was ich wirklich wütend bin. Ich möchte schreien, toben, ihn küssen, ihn vögeln, möchte ihn hassen und von mir stoßen und ganz sicher nicht begehren. Und nichts von alledem kann den Schmerz in meinem Herzen lindern, als ich in seinen Augen die stumme Bitte erkenne, ihm doch endlich eine Antwort zu geben – ein Zeichen, wohin uns dies alles führen könnte, wenn wir uns nur aufeinander einlassen würden.

»Wenn du gehst, Haddie, dann lasse ich dich gehen. Ich werde dir nicht noch einmal nachstellen. Also solltest du dir besser im Klaren sein, ob es das ist, was du wirklich willst.« Seine Stimme ist ruhig und kalt. »Aber falls du bleibst, dann, das schwöre ich, fange ich an, ein paar von deinen verhassten *Bindungen* zu knüpfen, ob es dir nun gefällt oder nicht.«

Seine Worte jagen mir einen Schauder über den Rücken, und ich weiß nicht, ob es aus Sehnsucht oder Furcht geschieht. Denn, ja, mein Gott, ich will. Und ich will nicht. Meine Gefühle pendeln inzwischen so schnell zwischen den Extremen hin und her, dass ich befürchte, wahnsinnig werden zu müssen.

Ich muss hier raus, um einen klaren Kopf zu bekommen. Doch als ich seine Finger von meinem Handgelenk klauben will, legt er den Kopf schief und sieht mich prüfend an. »Ernsthaft? Du willst wirklich einfach so gehen? Den Weg des geringsten Widerstands nehmen? Ich hätte dich für eine Kämpferin gehalten.«

Jetzt reicht's mir. Wieder kocht der Zorn in mir hoch. Wütend wende ich mich ihm voll zu. »Hör auf, dir ständig ein Urteil über mich zu bilden«, fauche ich, und eh ich noch weiß, was ich tue, hole ich schon aus und stürze mich auf ihn.

Meine Faust kracht gegen seine muskulöse Brust, aber es fühlt sich nicht annähernd so befriedigend an, wie ich gedacht hätte. Also versuche ich es erneut, und was mich noch wütender macht, ist die Tatsache, dass er bloß dasteht und es geschehen lässt. Weder wehrt er sich noch hält er mich fest.

Er besitzt sogar die Frechheit, leise zu lachen.

»Lass mich gehen!«, brülle ich und beginne, mit beiden Fäusten auf seine Brust zu trommeln. »Du Arschloch! Wie kannst du dir anmaßen, mir Dinge zu unterstellen und mich Hure zu nennen ...«

»Dann benimm dich nicht wie eine«, fährt er dazwischen und grunzt, als ich das Knie hochreißen will, doch er blockiert es mit einer raschen Bewegung der Hüfte. »Du willst mir wehtun?«, sagt er. »Okay, dann los. Tu mir weh, wie du es mit dem Mistkerl machen willst, der *dir* wehgetan hat.«

Einen Moment lang bin ich verwirrt, weil er mit seiner Annahme derart falschliegt, dann schaltet mein aufgewühlter Verstand auf Trotz: Im Grunde genommen hat er gerade Lexi beleidigt.

»Du hast keine verdammte Ahnung, was ich durchgemacht habe«, schreie ich, und meine Stimme kippt. Seine Gelassenheit macht mich rasend. »Wie kannst du es wagen?«

Sein Griff ist wie eine Schraubzwinge. »Mehr hast du nicht drauf, Had?«, fragt er amüsiert.

»Ich hasse dich!«, brülle ich ihn an, um eine stärkere Reaktion von ihm zu erzwingen. »Lass. Mich. Los!«

Wieder kracht meine freie Hand gegen seine Brust, und ich beginne, ihn zu beschimpfen, ihm zu sagen, wohin er sich seinen Nachbarsjungencharme stopfen soll. Die Worte treffen härter und punktgenauer als meine Fausthiebe, und ich bin so am Ende, dass es sich gut anfühlt auszuteilen, anstatt immer diejenige zu sein, die die Schläge einstecken muss.

Ich stehe kurz vor einem hysterischen Anfall, aber es kümmert mich nicht mehr, denn ich habe es so furchtbar satt, mich zusammenzureißen, dass ich mich einfach gehen lasse. Alles strömt aus mir heraus – der Schmerz und das Leid, mich auf niemanden einzulassen, die Einsamkeit –, und als er die Arme um mich schlingt, um mich festzuhalten, wehre ich mich einfach weiter, weil ich nicht weiß, wie ich sonst reagieren soll.

Doch er hält mich fest, murmelt meinen Namen und wiegt mich leicht, bis ich merke, dass mein Widerstand nachlässt und ich mich stattdessen an ihn klammere.

Und dann habe ich plötzlich keine Kraft mehr. Schluchzend sacke ich gegen ihn, und was eben noch Beschimpfungen und Beleidigungen waren, wird ein steter Strom unzusammenhängender Worte. Schwach pocht meine Faust an seine Brust, doch er streicht mir über das Haar und drückt meinen Kopf sanft gegen seine Brust, dann legt er sein Kinn auf meinen Scheitel. »Ich bin hier, Had. Ich gehe auch nicht weg, also lass es ruhig raus. Komm ... na, komm schon ...«

Und es fühlt sich so verdammt gut an, den Damm, den ich mühsam errichtet habe, wieder einzureißen und den Tränen freien Lauf zu lassen. Es fühlt sich gut an, dass er sich stark gibt und mich hält, und so breche ich hier in dieser mir fremden Wohnung in den Armen eines Mannes zusammen, den ich nicht begehren will, und der mir doch schon viel mehr bedeutet, als ich mir eingestehen kann.

Alles, was sich seit Monaten angestaut hat – Kummer, Angst und Trauer – strömt aus mir heraus, bis ich am ganzen Körper zittere und meine Nase läuft. Bis meine Füße schmerzen, weil ich auf den hohen Absätzen vor ihm stehe, und meine Finger krampfen, weil ich mich in sein Hemd kralle. Und er hält mich, murmelt tröstende Worte und sagt mir, dass alles gut werden wird. Das alles gut ist.

Die Zeit vergeht.

Und meine Schutzmauern bröckeln.

Der Mond ist bestimmt ein großes Stück weiter über den Himmel gezogen, aber ich kann es nicht sicher sagen, weil meine Augen so dick und verquollen sind, dass ich kaum etwas erkennen kann. Und nun, da meine Tränen versiegen und die Stille sich wieder über uns legt, dämmert mir, was ich getan habe, und auf die Erkenntnis folgt die Scham. Verzweifelt überlege ich, wie ich meine Würde retten kann, doch mir will nichts einfallen. Ich kneife die Augen zu und will mich aus seinen Armen lösen, aber er hält mich weiterhin fest und gibt mir keine Chance zur Flucht.

Weder buchstäblich noch emotional.

»Bitte, Becks, ich will nach Hause.« Ich erkenne das Wimmern, das aus meinem Mund kommt, kaum als meine Stimme.

»Nichts da, Montgomery. Du bleibst hier.« Er drückt mir einen Kuss auf die Schläfe. »Ich lass dich nicht gehen.«

Lange Zeit stehen wir im Halbdunkeln da. Irgendwann bewegt er sich mit mir langsam zur Couch, setzt sich und zieht mich auf seinen Schoß, ohne auch nur einmal seine Umarmung gelockert zu haben. Es ist, als fürchte er, dass ich davonrennen könnte, sobald er loszulassen versucht, und vielleicht liegt er damit gar nicht so falsch.

Ausnahmsweise empfinde ich die Stille als tröstend. Unser Atem scheint aufeinander abgestimmt, und ich konzentriere mich auf seine Wärme und das regelmäßige Pochen seines Herzens. Langsam kommt meine geschundene Seele zur Ruhe.

Ich bin so erschöpft von allem, was heute geschehen ist, dass ich zum zweiten Mal in einer Woche einschlafe, während Becks über mich wacht.

Nur liege ich diesmal in seinen Armen.

14

Es ist das Unvertraute, das mich weckt.

Meine Augen sind dick geschwollen, und ich brauche einen Augenblick, um mich zu orientieren. Ich höre tiefes, regelmäßiges Atmen, spüre weiche Haare an meiner Hand und werde mir plötzlich bewusst, dass meine Brüste sich an Becks' nackten Oberkörper schmiegen. Ich verharre und nehme in der Stille meiner Umgebung alles überdeutlich wahr: das Gewicht seiner Hand unter meinem Top auf meinem Rücken, die Decke, die mir bis auf die Taille herabgerutscht ist.

Als mir wieder einfällt, was geschehen ist, kommt zuerst die Scham, dann setzt Furcht ein. Ich habe mich gehen lassen, obwohl ich nicht allein war! Bisher konnten nur stumme Wände vom Chaos in meiner Psyche zeugen, doch nun weiß auch ein lebender Mensch Bescheid! Becks hat nicht nur meinen Versuch, mich zu betäuben, miterlebt, sondern auch den Nervenzusammenbruch, als es nicht funktionierte.

Trotz allem hat er mich die ganze Zeit in den Armen gehalten, als wollte er damit verhindern, dass ich mich in meine Einzelteile auflöse.

Einerseits bin ich erleichtert. Andererseits jedoch mache ich mir mehr Sorgen denn je. Nun weiß jemand, dass ich mit allem, was mich umtreibt, nicht so hervorragend umgehen kann, wie ich den Anschein erwecken möchte.

Dass es sich bloß um eine Fassade handelt, hinter der das reine Chaos herrscht. Rylee hat natürlich auch schon etwas miterlebt, aber ich habe immer versucht, mich in ihrer Gegenwart möglichst schnell wieder zu beherrschen, um nicht noch mehr auf ihre Schultern zu laden, als sie ohnehin schon zu tragen hat. Auch meine Eltern wollte ich damit verschonen; sie haben bereits eine Tochter verloren, und ich will unter keinen Umständen, dass sie sich um die andere sorgen müssen. Danny steckt selbst so tief in seiner Trauer, dass er keinen Trost spenden kann. Daher habe ich den Schmerz so lange tief in mir verschlossen, dass er heute wie eine schwärende Wunde hervorbrechen musste.

Und nun weiß Becks es. Er weiß, dass der perfekte Mensch namens Haddie nicht perfekt ist. Ich bin ein Pulverfass aus Emotionen, das schon ein kleiner Funke in die Luft jagen kann. Ich bin keinesfalls gefestigt und stark. Ich bin verletzlich und völlig durch den Wind. Schwach und unvernünftig. Und ich brauche Hilfe. Gott, ich hasse es, Hilfe zu brauchen. Aber Becks ist geblieben. Er ist geblieben, hat mich gehalten und sich nicht beirren lassen. Weder von meinem Gezeter noch von den vielen Tränen.

Wenn ich nur wüsste, was genau das bedeutet! Und wie es mir dabei geht.

Das weiß ich nämlich nicht. Deshalb konzentriere ich mich lieber auf das, was ich wahrnehmen kann. Buchstäblich. Sein warmer Körper an meinem. Geräusche und Gerüche und Empfindungen. Die Tatsache, dass ich jemandem körperlich nah bin. Normalerweise stehle ich mich nämlich am Morgen danach heimlich davon, um mit der Leere, die ich danach spüre, die in mir tobenden Emotionen zu übertünchen.

Doch dieses eine Mal gestehe ich mir zu, in meiner Umgebung zu schwelgen; da er schläft, werde ich nicht beobachtet und nicht analysiert. Ich kann ganz unschuldig den Augenblick genießen und mir einreden, dass ich diese Chance auf Normalität verdient habe.

Ich habe mich im vergangenen Jahr so gründlich konditioniert, dass der Gedanke – selbst wenn ich ihn nicht ausspreche – Furcht in mir auslöst. Ein jäher Schmerz in meiner Brust raubt mir den Atem, und ich brauche plötzlich Abstand zu Becks. Seine Atmung verändert sich vorübergehend, als ich von der Couch rutsche und mich auf das Tischchen davor setze, wird aber einen Moment später wieder tief und regelmäßig. Aus Gewohnheit wische ich mögliche Make-up-Reste unter meinen Augen weg, dann greife ich nach der heruntergerutschten Decke und lege sie mir um die Schultern.

Wieder genieße ich die Möglichkeit, ihn zu betrachten, ohne selbst beobachtet zu werden. Er hat sich ein Kissen in den Nacken gestopft, ein Arm ist über seinem Kopf ausgestreckt, der andere liegt über seinem bloßen Bauch. Ein Bartschatten bedeckt seine normalerweise glatt rasierten Wangen, und da sein Mund im Schlaf entspannt ist, ist der strenge Zug um die Lippen verschwunden.

Nun, da ich ihn mir ansehen kann, ohne mich dem Druck ausgesetzt zu sehen, ständig meine eigenen Emotionen verbergen zu müssen, kann ich mir eingestehen, dass er ein Prachtexemplar von Mann ist. In vieler Hinsicht richtiggehend altmodisch, und doch ganz frei vom Drama, dass die Bad Boys mit sich bringen, zu denen ich mich normalerweise hingezogen fühle. Er bietet definitiv mehr Stabilität, er ist lieb und gut und rücksichtsvoll, und er kann Emotionen aushalten, während die meisten Männer, die ich kenne, die Beine in die Hand nehmen, sobald die erste Träne fällt.

Und obwohl er das Klischee bedient, bester Freund des Mannes meiner besten Freundin zu sein, ist er doch vor allem auch der Inbegriff des Mannes fürs Leben.

Und plötzlich trifft es mich wie ein Blitzschlag. Eine Erkenntnis, die mich so erschüttert, dass ich nicht weiß, wie ich damit umgehen soll. Ich erhebe mich und gehe auf wackeligen Beinen zum Fenster, von dem aus ich die Straße und den dunklen Strand ein paar Blocks entfernt sehen kann. Ich versuche verzweifelt, mich auf das geschäftige Nachtleben unter mir zu konzentrieren und mache mir plötzlich klar, dass diese Wohnung nicht dem entspricht, was ich bei Becks erwartet hätte – ich hatte mir Schaukeln auf der Veranda und weites Land irgendwo außerhalb vorgestellt. Mir wird bewusst, wie wenig ich eigentlich über den Mann weiß, der langsam aber sicher mein Herz für sich gewinnt. Um mich abzulenken, stelle ich mir vor, wie Becks wohl seine Kindheit verbracht haben mag, anstatt mir das eine ins Bewusstsein zu rufen, dessen ich mir mit einem Mal ganz sicher bin.

Eine Gänsehaut überzieht meinen Körper, und mein Herz hämmert laut. Wieder durchdringt mich die Erkenntnis, und ich stütze mich an der Scheibe ab, um mich zu stabilisieren, aber im Grunde sollte ich nicht überrascht sein. Das Herz nimmt sich, was es will. Auch wenn der Besitzer des Herzens sich dagegen sträubt.

Ich habe mich in ihn verliebt.

Ich lasse den Gedanken zu und versuche mir darüber klar zu werden, was ich mit dieser Erkenntnis anstellen soll. Ich, die ich Liebe nicht als Option anerkennen will. Ich bin nicht sicher, wie lange ich schon dort stehe und hinausstarre, als ich ein leises Lachen hinter mir höre. Es trifft mich unvorbereitet, denn meine Gefühle sind noch zu wirr, und ich weiß, dass ich mich erst ein wenig fassen muss, ehe ich mit ihm reden kann.

Doch als ich mich umdrehe und erwarte, ihn auf der Couch sitzen zu sehen, stelle ich fest, dass er noch immer schläft. »Ein Traum«, murmele ich und weiß selbst nicht, ob ich von der Ursache für sein Lachen rede oder von der Hoffnung, die sich in meinem Herzen regen will. Ich betrachte ihn, wie er dort auf der Couch liegt und ohne es zu wissen meine Welt aus den Angeln gehoben hat, und muss zum ersten Mal seit einer verdammt langen Zeit lächeln.

Und mein Lächeln wird breiter, als ich anerkenne, dass ich die Gefühle für ihn akzeptieren muss, da sie nicht von allein weggehen werden. Genauso wenig wie er gegangen ist, obwohl ich mich in der vergangenen Woche benommen habe wie eine Irre. Er hat mich nicht aufgegeben, sondern ist geblieben und hat sogar stundenlang am Ende einer Telefonleitung der Stille gelauscht, nur damit ich nicht allein sein musste.

Meine Füße, die mir vorhin nicht gehorchen wollten, setzen sich in Bewegung, aber anstatt mich von ihm zu entfernen, gehe ich auf die Couch zu. Irgendwie ist mein Verstand zur Ruhe gekommen, obwohl die Gefühle in mir etwas Berauschendes haben.

Ich unterdrücke die Zweifel, die sich in mein Bewusstsein drängen wollen. Ja, es grenzt an Heuchelei, gegen die eigenen Prinzipien zu handeln, vor allem, da ich sie ihm noch vor nur wenigen Stunden entgegengeschleudert habe, aber verdammt, manchmal muss man eben auch zu seinen Schwächen stehen und eine Chance ergreifen, wenn man sie als solche erkennt.

Tu es einfach.

Und wieder muss ich lächeln, weil ich genau weiß, dass Lexi, wo auch immer sie jetzt sein mag, gerade aufgesprungen ist und mir applaudiert. Der Gedanke allein verleiht mir das Selbstvertrauen, das ich brauche, um mein Vorhaben durchzuführen und Becks das eine zu sagen, das er hören muss.

Inzwischen stehe ich vor der Couch und blicke auf ihn herab. Und ich muss schlucken, als mir klar wird, wie irrational meine Ängste sind. Gott kann nicht so gierig sein, meiner Mutter die Brüste zu nehmen, meine Schwester so jung zu sich zu holen und mein Leben ebenfalls schon beenden zu wollen.

Und während ich in der dunklen Wohnung stehe und die Nacht auf mich wirken lasse, ist mir, als würde eine große Last von meinen Schultern genommen. Ich will ihn. Ich will mehr von ihm.

Ich lasse die Decke von meinen Schultern rutschen, und mit einem leisen Flüstern fällt sie zu Boden. Dann ziehe ich mein T-Shirt über den Kopf und werfe es zur Seite. Ich nehme mein Handy aus der Tasche und lege es auf den Tisch, ehe ich den Reißverschluss meines Rocks aufziehe und ihn mir über die Hüften schiebe.

Tränen steigen in mir auf, als ich mir jede Emotion zugestehe, die ich in den vergangenen Monaten zurückgedrängt habe, und mir bewusst mache, mit welchen Argumenten ich Becks seit unserem ersten Mal auszuschließen versucht habe. Irgendwie kommt es mir beinahe profan vor, diese Erkenntnis ausgerechnet hier vor diesem leise schnarchenden Mann zu haben, aber andererseits könnte der Moment nicht perfekter sein. Ich habe mich auf so vielen Ebenen entblößt, dass es mir unmöglich erscheint, das Ausmaß meiner Entscheidung zu erfassen.

Mein Verstand trudelt, als ich mich neben seiner Hüfte auf die Couch setze und mich einen Moment lang nur auf seinen Geruch konzentriere. Der vernunftbestimmte Teil meines Wesens befiehlt mir, aufzustehen und die Flucht zu ergreifen, doch jede Faser meines Körpers ist leidenschaftlich dabei, als ich mich vorbeuge und meine Lippen auf seine Brust lege.

Die Wärme seiner Haut und das Wummern seines Herzens verleiht mir Mut, und ich beginne, zarte Küsse auf seinem Brustbein zu verteilen. Sein Atemrhythmus verändert sich, und ich halte einen Moment an seiner Kehle inne, um sein Aftershave zu inhalieren, ehe ich ihn sanft auf die Lippen küsse. Ich lasse von ihm ab und beginne von Neuem, bis er leise stöhnt, als meine Liebkosungen ihn langsam aus dem Schlaf holen.

Noch ehe er tatsächlich erwacht, erwidern seine Lippen automatisch meinen Kuss. Seine Muskeln spannen sich an, und er hebt den Arm, der über seinem Kopf ausgestreckt ist, und legt ihn auf meinen Rücken.

»Haddie«, murmelt er verschlafen, während er offenbar noch zu begreifen versucht, was geschieht. Ich küsse ihn einfach immer wieder auf die Lippen, bis seine Hand auf meinem Rücken in mein Haar greift und festhält, damit ich innehalte und zu ihm aufschaue. Fragend sieht er mir in die Augen. Kein Wunder, dass er verwirrt ist. Erst beschimpfe ich ihn, dann heule ich in seinen Armen bis zur Erschöpfung, nun will ich ihn verführen: Die letzten Stunden waren eine einzige emotionale Berg- und Talfahrt, die man nur begreifen kann, wenn man zwei X-Chromosomen hat.

Doch die Antwort auf die unausgesprochene Frage, die zwischen uns steht, bietet so viele Möglichkeiten, dass ich nicht wage, etwas zu sagen. Becks sieht mich weiterhin stumm an, und ich frage mich unwillkürlich, was er wohl in meinen Augen sieht – und wie ich in seinen Augen wirke.

»Als ich ... als ich gerade aufgewacht bin, wollte ich dich einfach küssen«, beginne ich und weiß sofort, dass ich jämmerlich gescheitert bin, ihm zu erklären, was ich tatsächlich will. Wieder flackert Verwirrung in seinen Augen auf, und ich beuge mich rasch vor, um ihn erneut zu küssen und mir noch ein wenig Zeit zu verschaffen. Irgendwie muss ich den Mut aufbringen, um ihm zu sagen, was ich empfinde.

»Haddie«, sagt er, als ich mich von ihm löse. »Ich kann nicht ... wir können nicht so weiter ...«

Ich lege ihm rasch einen Finger auf die Lippen »Schsch! Wir können«, flüstere ich. Ich blicke von seinen Augen zu seinen Lippen und zurück, um meine Worte zu unterstreichen. »Ich will dir gehören, Becks.«

Und es war mir nie ernster mit meinen Worten.

Er reißt die Augen auf, und ein zaghaftes Lächeln huscht über seine Lippen. Wieder beuge ich mich vor, bete, dass er mich nicht zurückweist, und presse meinen Mund auf seinen. Und dieses Mal reagiert er. Er öffnet die Lippen, und meine Zunge dringt ein, liebkost die seine und leckt sie zärtlich. Und obwohl dieser Kuss nichts von der hektischen Energie von vorhin hat, spüre ich noch immer eine unterschwellige Verzweiflung darin – ich bin mir nur nicht sicher, ob es seine ist oder meine.

Doch ich will jetzt nicht darüber nachdenken. Ich will mich in ihm verlieren. Also wandere ich mit einer Hand abwärts bis zum Bund seiner Jeans und knöpfe sie auf. Einen Moment lang genieße ich die Wärme seiner Haut, dann taste ich nach seinen Boxershorts. Er hebt die Hüften an und hilft mir mit einer Hand, den Bund von Jeans und Boxer nach unten zu schieben.

Wir reden nicht – Worte sind überflüssig. Unsere Münder drücken aus, was wir empfinden, während meine Hand ihn umfasst und auf und ab gleitet. Jedes Stöhnen, das aus seiner Kehle kommt, macht mir Sehnsucht nach mehr.

Als er mir die Hand auf die Taille legt, erstarrt er überrascht, weil ich bereits ausgezogen bin, doch dann fahren seine Hände gierig über meine Haut. Und das Bewusstsein, dass ich nackt auf ihn zugehen kann und er mich haben will, ist aufregend und sexy und berauschend zugleich.

Er packt mich, hebt mich hoch und dirigiert mich so, dass ich über ihm knie, ihn jedoch zwischen meinen gespreizten Beinen weiter streicheln kann. Genüsslich lasse ich meinen Blick über seine goldbraune Haut aufwärts wandern und beobachte, wie er ein Kondom aus seiner Brieftasche zieht und sich damit abmüht, es überzustreifen. Als er geschützt ist, schaut er auf, und während ich ihn ansehe, positioniere ich ihn an meinem Eingang und senke mich langsam auf seine Spitze herab. Ich kann spüren, wie er erwartungsvoll jeden Muskel anspannt, und seine Hände greifen nach meinen Hüften, um mich auf ihn herabzuziehen.

Ich mache mir nicht die Mühe, mein Lächeln zu unterdrücken, als ich seine Hände ignoriere und mein quälend langsames Tempo beibehalte. Die Kombination von Wonne und gespannter Erwartung ist kaum noch zu ertragen, doch da ich weiß, dass es ihm genauso ergehen muss, reiße ich mich zusammen.

Er stößt einen zischenden Laut aus, als er endlich bis zum Anschlag in mir ist. Einen Moment lang verharre ich reglos, damit mein Körper sich an ihn gewöhnen kann, ehe ich mich auf ihm auf und ab zu bewegen beginne. Scharf zieht er die Luft ein, doch ich kontrolliere weiterhin den Rhythmus, das Tempo und den Winkel und sorge dafür, dass ich mit jeder Bewegung die richtige Stelle in meinem Inneren treffe.

Die Empfindung ist so stark, so intensiv, dass ich nicht weiß, was ich tun soll. Einerseits will ich mir Zeit lassen und es hinauszögern, sodass ich jedes Auf und Ab bis zum Äußersten auskosten kann. Doch auf der anderen Seite will ich ungeduldig und egoistisch sein und so schnell wie möglich zum Höhepunkt kommen, sodass auch er Erlösung findet.

Er ist unglaublich tief in mir, und es fühlt sich so gut an, dass ich den Kopf zurücklege und die Augen schließe. Seine Finger bohren sich in meine Hüften, und ich lege meine Hände über seine. Die ersten weiß glühenden Blitze schießen mein Rückgrat aufwärts, und meine Atmung beschleunigt sich, doch ich stemme mich seinen fordernden Händen entgegen und beschleunige mein Tempo nicht.

Einen Moment lang gebe ich mich dem Gefühl unserer Vereinigung hin, bis Becks mich aus meinem Dämmerzustand reißt, indem er meinem trägen Rhythmus mit einem Stoß seiner Hüften begegnet. Mein Kopf kommt wieder nach vorne, und ich schaue auf ihn herab.

Und als unsere Blicke sich finden, ist die Verbindung zwischen uns, unseren Körpern, unseren Gedanken, so intensiv, dass wir einen Moment lang unwillkürlich innehalten müssen. Ein Schweißfilm überzieht meinen Körper, und doch bekomme ich eine Gänsehaut, und was ich fühle, ist so überwältigend, dass ich zu ertrinken drohe.

Sein Schwanz zuckt in mir, und ein sexy Lächeln erscheint auf seinen Lippen. Ich ziehe mich um ihn herum zusammen und freue mich diebisch über sein Stöhnen, doch als er mich erneut vorwärtsdrängen will, verharre ich wieder. Es fühlt sich einfach zu gut an, um mich zu beeilen.

Also übernehme ich abermals die Kontrolle. Ich verschränke meine Finger mit seinen, lege unsere Hände auf seine Brust und halte sie dort, während ich meine Hüften zu bewegen beginne. Ich beuge mich vor, um meine Zunge zwischen seine Lippen zu stecken, und sein Schwanz rutscht dabei ein gutes Stück aus mir heraus. Ich stöhne an seinen Lippen, richte mich auf und rutsche an ihm herab, und mit jedem Aufwärtsstoß seiner Hüften durchfährt mich ein Stromstoß, der mich immer weiter auf den Höhepunkt zutreibt.

Ich ermahne mich, alles wahrzunehmen – meine Brüste, die über seinen Oberkörper reiben, der Geschmack seiner Zunge, die Schwellung seiner Erektion in mir, seine leisen Atemstöße, wann immer ich ihn ganz in mir aufnehme –, und jedes Detail intensiviert, was ich fühle, bis ich glaube, es bald nicht mehr aushalten zu können.

Der Sex diesmal ist ganz anders als das letzte Mal. Während wir zuvor erst unsere Körper kennenlernen und unsere Fähigkeiten austesten mussten, können wir uns nun der Langsamkeit hingeben. Als mein Orgasmus über mir zusammenschlägt bin ich auf die Intensität, die mir den Atem raubt, nicht vorbereitet.

Ja, mein Rücken biegt sich durch und meine Muskeln krampfen wie immer, doch die Verwundbarkeit, die mich durchzieht, erschüttert mich zutiefst. Ich bebe am ganzen Leib, als die intensive Lust mich durchdringt und meinen Puls beschleunigt. Verzweifelt versuche ich, meine Lungen zu füllen, doch mein Körper verweigert mir den Gehorsam.

Becks erstarrt, ruft meinen Namen, packt wieder meine Hüften und hält mich im eisernen Griff, und mein Körper vibriert unter dem zusätzlichen Druck, als auch er den Höhepunkt erreicht. Sein Rücken spannt sich wie eine Bogensehne, als er immer wieder aufwärtsstößt, bis sich ein kehliges Stöhnen aus seiner Brust löst und er mit einem letzten Aufbäumen zurück auf die Couch fällt.

Ich lege meinen Kopf auf sein Herz und lausche seinem Herzschlag, für dessen Tempo ich mitverantwortlich bin. Ich schließe meine Augen, als Becks mir einen Kuss auf den Scheitel drückt und mit den Fingerspitzen träge über meinen Rücken fährt, und eine Weile lang liegen wir einfach nur da, während sich der berauschende Dunst unserer Orgasmen verflüchtigt. Er beginnt, aus mir herauszurutschen, und ich will von ihm herabsteigen, aber er schlingt seine Arme um mich und hält mich fest.

»Wir können«, murmelt er und wiederholt, was ich vorhin gesagt habe. Dann stöhnt er zufrieden. »Wir können.«

Bei seinen Worten stockt mir der Atem. Es fühlt sich so gut und richtig an hier mit ihm auf der Couch, doch schon erwacht die Angst, dass ich uns beiden nur Leid zufügen werde. Resolut schiebe ich den Gedanken von mir. Alles wird gut. Alles muss gut werden.

»Schlaf gut, City.«

»Du auch.«

Ich kneife die Augen zu, und ein klein wenig Furcht schleicht sich in mein Herz, weil dieser Mann das erste Glied der Kette gesprengt hat, die ich um mein Herz geschlungen habe. Hatte ich vorher Sex dazu benutzt, meinen Verstand zu betäuben, so hat er jetzt den gegenteiligen Effekt.

Meine Gedanken veranstalten ein solches Geschrei, dass ich sie nicht mehr ignorieren kann.

Der Übergang zwischen Schlaf und Wachzustand vollzieht sich sanft. Mein Verstand driftet träge durchs Niemandsland und versucht, wieder in den Traum zurückzukehren, wo ich mit Lexi am Pool saß und mich unterhielt. Wir lachten, und ich fühlte mich ihr näher als seit einer Ewigkeit, und alles, was ich vergessen zu haben fürchtete – den Klang ihres Lachens, die Haltung ihres Kopfes, das plötzliche Aufblitzen ihres Lächelns – war wieder da.

Ich bin nicht überrascht, mich im Bett an Becks nacktem Körper zu schmiegen; ich erinnere mich vage, dass er mich irgendwann in der Nacht hierhergetragen hat. Meine Hand liegt über seinem Herzen, und seine Brust hebt und senkt sich regelmäßig. Ich empfinde einen tiefen Frieden, und das Gefühl hüllt mich ein wie seine Wärme.

Meine Gedanken taumeln ziellos umher, während ich versuche, wieder einzuschlafen, um noch ein paar Minuten in diesem Zustand der Zufriedenheit bleiben zu können, aber ich liege unbequem auf der Seite an Becks' harten Oberkörper gepresst, und ich will mich gerade bewegen, als er sich im Schlaf umwendet. Er senkt den Arm, quetscht mir meine Brust ein und ich stoße unwillkürlich einen kleinen Schrei aus.

Es ist nur ein Sekundenbruchteil. Würde ich später darüber nachdenken, könnte ich wahrscheinlich nicht einmal sagen, wann und wie ich es gespürt habe. Der Schmerz ist bloß flüchtig, doch als ich mich reflexartig von Becks abdrücke, um meine Brust zwischen ihm und der Matratze hervorzuziehen, wird mir bewusst, dass dort etwas ist, was nicht dort sein darf.

Mit einem Ruck setze ich mich auf. Ich bin augenblicklich hellwach. Mein Verstand mahnt mich zur Ruhe, ich sei bloß verrückt, während mein Bauchgefühl die Gedanken in eine ganz andere Richtung treibt. Mein Atem kommt plötzlich stoßweise. Streng sage ich mir, dass ich mich nur zu schnell aufgesetzt habe, aber im Grunde genommen kenne ich die Wahrheit: Die Angst hat mich bereits in ihren Klauen.

Nein, verdammt. Ich war noch im Halbschlaf, und Becks hat mich versehentlich eingequetscht. Es war wie ein Kniff, und der hat wehgetan, nichts anderes. Ich habe keinen Tumor, keinen Krebs, nicht wie Lex.

Ich hole Luft, um mich zu beruhigen, aber schon tasten meine Finger an meiner linken Brust. Aber während ich bei meiner routinemäßigen Selbstuntersuchung eher vorsichtig und behutsam vorgehe, weil ich Angst habe, tatsächlich etwas zu ertasten, drücke ich plötzlich viel zu fest und übermäßig gründlich. Hektisch zupfe und presse ich Zentimeter um Zentimeter, ziehe meine Haut straff, drücke mit drei Fingern daran herum, kneife mich und tue mir selbst weh.

Im Handumdrehen bin ich in Panik. Ich sitze im silbernen Mondschein in Becks Bett, taste mit zitternden Händen meine Brust ab und schmecke Tränen auf meinen Lippen. Ich weiß nicht, wie viel Zeit vergangen ist, aber ich kann nicht aufhören und versuche wieder und wieder, dasselbe Gefühl zu erzeugen, das ich gespürt habe, als Becks mich versehentlich eingequetscht hat.

Ist das wirklich erst eben gerade passiert? Ich kann nur noch daran denken, dass ich vielleicht einen Parasiten in mir habe, der meinem Leben ein Ende setzen will. Meine Brust schmerzt und ist vom Kneifen und Drücken rot und wund, und kein einziger vernünftiger Gedanke kann sich in meinem verängstigten Verstand durchsetzen. Ich blicke zur Uhr und mache mir klar, dass ich seit einer halben Stunde suche, ohne etwas zu finden. Kein Knoten, kein Knubbel, keine Verhärtung, kein gar nichts. Ich mache mich einfach nur selbst verrückt.

Reg dich ab, Had. Da war nichts. Du warst noch im Halbschlaf und hast an Lexi gedacht.

Ich seufze und sehe nach Becks, aber er schläft noch. Ich bin heute Abend schon einmal durchgedreht, ein zweites Mal will ich ihm das nicht antun. Er ist ein geduldiger Mensch, aber wenn ich wieder hysterisch werde, setzt er mich vielleicht doch kurzerhand vor die Tür.

Meine Schultern fallen herab. Ich nehme mir vor, mich noch ein letztes Mal selbst abzutasten, aber dann ist es genug. Ich beginne mit den vertrauten Griffen und spüre, wie die Spannung meinen Körper verlässt, das Adrenalin zurückweicht.

Und dann fühle ich es.

Und erstarre.

Entsetzt reiße ich die Augen auf und ringe um Luft.

Und während mein Körper vollkommen reglos verharrt, bricht in mir das Chaos aus. Ich presse mir die zitternde Hand auf die Lippen, um den Schluchzer zu ersticken, und meine Sicht verschwimmt. Schockiert schüttele ich den Kopf; vor meinem inneren Auge tauchen Bilder von Lexi auf, eins schlimmer als das andere.

Die Zeit verstreicht. Gelähmt vor Angst sitze ich da, kann es kaum fassen und bin vollkommen handlungsunfähig. Ich fühle nichts mehr. Ich bin leer.

Becks regt sich und holt mich in die Gegenwart zurück. Ich sage mir, dass der Knoten winzig und sicher nur eine Gewebeverhärtung ist, aber ich glaube mir selbst nicht. Ich weiß genau, dass es sich um etwas anderes handelt, denn ich mit meiner Familiengeschichte kenne jeden Zentimeter meiner Brüste genau. Und dann plötzlich habe ich das Gefühl, als würden alle Gedanken aus meinem Verstand weichen, und eine unheimliche Ruhe macht sich in mir breit.

Meine Hände zittern noch immer, aber ich schalte mein Gehirn ab. Ich darf mir nicht erlauben, mir meine größte Angst bewusst zu machen, daher konzentriere ich mich auf die Gegenwart. Auf den Mann neben mir. Dem ich gerade erst mein Herz geöffnet habe, auf den ich mich einlassen wollte, für den ich all meine Prinzipien über Bord geworfen hätte ...

Und jetzt das.

Ich stehe auf, ohne darüber nachzudenken, welche Konsequenzen es hat oder was ich Becks sagen soll, denn es gibt außer »Verzeih mir« nichts, was ich sagen könnte – und »Verzeih mir« hilft mir nicht weiter. »Verzeih mir« ist abgenutzt und leer und tröstet dich nicht, wenn ein geliebter Mensch stirbt oder er dich vorher verlässt, damit du das Leid nicht miterleben musst.

Ich vermeide es, ihn anzusehen, während ich mich anziehe, Reißverschlüsse zuziehe und Knöpfe schließe, mich auf die Routine, auf die Normalität konzentriere. Ich muss mir regelrecht jeden Handgriff befehlen, denn immer wieder ertappe ich mich dabei, wie ich einfach nur im Raum stehe und durchs Fenster auf die Welt dort draußen starre.

Die sich weiterhin dreht, als wäre nichts geschehen.

Dann bin ich fertig angezogen und halte die Schuhe in der Hand, damit die Absätze ihn nicht wecken, doch meine Füße bewegen sich nicht. Mein Brustkasten tut mir weh, mein Schädel pocht. Meine Augen brennen, und mein Herz fühlt sich an, als würde sich in alarmierendem Tempo Säure durch den Muskel fressen.

Ich werfe Becks einen Blick zu und mustere ihn im Licht, das durch das Fenster dringt. Ich würde ihm gerne so vieles sagen, aber es hat keinen Sinn. Ich habe alles verdorben. Heute Nacht habe ich jedes Versprechen gebrochen, das ich mir je selbst gegeben habe, und zur Strafe hat mir das Schicksal eine gewaltige Ohrfeige verpasst, um mich wieder auf meinen Platz zu verweisen.

Dabei hätte ich darauf gefasst sein müssen. Denn es geschieht nicht zum ersten Mal. Als mit Rylee und Colton alles in Ordnung war – just als meine allerbeste Freundin endlich ihr Glück gefunden hatte –, starrte meine Schwester in den Lauf einer geladenen Flinte.

Wieder steigen die Erinnerungen auf, und ich sehe sie bei der Mammografie, dann nach der Amputation, ich sehe, wie ihr das Haar in Büscheln ausfällt, und plötzlich glaube ich, ersticken zu müssen. Nein, das werde ich Beckett niemals antun. Ich kann nicht, niemals. Das Herz zentnerschwer vor Trauer, wende ich mich ab und flüstere in die Stille des Zimmers nun doch jene Worte, die ich mehr hasse als alle anderen Sprüche. »Es tut mir leid.«

Barfuß verlasse ich das Schlafzimmer und kehre ins Wohnzimmer zurück, wo mir bewusst wird, dass ich meine Tasche nicht bei mir habe. Auf dem Couchtisch liegt noch seine Brieftasche, aus der er vorhin das Kondom geholt hat, und ich ziehe den Zwanzig-Dollar-Schein heraus, dessen Ecke aus dem Geldfach ragt. Es ist jämmerlich, aber ich habe keine andere Wahl. Ich zahle es ihm zurück.

Noch einmal blicke ich durch die offene Tür ins Schlafzimmer, dann verlasse ich seine Wohnung und trete hinaus auf die Straße, um mir ein Taxi zu rufen.

Das schlechte Gewissen ist schwer wie Blei und besetzt meine Gedanken genauso mühelos wie die Angst, die es sich seit sechs Monaten in meinem Inneren gemütlich gemacht hat. Immer wieder muss ich daran denken, dass er das nicht verdient hat.

Aber, verdammt, ich doch auch nicht.

15

Kalt ist es hier, und das durchgelegene Polster der Liege ist alles andere als bequem. Allerdings würde ich mich wohl auch nicht wohler fühlen, wenn es sich um eine Matratze aus dem Ritz handelte. Ich schwöre bei Gott, dieser kalte, sterile OP-Raum für ambulante Eingriffe stiehlt mir mit jeder verstreichenden Sekunde ein bisschen mehr von meiner Lebenskraft.

Zum Glück entfaltet das Beruhigungsmittel, das ich genommen habe, langsam seine Wirkung. Die Schwester macht hier und da eine Bemerkung, aber es ist nichts, auf das ich reagieren muss – nur beiläufiges Geplauder, um das Schweigen zu füllen und die Zeit zu überbrücken. Während sie die Instrumente neben mir auf das Tablett legt, summt sie leise vor sich hin. Ich höre mein Telefon in meiner Tasche surren, die unter dem Stuhl in der Zimmerecke steht, und schlucke den Klumpen in meiner Kehle herunter. Hoffentlich ist es nicht Becks. Nicht schon wieder.

Es ist erstaunlich, wie oft jemand in zweiundsiebzig Stunden Kontakt aufzunehmen versuchen kann.

Der erste Schub Nachrichten kam am Morgen, nachdem ich mich aus seiner Wohnung gestohlen hatte. Doch während er um sieben Uhr morgens noch besorgt klang, wurden seine Texte immer frustrierter, je länger ich ihn ignorierte. Die einzige Antwort, die ich ihm schickte –

und das auch erst nach einer Stunde – war so aufrichtig wie jämmerlich: *Verzeih mir. Ich dachte, ich könnte es, aber ich hab mich getäuscht.* Natürlich bremste ihn das keinesfalls, mich weiterhin mit Nachrichten zu bombardieren, und jedes Surren, jedes »Pling« war, als würde er Salz in eine Wunde streuen. Denn man kann zwar einen anderen Menschen belügen, sich selbst aber nur begrenzt etwas vormachen.

Also habe ich meinen Zorn auf mich selbst gegen ihn gerichtet, denn hat nicht schließlich er in mir die Sehnsucht nach etwas geweckt, das ich im Augenblick nicht bekommen kann? Und es klappt. Inzwischen bin ich so verärgert über seine Beharrlichkeit, dass ich an meinem Telefon vorbeigehen kann, ohne automatisch aufs Display sehen zu wollen.

Dabei weiß ich im Grunde genommen nicht einmal, was ich mir mehr wünsche – dass er mich endlich in Frieden lässt oder es hartnäckig weiterversucht.

Doch nun, da ich das Surren meines vibrierenden Handys höre, muss ich plötzlich kichern. Ich weiß, dass es hier in dieser Umgebung absolut unpassend ist, aber das Valium hat meine aufgeraute Seele so weit geglättet, dass mir bei dem Gedanken, er könnte mich schon wieder anrufen, innerlich warm und behaglich wird. Aber ich will nicht kichern. Ich will wütend auf ihn sein, dass er mich mit seinen Nachrichten belästigt. Ich bin egoistisch, merkt er das denn nicht? Ich bin mitten in der Nacht abgehauen und habe mich nicht einmal mit einem banalen »Macht's gut und danke für den Fisch« verabschiedet …

Bei der albernen Anspielung auf das Buch muss ich wieder kichern, und eine Art Frieden macht sich in mir breit. Was immer in dem Beruhigungsmittel steckt – es tut mir gut. Es fühlt sich an, als läge ich auf einer wattigen Wolke. Oder mit Becks über mir auf einer weichen Matratze.

Hör auf! Meine Stimme klingt laut in meinem Kopf, als ich mit mir schimpfe, weil ich schon wieder mit etwas liebäugele, was ich nicht haben kann. Was ich mir selbst versagen muss. Und es geht um mehr als nur seinen wirklich stattlichen Schwanz. Diesmal lache ich prustend, und die Schwester dreht sich um und fragt mich grinsend, ob ich Spaß habe, so ganz allein auf der ungemütlichen Liege. Und ich nicke brav wie ein kleines Kind und denke: *Oh ja, das habe ich.*

Und dann mischt sich in den Gedanken an ihn und seinen wirklich stattlichen Schwanz ein Schuldgefühl und macht meinem albernen Drogenrausch ein Ende. Ich wünschte, er wäre so wütend auf mich, dass er nicht mehr anrufen würde. Mir würde es die Sache erleichtern. Denn wenn er sauer ist, kann ich vor mir selbst besser rechtfertigen, dass ich mich wie ein Miststück benehme, indem ich ihn einfach ignoriere.

Ich hätte gedacht, dass er es schneller kapieren würde. Schon am Morgen, nachdem ich verschwunden war und ihm klar geworden sein muss, dass ich seine Anrufe nicht annehmen würde. Doch als es fünf SMS später an meine Tür hämmerte, begriff ich, dass ich es mit der hartnäckigeren Sorte zu tun hatte. Zum Glück war Dante nicht da, sodass ich so tun konnte, als sei ich nicht zu Hause. Andererseits – wäre es nicht irgendwie aufregend gewesen, wenn die zwei sich wegen mir gestritten hätten? Wieder muss ich kichern, als ich mir den Kampf zwischen guter

Kerl und böser Bube vorstelle. Ich bin sicher, dass Becks, der Mann der vier Orgasmen, es durchaus mit Dante, dem Verführerischen aufnehmen kann.

Meine Lider fallen zu, als mir die wunderbare Welt der Drogen erlaubt, mich in 3D an die Nacht mit Becks zu erinnern. Gott sei Dank, dass das Personal und die Ärztin weiblich sind, denn ich bin auf einmal furchtbar scharf und trage nichts als das übliche Krankenhaushemd.

Achtung, Achtung, eine Durchsage. Die rollige Haddie wartet im Eingriffsraum auf verfügbare, ebenso rollige junge Ärzte.

Wieder muss ich lachen. Eine Weile schwelge ich in meiner Fantasie, bis mein Handy mir die nächsten Nachrichten meldet.

Ach, Beckster. Er hat eine Erklärung verdient. Ich bin heilfroh, dass Rylee noch nicht wieder auf Empfang geschaltet ist, sonst hätte er sich bestimmt schon bei ihr gemeldet. Aber was genau soll ich ihm überhaupt sagen? Es ist ja nicht so, dass ich ihm als Abschiedsgeschenk im Stil von *Der Preis ist heiß* einen blasen könnte. »Als Nächstes haben wir hier einen Blowjob der rolligen Haddie. Wird Beckett Daniels sich dafür entscheiden?«

Diesmal presse ich mir die Hand auf den Mund, weil ich so sehr lachen muss, dass die Schwester mich bestimmt für irre hält.

Na ja, irgendwie hat sie ja recht. Muss man nicht irre sein, wenn man einen großartigen Kerl haben kann und ihn einfach stehen lässt?

Tja. Es ist ja nicht so, dass ich jetzt noch ans Telefon gehen und »Hey, danke übrigens für den extrem guten Fick und die Schulter zum Ausweinen«, sagen könnte. Etwas mehr als drei Tage sind inzwischen vergangen, und in der Zeit hat man mir meine linke Brust permanent befingert, plattgedrückt wie einen Pfannkuchen, Gel draufgeklatscht und mit dem Ultraschalldings rumgeschubst. Ich meine, wenn ich mich schon begrabschen lassen muss, könnte mir dann nicht ein knackiger Assistent mal in den Nippel kneifen oder mir sonst etwas Gutes tun? Ich pruste los. Ich finde die Idee – zumindest in meinem berauschten Zustand – durchaus gut. Ich liebe dieses Valiumzeug.

Oh. Vielleicht sollten sie etwas davon meiner Mutter verabreichen, die draußen Furchen in den Gang läuft und mir immer wieder sagt, dass alles gut wird. Denn dabei spielt sie mit dem Anhänger an ihrer Kette, was bedeutet, dass sie mir etwas vorzumachen versucht.

Mädels, Rover hat ein Loch unter dem Zaun gegraben und ist weggelaufen, aber er hat bestimmt ein neues Zuhause gefunden, wo man sich um ihn kümmert. Lex und ich heulten Rotz und Wasser, während sie nervös ihren Anhänger betastete.

Haddi, Lexi, meine Lieben, ich bin krank, aber es ist nichts Wildes. Alles wird wieder gut, mir wird nichts passieren. Nervöses Spiel mit dem Anhänger, anschließend zwei Rückfälle, insgesamt dreiundzwanzig Runden Chemo, fünfzehn Bestrahlungssitzungen und einen Oberkörper mit so viel Narben, dass Frankensteins Monster vor Neid erblasst wäre.

Haddie, Lexi schafft das, und nachher lachen wir alle darüber. Und wieder der verdammte Anhänger. Aber Mom spielte auch auf Lexis Beerdigung damit, und wenn das nicht alles sagt, dann weiß ich es auch nicht.

Immer diese Kette. Anderer Anhänger, gleiche Kette.

Und heute bin ich es, auf die der Halskettenzauber gerichtet ist. Die Erfolgsgeschichte des Talismans ist so mies, dass ich ihr das Ding am liebsten vom Hals reißen möchte, damit ich es nie wieder sehen muss.

Moment mal. Vielleicht brauche ich die Kette noch, um mit Becks zu reden. Vielleicht kapiert er es, wenn ich damit spiele, während ich mich bei ihm für die schöne Zeit bedanke – für zwei unbeschwerte Stunden mit Hoffnung auf mehr, bevor das Schicksal eingriff, um mir klarzumachen, wo mein Platz auf dieser Welt ist und warum ich mir selbst das Versprechen gegeben habe, mich auf niemand anderen einzulassen.

Die automatischen Türen gleiten auf und reißen mich zurück in die Realität. Munter lächelnd tritt Dr. Blakely ein. »Sind Sie bereit, Haddie?«

»Herzen und High Heels«, antworte ich und denke an Maddie. Ich will die Ärztin etwas fragen, weiß aber nicht mehr, was – ah, doch: Ob ich vielleicht so eine schicke Pille zum Mitnehmen kriegen kann, damit ich im Zweifelsfall etwas zum Aufpeppen habe?

Sie streift die Latexhandschuhe über. »Hat das Valium geholfen, Ihre Furcht etwas zu lindern?«, fragt sie.

Ich stoße ein schnaubendes Lachen aus. Mir liegen hundert sarkastische Antworten auf der Zunge.

Aber klar, wieso auch nicht? Es gibt ja nichts, wovor man sich fürchten muss – nur einen klitzekleinen Schnitt in die Brust, also nichts wirklich Wildes, richtig?

»Ein bisschen«, murmele ich.

»Kein Grund zur Sorge«, sagt sie, und ihr Lächeln wirkt etwas angespannt, als ich wieder zu kichern beginne. Mein Kopf fühlt sich an, als sei er voller Pusteblumen. »Spüren Sie das?«, fragt sie, ohne auf mein Lachen einzugehen, und ich sehe, dass sich ihre Schultern bewegen, während sie etwas tut, doch ich fühle nichts, und das sage ich ihr auch.

Warum in aller Welt habe ich diese Pille nicht bekommen, als Lexi starb? Ich mag dieses Gefühl, nichts zu fühlen. Wenn ich genug davon nehme, kann ich vielleicht mein Herz betäuben und gegen alles, was geschehen mag, immun werden.

»Also, wir haben ja darüber gesprochen. Ich mache einen halbmondförmigen Einschnitt, entferne das Gewebe, das wir gesehen haben, um es ans Labor zu schicken, und flicke Sie schnell wieder zusammen«, erklärt sie, während sie mir etwas auf meine linke Brust sprüht und sie dann mit einem Tuch abdeckt.

Sorry, liebe Frau Doktor, eigentlich bin ich gar nicht glücklich darüber, dass Sie mir in meine perfekten Titten schneiden. Körbchengröße D, wundervoll prall, rosafarbene Nippel und makellos aufrecht – es hat noch nie Beschwerden gegeben. Normalerweise steht jeder kleine und große Soldat Gewehr bei Fuß, wenn ich diese Schätzchen auspacke, und Sie wollen jetzt ernsthaft daran herumpfuschen?

Sieh dich vor, Frankensteins Monster, hier komme ich.

»Entspannen Sie sich. Es ist wahrscheinlich nichts.« Ihr Lächeln ist jetzt aufmunternd.

Ich schließe die Augen und versuche, nichts in ihre Worte hineinzulegen, aber am liebsten würde ich sie anschreien. Eine Naht mit Kreuzstich und eine mögliche Krebsdiagnose? Meine Güte – was rege ich mich denn auf. Nichts Wildes, wirklich.

Ich atme kontrolliert aus, als ich den Druck zu spüren beginne, und versuche, zu den schönen Gedanken zurückzukehren, die mich eben erfüllt haben. Aber es will nicht funktionieren. Das hier ist mir plötzlich viel zu real, und Angst packt mich, Todesangst. Ich versuche, ruhig zu atmen. Mir bricht der Schweiß aus.

Sie reicht etwas der Schwester weiter, die neben ihr steht, und die Schwester verlässt das Zimmer. Dr. Blakely wendet sich mir zu und erklärt mir, dass der Pathologe das Gewebe auf freie Schnittränder hin untersuchen wird, und meine Gedanken stürmen bereits wieder davon.

Die Zeit verstreicht, und da ich mich immer noch im Valiumdunst befinde, weiß ich nicht, wie lange wir warten.

Das Telefon klingelt, und ich fahre entsetzt zusammen. Das Medikament wirkt offenbar nicht gegen Schreckhaftigkeit. Dr. Blakely spricht mit dem Pathalogen und erklärt mir anschließend, dass sie noch etwas entfernen muss.

Ich blicke in ihr Gesicht und suche nach einem Anzeichen, was genau das bedeuten mag, aber sie legt sich die Instrumente für eine zweite Biopsie zurecht. Wieder möchte ich sie am liebsten anschreien. Ich will die Wahrheit wissen. Das hier ist mein Leben, das sie beschneidet – sollte ich nicht wenigstens eine Ahnung haben dürfen, was mit mir los ist?

Doch meine Lippen bleiben zusammengepresst, meine Fäuste geballt, und mein Herz scheint völlig aus dem Takt geraten zu sein.

Dann beginnt das Prozedere von Neuem. Dr. Blakely

arbeitet ruhig und konzentriert, während mein Innerstes in seinen Grundfesten zu beben scheint.

Alles in allem geht der Eingriff schnell vonstatten, und ich spüre praktisch nichts außer dem Sirren meiner Nervenenden im Adrenalinrausch und dem Zupfen, als sie den Schnitt vernäht. Ich danke ihr und seufze frustriert, als sie auf meine Frage, ob das Gewebe irgendwie kanzerös ausgesehen hat, nur lächelnd antwortet, das könne man nicht sagen. Auch wenn der Pathologe übermorgen schon einen vorläufigen Befund für sie hätte, würde sie unbedingt die gesamte Laboruntersuchung abwarten wollen.

Meine Mutter betritt den Raum, und wahrscheinlich lächele ich sie an, aber ich bin mir nicht sicher, weil ich sie mit Argusaugen beobachte. Sie spricht mit der Ärztin und wirft mir zwischendurch Blicke zu, doch die ganze Zeit über spielt sie mit ihrer verdammten Kette.

Anscheinend ist das Medikament noch stärker gewesen, als ich dachte, denn mit einem Mal erwache ich bei meinen Eltern zu Hause. In dem Zimmer, das Lex und ich uns geteilt haben, und das voller schöner und trauriger Erinnerungen steckt. Die Tür öffnet sich, und ich tue, als ob ich schlafe. Ich kann im Augenblick noch nicht reden. Leider höre ich nun meine Eltern im Flur sorgenvoll murmeln, und am liebsten möchte ich mir die Ohren zuhalten und mich wie ein Kind wiegen, um ihre Stimmen auszusperren.

Und, Gott, wie sehr ich mir wünschte, wie ein Kind reagieren zu können! Ich würde schreien und toben und um mich schlagen und müsste nicht einmal begreifen, welche Konsequenzen das alles hätte.

Aber ich bin kein Kind.
Und ich begreife.
Als müsste ausgerechnet ich daran erinnert werden, wie unglaublich mies das Leben sein kann.

16

Rylee, die gerade Gemüse klein schneidet, schaut so abrupt zu mir auf, dass ich beinahe lachen muss. Gott, mir war gar nicht klar, wie sehr sie mir gefehlt hat. Wie wichtig es ist, jemanden bei sich zu haben, der einen nicht nur mit einer Mischung aus Angst und Mitleid betrachtet.

Doch als ich dem Blick meiner besten Freundin begegne, zieht sich die Schlinge des schlechten Gewissens um meine Kehle zu. Ich tue, als sei nichts gewesen, während sie in Flitterwochen war. Als hätte die Ärztin nicht angerufen und mir gesagt, dass sie mit der Gewebeprobe noch weitere Tests durchführen wollte, ehe sie einen endgültigen Befund schreiben würde. Als hätte sie nicht versucht, das Wort ›Diagnose‹ zu umgehen, denn ›Diagnose‹ wird immer dann eingesetzt, wenn die Ärzte einem sagen, dass man Krebs hat. Ich habe Rylee noch nie belogen, und doch fühlt sich das falsche Lächeln, das ich aufgesetzt habe, fast natürlich an, als wir in unseren altvertrauten, wunderbar tröstenden Trott verfallen.

Wie gerne würde ich ihr alles erzählen, aber ich tue es nicht. Sie hat in den vergangenen Jahren so vieles durchmachen müssen, und ich will ihr keine unnötigen Sorgen bereiten. Außerdem ist sie gerade erst aus den Flitterwochen zurückgekehrt, und ich freu mich wie verrückt, sie endlich wiederzusehen. Ich will alles hören, will genau wissen, wie wahnsinnig glücklich sie ist, denn ich weiß genau, dass ihr Glück die dunkle Wolke der Angst, die sich vor meine Sonne geschoben hat, wenigstens vorübergehend verscheuchen wird.

Dummerweise werde ich ihr wohl auch noch erklären müssen, warum ich auf ihre Ankündigung, einen Willkommensgrillabend zu veranstalten, prompt gefragt habe, ob auch Becks dazu eingeladen ist. Am liebsten würde ich mich dafür treten. Immer wieder kehrt ihr prüfender Blick zu mir zurück, und ich bin so bemüht, jedes Mal das Thema zu wechseln, wenn sie auf mich zu sprechen kommen will, dass ich mich kaum auf ihre Flitterwochengeschichten konzentrieren kann.

Und natürlich sind meine Gedanken so wirr, dass sie mich irgendwann überrumpelt. Versehentlich gebe ich also zu, dass Becks und ich tatsächlich in der Nacht ihrer Hochzeit miteinander im Bett waren, und, na ja, vielleicht sogar noch ein weiteres Mal. Ich murmele dieses Bekenntnis nur so vor mich hin, während meine messerschwingende Freundin das Gemüse schnippelt, aber selbstverständlich hat sie mich sehr gut gehört.

Hastig versuche ich, meinen Fauxpas wieder auszubügeln. »Also, meine Liebe, du siehst prächtig aus«, sage ich zu ihr und hebe mein Weinglas. »Hübsch, braun gebrannt und sexuell ausgelastet.«

»Momentchen, Schwester!«, fährt sie mich an und deutet mit dem Messer auf mich. »Du kannst mir nicht so was vor die Füße werfen und dann … dann…« Mein Geständnis hat sie derart aus der Bahn geworfen, dass ihr die Worte fehlen. Hilflos sticht sie mit dem Messer in die Luft, bis ich zu lachen beginne. »Das ist nicht witzig. Ich habe dich seit Wochen nicht gesehen, und …«

»Weiß ich doch. Und du wirkst so entspannt und zufrieden, dass ich unbedingt Details hören muss. Also?«

»Versuch gar nicht erst, mich abzulenken. Setz dich hin«, befiehlt sie mir, nippt an ihrem Glas Merlot und starrt mich an, bis ich gehorche. »Du und Becks hattet also nach unserer Hochzeit eine heiße Nacht, was ich mir schon fast gedacht habe, als ich feststellte, dass Becks dein Handy hatte. Aber dann wart ihr sogar *noch mal* zusammen im Bett? *Und* du hast dich davongeschlichen, ehe er noch aufgewacht ist?«

Ich beiße mir auf die Unterlippe und nicke, als mich das schlechte Gewissen über meine feige Flucht erneut überfällt. Ich habe mich gefürchtet, Ry davon zu erzählen, weil mir klar ist, wie mies das von mir war. Und dass ich mich noch immer davor drücke, mit Becks zu sprechen, macht es nicht besser. Bis auf meine platte Nachricht, in der ich ihm gestand, dass ich doch keine Beziehung eingehen könnte, hat er nichts mehr von mir gehört.

Keine weitere Erklärung, nichts. Doch zu meiner Verteidigung kann ich anführen, dass ich es ihm nur leichter machen wollte.

Dummerweise glaube ich mir diesmal selbst nicht.

»Aber warum denn?« Endlich legt sie das Messer weg, wischt sich die Hände am Geschirrtuch ab und stützt sich auf die Küchentheke, als müsste sie sich wappnen. Ihre Augen begegnen meinen, und verdammt und zugenäht!, aber dieses neue Selbstbewusstsein, das Colton in meiner besten Freundin hervorgebracht hat, ist Fluch und Segen zugleich. Im Moment wäre ich jedenfalls froh, wenn sie es nicht so forsch angehen würde.

Ich seufze und senke den Blick. »Weil ich versuche, mein Leben in den Griff zu kriegen.«

Sie lacht laut und herzlich, und unwillkürlich muss ich lächeln.

»Was denn?«, frage ich.

»Na ja, weil jemand vor nicht allzu langer Zeit versucht hat, sein Leben in den Griff zu kriegen, bin ich jetzt verheiratet«, neckt sie mich und hebt die Hand, sodass der Stein ihres Eherings im Licht funkelt und blitzt. Und nun, da ich begreife, was sie mit ihrer Bemerkung gemeint hat, lache ich mit ihr. Was für eine Ironie. Denn ich war es, die Colton damals am Anfang ihrer Beziehung gesagt hatte, er müsse unbedingt sein Leben in den Griff kriegen, wenn er sich meiner Freundin als würdig erweisen wollte.

»Also? Kann ich davon ausgehen, dass ich in einem halben Jahr einen solchen Ring an deinem Finger sehe?«

Fast verschlucke ich mich an meinem Wein. »Sag mal, bist du eigentlich völlig bescheuert, Ry? Ich meine, nach allem, was …« Ich breche ab, ehe ich ihr von all den Gefühlen erzähle, die ich unterdrückt habe. Gefühle, die ich seit Lex' Tod für mich behalten habe, damit ich Rylee eine gute Freundin sein und mit ihr die Hochzeit planen konnte, ohne ihr Glück durch meine Trauer zu belasten. Und natürlich wusste sie genau, dass ich von mir abzulenken versuchte und ihr jeden Tag aufs Neue etwas vorspielte. Aber sie gab vor, es nicht zu bemerken, weil ihr klar war, dass ich auf diese Art am besten mit meinen Emotionen umgehen konnte.

Nun befürchte ich, dass sie mit ihrer Geduld am Ende ist und mir ein paar klare Worte sagen wird. Aber ich will sie nicht hören. Denn obwohl sogar sie nicht über alles Bescheid weiß, wird sie mit ihrer Einschätzung der Lage – und meines seelischen Zustands – ziemlich sicher richtigliegen. »Ich habe seitdem nicht einmal mehr mit ihm geredet«, setze ich hinzu.

»Er hat dich nicht angerufen?«, fragt sie verwirrt.

»Doch natürlich. Oft sogar. Aber ich bin nicht drangegangen.«

Sie lacht leise. »Sehr erwachsen von dir.«

Ach, verdammt, schon zieht sie die Samthandschuhe aus. Ich brauche unbedingt mehr Wein. Ich strecke ohne nachzudenken den Arm nach der Flasche aus, als ein leichtes Ziepen von der Naht an meiner Brust mich wieder an mein Geheimnis erinnert – und an meine Angst vor dem, was die Zukunft bringen mag.

Sag's ihr!, schreit eine Stimme in mir. Aber ich kann's nicht. Ich habe sie noch nie so glücklich und entspannt erlebt. Ich bringe es einfach nicht über mich, ihr diesen Dämpfer zu verpassen und ihr unnötige Sorgen zu bereiten.

Ich werde es ihr sagen, sobald ich ein definitives Ergebnis habe. Doch obwohl ich mit dem Versprechen rechtfertigen kann, meine Freundin zu belügen, nimmt es mir nicht das schlechte Gewissen.

Sie neigt den Kopf zur Seite und betrachtet mich eingehend. Ich weiche ihrem Blick aus und konzentriere mich auf meine Finger, die sich mit dem Stiel des Weinglases beschäftigen. »Tja, weißt du, während du in Flitterwochen warst, habe ich mir ein neues Motto zu eigen gemacht«, erkläre ich ihr in einem jämmerlichen Versuch, von zu ernsten Dingen abzulenken. »Und zwar: weniger Stress, mehr Sex.«

»Ernsthaft jetzt?« Sie verdreht die Augen. »Dabei war dein Motto doch bisher auch nicht schlecht. Wie war das noch mal? ›Wann immer ich mit meiner Trauer wegen Lexi hadere, lenke ich mich mit einem bedeutungslosem One-Night-Stand ab?‹ Mein Ausdruck dafür lautet übrigens ›Möchtegern-Schlampe‹.« Sie zieht eine Augenbraue hoch, als sie mir ihren letzten Trumpf auf den Tisch wirft, um mich zu zwingen, mein Blatt aufzudecken.

Ihre Worte gehen genauso zielsicher ins Schwarze wie die von Becks neulich nachts. Doch Becks ist ein Kerl, der mit klugen Worten um sich schmeißt, weil er sich beweisen will. Rylee dagegen trifft den Nagel auf den Kopf, weil sie mich nur allzu gut kennt, und dass sie recht hat, macht mir die Situation nicht leichter.

Plötzlich schäme ich mich, aber ich halte ihrem Blick stand. Ich sehe ihr an, dass sie bereits ein schlechtes Gewissen hat, mich auf den Boden der Tatsachen zurückgeholt zu haben, aber ich liebe sie umso mehr dafür, dass sie dennoch keinen Schritt zurückweicht. »Sprich mit mir, Had. Bitte.«

»Möchtegern-Schlampe? Im Ernst?«, frage ich, obwohl ich das Schulterzucken verdiene, das so viel wie ›Wem der Schuh passt‹ bedeutet. Und, verdammt, er passt, aber es handelt sich wenigstens um ein Paar dunkelroter, hochhackiger Peeptoes, doch natürlich spreche ich das nicht aus, denn ich habe das dumpfe Gefühl, als wüsste Rylee diese Art von Humor im Augenblick nicht zu würdigen.

Ich seufze resigniert und blicke wieder auf meine Finger, die mit meinem Weinglas spielen. »Das erste Mal nach eurer Hochzeit … da habe ich mich nicht gerade fair benommen. Becks wollte Distanz halten, aber ich habe nicht nachgelassen, bis ich ihn endlich verführt hatte. Schließlich haben wir uns darauf geeinigt, dass die Nacht unverbindlich bleiben sollte.« Ich verstumme, während ich einmal mehr darüber nachdenke, worüber ich schon hundertmal nachgedacht habe: Würde ich es anders machen, wenn ich die Chance dazu bekäme? Würde ich die Finger von ihm lassen und mich allein in mein Gästebett legen?

Ich glaube nicht, und diese Erkenntnis allein macht mich völlig fertig.

»Und das zweite Mal ...«, setzt sie an, aber ich sitze einfach nur schweigend da und starre vor mich hin, bis sie schließlich seufzt und fortfährt. »Hör zu, du weißt, dass ich dich liebe. Du bist für mich die Schwester, die ich nie hatte, also sag ich dir jetzt, was ich denke, und du greifst ein, wenn ich auf die falsche Spur gerate, okay?« Ich nicke, schließe die Augen und atme tief ein, um mich gegen ihre Psychoanalyse zu wappnen. Vermutlich wird sie sehr viel treffender sein, als mir lieb sein kann.

»Ich habe miterlebt, wie du gelitten hast, als Lexi krank wurde und starb. Ich weiß, wie sehr du immer noch leidest. Ich habe miterlebt, wie du Danny getröstet hast, als er zusammenbrach, und wie du versuchst, Maddie so gut es geht das zu ersetzen, was sie verloren hat. Ich erlebe mit, wie du alles in dich hineinfrisst und dich weigerst, dich damit auseinanderzusetzen. Ich erlebe mit, wie meine beste Freundin von Angst, Sorge und Trauer aufgefressen wird, und es bricht mir das Herz, nichts dagegen unternehmen zu können.« Sie bricht ab und schnieft, und ich bin beinahe erleichtert, dass sie den Tränen nahe ist, denn es hilft mir, mich selbst zu beherrschen. Entschlossen presse ich die Lippen zusammen, und wahrscheinlich denkt sie, dass ich sauer auf sie bin. In Wahrheit jedoch versuche ich nur, ihr nichts von der Biopsie zu erzählen, obwohl es mich enorm viel Kraft kostet.

»Du hast widerstrebend den ersten Gentest gemacht, verweigerst den zweiten aber, obwohl er dir all deine Ängste nehmen könnte – die Angst, dass du selbst Krebs hast, dass jemand sich in dich verlieben könnte, dass *du* dich in jemanden verlieben könntest –, und warum? Weil du der irrigen Meinung bist, dass du genau wie Lex sterben wirst und deshalb alle Menschen, denen du etwas bedeutest, mit deinem Tod vernichten könntest.«

Dass sie laut ausspricht, was ich fühle, macht meine Emotionen einerseits real und irgendwie gültig, lässt mich aber andererseits in einem lächerlich sturen Licht erscheinen. Ich beiße mir auf die Unterlippe, während sie dasitzt und geduldig wartet, dass ich ihre Bemerkungen verdaue. Natürlich hat sie mit jedem einzelnen Wort recht, aber der Punkt ist doch, dass Becks es geschafft hat, den winzigen Teil von mir aus seinem Versteck hervorzulocken, der gewillt war, sich auf große Gefühle einzulassen. Es hat nur nicht lange gedauert, bis die Angst vor einer düsteren und kurzen Zukunft diesen Teil wieder auf seinen Platz verwiesen hat.

Ich kann noch nicht wieder gefahrlos sprechen, also nicke ich nur und wische mir eine einsame Träne aus dem Augenwinkel.

»Ich denke, du bist nach eurer Nacht neulich deshalb heimlich abgehauen, weil Becks dir eine Höllenangst einjagt.« Ihre Stimme wird sanfter. »Plötzlich denkst und fühlst du auf eine Art, die nicht in dein Konzept passt, weswegen du lieber gehst und es vorziehst, gar nicht erst wahrzunehmen, was sich entwickeln könnte.« Rylee füllt mein Glas nach, als ich endlich aufsehe und ihrem Blick begegne. Ich weiß, dass sie die Furcht in meinen Augen erkennen kann. »Haddie, du kannst dir nicht ewig alles versagen. Ein Leben ohne Leidenschaft und Liebe ist doch wie ein Leben im Kühlschrank. Irgendwann erfrierst du.«

Ich atme kontrolliert aus. Ihre Worte sind wie ein Schraubstock, der mein Herz zusammengequetscht, als sich erneut die Säure der Angst in mein Inneres frisst. Sie hat keine Ahnung, wie exakt sie meine Situation beschreibt, und ich liebe sie dafür – aber ich will auch vergessen, will es verdrängen, wann immer ich kann, damit ich mich wenigstens manchmal normal fühle.

»Hör auf. Es gibt Leidenschaft in meinem Leben«, sage ich trotzig, mein üblicher Reflex, um nicht allzu jämmerlich dazustehen, und ich erkenne meinen Fehler sofort, aber sie kontert, ehe ich mich korrigieren kann.

»Ein One-Night-Stand ist keine Leidenschaft, sondern nur eine schnelle Abhilfe.«

Ich lache nervös. Mir gefällt es gar nicht, unter der Lupe betrachtet zu werden. »Tja, dann wirst du ja einsehen, dass ich mich bereits gebessert habe. Becks war nicht nur ein One-Night-Stand. Wir waren zweimal zusammen.«

Sie lächelt und schüttelt den Kopf. »Irgendwie hatte ich gerade ein Déjà-vu, nur mit vertauschten Rollen«, sagt sie, und jetzt muss auch ich lachen, als ich an den Tag zurückdenke, an dem wir beide über ihren und Coltons One-Night-Stand sprachen. Ein One-Night-Stand, der nicht enden wollte ... und nun sind die beiden verheiratet.

»Gott, Ry ... ich mag Becks.« Das ist kein großes Zugeständnis, aber ein Anfang.

»Es ist schwer, ihn nicht zu mögen, aber dein Typ ist er ja nicht gerade ...«

»Nein«, sage ich. Ich glaube, sie versteht mich nicht richtig. »Ich *mag* Becks.« Ich betone das Wort, und plötzlich weiten sich ihre Augen und ihr Mund bildet ein kleines »o«, ehe plötzlich ein zufriedenes Lächeln über ihre Lippen huscht.

Eigentlich weiß ich gar nicht, warum ich das gesagt habe, denn ich werde ja doch nicht zulassen, dass sich zwischen uns mehr entwickelt. Aber vielleicht will ich ihr auch nur ein kleines Geheimnis verraten, weil ich das mit die Biopsie für mich behalte.

»O-kay ...« Sie zieht das Wort in die Länge, um mich zum Weitersprechen zu bewegen, und ich versuche, meine Gedanken zu sortieren.

»Er ist wirklich ein großartiger Kerl«, beginne ich. »Ich kann dir nicht sagen, wie oft ich in seiner Gegenwart schon ausgerastet oder in Tränen ausgebrochen bin, aber er bleibt dennoch bei mir, und das nicht, weil ihm Rückgrat fehlt – ganz im Gegenteil.« Tränen brennen plötzlich in meinen Augen, und es ärgert mich, dass mein Körper mich derart verrät. »Aber im Augenblick ... im Augenblick ist er vielleicht einfach der richtige Mensch zum falschen Zeitpunkt. Verstehst du, was ich meine?«

Sie trinkt einen Schluck Wein und sieht einen Moment lang ins Glas, ehe sie wieder meinem Blick begegnet. »Menschen fühlen sich oft von den rauen Kanten des anderen angezogen. Nimm Colton und mich zum Beispiel.«

»Tja, von ›rau‹ kann kaum die Rede sein. Ich bin in letzter Zeit eher schartig«, murmele ich. Scharfkantig wie dickes, zerborstenes Glas sogar. Wer mir zu nahkommt, muss sich zwangsweise verletzen.

»Und dennoch hat er wieder angerufen.«

»Und dennoch bin ich wieder abgehauen.« Ich lasse den Kopf sinken.

»Haddie, sieh mich an.« Sie wartet geduldig, bis ich den Kopf wieder gehoben habe. »Ich liebe euch beide. Ihr seid ein wichtiger Teil meines Lebens, und ich fände es fantastisch, wenn sich zwischen euch etwas entwickeln würde. Natürlich müsst ihr tun, was für euch das Beste ist. Ich weiß aber, dass Becks ein Mensch ist, der dir dabei helfen kann, dich deinen Ängsten zu stellen, wenn du ihn denn lässt.«

»Klar …«, sage ich. Sie kann ja nicht ahnen, wie sehr ich gerade im Augenblick befürchte, dass meine größte Angst sich bewahrheitet. Wieder wartet sie geduldig, während ich versuche, meine Gedanken zu sortieren. Ich weiß ja, dass sie recht hat, aber ich bin noch nicht gewillt, es zuzugeben. »Ich kann im Moment einfach nicht. Es ist nicht in Ordnung, sich auf jemanden einzulassen, wenn man selbst nicht wirklich bei sich ist. Es wäre ihm gegenüber nicht fair.«

»Das solltest du doch lieber ihm selbst überlassen«, sagt sie. Einen Moment lang kaut sie auf der Innenseite ihrer Wange, dann steht sie auf und geht in die Küche. Sie kehrt mit einer Tüte Hershey's Kisses zurück und wirft sie auf die Theke zwischen uns. »Hier, iss welche. Die helfen dir.«

»Das ist dein Allheilmittel? Schokolade?« Ich muss lachen. Wie schön, wenn es so einfach wäre.

»Allheilmittel? Nein. Aber ein bisschen Trost allemal. Ich denke, hier ist wohl der Spruch einer sehr lieben Freundin von mir angebracht.« Sie grinst unverschämt, und ich ahne schon, dass ich nun meine eigenen Worte zu hören bekomme.

»Das Leben beginnt am Rand deiner Komfortzone, Haddie. Ich weiß, dass du Angst hast, aber beiß dich durch. Sonst verpasst du vielleicht eine einmalige Gelegenheit, wieder ein echtes Leben zu führen.«

Ich funkele sie zornig an und verfluche mich selbst, dass ausgerechnet ich ihr einst die Munition gegeben habe, die sie nun auf mich abfeuert. Ihr Grinsen wird noch breiter, doch plötzlich weiß ich, wie ich ihr die Selbstzufriedenheit austreiben kann.

Anlegen.

Zielen.

Feuer!

»Ich habe gestern einen neuen Gentest in Auftrag gegeben.« *Und eine Biopsie machen lassen.* Die Worte liegen mir auf der Zunge, aber ich verbeiße sie mir. Ich will nicht ihren ersten Tag daheim und die Post-Flitterwochen-Seligkeit mit etwas ruinieren, das vielleicht gar nichts ist.

Die Schokolade, die sie gerade ausgepackt hat, plumpst auf die Theke, und ihr bleibt der Mund offen stehen. Mit großen Augen starrt sie mich an.

»Ehrlich?« Ihr Blick begegnet meinem, und man sieht

ihr an, dass sie in diesem Moment begreift, wie wichtig Becks mir tatsächlich werden kann.

»Ehrlich«, antworte ich leise. Und dann ist sie auch schon auf den Füßen, schlingt ihre Arme um mich und drückt mich fest an sich. Stumm stehen wir da und halten einander fest. Worte sind unnötig.

»Hey, Mädels, wenn ihr doch irgendwann mal ne Frauennummer abziehen wollt, dann bin ich als Ehemann aber der erste, der zugucken darf, klar?« Als die Stimme von der Eingangstür erklingt, müssen Rylee und ich gleichzeitig lachen.

»Vergiss es«, sagt Rylee und lässt mich los. »Ich stehe eher auf Baseballer, weißt du doch. Die haben große, harte Prügel.« Sie wirft ihm ein verschmitztes Grinsen zu, und er lacht.

»Ach, wirklich? Hatten wir das Thema nicht schon abgehakt?«, neckt er sie. Anscheinend geht es hier um einen Witz zwischen den beiden, von dem ich nichts weiß. »Na ja, Hauptsache du vergisst nicht, dass nicht die Größe entscheidend ist, sondern wie man den Prügel gebraucht.« Mit der für ihn typischen Arroganz schlendert er in die Küche und zieht sie zu einem Kuss an sich.

»Natürlich ist die Größe entscheidend, Donovan«, sage ich, woraufhin er verächtlich schnaubt. »Sonst gäbe es doch ausschließlich Zehn-Zentimeter-Dildos, denkst du nicht?«

Er wirft den Kopf zurück und lacht laut, ehe er zu mir kommt und mir einen Kuss auf den Scheitel drückt. »Eins zu null für dich. Schön dich zu sehen, Had.«

Ich betrachte den enorm attraktiven Mann meiner besten Freundin – der ewige Bad Boy, der sich von einer

Frau hat zähmen lassen. Seine Surfershorts sitzen tief auf den Hüften, und er ist braun gebrannt, aber was ihn so unwiderstehlich macht, ist die Art, wie er seine Frau ansieht. »Hey, Colton. Die Ehe steht dir gut.«

Er grinst, zeigt sein Grübchen, und seine Augen funkeln. »Meine Frau steht mir noch besser, vor allem, wenn sie auf mir sitzt, aber man nimmt, was man kriegen kann, nicht wahr?«

Mein Lachen klingt schon viel entspannter. Dieser Mann, der ein einziger Widerspruch zu sein scheint, ist für Rylee so viel mehr geworden, als ich mir je für sie erhofft hätte, und allein das macht mir schon gute Laune.

»Soll ich vielleicht besser gehen?«, frage ich und tue so, als wollte ich aufstehen, während Colton sich um die Theke herumschiebt und sich ein Bier aus dem Kühlschrank holt. »Ich weiß doch, dass Frischverheiratete ständig übereinander herfallen müssen.«

Die beiden werfen sich einen verstohlenen Blick zu, der nicht einmal einem Blinden entgangen wäre, und meine Fantasie malt sich unwillkürlich aus, was für eine Erinnerung sie gerade teilen. Mein Herz öffnet sich weit für die beiden. Nach allem, was sie durchgemacht haben, verdienen sie alles Glück dieser Erde.

Das charakteristische Ploppen der Bierflasche vertreibt den kurzen Moment verlegener Stille, und er schenkt mir erneut ein Megawatt-Lächeln. »Bestimmt kriegst du all die schmutzigen Details zu hören, sobald ich wieder weg bin«, sagt er, nimmt sich eine Möhre vom Schneidbrett und verschwindet in Richtung Terrassentür.

Ich sehe zu Rylee und ziehe eine Augenbraue hoch, und sie wird rot und versucht, rasch abzulenken.

»Wann wollten die Leute kommen?«, ruft sie Colton hinterher.

Er wirft einen Blick zur Uhr über der Tür. »In ungefähr einer halben Stunde. Kannst du vorsichtshalber noch ein paar Bier kalt stellen?«

»Klar. Bis dahin habe ich auch die Burger fertig.«

»Alles gut, danke, Süße«, sagt er und geht hinaus, und wir beide blicken ihm schamlos hinterher.

Mit einer Frage auf den Lippen wende ich mich Rylee zu, aber sie antwortet schon, ehe ich ein Wort gesagt habe. »Nein.« Sie grinst breit. »Ich bin es nie leid, ihn zu bewundern.« Daraufhin müssen wir lachen, doch als das Schweigen sich erneut über uns legt, wissen wir beide, dass das Thema von eben noch nicht beendet ist.

Und ganz plötzlich kommt mir der verrückte Gedanke, dass das hier alles geplant sein könnte. Dass Rylee und Colton diesen Grillabend arrangiert haben, um Schicksal zu spielen – obwohl Ry mir vorhin gesagt hat, dass Becks heute einen anderen Termin hat. Bei dem Gedanken, mich mit ihm auseinandersetzen zu müssen, bricht mir vorübergehend der Schweiß aus, doch dann rufe ich mich scharf zur Ordnung. Ry und Colton können das nicht geplant haben, denn bis eben wusste Ry ja nicht einmal von Becks.

Es sei denn, Becks hat mit Colton gesprochen. Ich starre sie an und komme zu einem Schluss. *Was soll's?* »Habt ihr das geplant?«

»Was?« Rylees Kopf fährt auf, und sie blickt mich einen Moment lang verwirrt an, bis sie begreift, wonach ich frage. Dann lacht sie laut auf. »Sag mal, leidest du unter Verfolgungswahn? Du glaubst wirklich, ich lade Leute zu einem Grillabend ein, um euch beide zusammenzubringen, obwohl ich nicht einmal wusste, dass es ein ›euch‹ gibt? Wenn du so paranoid deswegen bist, muss ja doch weit mehr an der Sache sein, als ich dachte.«

Mist. Habe ich ihr jetzt wirklich einen Anlass gegeben, noch weiter nachzubohren? Bin ich bescheuert! Ich seufze und blicke hinaus, wo Colton gerade nach Baxter, seinem Hund, pfeift, und warte ergeben, dass Rylee fortfährt.

»Was jetzt, Haddie? Was hast du vor? Du magst ihn, tobst dich mit ihm aus und stiehlst dich nach der Nacht einfach davon? Ehrlich, Herzchen, ich habe keine Ahnung, warum er dich überhaupt noch anruft. Die meisten Kerle würde dir wohl eher sagen, du solltest Leine ziehen, zumal dein Schweigen ja für sich selbst spricht.« Sie hält den Kopf gesenkt und konzentriert sich auf die Karotten vor sich, sodass ich unbehelligt die Augen verdrehen kann.

»Es ist nicht fair, sich auf jemanden einzulassen, wenn morgen schon alles anders sein kann.« Ich muss automatisch an Danny und Maddie denken, dann an meinen noch unbekannten Biopsiebefund, und wieder werde ich in meinem Entschluss bekräftigt.

»Meinst du nicht, du solltest ihm die Chance geben, es selbst entscheiden zu können? Wieso darfst nur du Einsicht in alle Karten haben?« Endlich blickt sie wieder auf und zieht fragend die Brauen hoch.

Vor meiner Schwester kannte ich niemanden, der wusste, dass er unheilbar krank war, und mir war nie bewusst gewesen, wie viel Druck auf ihr gelegen haben muss, etwas gegen den Schmerz derer zu tun, die bald die

Hinterbliebenen sein würden. Ich hoffe inständig, dass sie keine Ahnung hatte, wie sehr ihr Ableben uns tatsächlich erschüttern würde.

»Ich halte alle Karten in der Hand, weil auch alles von mir abhängt, Ry. Wie egoistisch muss man denn sein, um unter solchen Bedingungen eine Beziehung aufzubauen? Hey, lass uns zusammen sein, auch wenn ich im Augenblick so durchgeknallt bin, dass ich drei Monate lang gezögert habe, einen Test zu machen, der mir sagen wird, ob ich Brustkrebs kriege und in den nächsten fünf Jahren sterben werde?« Ich stehe auf und gehe aufs Fenster zu. Ich weiß, dass sie mich für melodramatisch hält, und sie hat recht, ich übertreibe es gerade, aber dieses offene Ergebnis der Laboruntersuchung macht mich unfassbar nervös. Ich blicke hinaus auf das Meer und lasse mich von der Brandung ein wenig beruhigen. »So was kann man nicht machen«, fahre ich schließlich fort. »Das *ist* egoistisch. Vollkommen unfair.«

Das Messer fällt klappernd auf die Granitoberfläche, und ich höre, wie sie ein zerknülltes Geschirrtuch auf die Arbeitsfläche wirft. »Lass den Quatsch, Montgomery. Wenn ich noch mal von dir höre, dass du in nächster Zeit sterben wirst, dann lege ich dir die Hände um den Hals und mache es eigenhändig wahr.« Ich schaue weiterhin aus dem Fenster, ohne auf sie einzugehen. »Ich habe ein halbes Jahr tatenlos zugesehen, wie du getrauert hast, aber weißt du was? Ich sehe kein weiteres halbes Jahr zu, wie du eine Chance auf Glück wegschmeißt, nur weil du meinst, dich auf deinen verfrühten Tod fixieren zu müssen, der nichts weiter als ein Hirngespinst ist. Lächerlich!«

»Lächerlich?« Und plötzlich habe ich richtig Lust, mich zu streiten. Seit wir uns unterhalten, ist mein schlechtes Gewissen Becks gegenüber stetig angewachsen, da sie ausgesprochen hat, was mein Bewusstsein die ganze Zeit schon zu ignorieren oder wenigstens zu verdrängen versucht. Ich fahre herum und starre sie kämpferisch an.

»Ja, Haddie – lächerlich. Lächerlich, albern, kindisch, dumm – such dir was aus. Du hast den Test gemacht, du kriegst die Ergebnisse, und sie werden negativ ausfallen.«

»Und wenn nicht?« Meine Stimme klingt im Kontrast zu der Unnachgiebigkeit in ihrer zittrig, denn wir haben beide unterschiedliche Ergebnisse im Sinn.

»Wenn nicht, dann setzen wir uns damit auseinander! Lexi hat den Kampf verloren, okay, aber, Haddie, du bist ganz schön borniert, wenn du die vielen tausend anderen ignorierst, die es geschafft haben. Du kannst morgen von einem LKW plattgefahren oder von einem herunterfallenden Klavier erschlagen werden. Hindert dich das heute am Leben?«

»Das ist nicht dasselbe«, sage ich trotzig. Ich weiß, ich bin zickig, aber das ist mir egal. Mein Verstand fühlt sich an wie im Schleudergang, und ich befürchte, wenn die Trommel zum Halten kommt, wird nicht mehr viel darin sein, was sich sinnvoll zusammenfügen lässt.

»Nein? Nicht?«, sagt sie ruhig und blickt mich unverwandt an, bis ich schließlich die Augen abwende und hinaus auf die Terrasse blicke, wo Baxter mit der Rute auf den Boden klopft.

»Ich kann niemanden bitten, an meiner Seite zu bleiben, wenn ich aus Erfahrung weiß, wie quälend das auf

Dauer ist.« Meine Stimme ist nur noch ein Flüstern, als ich zum ersten Mal etwas sage, was ich noch nie laut ausgesprochen habe. »Ich meine, die Mastektomie, die Chemo ... das sind entsetzliche Vorgänge und ...« Die Worte bleiben mir im Hals stecken, als sie hinter mich tritt und die Arme um mich schlingt.

Und am liebsten würde ich ihr jetzt alles erzählen. Doch es wäre unverantwortlich, ihr Angst einzujagen, solange es außer meinem eigenen Pessimismus nichts Definitives zu beklagen gibt.

»Ich weiß«, murmelt sie. »Du hast den Test gemacht. Wir warten das Ergebnis ab und sehen dann weiter. In der Zwischenzeit musst du dir dennoch etwas wegen Becks einfallen lassen, denn er hat es nicht verdient, im Regen stehen gelassen zu werden. Wenn du ihn magst und er dich, dann sehe ich nicht, worin das Problem liegt.«

»Du hast schon recht, aber ich kann mich einfach im Augenblick nicht auf jemanden einlassen. Und obwohl ich ihn nur allzu gerne ausnutzen würde, um mit ihm ins Bett zu gehen, ist das ihm gegenüber einfach nicht fair.«

»Ihm oder dir selbst gegenüber?«, fragt sie, als sie mich loslässt und wieder zur Kücheninsel zurückkehrt.

»Was meinst du damit?«

»Na ja, du bist dir selbst gegenüber auch nicht besonders fair. Du magst ihn, fürchtest dich aber, mehr für ihn zu empfinden. Becks ist ein hartnäckiger Mensch. Wie willst du ihn in Schach halten, bis du dein Leben in den Griff bekommen hast?«

Ich weiß, dass sie mit jedem Punkt, den sie anführt, recht hat, aber ich werde den Teufel tun und es zugeben. Denn andernfalls wird sie mir nur sagen, dass ich den

Dingen ihren Lauf lassen sollte, und ich habe mir selbst ein Versprechen gegeben, das ich nicht noch einmal brechen werde.

Ich bin es so leid, es immer wieder durchzukauen. Wie konnte aus unserer netten, lockeren Unterhaltung wieder etwas derart Schweres werden?

»Verfickt und zugenäht«, seufze ich, lasse mich auf meinen Stuhl fallen, lege den Kopf zurück und starre an die Decke, aber falls ich mir davon mehr Klarheit erhofft habe, werde ich enttäuscht.

»Wo wir gerade davon sprechen …«, sagt Rylee mit genüsslichem Unterton, und mein Kopf kommt wieder nach vorne, als sie die Arme vor der Brust verschränkt. »In diesem Bereich besteht auch noch Klärungsbedarf.«

Der Wein in Verbindung mit Rylees schnellem Themenwechsel wirft meine Gedanken vollends durcheinander, und ich frage mich, wovon sie eigentlich spricht. Doch dann kapiere ich, und ein Grinsen breitet sich auf meinem Gesicht aus, wenngleich ich ein wenig schockiert bin, wie komplett sich in nur wenigen Monaten unsere Rollen verkehrt haben.

»Also – wie ist er so?« Ihre Augen funkeln vergnügt.

Unglaublich. Unvergleichlich.

Das sind die ersten Worte, die mir in den Sinn kommen, doch es gelingt mir, sie für mich zu behalten. Bilder und Erinnerungen zucken durch mein Bewusstsein, und prompt reagiert mein Inneres mit einem süßen sehnsuchtsvollen Ziehen.

Unwillkürlich schließe ich die Augen, und der Wein und die Gegenwart meiner besten Freundin lindern meinen emotionalen Aufruhr, sodass ich endlich tun kann, was ich immer schon am besten konnte. Was ich an mir selbst in letzter Zeit jedoch schmerzlich vermisse. Meine Fähigkeit, einfach Spaß zu haben und meiner Freundin etwas für ihr Geld zu bieten.

»Tja«, beginne ich und grinse lüstern. »Definitiv Premium-Eins-A-Qualität.«

»Oh, ernsthaft?«

»Hm-hmm«, mache ich anerkennend. »Allzeit bereit und wann immer es sein soll. Wenn man das Leben an Gelächter und Orgasmen messen kann, dann hebt dieser Mann definitiv den Standard.« Mein Grinsen fühlt sich gut an.

Rylee wirft den Kopf zurück und lacht laut, dann schüttelt sie den Kopf. »Ha! Meine beste Freundin ist wieder zurück! Sei froh, dass ich nicht gefragt habe, ob er vögelt, wie er fährt.« Denn genau das habe ich sie damals gefragt, nachdem sie das erste Mal mit Colton im Bett gewesen war. Sie lächelt verschmitzt, hebt das Glas an die Lippen und trinkt den Rotwein aus.

»Zum Glück ist dein Mann derjenige, der hier Rennen fährt«, antworte ich und entspanne mich zum ersten Mal, seit wir miteinander zu reden begonnen haben. Ich weiß, dass Rylee nicht nur aus Neugier das Thema gewechselt hat. Sie hat mir ihre Meinung gesagt und wird mich nicht weiter drängen. Nun muss ich darüber nachdenken und selbst entscheiden, was ich wegen Becks unternehmen soll.

Doch bis ich die Ergebnisse der Biopsie habe, unternehme ich gar nichts. Vielleicht ist das dumm oder dickköpfig, aber ich bringe es nicht über mich, die imaginäre Grenze, die ich für mich gezogen habe, zu überschreiten.

Ich schüttele den Gedanken ab und richte meine Aufmerksamkeit wieder auf meine Freundin, die mich immer noch breit grinsend ansieht. »Sagen wir's mal so«, fahre ich fort. »Es gefällt mir verdammt gut, dass er in seinem Beruf so viel mit den Händen arbeiten muss. Denn das hat er definitiv drauf.«

17

Das Lächeln auf meinen Lippen fühlt sich gut an, als ich meinen Teller zurück in die Küche bringe. Ich füge ihn dem Geschirr in der Spüle hinzu und beginne dann, Soßen und andere Zutaten abzudecken und in den Kühlschrank zu stellen, damit sie nicht verderben.

Ich summe zu der Musik, die von der Terrasse hereinweht, wo zehn oder zwölf Leute aus Coltons Crew im Pool planschen, plaudern und Bier trinken. Ich habe mich eine Ewigkeit nicht mehr so entspannt und locker gefühlt, und ich sehe es als Zeichen, dass sich alles letztendlich doch zum Guten wenden wird. Zumindest hoffe ich es.

Ich schüttele den Kopf, als sich die Angst in mir erneut zu regen beginnt. Verdammt. Ich hasse es. Offenbar kann ich nicht einfach nur genießen, solange die Situation noch ungeklärt ist.

Ich zupfe mein Top zurecht und blicke auf, um mich im spiegelnden Fenster über der Spüle zu vergewissern, dass das Pflaster über dem Einschnitt wirklich nicht zu sehen ist, und schreie erschreckt auf, als ich Becks entdecke. Ich wirbele herum und sehe ihn am Durchgang zur Küche stehen. Er trägt eine Baseballkappe und Schwimmshorts und lehnt mit vor der Brust verschränkten Armen am Türrahmen. Ich habe nur eine Sekunde Zeit, seine nackte Brust zu bewundern, denn als unsere Blicke sich begegnen, kann ich nicht mehr wegsehen.

War ja klar. Gerade als ich durch Rys Gardinenpredigt und den schönen Nachmittag beginne, etwas zu entspannen und wieder Hoffnung zu empfinden, kreuzt meine größte Schwäche und Hauptgrund meines emotionalen Aufruhrs auf und wirbelt alles wieder durcheinander. Mein Herz plumpst mir in die Eingeweide, und ich spüre das Brennen von Säure.

Wir starren einander an, doch seine eindringlichen Augen sind unter dem Schirm der Kappe verborgen, sodass ich nicht erkennen kann, ob er wütend auf mich ist. Verdient hätte ich es. Langsam stoße ich den Atem aus, den ich unwillkürlich angehalten habe. Seine stumme Musterung macht mich nervös. Automatisch blicke ich zur Terrassentür, was ihm ein leises, unfrohes Lachen entlockt.

»Willst du wieder abhauen, ohne ein Wort zu sagen? Scheint ja die Methode deiner Wahl zu sein. Du könntest mir natürlich auch einfach erklären, was zum Teufel eigentlich passiert ist.«

Die Schärfe in seinem Tonfall trifft mich, aber ich kann sie ihm nicht verübeln. Ich schlucke und nestele an dem seitlichen Bändchen meines Bikiniunterteils, und sein Blick huscht dorthin, ehe er mir wieder ins Gesicht blickt, ohne auch nur einen Sekundenbruchteil an meinem tiefen Ausschnitt zu verweilen.

Okay. Er scheint wirklich richtig sauer zu sein.

»Oh, stimmt ja, ich vergaß.« Er schüttelt verächtlich den Kopf. »Du hast es ja schon erklärt. Es tut dir leid. Du hast gedacht, du könntest, aber – upps! Geht doch nicht!«

Oh, ja. Und wie sauer er ist! Dummerweise habe ich in dieser Situation schlechte Karten. Ich kann es nur erklären, wenn ich ihm die ganze Wahrheit sage, und das werde ich nicht tun. »Becks…« Es klingt eher nach einem Seufzen, aber ich weiß ohnehin nicht weiter. Wieso habe ich mir nicht bereits im Vorfeld glaubhafte Ausreden zurechtgelegt? Mir muss doch klar gewesen sein, dass ich ihm unweigerlich begegnen würde. Unsere besten Freunde sind schließlich verheiratet, Herrgott noch mal!

»Lag es an etwas, das ich gesagt habe?« Er stößt sich ab und kommt ein paar Schritte auf mich zu, bis sich nur noch die Kücheninsel zwischen uns befindet. »Oder habe ich dich falsch verstanden? Ich glaube mich nämlich daran zu erinnern, dass du ausdrücklich gesagt hattest, du wolltest mir gehören … War es nicht so? Habe ich vielleicht meinen Job einfach nicht gut genug gemacht?« Sein verächtlicher Tonfall passt zu dem Ausdruck seiner Augen.

Ich versuche nicht einmal, darauf zu antworten, denn in jener Nacht hat er nicht nur meinen Körper in Besitz genommen, sondern auch mein Herz. Mein Puls rast, während ich ihn anstarre und auf seinen nächsten Angriff warte. Was immer er sagen will – ich habe es verdient.

Zornig verzieht er die Lippen, als ich stumm bleibe. »Vergib mir meine Verunsicherung, aber mir will nicht recht in den Kopf, wie all das zusammenpasst. Nachdem ich deutlich gehört habe, wie du ›Wir können‹ sagtest und mir gehören wolltest, warst du am Morgen ohne Nachricht verschwunden, was sich für mich wie ein eindeutiges ›Wir können nicht‹ anhörte. Also? Hättest du wohl die Güte, mir zu erklären, wie genau ich das verstehen soll?«

Ich schüttele den Kopf, als ich plötzlich sein Aftershave

wahrnehme und mit dem Duft lebhafte Erinnerungen mein Bewusstsein fluten. Jede Faser in mir will zu ihm gehen, will ihn berühren, aber ich bleibe wie angewurzelt stehen. Sobald wir Körperkontakt haben, bin ich verloren, das weiß ich genau.

»Becks, ich ...« Ich verstumme, als er sich auf der Arbeitsfläche vor sich abstützt. Aus der Nähe kann ich seine Augen endlich erkennen, aber ich sehe keine Wärme darin. »Ich dachte, du könntest heute nicht kommen«, stammele ich, als mir nichts anderes einfallen will.

»Oh, ich denke, ich habe zur Genüge bewiesen, dass ich kommen kann, City, also hör auf abzulenken, und gib mir endlich eine Antwort.«

»Das meinte ich doch gar nicht ...«

»Ich bin nicht blöd«, unterbricht er mich barsch, und ich sehe ihn fassungslos an. Wo ist der tiefenentspannte Becks, als den ich ihn bisher erlebt habe? »Ich hätte nie gedacht, dass du zu den Frauen gehörst, die sich einfach fortstehlen und dann auf nichts mehr reagieren, aber, tja nun« – er zuckt die Achseln –, »es wäre ja nicht das erste Mal, dass ich jemanden völlig falsch eingeschätzt habe.«

Es steht ihm zwar zu, sauer zu sein, aber beleidigen lassen muss ich mich nicht. Seine Worte wecken meinen Widerstand. Ja, verdammt, ich will diesen Mann, aber wenn er nicht damit umgehen kann, dass ich mies drauf bin, dann hat er mich auch nicht verdient, wenn es mir gut geht. Und auch wenn er vielleicht recht haben mag – ich befinde mich im Selbstschutzmodus, und der Alkohol trägt seinen Teil dazu bei, dass mein Zorn hochkocht.

»Du erinnerst dich aber noch, dass wir uns auf unverbindlichen Sex geeignet hatten?«, fahre ich ihn an und lehne mich an die Küchentheke hinter mir. *Achtung, Zickenalarm*! Mach mich nicht an, wenn du keine Ahnung hast, oder ich werde gemein! »Ist irgendwas passiert, dass das außer Kraft gesetzt hat? Habe ich irgendwas nicht mitgekriegt? Mir war nicht klar, dass man sich wortreich verabschieden muss, wenn man nach einem Quickie nach Hause will.«

Ich sehe ein Flackern in den Augen und weiß, dass ich ihn gekränkt habe, und obwohl ich mich dafür schäme, sagt es mir doch auch, dass er tatsächlich etwas für mich empfindet, und das allein reicht, um erneut Panik in mir aufsteigen zu lassen. Mag sein, dass ich ihm in jener Nacht gesagt habe, dass »wir können«, aber das war, ehe ich den Knoten ertastet habe. Er darf keine Gefühle für mich entwickeln.

Das darf er einfach nicht. Ich muss es verhindern. Ich muss uns wieder dorthin zurückführen, wo wir waren, als wir uns kennenlernten. Locker, entspannt, unverbindlich.

Mein Herz rast, und ich packe die Theke, damit er nicht bemerkt, dass meine Hände zu zittern begonnen haben. Trotzig blicke ich ihm in die Augen und wappne mich gegen seine Reaktion.

»Ein Quickie?« Er legt sich eine Hand in den Nacken, ohne mich aus den Augen zu lassen. »Für einen Quickie hast du verdammt oft meinen Namen gestöhnt.«

Seine Worte wecken mein Verlangen nach ihm. Ich bin an diesen Beckett nicht gewohnt, und obwohl diese Seite mir gefällt und mich anmacht, reizt sie auch meinen Trotz. Ich bin stocksauer. Auf ihn. Und mich. Auf die ganze Welt. So war das heute nicht geplant. Was soll das? Im Grunde versuchen wir doch nur, den anderen zu verletzen – und wozu? Um uns selbst zu schützen? Oder rede ich mir das vielleicht bloß ein, um zu rechtfertigen, warum ich mich ihm gegenüber so unmöglich benehme?

»Du bist ziemlich überzeugt von dir, nicht wahr, Daniels?« Die Erwiderung ist jämmerlich, denn natürlich hat er recht. Aber für mich stellt sich nun die Frage, wie ich mich aus dieser Situation befreien kann, ohne ihm noch mehr wehzutun und mir den möglichen Weg zurück zu versperren, sollten die Karten es nächste Woche wider Erwarten doch ganz gut mit mir meinen.

Er kommt um die Theke herum und lehnt sich mir gegenüber mit dem Rücken dagegen, während ich immer noch an der Kücheninsel lehne. Die Verachtung in seinen Augen macht mich wütend und traurig zugleich, und eigentlich will ich ihm doch nur sagen, dass er sich ein wenig gedulden soll. Will daran glauben, dass ich ihn in ein paar Wochen anrufen und ihm erklären kann, warum ich einfach abgehauen bin. Warum ich ihn brauchte und dennoch nicht bleiben konnte. Warum ich mich benehme wie eine blöde Kuh, die eine ernsthafte Beziehung nicht wert ist.

Aber vielleicht ist es in ein paar Wochen zu spät für all das.

»Ja, vielleicht bin ich überzeugt von mir«, beginnt er erneut. »Dennoch will ich nur wissen, warum du mir diesen ganzen Blödsinn erzählst. Warum lässt du mich an dich heran, nur um mich im nächsten Moment wieder wegzustoßen?«

Seine Worte lassen neue Hoffnung in mir aufkeimen. Der gute Kerl, als den ich ihn kennengelernt habe, ist zurück. Vielleicht durchschaut er mich ja, und mit einem

Mal wünsche ich es mir, obwohl ich es gleichzeitig auch fürchte. Herrgott, der Mann macht mich extrem nervös, wenn er mir so nahkommt. Hinter ihm auf der Theke meldet mein Handy eine eingehende Nachricht, und wir beide fahren zusammen. Er dreht sich um und greift nach meinem Telefon, und seine Miene verschließt sich, als er aufs Display herabblickt.

»Tja, sieht aus, als hätte ich gerade meine Antwort bekommen«, sagt er verbittert. »Es liegt nicht daran, dass ›wir‹ nicht können, sondern dass du mit ihm kannst.« Er reicht mir das Handy und verlässt ohne ein weiteres Wort die Küche.

Es fällt mir schwer, meinen Blick von ihm loszureißen, aber als ich endlich auf mein Handy blicke, verstehe ich, was er gemeint hat. Dante. Sein Name erleuchtet das Display, der Text darunter ist deutlich lesbar.

Kommst du nach Hause oder übernachtest du bei deinen Eltern? Du fehlst mir.

Sein Timing hätte nicht besser sein können. Und doch verfluche ich ihn dafür.

Dantes Nachricht bedeutet nichts – eine unschuldige Frage. Hoffe ich zumindest. Dennoch muss ich mich zurückhalten, Becks nicht automatisch nachzulaufen und ihm zu erklären, was er offenbar falsch verstanden hat.

»Was war denn das gerade?«, fragt Rylee, und ich verdrehe die Augen und werfe mein Handy wieder auf die Theke. Dante wird auf eine Antwort warten müssen.

»Du hast mir gesagt, dass er heute nicht kommen würde«, fahre ich stattdessen meine Freundin an. Verärgert greife ich nach meinem Weinglas und leere es in einem Zug.

»So war es geplant.« Sie zuckt die Achseln, und ein winziges Lächeln zupft an ihren Mundwinkeln, als sie näher kommt und sich auf einem Barhocker niederlässt. »Aber er war früher fertig und hat beschlossen, noch auf einen Sprung vorbeizuschauen.«

Ich blicke hinaus auf die Terrasse, wo er sich mit einem Bier in der Hand zu Colton gesellt. Ich bin froh, dass ich mich auf seine angespannten Schultern konzentrieren kann und mich nicht Rylee zuwenden muss, denn ich habe es so satt, dass mich heute jeder mustert und begutachtet. Vielleicht sollte ich einfach abhauen. Denn von Spaß kann von meiner Seite aus keine Rede mehr sein.

Dummerweise kann Rylee nach Jahren enger Freundschaft meine Gedanken lesen. »Denk ja nicht dran, jetzt zu verschwinden«, warnt sie mich.

»Ry ...« Ich stoße mich von der Theke ab, ziehe den Korken aus der halbleeren Weinflasche und schenke mir nach. Ich habe das dumpfe Gefühl, dass ich es brauchen werde.

»Komm mir nicht mit ›Ry‹«, sagt sie, lehnt sich zurück und sieht mir in die Augen. »Was erwartest du denn? Klar ist ein Zusammentreffen hier für euch beide eine höllisch unangenehme Situation. Ich meine, als ihr euch das letzte Mal gesehen habt, steckte schließlich sein Schwanz in dir ...«

Ich spucke beinahe den Wein zurück ins Glas, huste und starre sie dann mit offenem Mund an. Sie hat deutlich Mühe, einen unbewegten Gesichtsausdruck beizubehalten, aber es gelingt ihr, und dafür muss ich sie bewundern.

»Na ja, so ist es doch«, sagt sie. »Hör zu, es ist Samstagnachmittag, und wir grillen am Pool. Ich werde meinen Mund halten, versprochen. Trink noch etwas. Geh planschen, versteck dich in den Büschen, unterhalte dich mit den anderen Jungs. Hauptsache, du tust etwas, denn tust du nichts, weiß er genau, dass er dich nicht kaltlässt, und wer weiß ...« Sie zuckt die Achseln. »Manchmal ist es gar nicht so schlecht, den Kerl, der auf dich steht, ein ganz klein bisschen eifersüchtig zu machen.«

»Wer bist du, und was hast du mit meiner Freundin gemacht?«, frage ich ungläubig, zumal ich ahne, dass Dantes Nachricht diesen Effekt bereits gehabt haben mag. Ich will mein Glück ja nicht überstrapazieren.

Rylee schaut hinaus und gibt einen anerkennenden Summlaut von sich. Ich folge ihrem Blick. Becks streckt sich gerade, um Colton dabei zu helfen, das Volleyballnetz über dem Pool etwas höher zu befestigen. Seine Kappe fällt vom Kopf, und die Badeshorts rutscht immer tiefer herab, und während ich Sixpack und Brustmuskulatur bewundere, erwacht meine Libido mit Macht zum Leben.

»Hm, das klassische V eines männlichen Models«, murmelt Ry und neigt den Kopf genau wie ich zur Seite, während wir beide der Darbietung draußen zusehen.

»Unendlichkeit.« Mir war gar nicht bewusst, dass ich das Wort laut ausgesprochen habe, bis ich aus dem Augenwinkel sehe, dass sie mich stirnrunzelnd ansieht.

»Unendlichkeit?«

Ich blicke wieder hinaus zu Becks, der nun den anderen Arm ausstreckt, um über seinem Kopf das Seil des Netzes durch eine Öse zu fädeln. Beim Anblick der Shorts, die noch ein Stück abwärtsrutscht, läuft mir beinahe das Wasser im Mund zusammen, und trotz unseres Gesprächs eben hier in der Küche sehne ich mich prompt danach, ihn dort zu berühren.

Erst nach einer Weile fällt mir auf, dass ich Rys Frage noch nicht beantwortet habe. »Ja«, murmele ich. »Das V als unendlicher Raum … wir Frauen können eine Ewigkeit hinsehen und anschließend glücklich sterben.«

Rylee lacht laut, und es klingt so satt und unbeschwert, dass ich lächeln muss. »Den kannte ich noch nicht«, sagt sie, trinkt noch einen Schluck Wein und schaut wieder hinaus, wo unsere kleine Privatvorführung fortgesetzt wird. »Und wie viel Wahrheit darin steckt!«

»Hey! Du bist jetzt eine verheiratete Frau! Es steht dir gar nicht zu, meinen Becks zu bewundern!« Das Possessivpronomen ist schon ausgesprochen, ehe mir noch bewusst ist, was ich da gesagt habe. Ich bete, dass es ihr nicht aufgefallen ist, aber als ihr Gelächter abrupt abbricht und sie sich mir zuwendet, wird mir klar, dass ich umsonst hoffe.

Verdammt noch mal. Kann man sich nicht *einmal* versprechen?

Als sei nichts gewesen, konzentriere ich mich weiterhin auf Becks. Bewundere seinen Hintern, als er sich bückt, um seine Kappe aufzuheben, beobachte, wie er die Bierflasche an die Lippen setzt, kurz verharrt, als Colton etwas zu ihm sagt, dann schließlich trinkt. So viele Kleinigkeiten, die ihn in meinen Augen begehrenswert machen, und alle scheinen eine Direktverbindung in die entsprechenden Gefilde meines Körpers zu besitzen.

»Was spielt es denn für eine Rolle, ob ich verheiratet bin oder nicht? Ich müsste schon innerlich abgestorben sein, damit mich ein solcher Anblick kaltlässt. Ironischerweise habe ich den Typ Mann, auf den du normalerweise stehst, und umgekehrt, aber sich Becks genauer anzusehen ist ganz bestimmt keine Last.« Sie verstummt, als von draußen Lachen hereindringt.

Und in die Stille hinein, die darauf folgt, atme ich erleichtert aus. Noch mal davongekommen.

»Oh, und Had?«, sagt sie, als sie sich vom Hocker rutschen lässt und zur Tür zurückschlendert. »Glaub ja nicht, dass mir dein kleiner Versprecher entgangen ist.«

Und ohne mich noch eines Blickes zu würdigen, ist sie weg.

18

BECKS

»Du willst die Frau also nur eingetütet genießen?«

Colton steht rechts von mir, aber ich blicke in die andere Richtung, um Haddie zu beobachten, die sich auf der anderen Seite der Terrasse im Bikini auf einem Liegestuhl räkelt. Sie trägt einen glitzernden Stein im Nabel, den ich an ihr noch nie gesehen habe, aber er steht ihr und passt zu ihr und ist höllisch sexy.

»Wie bitte?«

Er lässt sich neben mir auf einem Sessel nieder, lehnt sich so schwungvoll zurück, dass die Auflage ächzt und legt die Füße auf den kleinen Ecktisch neben meinem Platz. Mit dem Kinn deutet er in Haddies Richtung. »Du holst sie aus der Tüte, um zu naschen, wenn niemand hinsieht, und packst sie schnell wieder weg, ehe du damit erwischt wirst.

Fassungslos drehe ich mich zu ihm um. »Das hast du jetzt nicht gerade wirklich gesagt, oder?« Aber warum rege ich mich eigentlich auf? So ein Spruch ist typisch für Colton.

»Ach, komm schon, stell dich nicht so an. Wir beide wissen doch, dass du von dieser Leckerei probiert hast. Wir kennen einander schon viel zu lange, als dass du mir wegen einer Tussie etwas vormachen kannst.«

Und obwohl er recht hat – in jeder Hinsicht –, habe ich keine Lust, ihm zu antworten, also hebe ich die Bierflasche erneut an die Lippen und trinke einen Schluck.

Mein Blick wird automatisch wieder zu ihr gezogen, als ihr Lachen an meine Ohren dringt. Ihr aufregender Bikini besteht nur aus winzigen Stofffetzen und Bändern an den Seiten, sodass man unwillkürlich überlegt, ob sich darunter weiße Streifen verbergen.

Aber ich weiß ja, dass dem nicht so ist.

Verdammt. Die Tatsache, dass ich das tatsächlich weiß, verursacht mir ein Ziehen in meinen Kronjuwelen, noch ehe ich bemerke, dass Colton mich unverwandt ansieht.

»Wählerischer Vollpfosten, der du bist, hast du die Latte mit ihr definitiv noch einmal angehoben. Da lässt sich jedenfalls nicht viel bemängeln.«

»Alter. Nur weil ich neulich einmal über Sandy hergezogen habe …?«

»Einmal? Hallo? Wohl eher immer und überall!« Er schnaubt verächtlich. »Ihre Stimme ist furchtbar, sie ist viel zu oberflächlich, sie war …«

»Komm schon«, unterbreche ich ihn. »Gib zu, sie war wirklich unterste Schublade.« Ich tue, als schaudert es mich, während ich an ihre mangelhafte Körperhygiene denke.

»Ich habe keine Ahnung, wovon du sprichst, und das ist bestimmt auch besser so.« Er hat Spaß an diesem Gespräch, das steht fest, deshalb seufze ich nur und setze die Flasche erneut an.

»Tja, wahrscheinlich sollte ich mich besser an dein Lebensmotto halten, nicht wahr? Wie hieß es noch gleich?« Ich ziehe die Brauen hoch, und meine Stimme trieft vor Sarkasmus, als ich fortfahre: »Keine Muschi ist es wert, sich ein ganzes Leben lang zu binden.«

Er lacht laut auf. »Okay, eins zu null für dich, Alter.

Rylee ist jedenfalls ein ganzes Leben wert.« Grinsend schüttelt er den Kopf und hebt die Flasche an die Lippen. »Apropos ...« Er blickt zu Haddie, ohne den Kopf zu bewegen, dann wieder zu mir. »Ist sie gut?«

»Wie lebt es sich als verheirateter Mann?«, frage ich, wohl wissend, dass er sich nicht ablenken lassen wird, aber versuchen muss ich es trotzdem. Im Übrigen geht es ihn nichts an, wie Haddie im Bett ist.

Ein ganzer Schwall wüster Flüche geht mir durch den Kopf, als mir plötzlich bewusst wird, dass mein Unwille, über Haddies Qualitäten zu sprechen, ein Zeichen dafür ist, wie sehr es mich erwischt hat. Colton und ich haben bisher immer über alles reden können und es auch ausgiebig getan. Mit Ausnahme von Rylee, mit der er inzwischen verheiratet ist.

Und nun will ich mit ihm nicht über Haddie reden.

Was genau soll das bedeuten?

Colton lacht wieder laut, und ein paar Jungs im Pool drehen sich zu uns um und reißen mich aus meinen entschieden finsteren Gedanken. »An deinen Ablenkungsmanövern müssen wir noch arbeiten, Kumpel – nach meiner Ehe hast du mich schon vor ungefähr einer Stunde gefragt. Aber netter Versuch, wenigstens dafür also den Daumen hoch.«

»Arschloch«, murre ich, aber er grinst nur.

Dann blickt er zu Ry hinüber, und seine Miene wird so selig, so strahlend, dass ich einmal mehr regelrecht schockiert bin.

»Die Ehe fühlt sich verdammt gut an, Alter. Na ja, es ist ja auch Ry.« Dabei zuckt er die Achseln, als würde das alles erklären.

Und vielleicht tut es das ja auch. Denn der zufriedene Klang seiner Stimme und die Entspanntheit, die er seit einiger Zeit ausstrahlt, sind Beweis genug, dass er wirklich glücklich ist. Und ich gönne es ihm von ganzem Herzen. Nach seiner schlimmen Kindheit und dem beinahe tödlichen Autounfall im vergangenen Jahr hat er das Glück mehr als verdient.

»Also«, beginnt er erneut und deutet mit der Bierflasche in Haddies Richtung. »Was ist da los? Ist vielleicht ein kleiner Schwelbrand zwischen euch entstanden?«

Ich stoße ein grunzendes Lachen aus. Schwelbrand? Von wegen. Es fühlt sich eher nach Stichflamme an.

Verdammt. Haddie Montgomery ist ein einziger Widerspruch. »Ich wünschte, ich wüsste es.« Ich nehme die Kappe ab, fahre mir durchs Haar und setze sie wieder auf. »Weißt du, ich hab ja gar nichts gegen das eine oder andere Spielchen. Eine Frau darf sich auch ein bisschen zieren. Aber was sie mit mir macht ... Alter, ich weiß nicht einmal, wie ich es erklären soll.«

Er grinst. »Willkommen in der Östrogenhölle, Kumpel. Da sind Spielchen an der Tagesordnung, und sie zu durchschauen ist so einfach, wie das Einhorn zu zähmen, das im Vorgarten herumsteht.«

»Na, großartig, danke auch.« Frustriert seufze ich und blicke wieder zu der Ursache meiner Frustration hinüber. Ich versteh es einfach nicht. Wie passt dieser Dante ins Bild? Wenn sie gar nicht auf eine ernsthafte Beziehung aus ist, warum dann nicht einfach zugeben, dass sie mehrere Eisen im Feuer hat? Und wenn dem der Fall wäre, warum dann wegen Deena eifersüchtig werden?

Herrgott noch mal, ich kann mir einfach keinen Reim

auf die Frau machen, aber ich will es. Ich will sie besser kennenlernen, ich will sie verstehen, ich will sie für mich. Sie ist wie eine Kostprobe von etwas, das man niemals ganz haben darf – der erst Schluck Macallan pur –, und egal wie oft man das Glück hat, noch einen Fingerbreit mehr zu bekommen, es ist nie genug, um sich daran zu berauschen.

Es macht dir immer nur Lust auf mehr.

Ich beuge mich vor und hole mir eine weitere Flasche Bier aus dem Eimer mit Eis vor mir auf dem Tisch und öffne sie. Ich trinke den ersten Schluck und seufze – ein verflixtes Bier, wo ich mir doch im Augenblick nur einen Fingerbreit Single Malt Whisky wünsche.

Ich weiß nicht, wie ich sie einschätzen soll. Die Frau, die in meinen Armen gekommen ist, ist eine ganz andere als die, der ich vorhin in der Küche begegnet bin. Sie ist heiß und kalt zugleich, aber verdammt – wenn sie heiß ist, verbrennt man sich, und ist sie kalt, gibt es Erfrierungen.

»Aber weißt du«, holt Colton mich wieder in die Gegenwart zurück. Ich wende ihm den Kopf zu, während er Haddie mustert. »Du hättest es wesentlich schlimmer antreffen können.«

Ich stoße ein schnaubendes Lachen aus. »Tja …« Mir liegen eine Menge Bemerkungen auf der Zunge, aber alle würden ihm verraten, dass ich mehr von ihr will, und ich habe keine Lust, ihm eine Bühne für sarkastischen Späße zu bereiten.

»Also – was ist da los?«

»Anscheinend nichts.«

»Erzähl keinen Quatsch, Kumpel. Und sei nicht so eine Muschi. Davon hat sie schon eine.«

»Sag mal, will du ernsthaft meine Männlichkeit anzweifeln?«

»Im Augenblick benimmst du dich jedenfalls wie ein Weichei. Du willst sie? Dann nimmst du sie dir. Verdammt, Daniels, was ist denn mit dir passiert, während ich in den Flitterwochen war? Sind dir die Eier abgefallen?«

»Verpiss dich«, murmele ich.

Ich genieße das Bier, das langsam Wirkung zeigt. Die Anspannung beginnt von mir abzufallen, und ich denke wieder daran, wie sie eben in diesem winzigen Stofffetzen in der Küche gestanden hat. Mein Schwanz fing sofort an zu zucken, und ich stellte mir vor, wie ich sie mir schnappen, gegen die Theke pressen und mich in sie rammen würde. Ich war so wütend und gleichzeitig so scharf auf sie, dass ich sie am liebsten einfach genommen hätte, ohne ihr die Zeit zu lassen, sich mir zu widersetzen. Damit ich ihr zeigen konnte, warum sie mich braucht.

Aber das allein ist ja schon völlig daneben. Seit wann will ich einer Frau beweisen, dass sie zu mir gehört? Normalerweise bin ich in der Hinsicht vollkommen entspannt. Die eine will mich nicht? Es gibt so viele aufregende Frauen auf der Welt. Aber bei Haddie benehme ich mich plötzlich wie ein jämmerlicher Macho, und ich habe keine Ahnung, wieso. Ich sage mir ständig, dass ich sie vergessen soll, aber es geht nicht. Ich will nicht. Ich will einfach nicht.

Weil sie mir etwas bedeutet.

Und auch wenn ich es Colton ganz sicher nicht verraten werde, ist das die Wahrheit.

Ein Kronkorken prallt von meiner Brust ab und reißt mich aus meinen Gedanken. »Woran denkst du?«, fragt Colton mit einem Grinsen.

»An Whisky«, antworte ich und genieße seinen verblüfften Blick, als er zu verstehen versucht, wovon ich rede.

Schließlich schüttelt er lachend den Kopf. »Als Ablenkungsmanöver weit erfolgreicher als der Versuch eben, Kumpel.« Dann lehnt er sich wieder zurück, und eine Weile beobachten wir stumm die Volleyballpartie, die unter lautem Fluchen einerseits und Jubel auf der anderen Seite endet.

»Was ist denn jetzt eigentlich passiert? Hast du sie mit deinem Mini-Pimmel verschreckt, oder was?«

»Verpiss dich, Kumpel. Du würdest Größe doch nicht mal erkennen, wenn sie dir ins Gesicht springt.«

Wenn dieses Arschloch wirklich meine Männlichkeit beleidigt, obwohl ich mich sehr gut an eine volltrunkene Nacht in unserer Jugend erinnere, in der ein Lineal den Beweis für seinen Irrtum lieferte, muss ich mich wenigstens mit der treffenden Bemerkung revanchieren.

Er blickt mich in einer Mischung aus Schock und Belustigung an. »Ich garantiere dir, dass mir niemand ins Gesicht springt, und schon gar kein fremder Schwanz, aber für diesen Spruch sollte ich deinen eigentlich in den Staub treten.«

»Allein der Gedanke, dass du meinst, es mit mir aufnehmen zu können, ist ein Witz.«

»Wow«, sagt er, trinkt einen Schluck und schmatzt übertrieben. »Bist du mies drauf! Kein Wunder, dass sie dort hinten sitzt und du hier. Nimm dir noch ein Bier.«

Er wirft mir eine Flasche aus dem Eimer auf dem Tisch zu, obwohl ich meins noch gar nicht ausgetrunken habe.

»Deine Antwort auf alles, nicht wahr?« Ich halte meine Flasche wie zum Toast hoch. »Trink noch einen?«

»Du bist doch derjenige, der von Whisky faselt. Und jetzt rede endlich.«

Ich bin hin und her gerissen. Einerseits will ich nicht darüber sprechen, aber vielleicht hilft es mir. Es kann nicht schaden, mir die Meinung meines besten Freundes anzuhören, auch wenn Colton in der Vergangenheit eher zu der sprunghaften Fraktion gehört und echte Beziehungen abgelehnt hat. Er wird mich verstehen und wieder auf Spur bringen. Mir sagen, was das Richtige für mich ist.

Komm in die Gänge oder halt die Klappe.

Ich reibe mir das Kinn, dann schüttele ich den Kopf. »Ich weiß nicht, Mann. Sie hat vor irgendwas Angst, aber ich habe keine Ahnung, wovor. Und immer wenn ich denke, ich hätte endlich begriffen, was sie umtreibt, geschieht etwas, das mich vollkommen verwirrt.«

»Also, zuallererst«, sagt er und beugt sich vor, »solltest du froh sein, wenn die Holde Angst vor irgendwas hat. So hast du weniger Sorge, dass fremde Wiederholungstäter in ihrem Bett landen.«

»Du hast doch nicht alle Tassen im Schrank«, sage ich, muss aber gleichzeitig über seine verquere Logik lachen. Ich deute auf den Ring an seinem Finger. »Sagt der Mann, der's ohne macht.«

Er wirft mir einen selbstzufriedenen Blick zu. Ich kann mich noch gut daran erinnern, wie er mir damals erzählte, dass er ohne Kondom mit Rylee schlief, weil er genau wusste, dass sie die Richtige war. Und dann fällt mir wieder ein, dass wir nach diesem Gespräch nach Las Vegas geflogen sind, wo ich meine erste Begegnung mit der formidablen Haddie Montgomery hatte.

»Mach dich nicht über den mächtigen Voodoozauber lustig, Bruder«, sagt Colton und deutete mit dem Flaschenhals auf Rylee. »Sie hat die Macht, glaub mir das, und irgendwann wirst du das auch noch kennenlernen.«

Wir lachen gemeinsam, aber innerlich staune ich. Die berühmt-berüchtigte Voodoomuschi. Es muss schon Magie im Spiel sein, um aus dem Paradebeispiel für einen Womanizer einen handzahmen Ehemann zu machen.

»Tja, wenn das nicht einen Toast wert ist«, sage ich und halte ihm meine Flasche hin.

Er schüttelt grinsend den Kopf. »Auf die Nippel, denn nur damit sind Titten spitze!« Wir stoßen an, und sein alberner Spruch in Kombination mit zu viel Bier und dem Wissen, dass mein bester Freund ein glücklicher Dummkopf ist, löst bei mir einen Lachanfall aus, und ich muss meine Sonnenbrille abnehmen und mir die Augen wischen.

Alle Köpfe wenden sich uns zu, aber – Leute! Ich sitze Colton gegenüber. Wer ihn kennt, ist daran gewöhnt, dass er, wo er geht und steht, für einen Eklat sorgt, daher kümmert es mich wenig. Doch als ich aufsehe, begegne ich Haddies Blick, und wir sehen einander einen Moment lang an. Dann blitzen ihre Augen wütend auf, und sie wendet sich wieder ab.

»Alter, da scheint ja wirklich Eiszeit zu herrschen.«

»Ja, danke, Donovan. So eine Bemerkung hat mir gerade noch gefehlt.«

»Gern geschehen, Kumpel, jederzeit wieder. Aber was hast du mit ihr angestellt, dass sie so drauf ist?«

»Keine Ahnung.« Ich lehne mich zurück, ziehe meine Kappe tief ins Gesicht und hoffe, dass er den Wink mit dem Zaunpfahl kapiert.

Tut er. Aber es hilft nichts. »Ernsthaft jetzt?«, sagt er. »Glaubst du wirklich, ich höre auf, wenn du dich hinter dem Schirm versteckst? Komm schon, Kumpel, du solltest mich besser kennen.«

»Lass gut sein«, fauche ich ihn an. Doch dann ärgere ich mich über mich selbst, weil ich meine schlechte Laune an ihm auslasse. Aber was kann ich dafür, wenn ich plötzlich nur noch daran denken kann, wie Haddie neulich nur in hohen Schuhen und kurzem Rock, das Haar offen und die Nippel hart, in meiner Wohnung vor mir stand?

Und ich habe nicht sofort zugegriffen? Was zum Geier stimmt nicht mit mir? Und wie ist es möglich, dass ich mir geschworen hatte, sie nicht kampflos gehen zu lassen, sie aber am nächsten Morgen verschwunden war?

Dieser elende Dante. Er muss Schuld daran sein. Was hat er, das ich nicht habe? Bisher hat sie in meiner Gegenwart nie den Namen von irgendeinem anderen fallen lassen, ganz zu schweigen von einem Ex, der anscheinend noch große Anziehungskraft auf sie ausübt.

Wie war das noch? Willkommen in der Östrogenhölle!

Herrgott noch mal, eigentlich sollte ich mit Colton feiern. Aber was tue ich? Ich sitze hier und grübele und stelle alles infrage. Meine eigenen Gedanken, meine Gefühle, mich selbst.

Immer wieder denke ich an jene Nacht zurück und versuche herauszufinden, wieso sie sich derart seltsam entwickeln konnte: Wir streiten uns, sie weint, dann verführt sie mich, dann ist sie weg. Doch meine Gedanken kehren unwillkürlich zu ihrem Weinkrampf zurück. Ich schätze, dass es mit dem Tod ihrer Schwester zusammenhing. Sie scheint sich lange zusammengerissen zu haben; vielleicht war es einfach an der Zeit, die Trauer rauszulassen.

Wir kennen uns zwar jetzt schon seit guten einhalb Jahren, aber fast ein Jahr davon musste sie sich mit Lexis Krankheit und ihrem Tod auseinandersetzen. Ich habe miterlebt, wie ihr Feuer immer weiter verlosch, ihr Elan abstumpfte. Und obwohl ihr früherer Kampfgeist gelegentlich noch aufblitzt, scheint die dynamische, kesse Haddie Montgomery, die ich in Vegas kennengelernt habe, verschwunden zu sein. Von Leichtigkeit keine Spur mehr. Aus ihrer Sorglosigkeit ist eine Achterbahnfahrt aus Hochs und Tiefs geworden.

Aber verdammt noch mal, selbst trauernd und als Schatten ihrer selbst stellt sie für mich immer noch etwas Besonderes dar. Der Schluck Macallan zwischen all den Standardwhiskys. Das Einzigartige, Edle.

Die Perfektion.

Und ich darf noch nicht einmal an ihren Geschmack denken! Diese verdammte Frau macht süchtig. Scharf und süß mit einer guten Prise Unberechenbarkeit, die einen hellwach macht, weil man nie weiß, wohin die Reise mit ihr gehen wird. Himmel? Hölle? Egal. Welches Ziel sie auch anstreben mag, mit ihr erscheint beides begehrenswert.

Da ich inzwischen schon recht lange schweige, erwarte

ich jeden Augenblick eine dumme Bemerkung von meinem besten Freund, doch erstaunlicherweise bleibt Colton still. Der übliche flache Witz, den er immer anbringt, sobald ein Gespräch zu ernst zu werden droht, bleibt aus. Doch offenbar zeigt sich hier, wie gut Colton mich wirklich kennt, und ich bin dankbar, dass er mir die Zeit gibt, meine Gedanken wenigstens halbwegs zu sortieren.

Und so beginne ich, über Lösungen nachzudenken. Ich will Haddie, aber sie stößt mich weg, obwohl das Verlangen in ihren Augen eindeutig ist. Mit dem Alkoholpegel im Blut bin ich versucht, einfach aufzustehen, zu ihr zu gehen, sie mir über die Schulter zu werfen und mich mit ihr irgendwo einzuschließen, bis sie mir von allein sagt, ob Dante oder Lexi der Grund dafür ist, dass sich zwischen uns nicht mehr als unverbindlicher Sex entwickeln darf.

Eigentlich keine schlechte Idee.

Es wird Zeit, für ein wenig Klarheit zu sorgen.

»Sie hat ein ziemlich hartes Jahr hinter sich«, unterbricht Colton das Schweigen zwischen uns, und er tut es gerade noch rechtzeitig, ehe ich aufspringen und mein Vorhaben in die Tat umsetzen kann. Inzwischen ist auch *mein* Innenleben ein einziges Chaos. Während ich einerseits immer noch sauer auf sie bin, möchte ich sie gleichzeitig in die Arme schließen, um ihr die Angst und den Zorn zu nehmen, der so deutlich in ihr schwelt, dass er den Geschmack ihrer Küsse beeinflusst.

»Ja, das hat sie«, murmele ich.

»Ry macht sich Sorgen um sie.«

Verdammt. Warum musste er das sagen? Denn wenn ihre beste Freundin sich schon Sorgen um sie macht, dann sollte mir das verdammt noch mal zu denken geben. Den Schirm der Kappe immer noch über den Augen, gebe ich mir Mühe, meiner Stimme einen leidenschaftslosen Unterton zu verleihen. »Verständlich.«

Das Schweigen lastet auf uns, während er ganz offensichtlich herauszufinden versucht, wie er sich meine mangelnde Reaktion auf seine mit Bedeutung befrachtete Frage erklären soll. »Du magst sie wirklich, was?«

Ich schiebe die Kappe etwas höher und schiele unter dem Rand zu ihm hinüber. Wahrscheinlich steht mir die Wahrheit ins Gesicht geschrieben. »Tja. Nur leider scheint sie nur eine heimliche Affäre zu wollen, und ich weiß nicht, wie ich damit umgehen soll.«

Er grinst. »Bleib am Ball, Kumpel. Wenn Rylee mich zu Fall gebracht hat und mir das hier anlegen konnte« – er hält die Hand mit dem Ehering hoch –, »dann ist schließlich alles möglich.«

Ich schenke ihm ein Lächeln. Ich weiß, dass er mich als guter Freund, der er ist, zum Weiterreden animieren will, aber ich habe genug geredet.

Sei ein Mann, Daniels. Tu endlich was.

Komm in die Gänge oder halt die Klappe.

Ich fühle mich gut und bin noch aufgedreht von dem Match, als ich aufs Haus zugehe. Ich denke, ich weiß jetzt, was ich zu tun habe. Ich winke den Jungs im Pool, die protestieren, weil ich mitten im Spiel aus dem Wasser gestiegen bin, und versichere ihnen, dass ich gleich zurück bin.

Wir alle haben inzwischen schon ziemlich viel getrunken, und mein Blick, als Haddie gerade am Pool vorbeigeschlendert ist, war wahrscheinlich ziemlich offensichtlich für meine Kumpels. Aber ich konnte nichts dagegen tun, denn ihr verfluchter Bikini lockt mich wie die grüne Flagge am Renntag – nur mit weit weniger Stoff.

Und einem viel, viel aufregenderen Preis.

Ich werfe das Handtuch, mit dem ich mir die Haare abgerubbelt habe, auf einen Liegestuhl, als ich plötzlich Coltons Blick auffange. Er steht am anderen Ende der Terrasse und hat seinen Arm um Rylees Schultern gelegt. Er hebt leicht das Kinn, als wollte er mich auffordern, mir zu holen, was mir zusteht. Rylee bemerkt es und folgt seinem Blick zu mir, dann erscheint ein winziges Grinsen auf ihren Lippen.

Ich betrete das Haus und entdecke Haddie sofort. Sie reckt mir ihren perfekten Hintern entgegen, als sie sich bückt, um in den Kühlschrank zu sehen. Ich höre Gläser klingen und Dosen klappern, aber ich kann mich nur auf ihr Hinterteil in dem knappen schwarzen Höschen konzentrieren und auf das, was ich zwischen ihren wohlgeformten Schenkeln weiß.

Ja, ich will weitaus mehr von ihr als nur das Körperliche – und das bis zu einem Punkt, wo ich mich selbst schon für verrückt halte –, aber verdammt noch mal, das da will ich auch. Sie. Sanft gebräunt, schlank und straff, appetitlich.

Und der Anblick allein macht mir klar, dass mein Entschluss von vorhin der richtige war. Um jeden Preis. Ich werde alles tun, damit Haddie Montgomery mir verfällt. Und dazu mache ich mir den Sex zunutze, den sie anscheinend als eine Art Schutzschild einsetzt. Und wenn ich sie wie einen Fisch an der Angel zappeln habe, werde ich ihr begreiflich machen, dass sie mit mir an ihrer Seite keine Angst zu haben braucht – wovor sie auch weglaufen mag.

Die Frage ist nur, wie genau ich das anstellen soll.

Ich meine, das mit dem Sex ist ja nicht schwierig zu bewerkstelligen, aber ich muss dafür sorgen, dass sie mir nicht sofort wieder entwischt. Sie ans Bett zu fesseln ist ein extrem verführerischer Gedanke, bei dem ich sofort hart werde, doch leider wird mir das wohl kaum ihr Vertrauen einbringen. Also muss mein Ziel sein, sie dazu zu bringen, es zu wollen, darum zu bitten, mich anzuflehen, und sie dann genauso hängen zu lassen, wie sie es mit mir getan hat.

Denn ich weiß genau, dass sie mehr will – ich sehe es ihren wunderschönen Augen an. Ich muss mir nur etwas einfallen lassen, wie ich ihre Schutzmauern einreißen und ihr gleichzeitig vermitteln kann, dass ich ihr bei dem, was ihr momentan so sehr zu schaffen macht, zur Seite stehen und sie beschützen werde.

Und so betrachte ich diesen hübschen Hintern und beschließe, es zu wagen. Ich trete zu ihr an den Kühlschrank, murmele »Entschuldige mal eben« und drücke die Tür weiter auf, während ich die andere Hand wie beiläufig auf ihren unteren Rücken lege. Sie fährt zusammen und schnappt erschreckt nach Luft, und auch mich durchfährt es, als wir uns berühren. Es ist wie ein Stromstoß, der durch meinen Körper jagt, einen Kurzschluss in meinem Verstand verursacht und mich mit Haut und Haaren auf diese Frau einstimmt, die sich genau dagegen sträubt.

Diese Frau weckt in mir Gefühle, die ich nie erwartet hätte. Eigentlich sollte ich derjenige sein, der Reißaus nimmt, doch aus irgendeinem Grund liegt mir nichts ferner. Alles an ihr wirkt anziehend und faszinierend auf mich.

Verdammter Dreck. Sie ist meine Voodoo-Muschi.

Und das erschreckt mich noch nicht einmal!

Wer einmal Macallan gekostet hat, ist für jeden Standardwhisky verdorben.

Also packe ich mich selbst bei den sprichwörtlichen Eiern und wage den Sprung ins kalte Wasser, und ich hoffe, dass sie mir beim Schwimmen hilft, denn wenn nicht, dann gehe ich unter, und auch das ist sie in jedem Fall wert.

Sie will sich rückwärts aus dem Kühlschrank zurückziehen, und ich tue so, als wäre ich ungeschickt und dränge mich an sie. Sie richtet sich auf und stößt gegen mich. Durch das Bikinioberteil spüre ich ihre harten Nippel an meiner nackten Brust, und am liebsten würde ich sie an mich ziehen und sie küssen, bis ihre Lippen rot und geschwollen sind und ihr die Sinne schwinden.

Jetzt erst erkennt sie mich, und überrascht stößt sie meinen Namen aus. Einen kurzen Moment lang stehen wir da und starren einander an, dann weicht sie hastig zurück. Einen Augenblick lang scheint sie nicht mehr zu wissen, was sie eigentlich am Kühlschrank wollte, doch dann fällt es ihr ein, und sie wendet sich wieder um und holt eine Platte mit Jell-O-Shots heraus.

»Entschuldigung«, murmelt sie und schiebt sich an mir vorbei, ohne mich anzusehen, und ich brauche fast eine ganze Minute, um mich wieder zu stabilisieren, denn Alkohol gemischt mit Haddie hat eine prompte, berauschende Wirkung auf mich.

Ich schließe die Kühlschranktür und sehe zu, wie sie

das Tablett zur Arbeitsfläche gegenüber trägt und mit dem Rücken zu mir irgendetwas mit dem Wackelpudding anstellt. Ich folge ihr und überlege, was ich sagen soll, aber mein Hirn lässt mich im Stich.

»Jell-O-Shots?«, sage ich beiläufig – und ziemlich lahm. Die Dinger sind mir absolut egal, solange sich der verführerische Macallan direkt vor meiner Nase befindet. »Was ist drin?«

»Ähm, Tequila Sunrise, glaube ich.«

Sie weiß ganz genau, dass ich hinter ihr bin. Ihre Hände, die die Gläschen hin und her schieben, verharren. Ihr Atem stockt. Ich trete nah an sie heran, und als ich die kleinen Becher mit dem orangefarbenen Wackelpudding vor mir sehe, weiß ich genau, was ich am besten tue.

Ich schmiege mich an ihren Rücken und stütze mich links und rechts von ihren Hüften auf der Arbeitsplatte auf. Die Wärme ihres Körpers, ihre weichen Rundungen und der Duft der Sonne auf ihrer Haut vernebeln mir den Verstand. Sie stößt schaudernd den Atem aus, und es klingt genauso wie das Geräusch, das sie macht, wenn ich in sie eindringe. Alles in mir zieht sich zusammen, und ich will es wieder hören.

Am liebsten sehr schnell hintereinander.

Ich beuge mich vor, bis mein Kinn über ihre nackte Schulter schabt. Sie hat das Haar aufgesteckt, und mit offenem Mund küsse ich die Stelle knapp unter dem Ansatz. Sie seufzt, als ich mit der Zunge über ihren Nacken fahre, und ihre prompte Reaktion macht mich ungeheuer an.

Unterschätze nie die Wirkung, die ein Kuss im Nacken entfalten kann.

Dicht stehe ich hinter ihr, meine Lippen in ihrem Nacken, halte still und lasse sie nur meinen Atem spüren. Ich will, dass sie sich fragt, was ich als Nächstes tun werde.

Eine Weile stehen wir nur so da, und die Erwartung lässt die Spannung ansteigen. Dann wandere ich mit meinem Mund langsam in Richtung Ohr, und die feine Gänsehaut an ihrem Hals bestärkt mich in meinem Entschluss, es ganz langsam angehen zu lassen und sie nur zu locken und anzuheizen, anstatt sie mir zu nehmen und selbst zu genießen.

»Wie trinkt man einen Tequila noch mal stilecht?«, hauche ich in ihr Ohr, strecke die Hand nach vorne, streife dabei absichtlich ihre Seite und nehme mir einen Becher. Ich schmiege mich noch enger an sie.

Sie sagt nichts, aber sie erbebt. »Zuerst leckt man das Salz ab ...« Ich lasse den Satz verklingen und fahre mit der Zunge über ihre Schulter aufwärts bis zu ihrem Hals. Ihr Stöhnen befeuert meine Begierde, und sie lässt sich gegen mich sinken, während ich ihr das Salz von der Haut lecke.

Meine Zunge stoppt unter ihrem Ohrläppchen. »Dann trinkt man den Tequila.« Ich hebe den Becher Wackelpudding hoch, sodass mein Handballen über ihre Brust streicht, und höre, wie sie nach Luft schnappt, als ich ihn an die Lippen setze. Ich kippe den gelierten Drink herunter und stelle den leeren Becher zurück, wobei ich mich absichtlich vorbeuge und mein Schwanz an ihren unteren Rücken reibt. Dass sie keinen Laut herausbekommt, feuert mich nur noch weiter an.

Mein Mund wandert zu ihrem Ohr zurück, und ich will sie jetzt so sehr, dass ich mich kaum noch zurückhalten kann. »Und zum Schluss wird gesaugt, ist es nicht so?«, flüstere ich und spüre, wie sich ihr Körper augenblicklich in Erwartung anspannt. Absichtlich lasse ich mir Zeit, um die Spannung zu steigern.

Doch schließlich nehme ich ihr Ohrläppchen zwischen die Lippen und beginne zu saugen. Ich ende mit einem zarten Biss, und diesmal macht sie sich nicht die Mühe, das Stöhnen zu unterdrücken. Ich umklammere die Kante der Küchentheke, damit meine Hände sich nicht eigenmächtig in Bewegung setzen, denn nichts täte ich jetzt lieber, als sie vorne in ihr Bikinihöschen zu schieben und sie hier in der Küche zum Orgasmus zu bringen.

Kaum habe ich den Gedanken zu Ende gedacht, sind meine Hände auch schon unterwegs. Die eine bleibt auf ihrer Körpermitte liegen, und das Gefühl des Bauchnabelpiercings ist wie Öl auf das tobende Feuer meiner Lust – obwohl ich in diesem Bereich kaum Unterstützung nötig hätte! Die andere Hand schiebt sich unter den Bund ihres Höschens und stoppt direkt oberhalb ihrer Schamlippen.

»Becks ...«, flüstert sie wieder. Sie nimmt die Hände von der Theke und packt meine Unterarme. Zunächst denke ich, dass sie mich aufhalten will, doch als sie sie nur umklammert, begreife ich, dass sie mich drängt fortzufahren, sie zu nehmen, ihr bedingungslose Lust zu verschaffen, und verdammt noch mal! – es gibt doch nichts Aufregenderes als eine Frau, die weiß, was sie will.

Ich sage nichts, und ich würde gerne glauben, dass ich mich bewusst dazu entschieden habe, mir die Worte zu sparen, aber in Wirklichkeit bin ich so elektrisiert von der Nässe, die meine Finger ertasten, dass ich nicht einmal mehr klar denken kann.

Haddies Fingernägel bohren sich in meine Haut, als ich mit einem Fuß ihre Beine weiter auseinanderschubse, um mir besseren Zugang zu verschaffen. Ich schiebe einen Finger zwischen ihre Schamlippen und beginne, langsam und genüsslich über ihre Klitoris zu reiben.

Ihre Beine drohen nachzugeben, und ich stütze sie, indem ich sie mit der Hand auf ihrem Bauch fester an mich drücke. Mein Finger bewegt sich stetig und langsam, bis ihre Atmung sich beschleunigt und sie ihre Scham automatisch gegen meine Hand zu pressen beginnt. Ich stecke einen Finger in sie, ziehe ihn wieder heraus und reibe die Nässe erneut über ihre Klitoris.

Und so sehr mein eigener Körper auf das Wissen reagiert, dass die süße Haddie sich dem Höhepunkt nähert, so verführerisch und machtvoll ist auch die Erkenntnis, dass ich sie genau dort habe, wo ich sie haben wollte. An einem Punkt, wo es kein Zurück mehr gibt. Denn sie will mehr.

Und ich gebe ihr mehr, liebkose sie, reibe sie, bis sie sich windet, sich aufbäumt, sich an mich drückt. Wieder stockt ihr der Atem. Ich spüre, wie ihre Muskeln sich anzuspannen beginnen, und so schwer es mir fällt, weil nichts stimulierender ist, als einer Frau einen Orgasmus zu verschaffen, und ich bereits steinhart bin – ich halte inne.

Meine Finger liegen links und rechts von ihrer Klitoris, und ich lasse sie dort, bewege sie aber nicht mehr. Sie schnappt nach Luft, als sie begreift, dass ich ihr den ersehnten Höhepunkt verweigere, und ihr angestrengter Atem verrät mir, dass sie erwägt, auf ihre Würde zu pfeifen und mich anzuflehen, ihr doch zu geben, was gerade noch in greifbarer Nähe gewesen ist.

»Du bist es, die ich will, Haddie«, sage ich an ihrem Ohr. »Nur du.«

Ich lasse den Worten Zeit, sich in ihr einzunisten, während wir schwer atmend verharren. Mein Körper ist vor lauter Zurückhaltung aufs Äußerste angespannt, doch ich bewege mich nicht. »Ich werde nicht zulassen, dass du noch einmal abhaust. Es ist mir egal, wovor du Angst hast, was dich zurückhält oder mit wem du sonst noch etwas hast…« Wieder küsse ich sie in den Nacken, und ihr Schaudern gibt mir beinahe den Rest. »Dieser Orgasmus gehört mir. Du wirst ihn keinem anderen überlassen, nicht einmal deiner eigenen Hand. Du sollst derart unter Spannung stehen, dass du mich anbettelst, dich zu vögeln, dich zu nehmen und zu besitzen.«

Wieder schnappt sie nach Luft, aber diesmal weil ich meine Hände wegnehme. Wie befreit sinkt sie nach vorne, sodass unsere Körper sich nicht mehr berühren.

Ich beuge mich vor, ohne sie anzufassen; nur mein heißer Atem streicht über ihr Ohr. »Und ich werde dich vögeln, das verspreche ich dir, doch das nächste Mal geschieht es zu meinen Bedingungen.«

»Fick dich doch«, sagt sie leise, als ich zurücktrete. Ihre Finger krampfen sich um die Kante der Theke, sodass die Knöchel weiß hervortreten.

Ich würde zu gerne wissen, ob sie sich davon abzuhalten versucht, sich über mich herzumachen oder auf mich einzuschlagen. Mir wäre beides recht, denn wenigstens hätte ich dann eine Reaktion. Doch sie tut mir den Gefallen nicht, sondern hält sich weiterhin fest.

Ich lache leise, aber ihr Widerstand macht mich so heiß, dass ich unbedingt jetzt gehen muss, wenn ich nicht meinem Verlangen nachgeben und sie sofort auf der Küchentheke nehmen will. »Genau darum geht es«, murmele ich.

Ich weiche rückwärts zur Tür zurück und beobachte, wie sie den Kopf hängen lässt und offenbar versucht, sich wieder in den Griff zu kriegen. Ich habe etwas bewirkt – vielleicht auch emotional. Gut.

Endlich wende ich mich um und kehre nach draußen zurück, kann jedoch nicht widerstehen und stecke mir die Finger in den Mund, um ihren Geschmack zu genießen, und fast wäre ich umgekehrt, hätte den ganzen Plan verworfen und mich über sie hergemacht.

Gottverdammter Macallan.

So verflucht suchterzeugend, dass ich mich bei den Anonymen Alkoholikern anmelden muss, wenn das hier so weitergeht.

19

HADDIE

Hastig binde ich mir die Schuhe zu. Ich muss unbedingt raus aus dem Haus und weg vom Telefon. Man hat mir mitgeteilt, dass sich die Ergebnisse der Labortests noch ein paar Tage verzögern, aber das hindert mich nicht daran, jedes Mal das Telefon anzustarren, wenn ich zufällig daran vorbeikomme.

Und wenn es doch klingelt, dann ist es Rylee, die sich erkundigt, ob alles okay mit mir ist, und jedes Mal antworte ich, dass ich nur ein wenig nervös bin – sowohl wegen der Ergebnisse als auch wegen Scandalous und den Events, die ich für sie ausrichte. Sie scheint es mir abzukaufen und spendet mir den Trost, den ich so verzweifelt brauche, auch wenn meine Sorge sich um etwas sehr viel Beängstigenderes dreht als der simple Gentest.

Oder aber es ist Cal, der wissen will, was für ein Kaninchen ich das nächste Mal aus dem Hut zaubere, um die kommende Veranstaltung noch toller, großartiger und unvergesslicher zu machen. Und obwohl bisher alles wie am Schnürchen geklappt hat und der Zulauf weit größer gewesen ist, als Cal bei unseren ursprünglichen Gesprächen als Ziel vorgegeben hat, setze ich wieder alle Hebel in Bewegung. Das nächste Kaninchen muss leider noch besonderer sein, um meinen Verschwindezauber vom letzten Mal auszugleichen.

Oder eher Becks' Zauber, da er ja schließlich den Höhlenmenschen gegeben und mich verschleppt hat. Meinem Kunden habe ich gesagt, dass mir übel geworden ist, und tatsächlich hält sich mein schlechtes Gewissen in Grenzen, da ich nicht wirklich viel verpasst habe. Es war kurz vor der letzten Bestellung, und ich hatte dafür gesorgt, dass die Ehrengäste ausreichend hofiert worden waren, und doch ist es Cal leider nicht entgangen, dass ich bei Ladenschluss nicht aufzufinden war. Also bleibt mir nichts anderes übrig, als den Zauberstab zu schwingen, auch wenn er seine Magie verloren zu haben scheint.

Ich schüttelte den Gedanken ab. Ich muss dringend laufen, um den Kopf wieder klar zu bekommen. Ich greife nach meinem Telefon und blicke aus Gewohnheit aufs Display.

Aus Gewohnheit? Wohl eher aus krankhafter Besessenheit, um ja nicht zu verpassen, falls der Mann, den ich permanent wegschubse, zurückschubst. Oder angerufen hat. Oder eine Nachricht schreibt. Oder Rauchzeichen gibt, Herrgott noch mal. Ich bin wirklich bescheuert. Ich meine, ich erlebe mit ihm eine fantastische Nacht, haue ab, ohne mich zu verabschieden, und mache ihm anschließend auch noch Vorhaltungen, weil er sich beschwert? Kein Wunder, dass er nichts Besseres zu tun hat, als sich zu rächen. Und das ist ihm gelungen: Mit Wackelpudding und überaus geschickten Fingern hat er mich angeheizt, während seine Freunde draußen im Pool tobten, nur um mich kurz vor der Detonation hängen zu lassen und mir eine Warnung mit auf den Weg zu geben, die mich umso schärfer gemacht hat.

Ruhig und verlässlich? Von wegen. Der Mann hat Seiten, die ich niemals erwartet hätte. Ich kann an nichts anderes mehr denken, und das macht mich fuchsteufelswild. Denn an ihn zu denken ist das Letzte, was ich gebrauchen kann.

Lauf!

Tja. Daran bin ich ja gewohnt.

Ich brauche die sportliche Betätigung dringend. Ich will nicht mehr denken, ich will nichts mehr fühlen, will mich auspowern, damit ich mich anschließend auf die Arbeit konzentrieren kann. Das nächste Event statt Beckett Daniels.

Natürlich blicke ich dennoch wieder aufs Display, ehe ich die Tür aufreiße, und ich schreie erschreckt auf, als Becks direkt vor mir steht. Unwillkürlich fliegt meine Hand zu meinem Herzen, das sofort zu jagen begonnen hat.

Dabei sollte ich die Hand wohl besser in den Schritt legen, denn es fühlt sich so an, als würde mein Herz alles Blut genau dorthin pumpen. Seit Tagen möchte ich vor lauter unerfüllter Lust am liebsten breitbeinig gehen, doch sein Anblick und sein halbes Grinsen machen alles nur noch schlimmer.

»Becks. Was machst du denn hier?«, sage ich, und obwohl ich mir Mühe gebe, ganz normal zu klingen, höre ich mich an wie aus einem drittklassigen Pornostreifen.

»Had? Alles klar?« Ehe Becks noch etwas sagen kann, erklingen Dantes Schritte hinter mir im Flur.

Ich blicke gerade in Becks' Augen, daher kann ich das verärgerte Flackern nicht übersehen. Hm. Das könnte tatsächlich interessant werden.

»Ja, alles okay«, rufe ich ihm über die Schulter zu und hoffe, dass er es dabei belässt und sich wieder um seine eigenen Angelegenheiten kümmert. Aber ich hoffe vergeblich, wie mir klar wird, als er sich hinter mir räuspert und Becks, der mir über die Schulter blickt, erstarrt.

Ich wende mich halb um und begreife, warum es in Becks zu kochen beginnt. Dante trägt nichts als ein Handtuch um die Hüften und rubbelt sich mit einem zweiten wie beiläufig die Haare trocken. Er sieht mich an, und in seinen Augen erkenne ich ein fehlgeleitetes Besitzdenken und eine gehörige Portion Männlichkeitswahn. Plötzlich ist die Luft zäh und schwer von Testosteron.

»Oh.« Ich wende mich rasch wieder Becks zu. »Becks, das ist Dante, der eine Weile hier zu Gast ist.« Keine Ahnung, warum ich meine, es ihm erklären zu müssen, aber mir fällt durchaus auf, dass ich nicht das Bedürfnis habe, Dante zu erklären, wie ich zu Becks stehe.

Vielleicht weil ich mir darüber selbst noch nicht im Klaren bin.

Becks sagt kein Wort noch wendet er seinen Blick von Dante ab; in typischer Macho-Manier versuchen die beiden sich niederzustarren. Nichts geschieht, und das Schweigen dauert an, bis ich schließlich höre, wie Dante sich umdreht und durch den Flur entfernt.

Becks blickt noch ein paar Sekunden lang über meine Schulter ins Haus. Er wirkt steif, seine Miene angespannt. Ich trete hinaus und ziehe die Eingangstür hinter mir zu, sodass er keine andere Wahl hat, als seine Aufmerksamkeit wieder mir zu widmen.

»Hey«, sage ich und lächele vorsichtig.

Er presst die Kiefer zusammen, sodass ein Muskel in seiner Wange zu zucken beginnt, dann endlich sieht er mir in die Augen. Die Spannung weicht aus seiner Haltung, und obwohl ich ihm ansehen kann, dass ihm die Fragen nach Dante auf der Zunge liegen, stellt er sie nicht, und dafür bin ich ihm dankbar.

»Ich habe etwas vor, und du kommst mit. Hol deine Tasche, wir fahren.« Seine Stimme klingt gleichmäßig und durchdringt mich sofort. Ich habe sie seit dem Barbecue nicht mehr gehört – seit er mir versprochen hat, mich zu vögeln, mich zu nehmen und mich zu besitzen.

Verflucht. Ich bestehe schon jetzt ausschließlich aus unerfüllter Sehnsucht, und der Mann hat erst einen einzigen Satz gesagt! Und die Tatsache, dass ich praktisch sofort bereit bin, mit ihm zu kommen, ohne auch nur nach dem Wohin zu fragen, ist peinlich und würdelos.

Was in aller Welt hat er nur mit mir gemacht? Niemand gibt mir Befehle, es sei denn, er hat mein Haar gepackt und nimmt mich von hinten. Aber das hier ... diese Reaktion, die er in mir erzeugt, beunruhigt mich. Ich kann sie mir nur so erklären, dass die Umstände mich aus dem Gleichgewicht gebracht haben. Ja, das muss es sein. Das Warten auf die Testergebnisse ist so zermürbend, dass ich auf jede Gelegenheit anspringe, die Ablenkung verspricht.

Aber das muss ich ihm ja nicht unbedingt verraten.

»Wie bitte?«, bringe ich endlich heraus und kämpfe mein Verlangen nach ihm zurück. Energisch rufe ich mir in Erinnerung, dass wir in einer emanzipierten Gesellschaft leben, verschränke die Arme vor der Brust und lehne mich mit dem Rücken an die Haustür. »Ich denke ja gar nicht daran, meine Tasche zu holen«, schnaube ich. »*Wir* fahren nirgendwo hin.« Leider rutscht mein Blick dennoch über sein enges T-Shirt hinab bis zu seinen

Shorts. Viel gebräunte Haut und definierte Muskeln ... hmmm. Leider appetitlich.

Er tritt einen Schritt vor, stützt sich mit einer Hand neben meinem Kopf an der Tür ab und lächelt lasziv auf mich herab. »Woran du denkst oder nicht, spielt keine Rolle, City. Wir fahren definitiv.«

Ich will protestieren, bekomme aber kein Wort heraus, weil er seine andere Hand an meinen Hals legt. Sofort entflammt die Lust in mir, setzt meinen Körper in Brand und schickt kleine Stromstöße direkt zwischen meine Beine, wo das Ziehen sich verstärkt und meine Begierde anschwillt.

»Und korrigiere mich, wenn ich mich irre, aber du hast ja überaus deutlich gemacht, dass es kein ›Wir‹ gibt, was uns beide betrifft, wodurch ich mir die Freiheit herausnehme, für dich mit zu entscheiden.« Er fährt sich mit der Zunge über die Lippen, und sein Blick hält mich gefangen, und plötzlich weiß ich nicht mehr, was ich eigentlich sagen wollte. »Oh, süße Haddie, du willst zwar unverbindlichen Sex, aber jetzt und hier werde *ich* definitiv die Zügel übernehmen.«

»Schwachsinn«, entfährt es mir, doch meine harten Nippel und das Ziehen zwischen meinen Beinen strafen meine Bemerkung Lügen; seine Bemerkung macht mich höllisch an. »Reiz mich nicht«, warnt er mich, aber er grinst noch immer. »Oder doch, tu es ruhig, denn ich hätte allergrößte Lust, dich noch einmal einfach so über die Schulter zu werfen, um dir zu beweisen, was alles geht.«

Wir starren einander eine Weile stumm an, und plötzlich erwacht der Trotz in mir, und Zorn verdrängt die Begierde. »Du kannst mich doch gar nicht verkraften, SoCo«, sage ich beißend.

Er drückt seine Zunge gegen das Wangeninnere, und ich muss unwillkürlich daran denken, was er mit der Zunge sonst noch anstellen kann. »SoCo? Was soll das heißen?«

»Dass du wie Southern Comfort bist«, erkläre ich. »Zuerst kommst du einem geschmeidig und grundsolide vor, doch dann schleichst du dich von hinten an und forderst deinen Raum ein.« Es sollte sarkastisch klingen, und ich denke, das ist mir auch ganz gut gelungen, doch er überrascht mich, indem er plötzlich laut zu lachen beginnt.

»Verdammt, Frau«, sagt er schließlich und schüttelt amüsiert den Kopf. »Ich stehe auf Whiskey, aber tatsächlich auf Sorten, die geschmacklich mehr Raffinesse besitzen ... wie ein Macallan zum Beispiel.« Er lächelt wissend, doch ich muss zugeben, dass mir der Witz an der Geschichte entgeht.

Ich ziehe die Brauen zusammen und verleihe meiner Stimme einen herablassenden Klang. »Sagt der Junge vom Land ...« Der Satz verklingt, als er noch näher an mich herantritt, und er steht nun so dicht vor mir, dass wir uns beim Einatmen leicht berühren.

»Sagt der Junge vom Land, der dort unter anderem gelernt hat, mit wilden Tieren umzugehen.« Er beugt sich vor, bis sein Mund dicht vor meinem ist, und erwartungsvoll hebe ich das Kinn, doch er küsst mich nicht. Seine Augen funkeln. »Und der deshalb auch weiß, dass man ungemein geduldig sein muss, wenn man eins zähmen will.«

Eigentlich sollte ich beleidigt sein, weil er mich mit einem ungezähmten Tier vergleicht, doch leider will mir keine schlagfertige Bemerkung einfallen. »Zähmen?«, ist alles, was ich herausbringe. Das einzelne Wort mischt sich mit seinem heißen Atem, und obwohl wir auf der Veranda vor meinem Haus stehen, kommt es mir plötzlich so vor, als seien wir die einzigen beiden Menschen auf dieser Welt.

»Hm-hm«, murmelt er. »Aber ich habe auch schon vor langer Zeit gelernt, dass man am besten gar nicht zähmt, was sich wild gebärdet.«

»Ist das so?«

Seine Fingerspitzen streichen langsam und neckend über meinen bloßen Arm, und er weiß genau, wie sehr er damit meine Konzentrationsfähigkeit beeinträchtigt. »Oh, ja«, flüstert er, und seine Lippen streifen meine. Am liebsten würde ich frustriert aufstöhnen, doch ich klammere mich an meine Würde, ehe mir auch der letzte Zipfel aus den Fingern gleitet. »Wild bedeutet, dass man immer aufpassen muss und nichts für selbstverständlich nehmen kann. Wenn ein Mann zu bequem wird, verliert er den Blick für das, was wirklich zählt im Leben.«

Bebend atme ich ein. Seine Worte berühren etwas in meinem Inneren und wecken Wünsche und Bedürfnisse, die ich mir versagt habe – versagen muss, weil es nicht fair wäre, sie für mich einzufordern.

»Becks ...« Ich schlucke den Kloß in meiner Kehle, und nur allzu gerne würde ich mir einreden, dass die Begierde mir die Kehle zuschnürt, doch ich weiß, dass zwischen uns so viel mehr besteht als nur Lust.

Er dreht leicht den Kopf, bis seine Lippen sich dicht an meinem Ohr befinden, und ich muss wieder daran denken, was er das letzte Mal, als wir uns so nah waren, gesagt hat. »Bist du schon gekommen, Haddie?«

Der abrupte Themenwechsel sollte mich nicht überraschen. Ich hätte ahnen müssen, dass er die Situation wiederaufgreifen würde, aber dennoch werden mir prompt die Knie weich.

»Ja. Danke für gestern Abend. Es mag vielleicht meine eigene Hand gewesen sein, aber meine Gedanken waren ganz bei dir, und es war … unvergleichlich.« Eine Lüge. Ich kann nicht anders, denn wenn wir dieses kleine Machtspielchen weitertreiben, liege ich ihm gleich wimmernd zu Füßen. Und, nein, ich habe mich seinem Befehl, mir die Erfüllung nicht selbst zu verschaffen, tatsächlich nicht widersetzen wollen, weil es beim Sex doch nichts Aufregenderes gibt, als die Verantwortung abzugeben und einfach zu gehorchen.

Vor Überraschung stockt ihm der Atem. Seine Finger umfassen meine Oberarme, und er zieht den Kopf ein Stück zurück, um mir in die Augen zu sehen. Nun bin ich diejenige, die selbstzufrieden eine Braue hochzieht. Dennoch wird mir klar, dass er meine Lüge früher oder später durchschaut, also entscheide ich mich für den forschen Ansatz. Ich neige den Kopf zur Seite und grinse frech. »Ich habe die Muschi, ich sitze am längeren Hebel«, necke ich ihn, obwohl ein Teil von mir sich wünscht, dass er meinen Bluff durchschaut, mich packt und ins Haus schleppt, um mir den Rest zu geben.

Aber er sieht mich nur an und erwidert mein Grinsen. »Obwohl ich dir zustimmen muss, dass du diejenige mit der Muschi bist, sitzt du dennoch nicht am längeren Hebel, glaub mir das. Ich habe das Sagen.«

»Du bist dir deiner selbst ziemlich sicher, was?« Was ich – leider – ziemlich sexy finde.

»Hm. Du willst dich zwar in einer Beziehung nicht binden … aber von *an*binden hast du nichts gesagt.«

Verdammt. »Was denn? Willst du mich fesseln, Becks? Es war mir gar nicht klar, dass du auf so was stehst.« Aber selbstverständlich macht mich die Vorstellung nur umso mehr an. Er lacht anzüglich. »Vielleicht stehe ich drauf, vielleicht auch nicht, aber das spielt im Grunde genommen keine Rolle. Für mich zählt allein, dass du nicht mehr aus dem Bett kriechen kannst. Dass du heiser vom Schreien bist, dass du um Atem ringen musst. Die Frage ist nur, wie sehr du es willst.«

Unbedingt!

Und so geht es hin und her, und inzwischen würde ich nichts lieber tun, als ihm die Oberhand zu überlassen, denn wie viel Spaß macht es schon, überlegen zu sein, wenn es niemanden gibt, der den Unterlegenen spielt?

Er beugt sich vor und bringt mich mit einem zarten Kuss zum Schweigen. Seine Zunge will sich zwischen meine Lippen drängen, aber ich verwehre ihm den Zugang, obwohl sich meine Libido aufbäumt und ich die Fäuste ballen muss, um den Widerstand aufrechtzuerhalten. Ich weiß jedoch genau, dass ein Kuss von ihm reicht, um mir die Beherrschung zu rauben, und wenn ich nicht hier und jetzt auf der Veranda kommen will, muss ich schnellstens Abstand zu ihm einnehmen.

Und plötzlich lässt er von mir ab und überrascht mich, indem er erneut laut lacht. Seine Augen funkeln triumphierend. »Sieh an, Haddie Montgomery, du hast geblufft. Du hast es dir nicht selbst gemacht gestern, und ich freue mich jetzt schon darauf, mir den Beweis dafür zu verschaffen.«

Und, ja, verdammt, nun ist er wieder derjenige, der am längeren Hebel sitzt, aber zum Glück stört mich das überhaupt nicht.

20

Die Sonne scheint kraftvoll auf uns herab, der Boden unter unseren Füßen ist uneben. Ich werfe Becks, der neben mir geht, verstohlen einen Seitenblick zu. Noch immer versuche ich mir zu erklären, wie ich – statt wie geplant meine Runde zu laufen – mit Beckett Daniels hier landen konnte.

Denn sturköpfige, emanzipierte, eigenwillige Frau, die ich bin, habe ich auf seine Forderung, mit ihm zu fahren, natürlich ... nachgegeben.

Nachgegeben, ohne nennenswerten Widerstand zu leisten, denn das Komische war, dass ich bei unserem kleinen Techtelmechtel auf der Veranda kein einziges Mal an Biopsien und Testergebnisse gedacht habe.

Als er mir also befahl hineinzugehen, mich umzuziehen und noch Sachen zum Wechseln mitzunehmen, stellte ich keine Fragen, sondern tat es. Ich raffte meine Sachen zusammen, kletterte in seinen Truck und stieß auf ein pelziges Etwas mit wedelnder Rute, das mich freundlich begrüßte.

Und, nein, ich machte mir selbst nichts vor. Als ich einstieg, tat ich es in der Hoffnung, dass wir letztlich irgendwo landen würden, wo ich möglichst wenig Klamotten tragen und möglichst viel von Becks haben würde. Letzterer nackt. Auf mir. Und in mir.

Ich hole mich in die Gegenwart zurück und betrachte das weite Land um uns herum, auf dem das alte, aber wunderschöne Farmhaus steht, das Becks' Eltern gehört. Der Stall mit den Pferden und das Entenpaar, das seinen Hund Rex in den Wahnsinn treibt, weil es immer wieder aufflattert und sich dort niederlässt, wo er die Vögel nicht erreichen kann. Gras und Wiesen, wohin man blickt, reine Luft, schlechter Handyempfang und das Funkeln des kleinen Sees in der Ferne – herrlich.

Das war es, was ich immer mit Beckett Daniels in Verbindung gebracht habe und weswegen mir seine Wohnung neulich so merkwürdig falsch vorkam: Seine übliche tiefenentspannte Haltung, seine Sicht der Dinge, seine Bedürfnisse wirken wie das charakterliche Äquivalent dieser Umgebung. Dennoch zweifle ich seine momentane Nonchalance an. Das Schweigen zwischen uns mag zwar unbelastet sein, doch die sexuelle Spannung ist so stark, dass es garantiert zu einer Explosion käme, falls einer von uns ein Streichholz entzündete.

Natürlich möchte ich wissen, warum er mich hierhergebracht hat. Ich weiß, dass es nicht nur darum geht, durch einen Kurztrip den Kopf freizubekommen, wie er mir freundlicherweise auf meine Frage erklärte. Die wenigen Worte, die wir auf der Fahrt hierher ausgetauscht haben, nachdem ich beschlossen hatte, nicht mehr sauer zu sein, waren nicht gerade erhellend, also kann ich bloß spekulieren, was hier eigentlich los ist.

Wenn es nach mir ginge, wäre er nämlich vor allem seine Shorts los.

Rex kommt mit Riesensätzen angerannt und lenkt mich ab, als Becks den Ball wirft und der Hund aufgeregt hinterherstiebt. Ich seufze und beschließe, das Schweigen zwischen uns zu beenden. »Hör mal, Becks, was soll das eigentlich alles? Ich meine, du bist nicht einmal mein Typ.« Obwohl ich eigentlich nur eine Bemerkung machen wollte, wird mir klar, wie sie sich in seinen Ohren angehört haben muss, sobald ich die Worte ausgesprochen habe.

Aber er scheint keinen Anstoß daran zu nehmen, sondern nickt nur. »Ist das wieder eine von deinen Regeln?«, fragt er amüsiert, und ich muss lachen, als ich daran denke, wie ich beim letzten Mal etwas von Regeln gefaselt habe, ohne ihm eine einzige nennen zu können.

Wir setzen unseren Weg fort. »Aber mal im Ernst, Haddie«, sagt er und nimmt meine Hand. Es ist das erste Mal, dass wir uns berühren, seit wir vor meinem Haus gestanden haben, und sofort beginnt mein Körper erneut zu pulsieren. »Wer ist denn dein Typ? Dante?«

Er spricht den Namen aus, als ob es sich um ein unbedeutendes, wenn auch lästiges Blinken auf seinem Radar handelt, und ich muss mir das Grinsen verkneifen. Rasch senke ich den Kopf und betrachte meine Sneaker, die durch den Staub laufen, als er meine Hand drückt, um mir zu bedeuten, dass er auf meine Antwort wartet. Und eigentlich würde ich ganz gerne das Thema wechseln, weil ich ihm unweigerlich wehtun werde, doch andererseits ist es nur richtig, dass er es erfährt. Zumal er vielleicht dann erkennt, dass es keinen Sinn hat, und den Rückzug antritt.

»Ja. Oder nein«, beginne ich und bleibe stehen, weil ich plötzlich nicht weiß, wie ich es ihm erklären soll. Mein Blick schweift über die Wiesen und die Bäume vor uns. »Ach, verdammt. Normalerweise stehe ich auf Rebellen. Die Typen, die absolut unzuverlässig sind und immer das tun, was man am wenigsten erwartet. Das Gegenteil von dir.«

Er lacht schnaubend. »Tja, ich schätze, du kennst mich nicht besonders gut.« Ich werfe ihm einen Blick zu, um herauszufinden, ob er scherzt oder es ernst meint, aber er fährt schon fort. »Im Übrigen ist Colton doch schon vom Markt.«

»Meine beste Freundin wollte Colton, deshalb hätte ich es niemals bei ihm probiert«, antworte ich prompt und verärgert, dass er das überhaupt in Erwägung zieht. »Von der Sorte gibt es schließlich noch viel mehr.« Es fühlt sich merkwürdig an, mit ihm über dieses Thema zu sprechen, während ich seine Hand halte.

»Du stehst also darauf, dass man dir das Herz bricht?« Er zupft an meiner Hand, bis ich ihn ansehe. Sein Lächeln ist amüsiert, doch in seinem Blick liegt etwas, das ich nicht recht deuten kann.

»Das gehört leider immer dazu«, antworte ich und zucke die Achseln.

»Vielleicht solltest du dann mal etwas anderes ausprobieren. Du bist doch offen für Neues, oder?« Sein Blick ist herausfordernd, aber ich entziehe ihm nur meine Hand und setzte mich wieder in Bewegung. Ziellos pflücke ich hier und da eine Blume und fange an, die Blätter abzuzupfen.

Er liebt mich, er liebt mich nicht, er liebt mich …

Ich höre seine Schritte hinter mir, wandere aber weiter bis zu einer kleinen Lichtung und lasse mich unter einem Baum nieder. Becks tritt vor mich, und als ich zu ihm aufschaue, werde ich mit dem Anblick seiner nackten Brust belohnt – er hat sich irgendwann auf dem Weg das Shirt ausgezogen –, und ich müsste lügen, wenn ich behauptete, dass mich das nicht einen Moment lang ziemlich aus dem Gleichgewicht bringt.

Hastig klappe ich den Mund wieder zu. Herrgott noch mal, es ist ja nicht so, dass ich ihn noch nie nackt gesehen habe, warum also flattert plötzlich ein ganzes Rudel Schmetterlinge in meinem Bauch auf?

Becks wirft sein Hemd unter den Baum und lässt sich mit einem tiefen Seufzer neben mir nieder. Alarmsirenen schrillen in meinem Kopf. Was hat er vor? Mich zum Reden zu bringen? Mich noch mehr anzuheizen und dann unbefriedigt sitzen zu lassen? Mir zu geben, was ich will, wodurch es mir unmöglich wird, ihn ziehen zu lassen und uns beide zu retten?

Er liebt mich nicht.

Ich vermeide es, ihn anzusehen, während er es sich bequem macht, indem er die Beine ausstreckt und sich auf seinen Ellenbogen abstützt. Der Wind flüstert im Gras, ein Vogel schreit, und wir schweigen, was mir nur recht ist. Im Augenblick ist er mir viel zu nah, und Reden ist das Letzte, wonach mir der Sinn steht. Am liebsten möchte ich ihn zu Boden drücken und mich auf ihn setzen, damit mein Kopf wieder frei wird und meine Zweifel verschwinden.

Er liebt mich.

»Meinetwegen können wir den ganzen Tag hier sitzen«, sagt er schließlich.

»Hm-hm. Warum nicht? Es ist schön hier«, antworte ich nach einer Weile. »Ist es das, weswegen du mich hergefahren hast? Damit wir unter einem Baum sitzen, die Landschaft genießen und uns entspannen?«

Obwohl ich geradeaus blicke, weiß ich, dass er lächelt, denn ich kann es in seiner Stimme hören, als er wieder zu sprechen ansetzt. »Wir könnten eine ganze Menge mehr tun, als uns nur zu entspannen, aber letztlich hängt das von dir ab, das weißt du ja.«

Er liebt mich nicht.

Nur mit Mühe kann ich mich davon abhalten, zu ihm herumzufahren, um herauszufinden, was genau er damit meint. Ich hoffe sehr, dass es sich um Sex bis zum Abwinken handelt, aber man weiß ja nie. »Ach, tatsächlich?«, frage ich mit gelangweilter Stimme.

Er richtet sich auf und rutscht herum, sodass er im Schneidersitz vor mir sitzt und ich keine Wahl habe, als ihn anzusehen. Die unmittelbare Nähe lässt meine Nerven sirren, und am liebsten würde ich ihn anflehen, mich anzufassen.

Er liebt mich.

»Nur damit wir uns hier nicht missverstehen«, beginnt er und wartet, bis er sicher ist, dass er meine ganze Aufmerksamkeit besitzt, und, verdammt ja – die hat er. »Ich würde dich wirklich gerne in meine Arme ziehen und dich auf jede erdenkliche Art vögeln.« Ich will etwas sagen, aber sein warnender Blick hält mich davon ab. »Dich so gut und hart und ausdauernd vögeln, dass du es noch in deinen Träumen spürst, damit du mich nicht vergessen kannst, falls du danach unbedingt wieder wortlos verschwinden willst ...«

Ich erschaudere. Die wollüstige Frau in mir fleht ihn im Stillen an, genau das zu tun.

»Und das werde ich auch.« Er lacht leise, doch es klingt angespannt. Auch er hat Mühe, sich zurückzuhalten.

Dennoch gelingt es mir, ungerührt zuzusehen, wie seine Hand sich zwischen meine Beine schiebt und unter meinem Rock verschwindet. Doch obwohl ich weiß, was kommt, ziehe ich scharf die Luft durch die Zähne, als sein Finger über meine Spalte reibt. Dass der Stoff meines Höschens dazwischen ist, macht die Berührung fast noch intensiver, denn sie ist ein Versprechen dessen, was er noch mit mir anstellen wird, und automatisch biege ich mich ihm entgegen.

Er liebt mich nicht.

»Süße Haddie, hast du es dir selbst gemacht? Hast du deinen Finger zwischen deine Schamlippen geschoben und dich hier gerieben, während du an mich dachtest?« Seine Stimme klingt tief und hypnotisch und verführerisch im sanften Rauschen der Natur um uns herum. Mein Körper beginnt zu summen und zu vibrieren, und meine Klitoris schwillt unter seinem Finger an. Leise lachend zieht er seine Hand zurück. Mein Höschen ist feucht vor Erregung. »Ah, Süße, du bist so bereit für mich, du willst es unbedingt. Ich weiß, dass du es dir nicht selbst gemacht hast. Und nur allzu gerne werde ich deine Sehnsucht stillen« – er bricht ab, um tief einzuatmen –, »aber nicht, ehe du nicht endlich redest und mir erklärst, was zwischen uns besteht. Ich will Antworten, Haddie. Jetzt.«

Er liebt mich.

Und natürlich verpassen seine Worte meiner Lust einen gehörigen Dämpfer. Ich reiße mich von seinem Anblick los und schaue auf einen Marienkäfer, der auf dem Saum meines Rocks gelandet ist. »Becks ...«, beginne ich, ohne zu wissen, wie ich weitersprechen soll. »Es ist kompliziert, und ich kann dir im Moment einfach keine Antwort geben.«

»Du kannst nicht, oder du willst nicht?«

Ich presse die Kiefer zusammen und verfluche mich innerlich, dass ich ihm die Chance auf diese Gegenfrage gegeben habe. Mein Blick fixiert den Marienkäfer. Seltsamerweise tröstet sein Anblick mich ein wenig.

Und dann merke ich, dass ich das letzte Blütenblatt von der Blume abgezupft habe.

Mist.

Ich muss eine neue pflücken, wenn ich die richtige Antwort bekommen will.

»Du willst also nicht«, folgert er, nachdem ich noch immer nichts gesagt habe. »Tja, Haddie. Was willst du dann von mir?«

Mein Kopf fährt hoch, und ich starre ihn an. Meine Nippel verhärten sich, und wieder beginnt mein Körper vor Lust zu summen. »Was ich will? Nicht viel ... Nimm mich so hart ran, dass ich gezwungen bin, mich daran zu erinnern, wer ich bin. Mach mich fix und fertig, damit ich mich endlich wiederfinden kann.« Obwohl ich mehr verraten habe, als ich wollte, habe ich nie aufrichtigere Worte gesprochen. Ich weiß, dass sie sich drastisch anhören, aber ich brauche jetzt kein romantisches Gefasel. Ich brauche genau das, was ich gesagt habe.

Becks bleibt schockiert der Mund offen stehen. Verwirrung huscht über seine Miene, während er mich prüfend mustert. Sein Blick wird mir unangenehm, aber als ich wegsehen will, legt er seine Hände an meine Wangen und hält mich fest.

»Uh-oh. Glaubst du wirklich, du kannst einen solchen

Wunsch äußern, ohne dass ich wissen will, was dahintersteckt? Wir sollten uns also unbedingt darüber unterhalten, denn du machst mich mit einer Bemerkung wie dieser unfassbar scharf. Dennoch habe ich mir etwas geschworen, und wenn ich nicht einmal mir selbst gegenüber ein Versprechen halte, wie kann ich dann jemand anderem eins geben?« Er verlagert sein Gewicht, zupft die Shorts zurecht und verzieht gequält das Gesicht. »Du hast die Wahl. Entweder du redest jetzt mit mir oder musst schweigend zusehen, wie ich mir einen runterhole, denn eine andere Möglichkeit lässt du mir nicht.«

Meint er das ernst? Er würde lieber selbst Hand an sich legen, als mir zu gestatten, ihm dabei zu helfen, nur weil ich nicht über meine Angst reden will? Kann man denn so stur sein?

Eine Weile sitzen wir schweigend da. Meine Nippel drücken sich durch das T-Shirt und verraten mich, doch ich will ihm keine Antworten geben. Nach einer Weile seufzt er wieder, dann nickt er gemächlich und schenkt mir ein winziges Lächeln.

»Sieh mich ruhig weiterhin so an, Montgomery, und du wirst dir nur selbst schaden.«

»Ach, tatsächlich?«, schnaube ich und versuche zu überspielen, dass sich jede Faser meines Körpers ihm zuneigen will.

»Ja. Es ist hart, etwas so sehr zu wollen, dass man heulen möchte.« Sein Blick huscht zwischen meine Beine zu meinem feuchten Höschen, dann wieder aufwärts zu meinen Augen, und sein Grinsen ist unverschämt selbstzufrieden.

Das Spiel will er also spielen? Na schön, dann los.

»Ach was. Du kennst mich doch. Ich bin nicht der Typ Frau, der jammernd abwartet. Wenn ich etwas will« – Ich schaue genau wie er eben zwischen seine Beine zu der harten Schwellung, die sich gegen den Reißverschluss seiner Shorts drückt –, »dann nehme ich es mir eben.«

»Und was genau willst du noch mal?« Er lehnt sich zurück und stützt sich mit den Händen ab.

Ich drücke meine Zunge von innen gegen die Wange, während ich gegen einen neuen Schub Lust ankämpfen muss. »Dich.«

»Hm«, macht er. »Das stellt mich vor ein ernsthaftes Problem. Denn dummerweise habe ich dich zum Reden mit hergebracht. Nur zum Reden.« Er drückt sich wieder ab und beugt sich vor, bis sich sein Gesicht verlockend dicht vor meinem befindet. »Und da ich hier oben nur mit dir reden wollte, habe ich dummerweise auch darauf verzichtet, ein Kondom einzustecken. Zu schade aber auch, nicht wahr?« Er zuckt nonchalant die Achseln, kann sich das siegreiche Grinsen aber nicht verkneifen.

Ich falle förmlich in mich zusammen. Er hat mich so angemacht und aufgereizt, dass der Gedanke, keine Chance zu haben, die gleiche Wirkung hat wie ein Eimer mit kaltem Wasser. Doch dann wird mir bewusst, dass er mich vielleicht nur aufziehen will.

Ich denke, es ist Zeit, dass er Farbe bekennt. Er will nicht ohne Kondom mit mir schlafen? Nun, es ehrt ihn, dass er so verantwortungsvoll ist, aber ich habe im Augenblick keine Lust auf Vernunft.

»Niemals ohne Kondom ist eine *deiner* Regeln?«, frage ich und hebe herausfordernd das Kinn.

Ich kann ihm ansehen, dass er herauszufinden versucht, worauf ich hinauswill – warum ich anscheinend eine Regel hinterfrage, die selbstverständlich sein sollte. Ich hebe eine Hand und fahre mit dem Zeigefinger so beiläufig zwischen meinen Brüsten abwärts, als täte ich das mehrmals täglich. Sein Blick folgt, sein Adamsapfel hüpft, und ich beschließe, ihm den Gnadenstoß zu versetzen. Mal sehen, ob ich sein Argument nicht gegen ihn verwenden kann.

»Na ja, du weißt ja, dass auch ich meine Prinzipien habe … und dazu gehört zum Beispiel, dass ich die Pille nehme und mich regelmäßig testen lasse.« Ich befeuchte meine Lippen mit meiner Zunge und freue mich diebisch, als er automatisch den Mund öffnet. »Es geht doch nichts über das Gefühl von Haut auf Haut, nicht wahr?«

Er zieht scharf die Luft ein, doch er fasst sich schnell und kehrt wieder den arroganten Mistkerl heraus. »Aha. Die Pille.«

»Genau die. Und ein blitzeblankes Gesundheitszeugnis. Und du?«

»Die Pille? Nein, tut mir leid.« Er lacht, und vorübergehend lässt die sexuelle Spannung, die knisternd zwischen uns hängt, ein wenig nach.

»Lustig, wirklich lustig, aber das meinte ich nicht. Mir ging es um deine Gesundheitsbescheinigung.«

Er wird ernst, neigt den Kopf und sieht mich an. »Nicht nur sauber, sondern rein.«

»Das freut mich. Dann kann man dich ja unbedenklich in den Mund nehmen.« Grinsend beobachte ich, wie sich seine Augen weiten.

»Verdammt noch mal, Haddie.« Unwillkürlich neigt

er sich mir zu, und man sieht ihm förmlich an, wie seine Entschlossenheit bröckelt, doch dann kneift er die Augen zusammen und weicht mit einem Seufzen zurück. »Nicht schlecht, Frau, gar nicht schlecht ... Aber so sehr ich mir wünsche, dass du etwas von mir in den Mund nimmst, so sehr möchte ich im Augenblick auch an meinen Prinzipien festhalten.«

»Ich stehe auf Männer, die sich im Griff haben«, necke ich ihn. Ich genieße es, ihn zappeln zu lassen, nachdem meine Libido die ganze vergangene Woche unter seiner Willkür zu leiden gehabt hat. »Aber ich stehe auch darauf, Regeln zu brechen und mir zu nehmen, was ich haben will.« Ich neige den Kopf zur Seite, schürze die Lippen und blicke ihn spöttisch an, während sich mein ganzes Sein nur danach sehnt, dass er mich packt, zu Boden stößt und sich über mich hermacht.

»Tja, dann wird das hier wohl ein simples Kräftemessen«, sagt er, lehnt sich zurück und stützt sich wieder auf seine Hände. Einen Moment lang starren wir uns stumm an, dann nickt er nachdenklich. »Hör zu, City«, beginnt er, und ich bin froh über den Hauch Leichtigkeit, den er der Situation durch meinen Spitznamen verleiht. »Du willst Sex, ich will Antworten, ich hätte also einen Vorschlag für dich.« Ich ziehe eine Augenbraue hoch und warte ab. »Für jede Frage, die du nicht beantworten willst oder mit einer Lüge beantwortest, ziehst du ein Kleidungsstück aus – und ich auch. Und schau, ich habe dir einen Vorsprung gegeben.« Er deutet auf das T-Shirt, das neben ihm im Gras liegt. »Du darfst ein paarmal mehr lügen, ehe du nackt bist.«

Sein Vorschlag ist – gelinde gesagt – interessant. Ich

bin so fasziniert über die Tatsache, dass er in drei Lügen vollständig ausgezogen ist, dass ich nicht wirklich darüber nachdenke, wie das funktionieren soll. Wer zum Beispiel will darüber urteilen, was gelogen ist und was nicht? Meine Gedanken werden beherrscht von der Lust auf ihn – und der Tatsache, dass er mich seit Tagen immer wieder anheizt, ohne mir die ersehnte Erlösung zu gewähren. »Und was dann? Hat verloren, wer als Erster nackt ist? Und was kriegt der Sieger?«

Er lacht leise und verführerisch. »Der Sieger darf entscheiden, was als Nächstes geschieht.«

Großartiger Vorschlag, denn ich bin mehr als willig, hier draußen auf offener Wiese genommen zu werden. Ich pfeife auf Emanzipation und Rücksichtnahme: Ich will das Klischee, und ich will es jetzt.

»Also? Wie steht's?«, fragt er. »Hast du Lust?«

»Die Frage ist doch eher, ob du Lust hast«, sage ich anzüglich und grinse.

»City, bei dir habe ich immer Lust.« Er schürzt die Lippen. »Und ich lasse dich sogar anfangen.«

»Ach, nein. Nicht, dass du mir nachher noch vorwirfst, geschummelt zu haben, wenn du nackt bist und ich ...« Ich breche ab. Besser ich sage ihm nicht, dass mein Wunsch, ihn in den Mund zu nehmen und zu schmecken, immer stärker wird; ich habe das dumpfe Gefühl, dass er dann absichtlich lügen würde. Aber schließlich sind wir zum größten Teil wegen ihm in diesem Zustand sexueller Frustration, daher erweist er sich vielleicht als stärker, als ich es mir vorstellen kann.

Und ich fürchte, wenn *ich* lüge, wird er alles geben, um mich noch heißer zu machen, nur um mich erneut hängen zu lassen und mir damit zu beweisen, dass letztendlich er derjenige ist, der die Oberhand hat.

»Ich soll also anfangen? Nein, nicht beantworten«, sage ich hastig, als mir klar wird, dass ich ihm bereits die erste Frage gestellt habe. Er grinst breit und nickt mir zu fortzufahren. Und das tue ich. »Wer ist Deena?«

»Deena wer?«, fragt er, als würde er niemandem mit diesem Namen kenne, und obwohl ich zu schätzen weiß, dass er mir damit bedeuten will, wie unwichtig sie für ihn ist, ziehe ich nur abwartend eine Braue hoch. Schließlich seufzt er. »Ich war auf der Highschool mit ihr zusammen.«

Ich glaube ihm, auch wenn ich am liebsten sofort die nächste Frage stellen möchte, aber er kommt mir zuvor.

»Lustig, aber ich habe auch eine D-Frage ... Läuft zwischen dir und Dante etwas?«

Ich setze zu einer Lüge an – zwischen uns sei nichts –, korrigiere mich aber, als ich im Stillen meine Kleidungsstücke zähle. »Dante ist ein Ex, von dem ich einmal glaubte, er sei derjenige welche. Bis er dann eines Tages einfach verschwunden war. Ja, ich habe eine Schwäche für ihn. Haben wir uns geküsst, seit er bei mir wohnt? Ja. Will ich ihn wieder als festen Freund? Nein. Will er mehr? Wahrscheinlich. Will ich mit ihm ins Bett gehen? Nein.« Ich weiß nicht genau, warum ich ihm das alles so bereitwillig erkläre, aber ich bin froh, dass ich es los bin, und als ich zu Becks aufschaue, grinst er von Ohr zu Ohr.

»Was ist?«, frage ich.

»Ich brauchte nur eine Frage zu stellen, um ganz viele Antworten zu bekommen. Danke.« Er fährt sich mit der Hand durchs Haar. »Das bringt mich schneller zum wirklich wichtigen Punkt.«

Er greift nach dem Saum meines Tops und will es hochziehen, aber ich schlage seine Hand weg. »Hör auf damit. Ich habe dir doch geantwortet!«

Aber er macht weiter, und ich wehre mich weiter, bis plötzlich seine Lippen auf meinen liegen, und als seine Zunge in meinen Mund eindringt, gebe ich augenblicklich nach. Ein Stöhnen erklingt, und ich bin nicht sicher, ob es von ihm oder von mir kam, denn ich bin wie hypnotisiert und so willig zu tun, was immer er fordern könnte, dass ich nicht mehr richtig denken kann.

Doch dann zieht er mir das Top über den Kopf und bringt mich wieder in die Realität zurück. »Du lügst«, murmelt er, und ich konzentriere mich auf seine Lippen. »Du willst noch mit Dante schlafen, du willst es nur nicht zugeben. Er gehört zu deiner Vergangenheit und kann dir deshalb mindestens genauso so gut wie ich dabei helfen zu vergessen, was immer du vergessen zu wollen scheinst. Und was zusätzlich für ihn spricht, ist die Tatsache, dass er am Tag danach garantiert nicht mehr da sein wird, ich aber schon – wovor du dich in meinem Fall anscheinend fürchtest.«

Ich ziehe scharf die Luft ein, als er mit schlichten Worten darlegt, worin mein Problem besteht, und es macht mir Angst, dass er mich so einfach durchschauen kann. Und wenn er das hier schon erkannt hat, was mag er noch sehen, obwohl ich es vor ihm verbergen will?

Ein Kloß bildet sich in meiner Kehle, und ich muss schlucken, aber ich reiße mich zusammen und versuche, seine Bemerkung zu ignorieren. Schließlich darf ich jetzt wieder eine Frage stellen, und noch immer ist Deena das Thema, das mir am meisten auf der Seele brennt. Hat er mit ihr geschlafen, als wir uns neulich auf dem Bauernmarkt begegnet sind? Und wenn ja, hat er uns verglichen? Hat er überlegt, wie einfach es mit ihr und wie kompliziert mit mir ist? Ich weiß, dass ich meine Frage damit verschwende, aber ich kann einfach nicht anders.

»Warst du mit Deena im Bett?«

Er sieht mich verdattert an. »Nein. Und was ist so wichtig daran? Siehst du denn nicht, dass sie dir nicht einmal ansatzweise das Wasser reichen kann?«

Seine Antwort tut mir gut und wärmt mich an Stellen, die ich nicht gewärmt haben will, und plötzlich bemerke ich, wie dumm dieses Spiel ist. Er hat überhaupt nichts zu verlieren – ich dagegen alles!

Ich will mich erheben, um diesen Unsinn zu unterbrechen, ehe er zu weiteren Themen vordringt, die ihn nichts angehen, doch er hält mich fest, schubst mich zu Boden, schwingt sich rittlings auf mich, packt meine Handgelenke und drückt sie links und rechts von meinem Kopf ins Gras.

»Was ist los, Haddie? War meine Antwort etwas zu nah an der Wahrheit? Ist dir klar geworden, dass aus uns tatsächlich etwas werden *könnte*, weswegen du lieber sofort abzuhauen versuchst, als dich damit auseinanderzusetzen?« Er blickt auf mich herab, ich schaue zu ihm auf, und seine Worte dringen wie Messer in mich. »Tja, Pech gehabt, süße Haddie, denn *ich* habe den Autoschlüssel, und anders kommst du von hier nicht weg. Wenn du dich also nicht endlich ein paar Tatsachen stellst, wirst du wohl oder über hierbleiben müssen.«

Ich halte inne, und mein Ärger ebbt ab, als ich die Emotionen in seiner Stimme höre. Es gibt so vieles, das ich ihm sagen, ihm erklären möchte, doch die Furcht, die ewig präsente Angst vor dem, was kommen könnte, sorgt dafür, dass ich kein einziges Wort herausbringe.

»Haddie …«, setzt er wieder an, und ich frage mich, was er im Augenblick in mir sieht. Erkennt er das kleine verschreckte Mädchen, das so dringend Trost braucht, aber nicht wagt, darum zu bitten? Oder sieht er die selbstbewusste Frau, die mit seinem Herzen spielt?

Und was würde ich an seiner Stelle sehen? Mir persönlich gefällt weder die eine noch die andere Person.

Er beugt sich herab, bis seine Stirn an meiner liegt, und meine Augen schließen sich automatisch, als ich seinen Atem an meinen Lippen spüre. »Ich werde dich nicht zwingen zu reden. Das könnte ich gar nicht, denn der Ausdruck, den ich gerade in deinem Gesicht gesehen habe … er bricht mir das Herz.« Er verstummt, und ich bin froh darüber, denn so habe ich Zeit, alle Gefühle aus meiner Miene zu verbannen und Luft zu holen, da es mir soeben den Atem verschlagen hat. »Gib uns diesen heutigen Tag. Vergiss, was dich dazu bringt, mich immer wieder abzuweisen, und gib uns eine Chance. Wir passen gut zusammen, siehst du das nicht? Vergiss wenigstens heute, was dich daran hindert, deine Gefühle zuzulassen, und wenn du morgen noch immer dagegen ankämpfen willst, dann – okay. Dann lasse ich dich ziehen, das verspreche ich, aber ich bin sicher, dass es nicht geschehen wird.«

Wieder halte ich den Atem an. Mein Verstand weigert sich, alles aufzunehmen, was er gesagt hat, und konzentriert sich auf die Schlüsselwörter und meine eigene Verzweiflung. Ich will ja. Ich will eine Chance, nicht zu denken und keine Angst haben zu müssen, und doch bin ich mir sicher, dass ein solcher Tag nur dazu führt, noch stärkere Bindungen aufzubauen, als ohnehin schon vorhanden sind. Bindungen, die er bereits mit Doppelknoten sichert, damit ich nicht mehr wegrennen kann.

Dennoch. Ich will die Möglichkeit zu fühlen, zu denken, zu hoffen, ohne ständig durch Angst eingeschränkt zu werden. Selbst wenn es nur einen einzigen Tag lang dauert. Ich will mir dieses Geschenk machen, obwohl ich genau weiß, wie gemein und egoistisch es von mir ist.

Er missdeutet mein Schweigen falsch und versucht es erneut. »Haddie, zwischen uns besteht etwas, das diese Chance verdient hat. *Du* hast es verdient, denn du bist es wert. Gib mir die Möglichkeit, dir zu beweisen, dass ich dir nicht wehtun will. Niemals. Bitte. Lass mich es dir beweisen.«

21

Die Emotionen, die in mir aufwallen, sind so stark, dass es mir die Sprache verschlägt, also presse ich meine Lippen auf seine, während meine Hände über seinen starken Rücken streichen. Ich will ihn unbedingt schmecken, kosten, genießen, und ich will mir jede Sekunde, jede Empfindung genauestens einprägen.

»Haddie«, murmelt er, und es klingt wie Fluch und Flehen zugleich, und ich ersticke, was immer er eigentlich sagen will, indem ich meine Zunge in seinen Mund schiebe und mir aus diesem Kuss alles hole, was er zu bieten hat, damit ich mich nicht hier in seinen Armen auflöse und vergehe.

»Ich will fühlen, Becks«, flüstere ich, und dieses Mal geht es mir nicht darum, meine Trauer um Lexi zu vergessen, sondern mich dem hinzugeben, was ich, wie ich endlich weiß, für ihn empfinde. Die Emotionen zu akzeptieren, die ich einfach nicht mehr leugnen kann.

Gemeinsam streifen wir seine Shorts ab, schieben meinen Rock hoch und ziehen mein Höschen herunter, denn im Augenblick brauchen wir beide diese Verbindung mehr als alles andere. Ich setze mich auf und drücke ihn an den Schultern zurück, ohne dass meine Lippen seine verlassen. Langsam streiche ich über seine Brust, fahre ihm mit den Nägeln über die Muskeln und wandere abwärts, bis ich seine Erektion in der Hand habe. Und das

Wissen, dass ich ihn so schnell so steinhart machen kann, ist berauschender als alles andere.

Er stöhnt tief, als ich ihn umfasse und meine Hand langsam auf und ab bewege. Ich löse meine Lippen von seinen, koste das Salz auf seiner Haut, atme seinen Geruch ein und spüre ihn in meiner Hand pulsieren und zucken. Scharf zieht er die Luft durch die Zähne, als ich über seine Brustwarzen lecke, und eine Faust greift in mein Haar und versucht mich weiter abwärts zu drücken, aber ich denke nicht daran, mich zu beeilen. Ich will mir Zeit nehmen. Zu küssen, zu knabbern, ihn mit Lippen und Zunge zu necken. Ihn mit dem langsamsten aller Abstiege zu quälen, sodass er, wenn ich endlich dort ankomme, wo er mich haben will, vor Erwartung zittert und bebt und seine Zurückhaltung aufgeben muss.

Ich wandere mit den Lippen über seinen Bauch, und als meine verhärteten Nippel durch den BH über seine Oberschenkel streichen, stöhne ich, weil die Situation an sich jede noch so winzige Empfindung noch zu verstärken scheint. Dann, endlich, habe ich seinen Schwanz erreicht, fahre mit beiden Händen daran herab und schließe gleichzeitig meinen nassen, heißen Mund um die Spitze. Becks bäumt sich auf, flucht, und seine Faust packt mein Haar fester.

Ich rutsche ein Stück an ihm herab, sodass ich auf seinen Schenkeln sitze und meine Scham sich bei jedem Auf und Ab auf seinem Bein reibt. Mit der Zunge fahre ich mit verstärktem Druck am Schaft herab, ehe ich wieder aufwärtswandere und die Spitze umkreise, und so geht es auf und ab, doch meine Lippen umschließen stets nur die Spitze und verweigern sich seiner ganzen Länge.

Die Faust in meinem Haar drängt mich auf seinen Schwanz herab, während die andere meine Wange streichelt, was mir in dieser Stellung beinahe zu zärtlich erscheint. Dennoch lasse ich mir Zeit, massiere seine Hoden, fahre mit den Nägeln darüber und zupfe leicht daran, als sie sich zusammenziehen.

»Verdammt, mach's mir.« Seine Stimme bricht und seine Hüften drücken sich mir entgegen, und ich stöhne, als sein Bein meine Klitoris massiert. »Fick mich mit dem Mund, Had.«

Seine Worte sind Ansporn genug, um ihm zu geben, was er begehrt. Ich senke meinen Kopf auf ihn herab und nehme ihn ganz in den Mund, bis ich ihn fast in der Kehle spüre. Dort verharre ich, bis ich es nicht mehr aushalte, und trete saugend den Rückzug an.

Ich liebe das Stöhnen, dass meine Liebkosung auslöst, liebe die Tatsache, dass ich es bin, die ihm den Genuss bereitet, und ich setze meine Bemühungen fort. Ich variiere den Druck meiner Lippen und meiner Zunge, die Reibung, die Saugstärke, bis seine Hände mich zu dirigieren beginnen und das Tempo steigern. Ich gebe nach, bearbeite ihn mit beiden Händen und meinem Mund und spüre wie er immer härter und größer wird. Seine Lust steigert mein eigenes Verlangen, bis ich mich auf ihm winde.

Ich bin sicher, dass er jeden Moment kommen wird, als er mich plötzlich an den Schultern packt und mich zu sich hochzerrt, sodass unsere Münder sich begegnen. Seine Zunge dringt besitzergreifend in mich ein und erobert ein Territorium, das ich ihm liebend gerne freiwillig überlasse, aber er hört nicht auf, sondern nimmt, fordert und brandmarkt mich, während seine Hände derweil meine

Hüften packen, mich anheben und über seiner Erektion positionieren.

Eine Hand hält mein Gesicht fest, damit ich seiner stoßenden Zunge nicht entgehen kann, die andere führt seinen Schwanz an meine nasse Spalte. Ich spüre die Spitze in mir, bereit einzudringen und zu erobern, während unsere Münder sich vereinen und seine Zunge mich so gründlich vögelt, dass mein ganzer Körper zu beben beginnt. Ein so intensives – intimes! – Gefühl hatte ich beim Sex noch nie, und niemals ist mir ein Mann näher gewesen.

Ich bin vollkommen offen für ihn, verwundbar, ich bin sein. Ganz und gar.

Er zieht sich ein winziges Stück zurück, um mich anzusehen. Unser Atem vermischt sich, unsere Herzen schlagen aneinander. »Fühlst du das, Haddie? Das tust du, das weiß ich, und nie und nimmer kannst du leugnen, was zwischen uns besteht. Fühl mich, Haddie … nimm mich.«

Und in dem Augenblick, in dem er meine Hüften packt, um sich in mich zu rammen, in dem Augenblick, in dem wir uns ganz vereinen, taumelt mein Herz außerhalb meiner Reichweite und verliert sich an einen Ort, an dem ich es nicht mehr erreichen kann, selbst wenn ich mich noch so recke und strecke und es wieder zu mir zurückzuholen versuche.

Denn ich habe mich in Beckett Daniels verliebt.

Der Gedanke durchzuckt mich, als er seinen Schwanz wieder zurückzieht. Meine inneren Muskeln krampfen sich um ihn zusammen, und ich schnappe nach Luft.

Und dann lässt sich Becks wieder herab, mein Kopf

fällt zurück, und er senkt seinen Mund auf meinen überstreckten Hals. Wir beginnen uns im Gleichtakt zu bewegen, und ich nehme alles, was er mir gibt, akzeptiere die Gefühle und Empfindungen und ertrinke willig in der Chance, die er uns gewährt.

Ich stöhne tief, als seine Stöße schneller, seine Hände fordernder werden. Sein Mund löst sich von meinem Hals, und er sieht mir in die Augen. Eine Hand wandert zu meiner rechten Brust, zieht den BH herab und fährt mir mit dem Daumen über den steinharten Nippel, und ich schreie auf, als die Schockwelle mich durchläuft. Unsere Blicke suchen und finden sich, und ich sehe, wie seine Pupillen sich weiten und sich die Augen verdunkeln, während wir dem Höhepunkt entgegenjagen.

Und als ich ihn erreiche, als das Verlangen emporschießt, die Lust explodiert und die Hitze mich durchströmt, ist es unfassbar. Mein ganzer Körper zittert, meine Muskeln zucken und pulsieren, und er erstarrt, scheint noch einmal anzuschwellen und hält still, damit ich die ganze Wucht meines Orgasmus erleben kann.

»Haddie«, stöhnt er kehlig, dann bohren sich seine Finger in meine Muskeln, und seine Hüften stoßen ein letztes Mal in mich, als er sich in mir entleert. Sein Mund legt sich auf meine Schulter, und er beißt zu, als er kommt, und als Reaktion auf den Schmerz ziehe ich mich ein letztes Mal heftig um ihn zusammen.

Eine Weile sitzen wir einfach nur da und streichen uns gegenseitig über den Rücken, während der Schweißfilm auf unserer Haut in der leichten Brise des Nachmittags trocknet. Nur langsam löst sich der lustvolle Dunst, der uns umgibt, wieder auf.

Schließlich hebt er den Kopf und sieht mich an, und sein Blick dringt so tief, dass ich mich der Chance, die er für uns will, nicht länger verweigern kann, was immer die Zukunft bringen mag. Er neigt den Kopf zur Seite und flüstert: »Du bist wunderschön, weißt du das?«

Am liebsten würde ich lachen, denn mein BH ist verrutscht, ich bin verschwitzt und erhitzt, und wahrscheinlich habe ich Gras und Blätter im Haar. Doch etwas in seiner Miene hindert mich daran, rührt mich und berührt mich tief, denn mir wird klar, dass er es absolut und hundertprozentig ernst meint.

Selbst in diesem Zustand bin ich in seinen Augen schön.

Mein Herz schwillt plötzlich aus so vielen Gründen an, dass ich sie gar nicht alle isolieren kann, also lasse ich sie einfach nur zu und genieße den Augenblick. Ich lege meine Hände an sein Gesicht und küsse ihn, da ich nicht will, dass er in meinen Augen liest. Zu viele Emotionen wallen in mir auf, und ich fühle mich verletzlich und entblößt.

Er lässt den Kuss nicht nur über sich ergehen, sondern erwidert ihn, sodass wir die Intimität noch eine Weile ausdehnen können. Als ich mich bewege, rutscht er aus mir heraus, und seine Lippen beginnen, an meinem Hals abwärtszuwandern, und obwohl ich gerade noch satt und zufrieden war, ist es damit auch schon wieder vorbei. Herrgott noch mal, der Mann kann mich allein mit einem einzigen Kuss durcheinanderbringen, und das ist doch einfach nicht normal!

»Verdammt, City«, flüstert er zwischen den einzelnen Küssen. Ich spüre an meinem Oberschenkel, wie er schon wieder hart zu werden beginnt, und obwohl ich etwas überrascht bin, werde ich den Teufel tun und mich beschweren.

Plötzlich lacht er leise und macht sich behutsam los, und ich sehe ihn fragend an.

»Dein Marienkäfer-Freund ist mir zuvorgekommen«, sagt er belustigt.

Ich weiß nicht, wovon er spricht und blicke an mir herab, als er gerade den Finger unter die Spitze meines linken BH-Cups schiebt und ihn herunterzieht, sodass der kleine Käfer entkommen kann, ohne zerquetscht zu werden. Ich bin noch so trunken von dem Sex, meinen berauschenden Gedanken und seinem Mund, dass ich nichts unternehme, um das zu verhindern.

Doch mit der Erkenntnis kommt die Wut auf mich selbst, und hastig versuche ich, das Pflaster zu verbergen, unter der die Fäden hervorlugen, doch es ist bereits zu spät.

»Haddie?«, fragt er, und ich kann Besorgnis und Verwirrung in seiner Stimme hören.

Und sofort weiche ich zurück. Weil er nicht damit rechnet, kann ich seinen Armen entwischen, ehe er reagiert. Angst steigt in mir auf, und ich weiß nicht, was ich tun soll, daher streife ich mein Höschen über, ziehe den Rock herab, schnappe mir mein Top und marschiere über die Wiese davon, ehe er mich zurückhalten kann. Ich kann keinen einzigen vernünftigen Gedanken fassen.

Ich höre Becks hinter mir fluchen und hastig aufspringen; vermutlich zieht er sich gerade die Shorts an. Aber ich will nicht warten, will die Frage nicht beantworten, die unweigerlich kommen wird, weil er ganz genau weiß, dass die Narbe und die Fäden vor zwei Wochen noch nicht da gewesen sind. Am liebsten würde ich loslaufen und so schnell wie möglich verschwinden, aber wohin? Ich bin irgendwo im Nirgendwo, und der Schlüssel zu dem einzigen Auto weit und breit befindet sich in Becks' Besitz.

Zu allem Überfluss springt Rex begeistert um mich herum und bellt laut, und als ich versuche, mein Top über den Kopf zu streifen, verheddern sich die Träger, und mir ist plötzlich zum Heulen.

Ich habe Angst.

Wie konnte ich mich nur für ihn öffnen?

»Verdammt noch mal, Haddie, bleib stehen. *Stopp!*«

Aber ich höre nicht auf ihn. Ich gehe weiter, schnell, panisch, denn selbst wenn ich es wollte, könnte ich nicht einfach anhalten. »Haddie! Wo willst du hin? Hier ist nichts!« Seine Stimme klingt jetzt fester, resoluter, und ich weiß ja, dass er recht hat, aber ich will nicht, ich kann jetzt einfach nicht.

Aber natürlich kommt er mir nach; ich kann seine raschen Schritte und seine Flüche hinter mir hören, und weil ich ihm ohnehin nicht davonlaufen kann, bereite ich mich auf einen inneren Rückzug vor. Ich kann nur hoffen, dass es funktioniert.

In einer schützenden Geste verschränke ich die Arme vor der Brust und trete in den Schatten einer großen Eiche, wo ich mit gesenktem Kopf stehen bleibe. Er legt die Hand auf meine Schulter, aber ich schüttele sie ab. Natürlich ist meine Reaktion vollkommen albern, aber ich setze mich wieder in Bewegung und trotte weiter in der Hoffnung, dass ich ihm vielleicht doch wie durch ein Wunder entkommen kann.

»Montgomery, halt endlich an. Du kannst nicht ewig davonrennen.« Und endlich bleibe ich stehen, weil ich plötzlich keine Kraft mehr zu haben scheine. Ja, er hat recht, ich kann nicht ewig davonlaufen, aber ich tue es nun schon so lange, dass ich nicht weiß, was mir sonst noch bleibt.

Ich habe ihm den Rücken zugewandt. Rex sitzt vor mir und sieht mich abwartend an; es könnte ja sein, dass ich einen Ball für ihn werfe. Ich warte darauf, dass Becks zu mir aufschließt, und mir rauscht das Blut in den Ohren.

Ich schließe die Augen, als er mir abermals die Hand auf die Schulter legt, und will etwas sagen, aber kein Wort kommt heraus, und nachdem ich wie ein Fisch auf dem Trockenen ein paarmal den Mund auf und zu geklappt habe, gebe ich es endgültig auf.

»Hey«, sagt er leise, und die Zärtlichkeit in seiner Stimme macht alles nur noch schlimmer. Behutsam zieht er mich zurück an seine harte Brust, schlingt die Arme um mich und hält mich fest. Er küsst mich in den Nacken und legt sein Kinn auf meine Schulter, dann beginnt er zu reden. »Hör zu, Haddie, ich will dich wirklich nicht drängen. Du sollst selbst entscheiden können, wann du mir erklärst, was ich gerade gesehen habe und warum du wegläufst. Aber weißt du, du hast mir einen Höllenschrecken eingejagt. Dein Schweigen und dass du sofort die Flucht ergreifst ... gerade das macht mir Angst.«

Ich beiße mir auf die Unterlippe, um das Zittern zu stoppen und das Selbstvertrauen zusammenzukratzen, das ich nicht empfinde, ihm gegenüber aber zeigen muss. »In dieser Nacht in deiner Wohnung ...«, beginne ich. Mein Körper versteift sich, und ich balle die Fäuste, weil sein Trost momentan nicht willkommen ist. Ich muss das hier durchstehen. Stark sein. Uns retten. »Ich wachte irgendwann auf. Etwas tat mir weh. Ich dachte, ich bilde es mir nur ein, und ich habe mir wirklich Mühe gegeben, mir das auch zu beweisen, aber dann habe ich den Knoten ertastet.« Seine Arme schließen sich unwillkürlich etwas fester um mich, aber er sagt nichts, und darüber bin ich froh. »Ich bin durchgedreht. Deshalb bin ich einfach abgehauen. Inzwischen ist mir das, was immer ich ertastet habe, entfernt worden, und das war's.« Ich versuche, meine Stimme gelangweilt klingen zu lassen, aber als er bebend die Luft einzieht, weiß ich, dass er mir die Nonchalance nicht abkauft.

Ich will mich von ihm losmachen, aber er lässt mich nicht. »Warte«, murmelt er, und ich spüre seinen heißen Atem auf meiner Schulter. »Gib mir bitte einen kleinen Moment Zeit.«

Also stehen wir eine Weile einfach nur stumm da, während er zu verarbeiten versucht, was er gerade gehört hat, und ich überlege, was zum Henker ich nun tun soll, weil ich so verdammt dämlich war, mich auf ihn einzulassen. Er versucht mit allen Mitteln, wieder aufzureißen, was ich schon vor einer Ewigkeit versiegelt habe, und davor fürchte ich mich zu Tode.

»Was hat die Biopsie denn ergeben?«, fragt er schließlich leise, und die Frage hängt in der Luft wie eine schwarze Gewitterwolke.

Ich schlucke die Antwort herunter, die ich für realistisch halte, und gebe mich optimistisch. »Weiß ich noch nicht. Das Ergebnis kann jeden Tag kommen.«

Er gibt einen seltsamen Laut von sich und reibt mir mit

dem Daumen über den Arm. »Ich ... ich muss zugeben, dass ich im Augenblick Schwierigkeiten habe, das alles zu begreifen ...«

»Ich weiß, es tut mir leid. Es sollte eigentlich niemand wissen. Mir ist nur gerade – ...«

Er hat mich losgelassen und sich ein paar Schritte von mir entfernt. Nun setzt er zu sprechen an, bricht aber wieder ab, und greift sich in den Nacken, während er auf den kleinen See in der Ferne blickt. »Es sollte eigentlich niemand wissen?«, wiederholt er schließlich, und seine Stimme klingt drohend.

Sein Zorn überrascht mich. Ich hätte Mitleid erwartet, Unglaube vielleicht noch ... aber keinen Zorn. Und er ist noch nicht fertig.

Er wendet sich zu mir um. »Hältst du wirklich so wenig von mir? Dass ich mit dir ins Bett gehen will, mich aber darüber hinaus für nichts anderes interessiere? Verdammt, Haddie, denk doch mal nach!«

Er schüttelt den Kopf, und sein Blick bohrt sich in mich. Er ballt die Fäuste, lockert sie wieder, ballt sie, und seine Brust hebt und senkt sich. »Du kapierst es nicht, stimmt's?«, fragt er, und ich weiß nicht, ob er eine Antwort erwartet oder nicht. Aber selbst wenn – was soll ich antworten? Denn tatsächlich weiß ich nicht, worauf er hinauswill oder was ich kapieren soll. Was habe ich nur gesagt, dass er jetzt so sauer ist?

Er presst die Kiefer zusammen und blickt einen Moment lang gen Himmel, als ob er sich von dort Geduld erhofft. Sein Blick ist gekränkt, als er wieder zu mir sieht, und ich zwinge mich, den Augenkontakt zu halten. Wenn ich zulasse, dass sich mehr zwischen uns entwickelt, wird in seinen Augen eines Tages viel Schlimmeres zu sehen sein.

»Du bist mir wichtig, Haddie. Und nicht nur ein bisschen.«

»Blödsinn«, antworte ich prompt. *Nichts da*. Das darf nicht sein. Wenn ich ihm wichtig bin, wird er unweigerlich am Boden zerstört sein, und genau das wollte ich von Anfang an verhindern. »Unverbindlichen Sex hatten wir ausgemacht, erinnerst du dich?«, spucke ich aus, als hätten die Worte einen ekeligen Geschmack. Mein Schutzmechanismus, schon klar! Aber als ich das Flackern in seinen Augen sehe, möchte ich mich am liebsten treten. Wir kann ich mir selbst eingestehen, dass ich mich in Beckett Daniels verliebe, aber gleichzeitig verlangen, dass er nichts für mich empfindet? Andererseits … ist es nach all dem, was ich im vergangenen Jahr erlebt habe, nicht auch ganz okay, inkonsequent und ungerecht zu sein?

Er kommt mit verengten Augen auf mich zu und bleibt vor mir stehen. »Du und deine verfickte Unverbindlichkeit. Ich bin vielleicht zu zynisch, um an Liebe auf den ersten Blick zu glauben, Montgomery, aber ich glaube daran, dass es manchmal zwischen zwei Menschen ›klick‹ macht. Tu meinetwegen so, als gäbe es nichts zwischen uns, aber ich weiß genau, dass ich diesen ›Klick‹ gespürt habe.« Seine Stimme ist lauter geworden. »Und du hast das auch.«

Sein Blick scheint zu glühen, und ich kann weder wegsehen, noch protestieren. Die Aufrichtigkeit in seinen schlichten Worten und ihre unwiderlegbare Bedeutung sind einfach zu viel für mich.

Er tritt noch einen Schritt näher, und der Zorn, die

Sorge und die Verwirrung, die von ihm ausgehen, sind so deutlich zu spüren, als könnte man sie anfassen. »Warum ...«, beginnt er, bricht aber wieder ab und scheint sich erst sammeln zu müssen. »Warum hast du mich in jener Nacht nicht einfach geweckt? Es mir gesagt? Meine Anrufe angenommen, als ich versuchte, dich zu erreichen, und mir erklärt, was vor sich geht, damit ich für dich hätte da sein können? Das verstehe ich einfach nicht.«

»Weil es nicht dein Problem ist«, antworte ich knapp. Ich habe ihm bereits mehr verraten, als ich wollte, und ich komme damit nicht zurecht.

»Macht es dir eigentlich Spaß, mich zu beleidigen?«, fragt er sarkastisch. »Das ist also nicht mein Problem, ja? Du haust voller Angst mitten in der Nacht ab, aber, klar – warum sollte mich das auch kümmern?« Er stößt wütend den Atem aus. »Verdammt noch mal, Haddie, das kann doch nicht wahr sein.«

»Becks ...« Ich weiß nicht, was ich sagen soll. »Ich wollte dich damit doch nicht beleidigen ...«

Er stöhnt frustriert auf. »Bitte sag mir wenigstens, dass Ry in dieser Hinsicht meiner Meinung ist.«

Ich weiß nicht genau, wie ich mich verrate, aber offenbar ist mein Zögern vielsagend genug, denn plötzlich reißt er ungläubig die Augen auf. »Ist nicht wahr, oder? Du hast ihr nichts gesagt? Ich fass es nicht!« Seine Stimme ist wieder angestiegen, und er tritt hilflos gegen ein Stück Holz, das durch die Luft fliegt und gegen einen Baumstamm prallt. Staub fliegt auf.

Ich konzentriere mich auf die Staubpartikel, die unschuldig und träge durch die Luft driften, und ich wünschte, ich könnte genau so frei und sorglos sein wie sie.

Asche zu Asche, Staub zu Staub.

Die Worte zucken durch mein Bewusstsein, und obwohl sie naheliegen und schon uralt sind, ist ihre Bedeutung im Augenblick mehr, als ich ertragen kann. Ich versuche die Bilder, die sie heraufbeschwören, abzuschütteln, doch es gelingt mir nicht. Die Panik setzt sich in mir fest.

Und plötzlich reicht es mir. »Es gibt noch nichts zu erzählen«, brülle ich ihn an und hoffe, dass er es mir abnimmt.

»Ja, na klar. Es gibt nichts zu erzählen. Und das, was es nicht zu erzählen gibt, verheimlichst du ausgerechnet dem Menschen, der dir auf dieser Welt am nächsten steht. Hältst du mich wirklich für so verdammt naiv? Willst du mir vielleicht ein Strandhaus in Arizona verkaufen?«

Seine Worte sind wie eine Ohrfeige, und auch wenn ich sie verdient habe, machen sie mich wütend, und zum Glück überlagert die Wut meine Angst und meine Trauer. »Verpiss dich doch«, sage ich kalt. Wie kann er es wagen, über mich zu urteilen und sich in meine Beziehung zu Rylee einzumischen?

Meine beste Freundin geht nur mich etwas an, basta. Aber dann wird mir bewusst, dass er absolut recht hat. Ich belüge meine Freundin, auch wenn ich es mit besten Absichten tue.

Mit verengten Augen tritt er wieder näher. Er ist so zornig, dass ich es in der Luft zu spüren glaube. »Ich soll mich verpissen? Das ist doch eigentlich dein Part, nicht wahr, Montgomery? Du lässt dich erst vögeln, dann haust du ab und ziehst dich zurück, und dass andere sich um dich sorgen, ist dir vollkommen egal. Was für ein Spiel soll das sein, Haddie? Mal sehen, wie lange ich allein zurechtkomme? Schaut alle her, wie extrem dickköpfig und egoistisch ich bin?« Wütend fährt er sich mit einer Hand durchs Haar. »Es kommt mir fast vor, als wolltest du mir meine Gefühle für dich austreiben ...« Er hat den Satz richtiggehend hervorgestoßen, doch am Ende verklingt seine Stimme, und ich kann genau erkennen, wann sich plötzlich alles für ihn zusammenfügt und er begreift, warum ich mich so launisch und verwirrend benehme.

Verfluchter Bockmist.

Becks neigt den Kopf zur Seite und kommt einen weiteren Schritt auf mich zu, und obwohl wir uns draußen in einem weiten Grasland befinden, fühlt es sich für mich plötzlich an, als stünde ich mit dem Rücken zur Wand. Meine Füße regen sich nicht.

»Darum geht es, nicht wahr?«

Ich bekomme kein Wort heraus, daher sehe ich ihn nur an. Tränen brennen in meinen Augen. Mühsam schlucke ich den Kloß in meiner Kehle, und sofort wird sein Blick weicher. Obwohl ich es nicht will, schlingt er die Arme um mich und zieht mich an sich.

Ich befehle mir, mich zu wehren, mich nicht trösten zu lassen, aber mein Körper hört nicht auf mich, sondern übernimmt. Ich greife in sein T-Shirt und verberge mein Gesicht an seiner Halsbeuge. Er legt mir die Hand an den Hinterkopf und hält mich, und ich spüre sein Herz an meinem hämmern.

Und einen Moment lang ist mir, als stünde die Zeit still.

»Es ist mir egal, wie hartnäckig du mich zu vertreiben versuchst, Montgomery«, flüstert er an meinem Scheitel. »Du wirst mich nicht los, glaub mir. Und du musst das, was vor dir liegt, nicht allein durchstehen.«

Und wieder geraten meine Emotionen ins Trudeln. Ich weiß, dass ich ihm sagen müsste, dass es nichts durchzustehen gibt, aber ich bin es leid, andere zu verjagen und auszuschließen, deshalb schließe ich ihn dieses eine Mal ein. Meine Hände krallen sich in sein Hemd, und ich versuche, meinen inneren Aufruhr niederzukämpfen, aber es hat keinen Sinn. Um Atem ringend versuche ich zu verstehen, warum er mich noch immer in den Armen hält.

Nach einer Weile lockere ich die verkrampften Finger und lasse sein T-Shirt los. Mit einer so ruhigen Stimme, dass es mich selbst überrascht, sage ich: »Bisher ist noch nichts passiert, Becks. Nichts.«

Er seufzt, und ich spüre, wie sich seine Kiefer aufeinanderpressen. »Du hast so große Angst, dass du wegläufst ... das ist nicht nichts. Das ist sogar eine Menge.«

Ich weiß ja, dass er recht hat, aber das Bedürfnis, ihn zu warnen, ist dennoch ungebrochen. »Ich weiß noch nicht, was daraus wird, aber wenn es das ist, was ich fürchte, dann kann ich niemanden bitten, mir beizustehen. Sich damit auseinanderzusetzen, die Begleitumstände, die Nebenwirkungen, die inneren und äußeren Narben ... das kann ich von niemandem verlangen. Niemals.«

Seine Finger graben sich in meine Schultern, als er mich von sich schiebt, um mir ins Gesicht zu sehen. Sein Blick sucht meinen, und ich weiß, dass er all das darin sieht, was ich nicht auszusprechen, was ich nicht einmal zu denken wage: Die Furcht vor der Krankheit, vor dem Verlust meiner Brüste, meiner Haare, vor den Narben, vor Unfruchtbarkeit, vor dem Tod ...

»Und wieder kann ich nur sagen, dass das Schwachsinn ist. Es steht dir nicht zu, für andere zu bestimmen, ob sie Angst um dich haben oder nicht. Du kannst niemandem befehlen, etwas Bestimmtes zu empfinden. Du kannst niemandem Entscheidungen abnehmen oder ihnen von vornherein verbieten, sich auf Gefühle einzulassen, nur weil du der Meinung bist, dass es schiefgehen könnte.« Seine Stimme ist von Zorn durchzogen, obwohl sein Daumen sanft über meine Wange streicht, als wollte er die harten Worte damit abschwächen. »Es ist meine eigene Entscheidung und es ist Rys Entscheidung, wie wir damit umgehen wollen, nicht deine. Ich will bloß ...« Seine Stimme verebbt, als er den Kopf schüttelt und sich vorbeugt, bis seine Stirn meine berührt.

»Becks, ich versuche nur zu tun, was das Beste für alle ist.«

»Was ist denn das Beste?« Er fährt zurück, und seine Augen schleudern Blitze. »Gott, du bist so verflucht dickköpfig. Hör auf, dich wie eine Märtyrerin zu inszenieren. Das Beste für mich ist, meine eigenen Entscheidungen zu treffen, und das kann ich nur, wenn du aufhörst, mir irgendwelche Lügen zu erzählen.« Er lässt mich los und beginnt rastlos auf und ab zu laufen. »Das Beste für mich ist, wenn du dich lange genug aus deinem eigenen Elend befreist, um zu erkennen, dass du mir wichtig bist. Und Ry auch.«

»Sie wird es nicht erfahren«, sage ich fest. Ry hat im vergangenen Jahr so viel durchgemacht, dass ich ihr nicht das Herz brechen will, ehe es nicht einen echten Grund dafür gibt. »Und angelogen habe ich dich nie.«

Er beißt sich auf die Unterlippe, legt den Kopf in den Nacken und stößt einen Fluch aus. »Spitzfindigkeiten sind eine schlechte Ausrede, Haddie. Etwas mit Absicht nicht zu sagen kommt einer Lüge ziemlich nah, aber dir entgeht, worauf ich hinauswill, und das hat weniger mit einer Lüge zu tun. Was mir nicht passt, ist die Tatsache, dass du mit mir schläfst, um dich zu betäuben, wenn du genau das Gegenteil tun solltest. Sex mit mir sollte dich berauschen, bereichern, sollte dich so wach und glücklich machen, dass du es kaum erwarten kannst, wieder mit mir zu schlafen, denn das ist es, was du mit mir angestellt hast. Also wirst du jetzt Farbe bekennen. Ich werde nicht lockerlassen, bis du dir und mir endlich eingestehst, dass du mich willst, dass ich dir guttue und dass du dich mit mir lebendiger denn je fühlst. Aber das wirst du nicht, nicht wahr?« Er starrt mich einen Moment lang an, und ich bleibe stumm, obwohl sich alles in mir nur nach ihm sehnt. »Du schaltest lieber auf stur und behauptest, die Taubheit vorzuziehen, als dass du zugibst, mich zu brauchen.«

Wieder brennen Tränen in meinen Augen, und ich ringe mit den Worten, die sich so falsch, so inadäquat anhören. »Ich habe nur getan, was ich für das Richtige hielt. Ich wollte euch doch nur schützen.« Und ich hasse die Taubheit, schreie ich innerlich. Und jedes Mal, wenn du mich anfasst und ich mich lebendig fühle, wird mir klar, wie abgestorben ich das ganze vergangene Jahr gewesen bin.

Ich weiß nicht, warum ich es ihm nicht sage. Aber irgendwie habe ich Angst, dass ich vielleicht mein Schicksal besiegele, wenn ich es tue, also schweige ich lieber aus einem verrückten, bescheuerten, dummen und doch unbestreitbar vorhandenen Aberglauben heraus.

»Ernsthaft? Blöd nur, dass ich dir das nicht abnehme. Deine Weigerung, mit mir zu reden, macht mich langsam wahnsinnig, Haddie. Benutz mich doch. Nimm mich als deinen emotionalen Sandsack – oder meinetwegen auch als einen echten –, aber gib zu, dass du mich brauchst. Ich bin kein Vollidiot, der Reißaus nimmt, sobald es etwas rauer wird, und dass du das immer noch nicht erkennst, ist eine verdammte Beleidigung.« Er stößt geräuschvoll den Atem aus und presst die Kiefer zusammen. »Ich bin stocksauer auf dich, aber ich bin auch fasziniert von dir, und ich habe überhaupt keine Ahnung, was ich sagen oder tun soll. Aber jemand anderen vor der Wahrheit schützen zu wollen bedeutet nichts anderes, als ihn auszuschließen.«

Ich blicke ihn an. Dass ich ihn zutiefst verletzt habe, steht außer Frage, und es gibt keine Worte, mit denen ich das ungeschehen machen kann. Also versuche ich mich zu rechtfertigen, versuche mich mit einer Erklärung zu entschuldigen. »Vielleicht ist das meine Methode zu verhindern, dass jemand sich verpflichtet fühlt, mir zu helfen, wenn alles den Bach runtergeht. Ich will kein Mitleid, nur weil wir mal was miteinander hatten.«

»*Weil wir mal was miteinander hatten*?« Er fährt zurück. »Interessante Wortwahl, findest du nicht? Welches *Mal* meinst du denn? Die vier Orgasmen beim ersten Mal? Das eine Mal bei mir in der Wohnung? Oder das, was wir da eben auf der Wiese angestellt haben?«

Ein Grinsen stiehlt sich auf meine Lippen, auch wenn es im Augenblick unpassend erscheint, aber dieses Gespräch ist so unerträglich ernst, dass ich nicht anders kann. »Es fühlte sich eben alles ein*mal*ig an.«

Er sieht mich einen Moment verdattert an, dann wirft er den Kopf zurück und lacht laut, und es tut so gut, dass mir innerlich warm wird. »Tja, City, wenn man es so sieht, klingt es schon gar nicht mehr so schlecht.«

Ich habe immer noch Vorbehalte, und die Angst, dass ich ihn in eine furchtbare Situation befördere, wenn der Befund der Biopsie nicht negativ ausfällt, ist ebenfalls noch da, aber im Augenblick will ich das alles nur vergessen. Mag sein, dass das hier die Ruhe vor dem Sturm ist, aber dann will ich sie wenigstens genießen und die Gefühle, die er in mir erzeugt, für ein Weilchen zulassen.

Aber ehe ich noch vor mir selbst rechtfertigen kann, warum ich diesen Mann will, ist er mit wenigen Schritten bei mir, packt mich und legt seine Lippen auf meine. Der Kuss ist so befrachtet mit Emotionen, dass ich den Zorn und die pure Lust auf seiner Zunge schmecken kann, als er meinen Mund in Besitz nimmt und uns beiden ein Ventil verschafft, um das zu erklären, was Worte nicht ausdrücken können.

Denn wenn man einander so küssen kann, sind Worte vollkommen überflüssig.

Behutsam macht er sich von mir los und zieht mich wieder in seine Arme, und diesmal schmiege ich mich willig an seine breite Brust. »Tut mir leid, dass ich dich so angeschrien habe, aber Unvernunft macht mich einfach wahnsinnig, und deine Gedankengänge bewegen sich haarscharf an der Grenze dazu.« Er seufzt und küsst mich auf den Scheitel. »Dazu ist das letzte Wort noch nicht gesprochen, aber ich denke, es ist albern, über Dinge zu diskutieren, die vielleicht niemals eintreten. Und wenn es Gesprächsbedarf gibt, dann wirst du dich nicht noch einmal vor mir verstecken, ist das klar?« Er nimmt meinen Kopf und bewegt ihn auf und ab, sodass ich nicke. Ich muss lachen und fühle mich so frei und unbeschwert wie schon lange nicht mehr. »Wir *können*, Haddie. Am besten gewöhnst du dich endlich dran.«

Diese beiden Worte berühren mich, nehmen mir ein wenig von der Last auf meinen Schultern, und ich bilde sie stumm mit den Lippen. Er lächelt, ehe sich sein Mund erneut über meinen legt und wir uns dem nächsten Kuss hingeben.

Irgendwann spüre ich ein Zupfen in meinem Haar. »Du hast Blätter in der Frisur«, sagt er lächelnd.

»Das trägt man jetzt so«, erwidere ich.

»Hm.« Er schaut zu Boden, der großzügig mit Laub bedeckt ist, und grinst. »Das trifft sich gut. Dann sorgen wir doch dafür, dass du noch eine ganze Weile länger voll im Trend bist.«

22

BECKS

Kaffee.

Der Duft hat eine ähnliche Wirkung auf mich wie das Aufheulen der Motoren an einem Renntag, und mit einem Schlag bin ich hellwach. Ich reiße die Augen auf, kneife sie aber hastig wieder zu. Stöhnend packe ich das Kissen neben mir und lege es mir gegen die Helligkeit aufs Gesicht. Hier in dem alten Haus gibt es keine Vorhänge – schönen Dank auch, Mom! – daher: Guten Morgen, Sonne.

Obwohl der frühe Morgen und ich heute nicht wirklich gut Freund miteinander sind.

Tja, wahrscheinlich liegt es daran, dass ich erst vor einer gefühlten Stunde die Augen zugemacht habe. Woran zum großen Teil der unglaubliche Sex mit Haddie Schuld ist. Unglaublich? Wem will ich hier etwas vormachen? Die Frau hat für mich im Bett definitiv neue Maßstäbe gesetzt.

Der gottverdammte Macallan.

Sie ruiniert mich. Ruiniert mich für alle anderen Frauen. Deena? Wer ist Deena?

Nachdem ich mich also an ihr und ihrem Körper berauscht hatte, kuschelte sie sich an mich und schlief ein. Aber ich konnte nicht. Ich lag mindestens eine Stunde lang wach und erlebte den ganzen Tag noch einmal neu: unsere Fahrt hierher, Sex auf der Wiese, die genähte

Wunde an ihrer Brust, der Streit, der sich aus dieser Entdeckung ergab, noch viel mehr Blätter in ihrem Haar, unser Abendessen, ein langes Gespräch vor dem Kamin, das nahtlos in ein Vorspiel überging und in diesem Bett endete, wo anschließend die Messlatte sehr, sehr weit nach oben gelegt wurde.

Doch obwohl der Tag so ereignisreich gewesen war, kehrten meine Gedanken immer wieder zu den noch ausstehenden Laborergebnissen zurück, von denen sie mir erzählt hatte. Und zu den möglichen Konsequenzen, die ein Befund auf sie und uns haben könnte.

Warm und verlockend lag sie in meinen Armen. Ich konzentrierte mich darauf, ließ mich davon trösten und schlief gegen Tagesanbruch endlich ein.

Kaffee.

Der Duft und ein fröhliches Summen aus der Küche holen mich aus meinen Gedanken. Gedanken, die ich gar nicht haben will, aber Haddie hat mich mitten ins Herz getroffen, und meine Mutter würde vor Freude hüpfen, wenn sie davon wüsste.

Unwillkürlich überlege ich plötzlich, ob Coltons neues Motto, nach dem eine Muschi genug fürs Leben sein kann, auch für mich eine gewisse Relevanz besitzt.

So weit ist es also schon.

Meine Morgenlatte ist voll ausgefahren, und da sie mir praktisch schon die Richtung weist, stehe ich auf und mache mich auf den Weg in die Küche.

Während ich durch den Flur tappe, kommt mir plötzlich eine wunderbare Idee. Ich weiß, was wir heute machen! Sie braucht einen Tag, der sie gründlich ablenkt von ihren Sorgen und der Furcht vor der Ungewissheit, die, wie ich jetzt weiß, jede Minute ihres Tages beherrscht.

Ich fühle mich großartig, als ich um die Ecke biege und die Küche betrete. Und als ich sie sehe, trifft es mich wie ein Schlag in die Magengrube.

Verflucht.

Verdammt und zugenäht.

Sie sitzt auf der Fensterbank, den Rücken am Rahmen, die Knie angezogen, einen Becher Kaffee in beiden Händen. Sie schaut hinaus, und die Sonne, die durchs Fenster dringt, taucht ihr Haar in einen goldenen Schimmer. Sie trägt ein T-Shirt von mir, das ihr bis über die Hüften reicht, sodass ich nicht erkennen kann, ob sie sonst noch etwas anhat. Mit einem kleinen Lächeln schaut sie Rex zu, der vor dem Fenster vergeblich nach Fliegen schnappt.

Und in diesem Moment sieht sie so unglaublich rein und zerbrechlich aus, dass mein Herz ihr zufliegt. Ich sage mir, dass es an der Morgensonne liegt, vielleicht auch daran, dass sie so entspannt dasitzt und mein T-Shirt trägt, doch plötzlich muss ich an einen Engel denken.

Ihr Anblick ist wie eine Offenbarung.

Ich würde ihr gerne etwas zurufen, weil ich ihre Augen sehen möchte, doch ich bringe es nicht übers Herz, den Augenblick zu stören. Vielleicht aus Rücksicht ihr gegenüber, vielleicht tue ich es aber auch für mich, denn ich brauche definitiv Zeit um herauszufinden, was plötzlich in mich gefahren ist.

Eben gerade war ich ein Mann auf der Suche nach Kaffee und vielleicht einer kleinen Süßigkeit am Morgen, und nun hat es mir die Sprache verschlagen. Und ich weiß, dass es kein Zurück mehr gibt.

Sobald sie sich bewegt, sieht sie mich, aber sie wirkt nicht erschrocken, wie ich erwartet hätte. Stattdessen huscht ein kleines Lächeln über ihre Lippen, als ihr Blick meinem begegnet. Aus der Ferne sieht es aus, als würden Tränen in ihren Augen glänzen, und zum ersten Mal seit einer Ewigkeit kann ich mich nicht bewegen. Ich stehe nur da und starre sie an, und obwohl ich dringend wegsehen müsste, damit sie nicht in meinen Augen lesen kann, schaffe ich es einfach nicht. Denn mit einem Mal wird mir bewusst, was mich paralysiert hat.

Es ist nicht einfach nur ihr Anblick, ihr Lächeln, ihre Nähe. Nein, keinesfalls.

Es ist der Pfeil, der mir direkt durchs Herz gedrungen ist.

Oh ... verdammt.

Sollte ich nicht in Panik geraten, dass die Frau am Fenster in mir Gefühle weckt, wie ich sie noch nie empfunden habe? Meine Vernunft sagt mir, dass wir zwei uns noch gar nicht lange genug kennen, um so etwas möglich zu machen. Im Übrigen habe ich noch nie an diesen Amor-Pfeil-Quatsch geglaubt.

Wohl aber an den »Klick«, denn dass es geklickt hat, lässt sich nicht leugnen – und in meinen Ohren ist es so laut wie Donnerhall gewesen.

Und da ich gerade ohnehin das Gefühl habe, vom Blitz getroffen worden zu sein, passt der Donnerschlag doch bestens ins Bild.

»Guten Morgen«, holt mich ihre Stimme in die Realität zurück. »Kaffee ist fertig.«

Kaffee.

Genau.

Der wird mir helfen, wieder etwas klarer zu denken, denn mir dämmert, dass die Erkenntnis, die mich soeben durchzuckt hat, mein Leben grundlegend ändern wird.

»Bist du sicher?«

Die Frage kommt zögernd, doch ich kann ihr ansehen, dass sie das, was ich ihr gerade vorgeschlagen habe, gerne tun möchte, wenn sie sich auch gleichzeitig ein wenig davor fürchtet. Das verstehe ich absolut. Aber ich bin überzeugt davon, dass die Möglichkeit, etwas so Kraftvolles kontrollieren zu können, ihr helfen wird, sich wieder zu erden und ein wenig zu stabilisieren, jetzt da ihr das eigene Leben aus den Fingern zu gleiten scheint.

»Vertraust du mir?«

Sie lacht tief und satt, und ich liebe das anzügliche Funkeln in den Augen. »Ernsthaft jetzt? Nach allem, was du heute Morgen mit mir anstellen durftest, stellst du mir eine solche Frage?«

Herr im Himmel!

Ihre Bemerkung beschwört prompt die Bilder unseres Vorfrühstücksschäferstündchens herauf. Ich glaube nicht, dass ich am Küchentisch je wieder Thanksgiving feiern kann, ohne daran zu denken, wie ich auf selbigem Haddie geleckt habe. Mit dem Kopf nach unten, den Hintern hoch, die Hände links und rechts an der Tischkante mit dem Befehl, sie ja dort zu lassen, sonst würde meine Zunge augenblicklich die Arbeit an ihrer Klitoris einstellen. Wie sie sich vor mir wand und stöhnte, wie ihre Hüften sich aufbäumten und zuckten, als sie kam und dabei meinen Namen schrie!

Und dann sagte sie ein einziges Wort. *Mehr.*

Ich begegne ihrem Blick, als wir aus dem Truck aussteigen, und weiß ganz genau, dass auch sie gerade daran denkt. Wie ich sie mit einem Ruck zur Tischkante zog und in ihre enge, nasse pulsierende Muschi stieß, die sich um mich herum zusammenzog, während sie ihren Orgasmus Welle um Welle auskostete. Und es war fantastisch. Großartig. Sie zu fühlen, Haut auf Haut, ist etwas, das ich von nun an immer haben möchte.

Bei dem Gedanken wird mein Schwanz schon wieder hart. Und weil sie schon gekommen war, konnte ich mich ganz auf mein eigenes Vergnügen konzentrieren, auf den Anblick und die Empfindungen, sie von hinten zu nehmen, meinen Daumen zu befeuchten und ihn gegen den engen, sich widersetzenden Ringmuskeln zu drücken – und dann ihr Stöhnen, als sie sich unter der Berührung wand! »Ja, Gott, ja, Becks tu es. Ich komme.« Und so steckte ich ihr meinen Daumen in den Hintern und ahmte nach, was mein Schwanz in ihrer Muschi tat.

Einen Moment lang schließe ich die Augen hinter meiner Sonnenbrille, als ich daran denke, wie sie so gewaltig kam, dass ihre Beine nachgaben und sich die Muskeln um Schwanz und Daumen zusammenzogen, bis auch ich mich nicht mehr beherrschen konnte und ebenfalls kam.

Mein Gott. Gerade als ich dachte, nichts könnte die Nacht zuvor toppen, hat sie die Messlatte noch ein Stück höher gelegt.

Noch weiter, und ich werde Stabhochspringer.

»Becks?«

Herrgott. Ihre Stimme holt mich zurück, ehe die Zündkerze in meinem Kopf meinen Motor erneut hochfahren kann.

»Hmm.« Das kehlige Brummen, das ich von mir gebe, dürfte ihr klarmachen, wo sich meine Gedanken gerade befanden. »Wehe, du sprichst heute Morgen an. Ich könnte auf die Idee kommen, es gleich noch mal zu tun.«

»Ist das ein Versprechen?«, fragt sie mit einem frechen Grinsen, während sie um den Wagen herumgeht. Die Heckklappe ist unten, und sie beugt sich vor, legt ihren Oberkörper ab und streckt mir ihr Hinterteil entgegen.

»Pass auf, was du tust, Baby. Man spielt nicht mit dem Feuer.« Ich folge ihr langsam und würde nur allzu gerne nehmen, was sie mir anbietet, doch dummerweise befinden sich hinter der nächsten Ecke ein paar Leute aus meiner Crew, die auf uns warten, weil ich sie angerufen habe.

Sie wackelt mit dem Hintern, als ich hinter sie trete und mit einem Finger über die Naht ihrer Shorts fahre. Sie zieht scharf die Luft ein und verharrt reglos, dann drückt sie sich gegen meine Hand. Rasch weiche ich zurück. Am liebsten würde ich sie sofort nehmen, aber ich will nicht, dass die Jungs sie so sehen. Sobald sie ihr begegnen, wird ihre Fantasie ohnehin verrücktspielen, und ich denke ja gar nicht daran, ihnen auch noch die entsprechenden Live-Bilder zu bieten.

Sie richtet sich auf und dreht sich zu mir um. »Doch, manchmal muss man mit dem Feuer spielen.« Sie lehnt sich an mich und legt ihre Lippen auf meine. »Und weißt du auch, warum?«

Als könnte ich mich noch auf ihre Frage konzentrieren!

»Weil du dich verbrennen willst?«, antworte ich, wohl wissend, dass es nicht das ist, was sie hören will. Meine Antwort war lahm, und Haddie ist alles andere als das.

»Hmm«, macht sie an meinen Lippen. »Ja, unter anderem, aber vor allem, weil du dann dringend gefordert bist, den Brand zu löschen. Und ich weiß auch schon womit.« Sie schmiegt sich wieder an mich, und ich schwöre, wenn sie das noch einmal macht, verwerfe ich meine ursprüngliche Idee mit der Rennstrecke und fange lieber an, mich als Feuerwehrmann zu betätigen.

»Das klingt gut«, murmele ich, ehe ich meine Zunge zwischen ihre Lippen schiebe und einen ersten Funkenflug erzeuge.

»Hey, Daniels. Geht's gleich los, oder willst du noch mehr Zeit mit Geknutsche vergeuden?«, ruft Smitty hinter mir, und seine Stimme hallt von den Betonwänden der Boxengasse wider.

Herrje. Er hat wie immer ein extrem schlechtes Timing.

Ich winke ihm mit meinem Mittelfinger zu, und sein Lachen weht zu uns herüber. »Vielleicht später, Herzchen, aber jetzt ist der Wagen fertig, also schwing deinen Hintern hier rüber.«

»Ich komme«, rufe ich ihm zu, schaue jedoch Haddie in die Augen.

»Versprich's mir«, flüstert sie mit einem verschmitzten Funkeln in den Augen und drückt sich noch einmal an mich, ehe sie mich loslässt und einen Schritt zurückweicht.

Und ich stehe da und grinse dümmlich, weil ich kaum fassen kann, was für ein Glück ich habe, hier mit einer Frau zu stehen, die auf diese Art mit mir scherzt. Die eine harmlose Bemerkung in etwas Anzügliches verwandelt und mir ein Versprechen abnimmt, das nicht aufregender sein könnte.

Und das ich selbstverständlich niemals brechen würde.

Wir sehen einander noch einen Moment lang an. Ich bin ungeheuer froh, das freche Glitzern in ihren Augen zu sehen, wo in letzter Zeit so viel Trauer und Angst zu lesen gewesen war. Ich weiß nicht, was dazu nötig sein wird, aber ich werde alles geben, damit ihr diese Fröhlichkeit erhalten bleibt.

»Keine Angst, süße Haddie«, sage ich, als wir uns umdrehen und Hand in Hand auf die Boxengasse zugehen. »Ich sorge dafür, dass aus dem Feuer ein Flächenbrand wird, den ich selbstverständlich mit allergrößter Freude löschen werde. Gründlich. Sehr gründlich.«

Und obwohl sie es vermutlich nicht einmal ahnt, geht es mir hierbei um sehr viel mehr als nur Sex.

23

HADDIE

Ich habe ein Dauergrinsen im Gesicht, und zum ersten Mal seit einer Ewigkeit fühlt es sich vollkommen normal an. Ich habe keine Ahnung, wie Becks auf diese Idee gekommen ist, aber er hat damit einen Volltreffer gelandet.

Wer hätte gedacht, dass es so belebend ist, sich einen Helm aufzusetzen, in einen alten Stock Car zu steigen und über die Rennbahn zu heizen, als ob es kein Morgen gäbe! Und es war nicht nur das Adrenalin, das durch meine Adern rauschte. Das Gefühl, den Wagen zu beherrschen und mein Schicksal selbst in der Hand zu haben, hat mir frische Energie und neuen Mut eingegeben.

Ich meine, natürlich weiß ich, dass ich nicht einmal ein Viertel so schnell gefahren bin wie Colton, wenn er über die Strecke rast, aber das war mir egal. Allein das Wissen, dass ich selbst entscheiden konnte, wie rasant, wie schnell und wie waghalsig ich fahren wollte, war wie ein Zaubertrank, der mich in einen Rausch versetzte, ohne dass ich morgen einen Kater zu befürchten habe.

Und wann immer mein Verstand in unangenehme Gefilde abdriften wollte, trat ich einfach nur das Gaspedal weiter durch, sodass ich mich auf das Leben konzentrieren musste, anstatt ans Sterben zu denken.

Großartiges Konzept.

Becks hält meine Hand in seiner, als er mich zu meiner Haustür begleitet, und mir wird bewusst, dass ich ihn noch nicht gehen lassen will. Noch heute Morgen, als ich am Küchenfenster saß und an die Nacht mit Becks dachte, war der Kontrast zwischen der Furcht vor dem, was kommen mochte, und dem tröstenden Wissen, dass ich mich wenigstens diesen einen Tag auf ihn einlassen wollte, so potent, dass es mir die Tränen in die Augen trieb. Es war, als hätte ich einen Fuß im Haus, den anderen draußen, und würde nur auf ein Zeichen warten, erneut Reißaus zu nehmen … doch diesmal ohne zurückzuschauen.

Und jetzt? Jetzt steht der eine Fuß noch immer fest am Boden, doch der andere hängt reglos in der Luft, und mein Herz drängt ihn, sich zu seinem Kumpel zu gesellen und dort zu bleiben.

In einem Tag hat sich verdammt viel getan.

Was stellt er bloß mit mir an?

Wenn ich es nicht besser wüsste, dann würde ich vielleicht vermuten, dass ich ihm hörig bin, aber das kann nicht sein. Ja, seine Schlafzimmerqualitäten sind absolut überdurchschnittlich, aber da ist noch mehr, und so beängstigend es mir vorkommt – es zieht mich an. Und wie. Denn es eröffnet mir Perspektiven, die ich mir bisher versagt habe.

Aber wer weiß schon, was passieren wird? Schließlich kann ich schon morgen von einem fetten Laster plattgefahren werden, wie Rylee es so schön formuliert hat.

Oder die Krebsdiagnose bekommen.

Ich schüttele den Gedanken ab. Er hat im Augenblick hier keinen Platz. Nicht nach den großartigen vergangenen dreiunddreißig oder vierunddreißig Stunden, die ich mit Becks verbracht habe.

Oh, mein Gott. Ich weiß die Stunden! Ich habe augenscheinlich unbewusst mitgezählt. Ich muss doch verliebt sein! Aber verdammt. Das ist doch vollkommen unmöglich!

So sehr ich auf Machos und Rebellen stehe, die immer und überall die Kontrolle behalten wollen – im Bett bin ich meistens diejenige, die ihnen eine verdammt gute Show bietet, damit ich sie gegebenenfalls zappeln lassen kann, um zu bekommen, was ich will. Aber mit Becks? Mr. Tiefenentspannt persönlich? Von Zappeln lassen kann wohl keine Rede sein. Eher ist es genau umgekehrt, und ich hätte nicht die geringsten Hemmungen, mich ihm schamlos anzubieten.

Wir haben die Tür fast erreicht, und Becks zupft an meiner Hand und zieht mich an sich. Ich schmiege mich an seine breite, harte Brust, als er die Arme um mich schlingt, und genieße die Geborgenheit, die seine unmittelbare Nähe mir verschafft. Gestern Morgen haben wir ebenfalls hier gestanden, doch dieser Moment ist Lichtjahre davon entfernt.

Und obwohl wir uns gegenseitig nahezu verschlungen haben, will ich ihn heute noch zehnmal mehr als gestern.

Er küsst mich auf den Scheitel und drückt mich an sich. »Danke, dass du mit mir aufs Land gefahren bist.« Seine Stimme vibriert durch meinen Körper, als wäre wir eins, und mir gefällt sowohl das Gefühl als auch der Gedanke.

»Mit dir gefahren?«, wiederhole ich neckend »Ich hatte den Eindruck, dass ich keine große Wahl hatte.«

»Und ich hatte den Eindruck, dass es dir gut gefallen hat, keine große Wahl zu haben. Besonders auf dem Küchentisch.«

Mein Körper reagiert sofort auf seine Anspielung, und ich seufze zufrieden. Eigentlich, finde ich, könnte er mir noch einmal keine große Wahl lassen. Am besten jetzt sofort.

»Willst du reinkommen?«

Er lacht und streichelt mir über den Rücken. »Nur allzu gerne, aber ich kann nicht.«

Albernerweise fühle ich mich zurückgewiesen. »Du hast also etwas Besseres zu tun?«, frage ich, nehme den Kopf zurück, ziehe einen Schmollmund und klimpere mit den Wimpern.

»Nie und nimmer«, gibt er lächelnd zurück, beugt sich vor und küsst mich auf die Stirn. »Du siehst niedlich aus, wenn du schmollst, aber wenn ich nun reinkomme, verstoße ich wieder gegen eine meiner Regeln, und du weißt, dass ich das nicht leiden kann.«

Er und seine verflixten Regeln. »Und um was geht es diesmal?«, frage ich mit einem entnervten Unterton.

Er grinst und schüttelt den Kopf. »Es sind sogar gleich zwei Regeln, die ich brechen müsste ... Ich nenne sie Qualitätsprüfung und Erstes Date.«

»Wie beliebt? Qualitätsprüfung?«

»Genau. Wenn ich jetzt mit dir reinkomme, hätte ich unweigerlich Lust, dich überall in deinem Haus zu vögeln und zwar so lange und heftig, wie das jeweilige Möbel es aushält. Das ist sozusagen unvermeidlich, dagegen kann ich nicht an.« Er zieht die Brauen hoch, als ich zu lachen beginne. »Aber ich halte das für keine gute Idee, denn wenn ich das Motorrad dort drüben richtig interpretiere, ist dein ärgerlicher und viel zu männlicher Mitbewohner anwesend. Klar, es würde mir gefallen, wenn er hört, wie du meinen Namen schreist, aber ich will dich nicht teilen ... nicht einmal deine Lustschreie. Ich teile niemals.«

Und obwohl ich noch immer über seine alberne Regel lache, machen mich der besitzergreifende Tonfall seiner Stimme und der herausfordernde Blick erneut an.

»Außerdem würde ein Verstoß gegen Regel Nummer eins zwingend zu einem Verstoß gegen Regel Nummer zwei führen«, fährt er fort, während ich ihn noch betrachte. »Und die besagt, dass man beim ersten Date nicht miteinander ins Bett geht.«

»Erstes Date?«, entfährt es mir ungläubig. »Machst du Witze?«

»Nein. Ich habe dich zum ersten Mal abgeholt und dich ausgeführt.« Er zuckt die Achseln. »Vielleicht bin ich ja altmodisch, aber das war unser erstes Date.«

Mein Lachen ist ein verächtliches Schnauben. »Diese Regel hast du leider schon gebrochen. Gestern. In der Nacht. Heute Morgen. Denn falls du es vergessen haben solltest ...« Ich beuge mich vor, um es ihm ins Ohr zu flüstern. »Wir haben bereits miteinander geschlafen.«

»Oh, ich kann dir versichern, dass ich das nicht vergessen habe, aber es ist das erste Mal, dass ich dich nach Hause bringe und dir einen Abschiedskuss gebe. Das ist für mich wichtig, und ich werde die Bedeutung dieses Abschiedskusses nicht schmälern, nur weil du gerade nur daran denken kannst, wie ich dich gegen die Eingangstür rammen und vögeln werde, sobald wir das Haus betreten haben.«

Ich schlucke, als ich es mir nur allzu lebhaft vorstelle, aber ich tue so, als ließe es mich kalt. »Ach. Der gute alte Wandsex?«

Er kämpft gegen das Grinsen an, aber es gelingt ihm nicht ganz. »Aber ja. Der gute alte Wandsex wird gemeinhin unterschätzt.« Er kommt einen Schritt auf mich zu, und ich weiche automatisch zurück, nur um gegen besagte Eingangstür zu stoßen.

»Und wieso?«, bringe ich atemlos hervor, während mein Puls sich beschleunigt.

Er kommt noch näher, sodass ich nicht mehr entkommen kann, und legt seine Hände an mein Gesicht, um mir in die Augen zu sehen. »Wenn du an die Wand gedrückt wirst und deine Beine um meine Hüften geschlungen hast, sorgt dein Eigengewicht dafür, dass du mich so tief in dir aufnimmst, wie es nur irgend geht«, flüstert er und stößt ein genießerisches Summen aus, und fast hätte ich mich aufs Betteln verlegt, reiße mich aber im letzten Moment zusammen. Würde gerettet – aber für wie lange, ist fraglich.

Er nimmt seine Hände von meinem Gesicht und streicht mir über die Arme abwärts, bis er meine Hüften packt. Mir stockt der Atem, und ich warte darauf, dass er mich hochhebt und gegen die Tür drückt, und obwohl ich weiß, dass wir draußen stehen, ist mir das in diesem Augenblick vollkommen egal.

Seine Finger packen noch fester zu, während er ganz langsam den Kopf zu mir herabneigt. Sein Mund, der so wunderbare Sachen mit mir anstellen kann, streift meine Lippen hauchzart, und obwohl ich mich verzweifelt an ihn schmiegen möchte, bleibt der Kuss zärtlich und so sanft, dass ich mich ihm nur hingeben kann.

Behutsam hebt er mich hoch, und instinktiv lege ich meine Beine um seine Taille, doch unsere Lippen verlassen einander nicht, und vielleicht macht die Tatsache, dass er so sanft mit mir umgeht, den Augenblick umso erotischer. Unsere Körper scheinen perfekt zueinanderzupassen: Seine harte Erektion liegt zwischen meinen Beinen, als gehörte sie dorthin, und unsere Lippen bewegen sich flüsternd wie eins.

Und obwohl meine Lust auf ihn sich mit jeder Sekunde steigert, bleibt der Kuss sanft, maßvoll, bedeutsam, und unsere Finger wühlen sich ins Haar des anderen, als wir voneinander ablassen und uns in die Augen sehen.

»Abschiedsküsse sind meine Lieblingsküsse«, murmelt er, während er mich langsam wieder auf den Boden stellt. Dann neigt er den Kopf, und in seinen Augen steht so viel zu lesen, dass ich nicht wage, genau hinzusehen. »Gute Nacht, City.«

Er weicht einen Schritt zurück, und am liebsten würde ich protestieren und ihn festhalten, aber ich tue es nicht. Stattdessen murmele ich »Gute Nacht«, und er schenkt mir ein winziges Lächeln, dreht sich um und geht den Weg zu seinem Auto hinunter.

»Hey«, rufe ich ihm hinterher, als mit dem wachsenden Abstand zu ihm mein Verstand wieder einsetzt. Er wendet sich um und sieht mich fragend an. »Hast du auch eine Drei-Tage-Regel?«

»Drei Tage? Hm. Um das herauszufinden, wirst du wohl abwarten müssen.« Er grinst spitzbübisch. »Wo kämen wir denn da hin, wenn ich dir von vornherein all meine Geheimnisse verrate?« Er setzt sich wieder in Bewegung, bleibt aber stehen, als ihm offenbar noch etwas einfällt. »Frag dich lieber, ob sich die drei Tage auf Anrufe oder auf Wandsex beziehen.«

Und mit einem letzten unverschämten Grinsen macht er endgültig kehrt und schlendert zu seinem Wagen zurück. Ich stehe an der Tür, schüttele den Kopf, presse die Schenkel zusammen und sehne mich jetzt schon nach ihm.

Beckett Daniels, ich verfluche dich.

Ich beobachte, wie er zurücksetzt und auf die Straße einbiegt, und weiß genau, dass der Schmerz in meiner Brust nur schlimmer werden kann, je stärker ich mich auf ihn einlasse.

Als sein Auto außer Sicht ist, schließe ich die Tür auf, drücke sie innen wieder zu und lasse mich erschöpft dagegen sinken. Und dann muss ich lachen, als mir bewusst wird, dass ich genau dort stehe, wo ich heute in drei Tagen mit Becks zusammen stehen will.

Wandsex.

Oh ja.

24

Ich werfe meine Tasche auf die Küchentheke und lehne mich zu Tode erschöpft mit der Hüfte dagegen. Ich brauche dringend Schlaf. In der Nacht, in der ich mit Becks in Ojai gewesen bin, habe ich nicht viel geschlafen, und an den beiden darauffolgenden Abenden haben wir die halbe Nacht telefoniert und uns besser kennengelernt. Nicht, dass ich mich beschweren will. Nicht mit Becks zu schlafen ist auch eine schöne Methode, keinen Schlaf zu bekommen. Im Übrigen halte ich mich nur an seine bescheuerten, völlig veralteten Dating-Regeln. Die ja irgendwie auch wieder ganz süß sind.

Und da wir uns die vergangenen Nächte unterhalten haben, gilt die Drei-Tage-Regel offenbar nicht für Anrufe.

Ich kann nur hoffen, dass wir heute zu dem versprochenen Wandsex an der Eingangstür kommen.

Je eher desto besser.

Becks hat die Erwartung in mir so geschickt aufgebaut, dass wir keinesfalls noch zu meinem Schlafzimmer gelangen werden.

Ich nehme mir etwas zu trinken und setze mich in Richtung Garten in Bewegung, um die letzten Sonnenstrahlen zu genießen – mein Feierabendritual. Auf meiner Lieblingsliege trinke ich meine Limonade und denke zurück an meinen Nachmittag mit Maddie. Heute war sie fröhlich und gut gelaunt, und diesmal fiel es mir auch nicht schwer, mich von ihr zu verabschieden.

Ich weiß, dass die Trauer niemals ganz verschwinden wird, aber Maddie ist noch so jung. Die Zukunft wird noch viel Gutes für sie bereithalten.

Auch meine Arbeit gibt mir keinen Grund zur Klage. Die Events für Scandalous haben Wellen geschlagen, die Society-Presse war begeistert, und heute Morgen bekam ich eine Nachricht, dass die Unternehmensleitung mehr als zufrieden mit mir sei. Meine Zuversicht, sie auch dauerhaft als Kunden zu gewinnen, ist inzwischen groß.

Und natürlich kehren meine Gedanken immer wieder zu Becks zurück. Unwillkürlich huscht ein Lächeln über meine Lippen, als ich mir bewusst mache, wie wichtig er mir in der kurzen Zeit geworden ist. Hätte mir jemand prophezeit, dass ich mich je so schnell in jemanden verlieben könnte, hätte ich ihn für verrückt gehalten. Andererseits kennen Becks und ich uns ja schon mehr als ein Jahr, daher ist die Statusänderung von ›befreundet‹ zu ›verliebt‹ nicht gar so drastisch.

Und verdammt – es ist schön. Schmetterlinge im Bauch, sobald das Telefon klingelt. Endlose nächtliche Gespräche über alles und nichts. Einfach nur zufrieden sein, die Stimme des anderen zu hören. Es ist noch früh, ich weiß, und obwohl es sich so ungeheuer gut anfühlt, versuche ich mich zu bremsen und wirklich jede Phase bewusst auszukosten. Denn die Angst nagt noch immer an meiner Psyche. Und sobald ich ihr zu viel Raum gebe, lässt sie neue Zweifel aufkommen.

Ich schließe die Augen, drehe mein Gesicht in die Sonne und genieße die letzte Wärme. Mein Telefon klingelt, und ich taste danach, ohne die Augen zu öffnen, denn ich gehe davon aus, dass es Becks ist, der mich anruft. Er müsste eigentlich jetzt Feierabend haben, und ich hoffe sehr, dass ich ihn heute zu sehen bekomme. Es ist zwar erst drei Tage her, aber in der Kennenlernphase kommt es einem ja immer vor wie eine halbe Ewigkeit.

»Hallo«, sage ich mit einem Lächeln und spüre in Erwartung seiner Stimme ein Kribbeln in der Magengegend.

»Ms. Montgomery, bitte.«

Das Monotone an der neutralen Stimme versetzt mir einen Schock. »Am Apparat«, erwidere ich. Mein erster Impuls ist es, auf das Display meines Handys zu blicken, um herauszufinden, wer mich anruft, aber ich befürchte, dass ich es schon weiß.

»Ms. Montgomery, guten Tag. Dr. Blakely hier. Wie geht's Ihnen?«

Die aufgesetzte Fröhlichkeit verursacht mir eine Gänsehaut. »Das kommt ganz drauf an, was Sie mir jetzt sagen werden«, bringe ich krächzend hervor.

»Mir wär's lieb, wenn Sie herkämen und wir uns unterhalten könnten.«

Plötzlich ist mein Mund knochentrocken. Mein Puls startet durch, und mein Herz hämmert fast schmerzhaft hart gegen meine Rippen. Gerne würde ich mir einreden, dass ich deshalb nicht richtig verstanden habe, aber mir ist klar, dass ich mir etwas vormache. Ich weiß ganz genau, dass gute Nachrichten problemlos telefonisch weitergegeben werden, schlechte aber einen Termin erfordern. Und Dr. Blakelys freundlich-neutraler Tonfall ist genau derselbe wie damals, als sie Lexi die Diagnose mitteilte. Und sie anschließend an die Onkologie überwies.

»Können Sie es mir nicht einfach am Telefon sagen?«, frage ich dennoch. Die Hoffnung stirbt zuletzt.

»Ich denke, es wäre besser, wenn Sie herkämen.«

Nun weiß ich Bescheid. Definitiv. Und doch versuche ich das Schicksal auszutricksen.

»Okay. Wann immer Sie Zeit für mich haben«, antworte ich und sage mir, dass es nicht so schlimm sein kann, wenn sie mir einen Termin in ein oder zwei Wochen gibt.

»Schön. Wie wäre es mit morgen Nachmittag? Morgen früh wollen ein paar Kollegen vorbeischauen und einen Blick auf Ihr Krankenblatt werfen, danach wäre also ideal. Sagen wir drei Uhr?«

Ich brauche mir nichts mehr einzureden. Morgen klingt nach *dringend*. Morgen klingt nach Krebs.

Morgen klingt nach *Leider verloren, Haddie*.

Ich schlucke mühsam und ringe um Worte. »Okay«, sage ich schließlich und bin überrascht, dass sie meine leise Stimme überhaupt versteht. Dann lasse ich das Telefon sinken und starre in den Himmel.

Ich habe Krebs. Sie mag es vielleicht nicht explizit gesagt haben, aber das muss sie auch nicht.

Mein Glas rutscht mir aus den Fingern. Ich sehe zu, wie sich die Limonade auf den Boden ergießt und in der Erde versickert. Verschwindet. Für immer.

Ring around a rosie.

Ob es kalt dort unten ist – direkt unter der Oberfläche? Ist es kalt, wenn man begraben wird?

A pocket full of posies.

Meine Gedanken kommen zum Stehen. *Frierst du, Lexi?*
Ashes, ashes, we all fall down.
Ich schließe die Augen. Ich will nicht. Ich will nicht hinnehmen, dass das Schicksal an meine Tür geklopft hat. Also ziehe ich mich in mein Inneres zurück, mache nach außen dicht und tauche ab in die Taubheit, weil ich nicht weiß, wie ich verarbeiten soll, was ich gerade gehört habe.

Ich versuche es morgen. Bestimmt. Nicht jetzt. Nicht mehr heute. Ich will nichts hören und nichts sehen. Nichts fühlen.

Die Zeit verstreicht. Um mich herum werden Autotüren zugeworfen, als die Nachbarn von der Arbeit nach Hause kommen. Mütter rufen ihre Kinder zum Abendessen herein. Die Dämmerung geht in die Dunkelheit über, und die Straßenlaternen springen an.

Und ich sitze noch immer dort. Bewege mich nicht. Und würde es auch am liebsten nie wieder tun, wenn ich damit verhinder könnte, dass der Morgen näher rückt.

Mein Telefon klingelt und meldet eingehende Nachrichten. Aber es liegt auf dem Tisch, wo ich es abgelegt habe, und selbst wenn ich nachsehen wollte, brächte ich nicht genügend Energie auf, den Arm auszustrecken und es in die Hand zu nehmen.

Trotz der Wärme des Abends ist mir kalt. Durch und durch. Meine Seele liegt auf Eis, meine Gedanken sind eingefroren und reproduzieren in Endlosschleife Dr. Blakelys Worte.

»Hey.« Als die Stimme hinter mir erklingt, fahre ich zusammen, obwohl ich wusste, dass er mich irgendwann aufstöbern würde. Ich kneife die Augen zu und warte auf den Ansturm der Emotionen, die mich nun übermannen und alles niederreißen müssten, aber nichts geschieht. Absolut nichts. Gefühle, Emotionen, Empfindungen sind fort, nicht existent, null und nichtig. Ich müsste Angst haben, aber da ist nichts. Ich warte auf die Schmetterlinge im Bauch, das Ziehen in meinem Herzen, das Prickeln zwischen meinen Beinen als Reaktion auf seine Stimme, aber es passiert nicht. Es passiert gar nichts.

Denn ich fühle nichts.

»Dein Wagen stand vor dem Haus. Ich habe versucht dich anzurufen, aber du hast dich nicht gemeldet, und als ich es hier hinten klingeln hörte, bin ich durchs Gartentor gekommen.« Seine Stimme wird lauter, während er sich nähert.

Ich blicke stur geradeaus und murmele irgendetwas, bis ich ihn neben mir spüre. Mit letzter Kraft bringe ich ein Lächeln zustanden und schaue zu ihm auf. »Hey.«

Er sieht es sofort. Mit zusammengezogenen Brauen betrachtet er mich einen Moment lang, dann lässt er sich langsam auf meiner Liege nieder und schiebt meine Beine ein Stück zur Seite, damit er Platz hat. »Alles in Ordnung?«

Alles in Ordnung? Am liebsten würde ich laut lachen. »Hm-hm«, mache ich als Antwort.

Er legt mir eine Hand ans Gesicht und reibt mit dem Daumen über meine Wange, doch ich kann noch immer nichts fühlen und reagiere nicht. »Geht es Maddie gut?«, fragt er, und ich nicke. »Hat die Ärztin angerufen? Weißt du schon etwas Neues?«

Ich höre die Besorgnis in seiner Stimme, und nun ist

es Zeit für eine Runde »Wahrheit oder Pflicht«: Entweder ich lüge, um ihn zu beschützen, oder ich sage ihm die Wahrheit und stelle das Versprechen auf die Probe, das er mir in Ojai gegeben hat. Einen Moment lang schwanke ich auf diesem schmalen Grat meiner Moral, dann treffe ich eine Entscheidung.

»Nein, noch nicht. Sie hat angerufen und mir gesagt, dass es im Labor Verzögerungen gegeben hat, aber sie macht sich keine allzu großen Sorgen.« Die Lüge kommt mir geschmeidig von den Lippen, und er fällt erleichtert in sich zusammen.

Ich komme in die Hölle. Ich habe Becks knallhart angelogen. Ich komme in die Hölle, und ich habe es verdient. Ich werde brennen.

Und dann kommt die Angst. Das Adrenalin rauscht durch meine Adern, und ich schiebe meine Hände unter meine Oberschenkel, damit er das plötzliche Zittern nicht bemerkt. Meine Gedanken wirbeln sinnlos umher wie in einer Wäschetrommel, und mit jeder Umdrehung, mit jeder Sekunde, fühle ich mich schlechter.

Ich sollte gestehen und alles in Ordnung bringen, aber die Worte wollen nicht kommen, weil Bilder von Lexi und Danny und Maddie nach oben gespült werden, mit der Wahrheit kollidieren und sie mit dem Sog in die Tiefe ziehen.

»Haddie?«, sagt Becks wieder, und ich versuche mich auf ihn zu konzentrieren, doch das Brennen der Tränen, die nicht aufsteigen können, wird immer stärker.

»Ich …«, beginne ich, weiß aber nicht einmal annähernd, in welche Richtung ich das Gespräch steuern will. Ich brauche Abstand, um alles zu verarbeiten, ohne mir

Sorgen machen zu müssen, wie es sich auf die Menschen in meiner Nähe auswirken wird. Ich kann mich noch gut an die niederschmetternde Erkenntnis in Lexis lebhaften Augen erinnern. Sie wusste sehr genau, welche Bürde sie uns auflastete.

Ich habe jetzt drei Möglichkeiten: Ich kann ihn so tief kränken, dass er verschwindet. Ich kann ihm meine Lüge gestehen und ihn bitten, mir mehr Raum zu lassen. Oder ich versuche herauszufinden, ob ich überhaupt noch etwas fühlen kann oder innerlich bereits abgestorben bin.

Ich blicke ihm in die strahlend blauen Augen, die mir vermitteln, dass ich mir alle Zeit der Welt nehmen kann, um ihm zu sagen, was ich zu sagen habe. Aber nach Reden steht mir jetzt nicht der Sinn.

Ohne weiter darüber nachzudenken, packe ich seinen Nacken und ziehe seinen Mund zu mir. Die Verzweiflung treibt mich an. Wenn ich zur Hölle fahre, kann ich mir ebenso gut vorher noch ein Stück Himmel holen. Und, ja, vermutlich bin ich die egoistischste Frau auf dieser Erde, aber ich kann noch keine Entscheidung treffen, kann noch nicht aussprechen, was ich fühle, also gebe ich meiner Gier einfach nach und nehme mir, was ich brauche.

Becks schnappt erschrocken nach Luft, als unsere Münder aufeinandertreffen, doch meine Hände tasten schon nach seinem Reißverschluss und befreien seinen wachsende Erektion aus seiner Hose.

»Had ... warte doch ... Was ...?«

»Scht. Nicht reden. Vögeln. Es ist Tag drei«, sage ich und hoffe, dass er einfach mitmacht und nicht länger zögert.

Doch obwohl sein Schwanz schon dick und hart in

meiner Hand liegt, ist sein Kuss fast noch verhalten, also stoße ich meine Zunge in seinen Mund und beginne an seiner zu saugen, und schließlich höre ich sein tiefes Stöhnen und weiß, dass er sich mir nicht länger widersetzen kann. Und das ist gut so.

Ich rutsche von der Liege und beuge mich vor, ohne den Kuss zu unterbrechen. Unsere Hände stoßen gegeneinander, als wir beide die Knöpfe meiner Shorts öffnen und sie anschließend mit meinem Höschen herabschieben. Sobald ich mich wieder über ihn beuge, fährt seine Hand zwischen meine Beine, taucht zwischen meine Schamlippen und überprüft, ob ich bereit für ihn bin, aber ich rutsche hastig zurück, ehe er einen Finger in mich stecken kann.

Ich verdiene seine Rücksicht nicht, verdiene nicht, dass er sich um mich kümmert, denn ich kann ihm nichts als Gegenleistung bieten. Abrupt drehe ich mich um, sodass ich mit dem Rücken zu ihm auf seinem Schoß sitze. Ich will ihm einfach nicht in die Augen sehen, während ich ihn für meine Zwecke benutze, und er muss ganz sicher nicht die Tränen sehen, die nun doch in mir aufsteigen und in meinen Augen zu brennen beginnen.

Ich greife zwischen meine Beine, und Becks zieht scharf die Luft ein, als ich seine Erektion packe und zu meiner Spalte dirigiere. Ich reibe die Spitze zwischen meinen Schamlippen, um sie zu befeuchten, dann schiebe ich ihn in mich und ramme meine Hüften auf ihn herab, ohne ihm auch nur eine Sekunde zur Vorbereitung zu geben.

Sein tiefes Stöhnen durchdringt die Nachtluft. Die Dunkelheit und die herabhängenden Zweige schützen uns vor den Blicken der Nachbarn, und ich fange an, mich zu bewegen. Weil ich noch nicht ganz bereit für ihn war, spüre ich ein Brennen, aber ich begrüße den Schmerz, als mein Körper meine davonstürmenden Emotionen einzuholen versucht.

Denn ich *fühle* etwas. Ich bin noch nicht vollkommen taub. So krank es sogar mir selbst erscheint, ich will den Schmerz als Strafe für meine Lüge spüren, und so genieße ich ihn, konzentriere mich auf ihn und steigere mein Tempo, ohne Becks eine Chance zu lassen, nachzudenken oder einzugreifen oder sogar mitzumachen.

Und mein Selbsthass wächst.

In rasantem Tempo bringe ich ihn zum Orgasmus, und er kommt mit ungeheurer Wucht. Sein Schrei gellt durch die Nacht, seine Oberschenkel werden hart wie Stein, und seine Finger graben sich in meine Hüften, als die Wellen ihn überrollen.

»Heilige Scheiße«, bringt er hervor, als er endlich wieder zu Atem gekommen ist. Er schlingt seine Arme von hinten um mich und legt seine Stirn in meinen Nacken. »Was zum Teufel war denn das?«, murmelt er, und ich muss mir auf die Lippe beißen, um einen Schluchzer zu unterdrücken.

»Ich denke, du gehst jetzt besser.«

Die Gleichgültigkeit in meiner Stimme jagt selbst mir Angst ein, und ich spüre ihn regelrecht zusammenfahren. Er verharrt unter mir, und der Beweis unserer Vereinigung sickert aus mir heraus.

»Was?«

Es ehrt ihn, dass er so gelassen bleibt, aber mir wäre lieber, wenn er wütend auf mich wäre, denn damit kann ich besser umgehen.

»Hättest du die Güte, mir zu erklären, was das soll?«, hakt er nach, als ich schweige. Ich erhebe mich und sammle meine Shorts und mein Höschen vom Boden auf. Ich wische mich mit der Unterwäsche ab und werfe sie ihm zu, damit er sich ebenfalls sauber machen kann. Das Höschen fällt neben ihm ins Gras, aber er greift nicht danach.

»Dann eben nicht«, murmele ich, während ich meine Shorts hochziehe und zuknöpfe. »Du weißt ja, wo die Tür ist.« Und damit setze ich mich in Richtung Haus in Bewegung.

Einen Sekundenbruchteil darauf packt er mich am Arm und wirbelt mich herum. Seine Augen blitzen zornig, und er versucht etwas zu sagen, aber jedes Wort wird vom nächsten überlagert, und schließlich gibt er auf. »Was soll das?«, bringt er schließlich hervor. »Würdest du mir bitte endlich erklären, was mit dir los ist? Du weißt, dass ich ein geduldiger Mensch bin, aber du stellst meine Geduld gerade auf eine verdammt harte Probe. Was soll der Blödsinn?«

Wir starren einander an, doch die Dunkelheit erlaubt mir, meine Geheimnisse für mich zu behalten. »Kein Blödsinn, Becks.« Ich schüttele den Kopf und räuspere mich, um überzeugender zu klingen. »Das hier geht mir alles zu schnell. Ich kann im Augenblick nicht noch zusätzlichen Stress gebrauchen.«

»Wie war das gerade?« Seine Stimme steigt an, als er kopfschüttelnd einen Schritt näher tritt. »Hast du mich nicht gerade gevögelt? Ich meine – ganz explizit du mich? Ist das die Tat einer Frau, die lieber Abstand halten will?«

»Sieh es als Abschiedsgeschenk.« Ich bereue meine

schnippische Reaktion sofort, als ich sehe, wie er zusammenzuckt, als hätte ich ihn geohrfeigt. Der Fahrstuhl in die Hölle beschleunigt mit jedem Hieb, den ich ihm versetze, mit jeder Lüge, die ich auf die andere türme.

»Ein Abschiedsgeschenk?« Er stößt ein ungläubiges Lachen aus. »Ich gebe mir ja wirklich Mühe zu kapieren, wie wir innerhalb von Minuten vom Orgasmus zum Rauswurf gekommen sind, aber es will mir einfach nicht gelingen.« Sein Blick ist so verletzt, dass es mir bis ins Herz dringt. »Hab ich was falsch gemacht? Verschweigst du mir etwas? Hat Dante dich wieder rumgekriegt? Was ist los?«

Mit seinen Fragen hat Becks mir unwissentlich eine Tür geöffnet, und ich zögere nicht. Mir ist alles recht, was ihn mir so lange vom Leib hält, bis ich wenigstens etwas Zeit zum Nachdenken gehabt habe. Es ist einfacher, ihm einen solchen Stoß zu versetzen, als zuzusehen, wie er durch all das Elend, das der Krebs mit sich bringt, tausend Tode sterben muss.

In Ojai hat er mich um den einen Tag gebeten, einen Tag, an dem er mir zeigen konnte, dass wir zusammengehören. Und ich habe ihm diesen Tag gewährt – und mehr. Aber nun muss Schluss sein. Gott, ja, die Zeit mit ihm war ein Traum, aber er hat die Belastung durch meine Krankheit nicht verdient. Ich habe sie selbst nicht verdient! Aber es ist so viel einfacher, die Bande zu kappen, als ihn durch Verpflichtung gefesselt mit ins Elend zu zerren.

»Genau«, sage ich, aber meine Stimme bricht. Wieder muss ich mich räuspern. »Du hast es erfasst. Dante und ich haben uns ausgesprochen. Wir versuchen es noch einmal miteinander. Ich sagte ja schon, dass er eher mein Typ ist als du, also dürfte es dich nicht überraschen ...«

Becks' Gesichtsausdruck ist der eines Boxers, der neun Runden überstanden hat und nun KO geschlagen wird. Er versucht zu begreifen, was geschieht, doch er kann es einfach nicht fassen.

Unsere Blicke sind ineinander verschränkt, als er auf mich zukommt und mir beide Hände an die Wangen legt, damit ich nicht wegsehen kann. »Ich kapier einfach nicht, was los ist, Montgomery, ich habe nicht den leisesten Schimmer. Brauchst du mehr Raum? Okay, du sollst ihn haben. Aber nie und nimmer glaube ich, du könntest diese Pfeife mir vorziehen.« Er atmet schaudernd ein und sammelt sich sichtlich. Mein Herzschlag rauscht in meinen Ohren, während ich warte, dass er weiterspricht. »Ich werde jetzt gehen. Ich lasse dich hier in deinem Haus allein, damit du dir klar werden kannst, was in deinem Hirn vor sich geht, aber glaub ja nicht, dass ich dich verlasse!« Er kneift einen Moment lang die Augen zu, und als er sie wieder aufschlägt, ist sein Blick so klar und scharf, als würde er mir bis in die Seele schauen können. »Ich verlasse die Menschen, die ich liebe, nämlich nicht ohne mich zu wehren, und verdammt noch mal, Haddie Montgomery, mach dich auf den Kampf deines Lebens gefasst, denn ich liebe dich und gebe dich nicht auf!«

Sein Geständnis kommt so unerwartet, dass mir der Mund offen stehen bleibt, aber ich habe keine Chance, darüber nachzudenken, weil seine Lippen bereits auf meinen liegen, um seinen Worten Nachdruck zu verleihen. Der Kuss ist kurz, aber so aufgeladen, dass ich um Atem ringen muss, als er sich wieder von mir löst.

Und als er sich abwendet, sieht er mir nicht mehr in die Augen. Er macht auf dem Absatz kehrt, marschiert ins Haus und verlässt es wieder durch die Eingangstür, die er mit solch einem Schwung hinter sich zuwirft, dass ich im Garten noch zusammenzucke.

Und dann beginne ich zu zittern. Er hat mir die Wahrheit vor die Füße geschleudert, und es zerreißt mich, ihm so wehzutun und ihn gehen zu lassen, ohne wenigstens den Versuch zu machen, für uns zu kämpfen.

Aber ich weiß, dass mir ein größerer Kampf bevorsteht. Ein Kampf, den ich allein ausfechten muss.

Heilige Scheiße.

Er liebt mich.

Die bescheuerte Wildblume hat recht gehabt.

Ich weiß nicht, wie lange ich dort draußen im Dunkeln sitze und in die Stille der Nacht lausche, ehe ich mich hochstemme und ins Haus gehe. Wie ferngesteuert spüle ich mein Glas und räume die Küche auf. Ich bücke mich gerade, um eine Schüssel in den Unterschrank zu stellen, als Dantes Stimme hinter mir ertönt.

»Ehrlich, Haddie. Du kannst dich nicht so aufreizend benehmen und dann erwarten, dass man sich ohne eine kleine Kostprobe zurückzieht. Oder einen ausgewachsenen Streit.«

Ich richte mich auf, klappe den Schrank zu und drehe mich um. Dante lehnt, ein Bier in der Hand, an der Wand und mustert mich mit einer Mischung aus Ärger und Ablehnung. Mir fallen verschiedene scharfe Erwiderungen ein, aber ich halte mich zurück, denn wenn er trinkt, braust er leicht auf, und das kann ich jetzt nicht gebrauchen.

Ein betrunkener Dante ist ein unberechenbarer Dante. Das weiß ich aus Erfahrung.

»Wirklich reizend von dir, endlich reinzukommen, nach dem dein kleiner Fick im Garten schon so lange vorbei ist«, sagt er beißend. Er spricht schon jetzt nicht mehr ganz deutlich. »Du treibst es im Augenblick richtig wild, was, Baby?«

Ich richte mich zu voller Größe auf und sehe ihm ruhig in die Augen. »Dante …«

»Dante«, ahmt er mich sofort nach, dann lacht er boshaft. »Ernsthaft, Baby? Willst du mir jetzt wirklich so gleichgültig kommen, wenn du vor nicht einmal einer Stunde noch mit diesem Langweiler gevögelt hast?« Leicht schwankend kommt er auf mich zu. »Was ist aus der Wildkatze geworden, die immer wollte und immer konnte? Die für jeden Blödsinn zu haben war und sich auf jeden neuen Kick eingelassen hat?« Er trinkt einen Schluck aus der Bierflasche und lacht in sich hinein. »Komm schon, Kleines, du bist noch zu jung, um dich schon zur Ruhe zu setzen. Aber ein Drei-Minuten-Fick mit diesem Arschloch im Garten sieht schwer nach Spießertum aus.«

»Ach, verpiss dich doch«, sage ich, ohne nachzudenken. Wie kann er es wagen, sich hier in meiner Wohnung einzunisten und mich dann auch noch zu kritisieren? Zumal ich überhaupt keinen Kopf dafür habe, mich mit seinem Schwachsinn auseinanderzusetzen. Meine Gedanken sind bei Becks und das, was ich ihm angetan habe.

Mach dich auf den Kampf deines Lebens gefasst, denn ich liebe dich …

Er liebt mich.

Ein neuer, scharfer Schmerz durchdringt mich. Doch

ganz plötzlich mache ich mir klar, was Dante mir eben gesagt hat. Er war hier, während Becks und ich draußen saßen.

Ich war so sehr mit mir und meinen Gedanken beschäftigt, dass ich nicht einmal auf die Idee gekommen bin, er könnte bereits nach Hause gekommen sein. Ich wollte Becks fühlen und mich in dem sinnlichen Erleben verlieren.

Dante hat uns zugesehen.

Verdammt.

Mein Blick schießt zu ihm, und er scheint mir anzusehen, was mir gerade klar geworden ist. »Ja, genau«, sagt er nickend. »Als ich nach Hause kam, wart ihr gerade mittendrin. Tut mir leid, aber kein Mann lässt es sich entgehen, wenn in seinem Garten ein Porno läuft.« Er kommt noch einen Schritt näher, und plötzlich kocht Zorn in mir auf.

Ja, ich hatte draußen Sex, aber es ist in *meinem* Garten passiert, und die Stelle, an der wir uns befanden, ist nur von meinem Haus aus einsehbar. Unter anderen Bedingungen hätte ich es vielleicht aufregend gefunden, einen Zuschauer gehabt zu haben, aber Dantes abfällige Bemerkungen verursachen mir ein unangenehmes Ziehen im Bauch. Ich verfluche mich für meine Unachtsamkeit.

»Keine Angst. Ich habe nicht lange zugesehen. Gerade genug, um mir wieder in Erinnerung zu rufen, wie höllisch scharf du bist.« Ich knirsche mit den Zähnen, als er wieder in sich hineinlacht. »Verdammt, Baby, du hast mir ein paar heiße Bilder beschert. Kannst du dir vorstellen, wie steinhart ich geworden bin? Jedenfalls muss ich mich unbedingt erleichtern, und, Gott ...« Mit einem Stöhnen fasst er sich in den Schritt. »Gegen ein bisschen Hilfe hätte ich nichts einzuwenden. Komm schon, Baby. Du bist doch gerade frei.«

Ich fass es nicht. Meint er das jetzt tatsächlich ernst? Was in den vergangenen zwei Stunden geschehen ist, hat mich zwar richtiggehend überrollt, aber seine Bemerkung reißt mich aus meiner Benommenheit und zündet den Zorn in mir.

Und, verdammt, ein Streit käme mir gerade recht. Wenigstens würde er mich von diesem Tag ablenken.

Na, los doch.

»Tja, tut mir leid, ich bin nicht ›gerade frei‹ und selbst wenn – ich bin schließlich kein Zimmer in irgendeinem schmierigen Stundenhotel, das man sich einfach ›nimmt‹.«

»Also wirklich, Haddie, jetzt beleidigst du mich. Du weißt verdammt noch mal ganz genau, dass ich mehr als eine Stunde durchhalte, wenn ich dich ›nehme‹.« Er zwinkert mir zu, als er die Küche betritt und sich ein weiteres Bier aus dem Kühlschrank nimmt. Als er es öffnet, klingt das Zischen in der Stille zwischen uns laut.

»Tja, nur bin ich nicht frei. Nicht zu mieten, nicht zu nehmen, nichts davon.« Ich ziehe eine Braue hoch, weiß aber, dass aus unserem harmlosen Geplänkel jederzeit eine hässliche Szene werden kann.

Sein Grinsen ist arrogant, sein Blick spöttisch. »Hmm. Das werden wir ja noch sehen.« Langsam kommt er auf mich zu. »Dieser Kerl … er hat dich nicht verdient, Had. Und er ist auch nicht der, den du brauchst. Er ist doch sofort abgehauen, nachdem er dich gevögelt hat – oder sollte ich besser sagen, du ihn?« Er zwinkert mir zu, während er sich erneut in den Schritt greift. Misstrauisch beobachte ich ihn. Ich weiß nicht, ob er nur herumalbert oder bereits so betrunken ist, dass das Arschloch in ihm zum Vorschein kommt.

Ohne den Blick von mir zu nehmen, setzt er die Bierflasche an die Lippen und kippt sich den Inhalt in die Kehle, dann stellt er die Flasche mit einem lauten Knall auf der Arbeitsfläche ab. Mit zwei Schritten ist er bei mir und bleibt viel zu dicht vor mir stehen.

Alarmglocken ertönen in meinem Hinterkopf, aber ich sperre sie aus. Ich kenne Dante lange genug, um zu wissen, wie ich mit ihm umgehen muss. Ein beherzter Stoß mit dem Knie ins Gemächt hat noch immer geholfen, zumal seine Reflexe verzögert sein werden, wenn er betrunken ist.

»Tja, freut mich, dass ich dir eine gute Show geboten habe«, erwidere ich. »Aber es ist doch interessant, dass du dich zwar beschwerst und mich kritisierst, dich aber drinnen versteckt hast, anstatt zu uns rauszukommen und zu beweisen, dass du der bessere Mann bist. Du sagst mir, ich hätte mich verändert, aber mir scheint, dass du auch nicht mehr der bist, den ich einmal kannte.« Zufrieden beobachte ich, wie seine Miene sich verändert, während er versucht, nicht auf meine Provokation einzugehen. »Was *meine* Veränderung angeht, gibt es übrigens eine Bezeichnung dafür. Man nennt sie Erwachsenwerden, falls du diese Phase noch nicht erreicht hast.«

Ich will an ihm vorbeigehen, aber er packt blitzschnell meinen Oberarm und stellt sich mir in den Weg, und sein alkoholisierter Atem streicht mir über die Wange. Ich weigere mich, ihn anzusehen, und blicke stur geradeaus.

»Ich lasse nicht zu, dass du mit diesem Kerl zusammen bist«, presst er zwischen den Zähnen hervor.

»Tja, dann solltest du dir genau jetzt klarmachen, dass du zu dieser Sache überhaupt nichts zu sagen hast. Es geht dich nämlich nichts an. Das Recht, dich in mein Leben einzumischen, hast du verloren, als du mich damals einfach hast sitzen lassen und spurlos verschwunden bist. Im Übrigen war ich der Meinung, dass wir das Thema längst abgehakt hätten.«

»Es geht mich nichts an, während die ganze Nachbarschaft hören durfte, wie der Bursche in deinem Garten gekommen ist? Komm schon, Had. So kannst du mit mir nicht umgehen.« Er drängt sich an mich, aber ich fühle absolut nichts.

»Lass mich«, fauche ich ihn an. Langsam wird es mir hier zu bunt. Ich versuche mich aus seinem Griff zu lösen, aber er drückt mich stattdessen gegen die Wand.

»Uh-oh«, macht er und bringt seinen Mund dicht an mein Ohr. »Da du mit deinen Zuneigungsbekundungen recht freimütig umgehst, könntest du mir doch auch ein Stück vom Kuchen zugestehen.«

Die Alarmglocken in meinem Kopf schrillen jetzt lauter. Ich spüre Panik in mir aufsteigen und kämpfe sie rigoros nieder. Zum Glück kann ich wieder klar denken. Ich bin allein in meinem Haus mit einem Mann, der mich leicht überwältigen kann, also muss ich aufpassen, was ich sage und tue, und es zum richtigen Zeitpunkt tun. Ein Prickeln in meinem Nacken sagt mir, dass ich vielleicht nur diesen einen Versuch haben werde.

»Nimm dir noch ein Bier und träum weiter«, sage ich mit einem Lachen und versuche, selbstbewusst aufzutreten, obwohl ich mich im Augenblick ganz und gar nicht so fühle. Ich halte es für besser, nicht weiter auf seinen Kommentar einzugehen, solange ich zwischen ihm und der Wand gefangen bin.

»Süße Haddie«, murmelt er, und mir stockt der Atem, als ich Becks Kosenamen für mich aus seinem Mund höre. Er streicht mir mit einem Finger über die Wange, und ich muss gegen ein widerwilliges Schaudern ankämpfen. Diese intime Liebkosung steht ihm nicht zu. »Komm schon, Had, hör mit diesen Spielchen auf. Du machst mich heiß, küsst mich, stößt mich wieder weg – was soll das? Klar, es hat mich immer schon angemacht, wenn eine Frau nicht leicht zu haben ist, aber es ist ja nicht so, als wären wir nicht schon öfter miteinander in der Kiste gewesen, oder? Also spar dir dieses Theater, denn sonst nehme ich mir einfach, weswegen ich gekommen bin.«

Einen Moment lang verstehe ich nicht, was er mir sagt, dann aber überstürzen sich meine Gedanken und wirbeln in meinem Verstand herum, bis sie sich schließlich langsam aber sicher zu einem Bild zusammensetzen, das Sinn ergibt. Verblüfft hebe ich den Kopf und blicke ihm in die Augen. War ich wirklich so blind? War ich so sehr mit Becks, der Biopsie und den Ergebnissen beschäftigt, dass mir das entgehen konnte? Dante ist zurückgekommen, weil er unsere Beziehung wiederaufnehmen wollte. Und ich bin auch noch so dumm und küsse ihn, wodurch er vermutlich meint, ich würde ihn auch zurückhaben wollen.

Und wäre er vor Monaten schon hier aufgekreuzt, hätte ich vielleicht tatsächlich unter den Teppich gekehrt, was gewesen ist, und ihm eine zweite Chance gegeben. Aber jetzt – jetzt gibt es Becks. Und was immer zwischen uns besteht, es fühlt sich schon jetzt sehr viel kraftvoller und besser an als das, was Dante und ich gemeinsam je dargestellt haben.

Doch Dantes erwartungsvoller Blick sagt mir, dass er es absolut ernst meint. Tja, Pech für ihn, denn er wird sich nichts von mir nehmen. Eher kassiert er einen Fausthieb auf die Nase.

»Dante, ich denke, du gehst jetzt besser«, sage ich ruhig, obwohl mein Puls in meinen Ohren hämmert. Seine Körperhaltung strahlt Aggressivität und Anspannung aus, und ich gebe mir Mühe, meine Frau zu stehen, ohne defensiv zu wirken.

»Du wirfst mich raus? Einfach so?«, sagt er sarkastisch. »Dabei finde ich, dass ich noch eine Chance verdient habe. Du hast mit ihm gevögelt. Jetzt vögelst du mit mir und kannst durch den direkten Vergleich eine fundierte Entscheidung treffen. So einfach kann das Leben sein.«

Am liebsten würde ich ihm sagen, dass er nicht mehr alle Tassen im Schrank hat, wenn er ernsthaft glaubt, dass ich mit ihm ins Bett gehen würde. Und selbst wenn ich es ursprünglich gewollt hätte, wäre mir spätestens bei seiner unverschämten Forderung jegliche Lust vergangen.

»Du solltest noch ein bisschen an deiner Taktik feilen, Dante. Ein solcher Satz zieht bei mir nicht, wie du wissen müsstest«, versuche ich ihn auf die lässige Art zu warnen.

Aber er lacht nur wieder, und etwas an diesem Lachen gefällt mir gar nicht. »Du hast mich missverstanden, Herzchen«, sagt er. »Ich will dich nicht zu etwas überreden. Ich sage dir schlicht, was du tun *wirst*. Niemand gibt mir einen Korb, Haddie, und du schon gar nicht ...« Seine Finger packen meinen Arm fester, und er beugt sich vor und streicht mit den Lippen über mein Ohr. Mich packt eine Mischung aus Zorn und Panik. Mein Blick huscht durch den Raum auf der Suche nach etwas, mit dem ich mich wehren kann, als er schon fortfährt. »Ich habe mich in Geduld gefasst und mir einiges von dir gefallen lassen, während du dich mit ihm vergnügt hast. Aber jetzt reicht es. Jetzt rede ich, und du hörst mir zu.«

»Das tue ich schon die ganze Zeit. Leider kommt nicht viel Substanzielles dabei herum. Vergiss es, Dante. Geh.«

Ich kann nicht mehr. Es war ein schlimmer Abend, und ich fühle mich ausgelaugt, daher begegne ich seinem zornigen Blick, ohne mit der Wimper zu zucken. Ich denke ja gar nicht daran, mich von ihm herumkommandieren zu lassen. Und ehe ich freiwillig mit ihm ins Bett gehe, friert die Hölle zu.

Unschlüssig sieht er mich an. Er scheint etwas sagen zu wollen, tut es aber nicht, und ehe ich mich noch von ihm losmachen kann, liegen seine Lippen auf meinen.

Meine Reaktion kommt instinktiv. Ich reiße das Knie hoch, ramme es ihm in die Weichteile, und er grunzt, lässt mich los und klappt vornüber zusammen. Er stößt einen Fluch aus, vielleicht beschimpft er mich auch, aber das ist mir egal, denn der Bann, den Dante einst über mich gelegt hat, existiert nicht mehr.

Nun ist er für mich nur noch ein angeberischer kleiner Macho, der nicht den Mumm hat, mir geradeheraus zu sagen, was er will, aber glaubt, mit Zwang sein Ziel erreichen zu können. Hallo? Hat der Kerl nicht mehr alle Tassen im Schrank? Und auf den bin ich einmal hereingefallen?

Dante mag vielleicht den harten Kerl mimen, aber er ist doch vor allem ein Arschloch.

Ich renne zum Tisch, greife mein Handy und wähle, ohne nachzudenken. »Bitte geh, Dante, oder ich sende eine Nachricht an die eins eins null.«

Sein Gesicht ist rot, die Kiefer sind fest zusammengepresst, aber sein Blick ist fassungslos. Ich weiß, dass er hin und wieder Ärger mit der Polizei gehabt hat, und eine Verhaftung ist das Letzte, was er sich wünscht. Ich gehe zum Tischchen neben der Haustür, nehme seinen Schlüsselbund, mache den Schlüssel für mein Haus ab und werfe ihm die restlichen zu. Da er sich immer noch stöhnend die Genitalien hält, fallen sie klirrend zu Boden.

Nun, da ich genügend Abstand zu ihm habe, reagiert mein Körper plötzlich mit Wucht. »Raus jetzt«, schreie ich, als das Adrenalin durch meine Adern pulst.

Mit einer Hand klaubt er den Schlüssel auf, dann humpelt er zur Tür, wo er sich einen Moment lang mit dem Griff abmüht, ehe er sie öffnen kann.

»Ich packe deinen Kram auf die Veranda. Du kannst ihn später abholen.«

Zum Abschied murmelt er meinen Namen, und es klingt beinahe nach einer Entschuldigung. Tja, ein bisschen spät dafür. Ich weiß, dass ich ihm etwas bedeute, und wir hatten eine schöne Zeit miteinander, aber alles, was je hätte sein können, ist dadurch nichtig geworden, dass er tatsächlich versucht hat, sich mir aufzuzwingen. Und ich denke, er weiß es.

Dass er keinen Widerstand mehr leistet, sagt eigentlich alles.

Er versucht sich wieder aufzurichten, und unsere Blicke begegnen sich. Flehend starrt er mich noch einen Moment an, aber ich bleibe stumm, werfe die Tür zu und lege den Riegel vor. Ich drehe mich um, sinke mit dem Rücken gegen die Tür und rutsche erschöpft daran herab.

Zitternd bleibe ich sitzen, während die widersprüchlichen Emotionen auf mich einstürmen, und als ich mich endlich dazu durchringen kann, mich zu erheben, bin ich zu Tode erschöpft. Ich lasse das Telefon aus meiner Hand gleiten und bemerke, dass ich aus Gewohnheit mit der anderen meine Brust abtaste.

Und immer wieder läuft es darauf hinaus. Was immer in meinem Leben geschieht – ob es gut oder schlecht ist –, so bleibt das Schicksal, dem ich mich stellen muss, am Ende doch das gleiche. Es gibt kein Entrinnen.

25

»Had, ich bin ja jetzt da. Sagst du mir jetzt endlich, was los ist?« Rylee nimmt die Sonnenbrille ab und rutscht auf dem Beifahrersitz herum, um mich anzusehen. »Du wolltest, dass ich mit dir komme, und das tue ich, aber so kryptisch, wie du dich ausgedrückt hast, weiß ich doch, dass etwas nicht in Ordnung ist. Also – wohin fahren wir und warum brauchst du mich?«

Ich werfe meiner besten Freundin einen Blick zu. Ich brauche sie, weil nur sie mir den moralischen Rückhalt geben kann, den ich nötig haben werde. »Vor allem darfst du nicht böse auf mich sein, weil ich dir das hier verheimlicht habe. Ich habe ohnehin schon ein mörderisch schlechtes Gewissen, aber ich habe es wirklich nur gut gemeint.« Etwas huscht über ihr Gesicht, und es erinnert mich so sehr an Becks' Miene gestern Abend, dass mein Schuldgefühl nur noch größer wird.

Man sieht förmlich, wie sich die Rädchen in ihrem Verstand drehen, und ich bin ihr dankbar, dass sie die offensichtlichen Fragen nicht stellt, sondern nach einer Weile nur nickt. »Okay.« Dann greift sie nach meiner Hand. »Du weißt, dass ich dir in allem beistehe, selbst wenn es sich um beängstigende Bluttestergebnisse handelt.«

»Danke …« Meine Stimme verebbt, weil sie natürlich auf dem falschen Dampfer ist. Ich muss ihr endlich reinen Wein einschenken. »Leider geht es nicht nur um den Bluttest.«

Sie erstarrt regelrecht, als sie begreift, was ich andeute, und ihre Finger krampfen sich um meine. »Had ...?«, fragt sie atemlos.

»Ich habe einen Knoten ertastet, Ry«, sage ich so leise, dass es kaum hörbar ist, aber sie nickt mir verhalten zu, und ich fahre fort. »Ich habe ein paar Tage, ehe du zurückkamst, eine Biopsie machen lassen.«

»Warum hast du mir das nicht gesagt?« Ich weiß genau, dass sie gekränkt ist, aber sie schafft es, es nicht mitschwingen zu lassen, und dafür liebe ich sie umso mehr.

Ich senke den Kopf und kämpfe gegen die Tränen an. »Ich weiß, dass du Grund hast, sauer auf mich zu sein, aber ich konnte es nicht. Du warst gerade aus den Flitterwochen zurückgekehrt und so glücklich, und du hast doch verdient, glücklich zu sein. Hätte ich es dir gesagt, hättest du dir sofort Sorgen gemacht.«

Auch in ihren Augen glitzern nun Tränen, als sie die Entschuldigung annimmt, die ich nicht in Worte fassen kann. »Du warst also beim Arzt und hast die Biopsie machen lassen«, kehrt sie zum eigentlichen Thema zurück. »Und wie geht es jetzt weiter? Weißt du schon etwas Neues oder ...«

»Nein. Nichts. Deswegen sind wir unterwegs«, antworte ich knapp, als die Realität über mir zusammenschlägt. Es kommt mir vor, als wäre das, was mir geschieht, erst dadurch wirklich geworden, dass ich es Rylee erzählt habe.

Einen Moment lang blicken wir beide durch die Frontscheibe, hinter der sich die Welt weiterdreht, während mein Leben zum Stillstand gekommen zu sein scheint. Rylee drückt noch einmal meine Hand, dann macht sie die Tür auf und steigt aus. Ich tue es ihr nach, und wir gehen hinein.

Das Wartezimmer ist leer, aber wir sprechen dennoch im Flüsterton über alles und nichts. Schließlich gibt es nichts mehr zu sagen, und wir verstummen und checken unsere Smartphones auf Nachrichten, Posts und andere Banalitäten. Und obwohl ich nichts von Becks hören oder lesen will, schaue ich doch eigentlich nur aus diesem Grund auf das Display. Nach allem, was gestern geschehen ist und gesagt wurde, weiß ich nicht, ob ich froh oder unglücklich darüber sein soll, dass er sich dieses Mal nicht bei mir meldet.

Nach einer Viertelstunde werden wir aufgerufen und in ein Büro gebeten, wo wir vor Dr. Blakelys Schreibtisch Platz nehmen. Wie ferngesteuert stelle ich die beiden einander vor, doch im Geist brülle ich Dr. Blakely an, es kurz zu machen, weil sie mein Schicksal in den Händen hält.

Dr. Blakely faltet die Hände vor sich und sieht mich mit einem freundlichen Lächeln an, das der Lage den Ernst nicht nehmen kann. Rylee scheint es auch zu bemerken, denn sie nimmt meine Hand.

»Als Sie zu mir kamen, damit wir den Knoten in Ihrer Brust biopsieren konnten, wussten Sie, dass die Möglichkeit einer Krebsdiagnose bestand«, beginnt Dr. Blakely.

Ich packe Rys Hand fester. Mein Herzschlag hämmert laut in meinen Ohren, und meine Nerven sind zum Zerreißen gespannt.

»Wir haben die Ergebnisse jetzt bekommen, Haddie, und ich muss Ihnen leider mitteilen, dass der Tumor bösartig ist.«

Ich erstarre – mein Herz, meine Atmung, meine Hoffnung –, als meine Welt um mich herum zusammenbricht. Was ich an Chancen, an Möglichkeiten besessen habe, schlägt auf dem Grund meiner Seele auf und zerbirst. Das Rauschen um mich herum wird so laut, dass ich zwar sehe, wie sich Dr. Blakelys Lippen bewegen, sie aber nicht mehr hören kann. Meine Brust wird eng, und ich bekomme keine Luft mehr, und plötzlich bin ich überzeugt davon, dass der Krebs in meiner Brust bereits auf meine Lungen übergegriffen hat. Meine Gedanken trudeln außer Kontrolle. Nichts ist mehr, wie es war, und was ich kannte, erscheint mir fremd.

Es ist ein einzelnes Schluchzen aus Rylees Kehle, das mich wieder ins Jetzt zurückholt. Ich konzentriere mich darauf, ohne meinen Blick von Dr. Blakely zu nehmen. Ihre Lippen bewegen sich nicht mehr, und ihre Sorge um mich ist in den Tränen, die ich in ihren Augen schimmern sehe, offenkundig.

Ich weiß nicht, wer die Hand der anderen fester umklammert – Rylee oder ich. Ich höre, wie ihr Stuhl über den Boden schrammt, dann kämpft sie, um sich aus meinem eisernen Griff loszumachen. Widerwillig gebe ich sie frei, nur um im nächsten Moment ihre Arme um mich zu spüren, als sie mich an ihre Brust zurückzieht.

Ich presse meine Kiefer zusammen und befehle mir scharf, die betäubende Kälte willkommen zu heißen, die bereits in meine Knochen sickert. Ich errichte Mauern und sperre alles aus, was ich verdrängen kann, damit ich mich nicht jetzt damit auseinandersetzen muss. Später ist Zeit genug.

Was bedeutet, dass ich es nie tun werde.

Ich weiß das, aber mich selbst zu belügen ist die Strategie der Stunde, und vielleicht bin ich ja nicht einmal mehr lange genug auf dieser Erde, um mich mit den Konsequenzen des Selbstbetrugs beschäftigen zu müssen.

Wen also kümmert's?

Als ich mich wieder Dr. Blakely widme, ist meine Stimme voller Emotionen, die ich nicht empfinde. »Könnten Sie vielleicht noch einmal wiederholen, was Sie gesagt haben? Irgendwie habe ich nach ›bösartig‹ nichts mehr mitbekommen.«

Sie nickt und wirft Rylee einen Blick zu, ehe sie mir antwortet. »Nun, die Pathologie hat in Ihrer Gewebeprobe kanzeröse Zellen gefunden. Der Befund und die Auswertung der neusten CTs führen uns zu der Diagnose, dass Sie Krebs im Stadium zwei haben.«

»Uns?«, wirft Rylee ein. Die Frage lag mir selbst auf der Zunge, aber ich hätte sie nicht herausgebracht.

»Meine Kollegen und ich«, erklärt Dr. Blakely und schenkt Rylee ein anerkennendes Lächeln. »Ich hatte eben noch eine Besprechung, in der es um einen anderen Fall ging, bat sie aber, sich Ihre Akte anzusehen.«

Ich blicke sie an, ohne einen vernünftigen Gedanken fassen zu können. Ich fühle mich wie ein Reh im Scheinwerferlicht: Ich habe keine Ahnung, ob ich zur Seite springen oder mich einfach niedermähen lassen will. Ich blinzele, und meine Augen brennen, während ich vergeblich versuche, die vielen Informationen zu verarbeiten.

Was eigentlich vollkommen unsinnig ist, da mein Verstand es doch schon lange geahnt hat: Die medizinische Vorgeschichte meiner Familie legt es schließlich nahe. Aber solange man keine Gewissheit hat, ist es leicht, sich etwas vorzumachen und Befürchtungen zu verdrängen; jetzt jedoch liegen die Fakten auf dem Tisch.

»Zu welchem Konsens sind Sie gekommen?«, fragt Ry, die ganz selbstverständlich in die Rolle der Betreuerin gerutscht ist; sie arbeitet als Sozialarbeiterin. Doch dieses Mal ist es ihre beste Freundin, die Hilfe braucht, kein misshandelter kleiner Junge, der in ihrer Obhut steht.

»Wir sind der Meinung, dass schnelles Handeln gefordert ist. Die Krankengeschichte ihrer Familie lässt auf eine Neigung zu einem aggressiven Krebstypus schließen, daher wollen wir von Anfang an mit radikaler Härte vorgehen.«

Nur allzu gerne würde ich mich der Überzeugung in ihrer Stimme anschließen, aber mir fehlt die Energie, um einen solchen Enthusiasmus aufzubringen. Ich höre nur noch mit halben Ohr zu, während sie beginnt, über Lumpektomie, Chemotherapie und Bestrahlungen zu reden, um eine Reaktion und – hoffentlich – eine Remission zu erzwingen. Sie erzählt von Zeitrahmen, und mir schwindelt, weil ich doch nur noch wenige Tage habe, um mir den Deal mit Scandalous zu sichern. Und dann denke ich plötzlich daran, wie gut es war, dass ich erst vor ein paar Monaten eine betriebliche Krankenversicherung abgeschlossen habe, die für mich und mögliche Angestellte sorgt.

Ich weiß, dass die Ärztin und Rylee über meinen Körper, mein Leben sprechen, und doch kann ich mich nicht beteiligen, kann einfach nicht fassen, dass ich nun das durchmachen muss, was Lexi durchmachen musste. In aller Grausamkeit.

Und dann denke ich an meine Eltern. Oh, Gott, meine Eltern. Ich muss es ihnen sagen! Und wieder wird meine Mutter aus unerfindlichen Gründen sich selbst die Schuld geben, wie sie es schon bei Lexi getan hat. Sie, die den Tod in sich trägt, wie sie glaubt, sie, die uns das furchtbare Gen vererbt hat. Ich balle die Fäuste so fest, dass meine Nägel durch die Haut stoßen, und der Schmerz tut mir gut, weil er die dröhnende Taubheit durchdringt, die meinen Körper gefangen hält.

Mein Körper. Mein Körper, der bald mit gezackten Nähten und entstellenden Narben aussehen wird wie der von Frankensteins Monster. Ich weiß, dass Eitelkeit hier keinen Platz haben dürfte, aber die grässliche Vorstellung von Lex' Narben auf meiner Haut ist wie ein weiterer Schlag, der mich zurücktaumeln lässt.

Rylee und Dr. Blakely reden noch immer über die Logistik und die Abfolge der Termine, als mir Maddie einfällt, und mein Herz bricht entzwei. Ein Schluchzer löst sich aus meiner Kehle, und die beiden verstummen und schauen mich an.

Und meine Entscheidung steht fest.

Ich will leben.

»Ich will eine beidseitige Mastektomie.«

Rylee drückt meinen Arm. In Dr. Blakelys Augen flackert Anerkennung auf. »Obwohl das mein nächster Vorschlag gewesen wäre und es sich um die erfolgversprechendste Strategie handelt, muss ich Sie darauf hinweisen …«

»Ich bin mir bewusst, dass meine Brüste mich umbringen, wenn ich sie nicht amputieren lasse. Also müssen sie weg.« Ich spreche mit einer Überzeugung, die ich nicht empfinde, aber das spielt keine Rolle, denn ich habe so große Angst, dass ich froh bin, überhaupt sprechen zu können. »Meiner Schwester hat nichts geholfen, aber ich will eine Chance ... deshalb müssen sie weg, so bald es geht. Am besten sofort. Lexi hatte nur ein halbes Jahr nach der Diagnose. Nur sechs Monate. Ich habe noch ein Leben zu leben. Noch Dinge zu erledigen. Und die schaffe ich nicht in sechs Monaten, weil ich die meisten noch nicht einmal geplant habe ...« Meine Stimme verklingt, als mir plötzlich tausend Dinge einfallen, die ich immer schon tun wollte, und mit den Bildern wallen all die unterdrückten Emotionen auf. »Ich habe die meisten doch noch nicht einmal geplant«, wiederhole ich schluchzend, als die Tränen zu fließen beginnen.

Ich konzentriere mich auf den Himmel über uns. Die Wolken ziehen träge über unsere Köpfe hinweg, bilden hübsche wattige Gestalten und verändern sich gleich darauf zu neuen. Wie schön es wäre, wenn man ebenso sein könnte und nicht wüsste, dass der nächste Sturm einen schon für immer vernichten kann.

Rylee unterbricht mein Schweigen nicht, und ich genieße das Zwitschern der Vögel und das Rauschen der Blätter im Wind. Um diese Tageszeit ist wenig los im Park, und ich bin froh, dass sie mein Bedürfnis nach Natur und Stille erkannt hat.

Wir liegen am Hang auf dem Rücken im Gras. Sie seufzt, wendet den Blick ab und versucht, ein Schniefen zu überspielen.

»Ich muss es meinen Eltern sagen«, flüstere ich schließlich.

»Das machen wir als Nächstes. Ich komme mit dir, okay?«

Ich murmele zustimmend. Ich bin heilfroh über ihr Angebot, denn ich weiß, dass sie die Ruhe bewahren wird, wenn meine Eltern zusammenbrechen.

»Wir haben drei Wochen Zeit bis zur OP, danach zwei Wochen bis zur Chemo.« Ihre nüchterne Stimme tut mir gut. Sie spricht über die anstehenden Termine, als seien sie geschäftliche Verabredungen, und so habe ich das Gefühl, als hätten sie kaum mit mir zu tun. »Wir überlegen uns in der kommenden Woche, wie genau wir alles regeln, sodass du mit deinen Eltern, mir und Becks und wer immer sonst noch da ist, alle Hilfe hast, die du …«

»Nein!«

Sie zuckt förmlich zusammen, ehe sie mir den Kopf zuwendet.

»Nein was?« Doch die Vorsicht in ihrer Stimme macht mir klar, dass sie schon ahnt, was ich meine.

»Ich will nicht, dass jemand davon erfährt. Außer meinen Eltern natürlich. Und dir …« Meine Gedanken beginnen zu wandern, und ich lasse den Satz verklingen.

»Okay …«, sagt sie gedehnt und sieht mich fragend an. »Ich verstehe es nicht, Had, aber du hast heute eine Menge durchmachen müssen, also lasse ich das mal so stehen und warte, bis du dich etwas sortiert hast und erkennst, was für einen Schwachsinn du gerade von dir gibst.«

Ich weiß, dass sie mich zu einer Reaktion provozieren will, aber ich gehe nicht darauf ein. Ich bin ein eher impulsiver Mensch, der agiert, ohne groß darüber nachzudenken, und dass von mir so wenig kommt, bereitet ihr Sorgen. Das ist das Beste und Ärgerlichste an einer besten Freundin: Man weiß, was man von ihr erwarten kann, und sie weiß, wie sie ihre Ziele erreicht.

Aber im Augenblick bin ich innerlich noch so betäubt, dass ich gar nichts tue.

»Okay …«, sagt sie genauso wie eben, was mir langsam aber sicher auf die Nerven geht. »Dann eben nur deine Eltern, Becks und ich …«

»Becks wird es nicht erfahren«, sage ich fest, und diese Aussage ist die erste, hinter der ich hundertprozentig stehe, seit ich in Dr. Blakelys Sprechzimmer marschiert bin, obwohl mein Herz diese Entscheidung nicht gutheißt. Ich schließe die Augen, um das schlechte Gewissen einzulassen, aber meine Angst lässt ihm keinen Raum. Angst ist alles, was sich wahrnehmen lässt.

»Was soll das heißen? Wieso soll Becks nichts erfahren?«

Weil er gesagt hat, dass er mich liebt, schreie ich in meinem Kopf, aber meine Lippen bleiben versiegelt, und die Lüge frisst sich so tief in meine Seele ein, dass ich aus diesem Loch niemals wieder herauskommen werde.

Ich höre, wie sie sich neben mir aufsetzt, und spüre ihren Blick sogar durch meine geschlossenen Lider, aber ich tue so, als bemerkte ich nichts. Stattdessen zähle ich im Geist all die Gründe auf, aus denen ich Becks gestern Abend weggeschickt habe. Es sind dieselben Gründe, die mich von Anfang an davon abgehalten haben, mich auf Becks einzulassen, aber neu erwachte Gefühle hatten vorübergehend mein Urteilsvermögen geschwächt. Mich blind für die Realität gemacht.

Ich kann und will Becks nicht mit hineinziehen. Mein Leben ist zu einer Zeitbombe geworden, die ihn und mich – auf unterschiedliche Arten, aber gleichermaßen grausam – vernichten kann.

Und dann mache ich mir mit einem Mal bewusst, wie arrogant dieser Gedanke von mir ist. Anzunehmen, dass ich die Frau fürs Leben für ihn bin. Als seien wir seelenverwandt. Aber aus irgendeinem Grund weiß ich, dass es so ist. Es hat, um es mit seinen Worten zu sagen, geklickt.

Im Übrigen werde ich weder Zeit noch Energie für den Aufbau einer Beziehung haben, solange meine Gedanken sich auf das eigene Überleben konzentrieren müssen. Es ist einfach nicht fair, jemanden vor eine solche Situation zu stellen, selbst wenn er behauptet, er könne und wolle seine eigenen Entscheidungen treffen.

Ich darf nicht zulassen, dass er sich wirklich in mich verliebt. Ein gebrochenes Herz heilt irgendwann, aber die Liebe eines anderen anzunehmen, wenn man am eigenen Leib erfahren hat, was ein Liebender im Angesicht dieser grausamen Krankheit durchzumachen hat, ist purer und ebenso grausamer Egoismus.

Und während ich vielleicht dann und wann nur an mich denke, ist genau jetzt der Zeitpunkt gekommen, damit aufzuhören. Becks, der wunderbare Becks mit seinem Lächeln und seiner Zärtlichkeit hat eine andere – gesunde – Frau verdient. Eine, die ihn lieben kann, ohne dass ihre Welt einstürzt und sie unter sich begräbt.

Mir wird bewusst, dass ich die Augen aufgeschlagen habe und das Gras absuche, und zunächst weiß ich nicht, warum ich das tue, bis mich die Erkenntnis mit der Wucht eines Fausthiebs trifft: Ich suche eine Pusteblume, nach einem Zeichen von meiner Schwester, dass vielleicht doch alles in Ordnung kommen wird. Doch ich sehe keine.

Und so albern es klingt – das bestärkt mich nur in meiner Entscheidung.

Aber wie soll ich Rylee das alles erklären? Ich weiß genau, was sie sagen wird. Dass ich bescheuert bin nämlich. Dass ich positiv denken muss. Dass meine Mutter die Bestie besiegt hat. Dass ich mir nur selbst schaden werde, wenn ich Becks ausschließe, da ich nun mehr Leute in meiner Ringecke brauche als je zuvor. Sie wird alles nur noch schlimmer machen, indem sie darauf besteht, alle Türen und Tore aufzureißen, obwohl ich mir doch nur wünsche, mich noch eine Weile im Dunkeln zu verkriechen.

Also belüge ich meine beste Freundin abermals. Um Zeit zu gewinnen. Um mir nicht ihren Protest anhören zu müssen.

»Ich brauche einfach noch Zeit, um all das hier zu verarbeiten, ehe ich anderen Leuten Bescheid gebe. Bitte. Ich weiß, was dann geschieht. Die mitleidigen Blicke, die zahllosen Anrufe, bei denen um den heißen Brei herumgeredet wird, weil keiner sich traut, rundheraus nach der Diagnose zu fragen. Nachbarn, die plötzlich mit Tupperdosen auf der Schwelle stehen, als würde ihr Eintopf meine Heilungschancen erhöhen.«

Rylee nickt, aber ich weiß, dass sie es nicht wirklich versteht. Aber das muss sie auch nicht. Und ich bin es ehrlich gesagt auch leid, mich ständig erklären zu müssen. Mein schizophrenes Gefühlschaos kehrt mit aller Macht zurück. Trauer weicht Wut, Wut wird zu Unglaube, und der Unglaube versackt in ein Gefühl willkommener Einsamkeit.

Ich stemme mich hoch und stehe auf; ich muss mich bewegen. Ich will die Wut spüren, die in mir steckt, aber nicht herauskann, ich will weinen, obwohl die Tränen einfach nicht mehr fließen wollen.

»Weißt du noch, diese komische Gulaschpampe, die der Nachbar von gegenüber nach Lex' ...« Sie bricht ab, ehe sie »Begräbnis« sagen kann, aber bei der Erinnerung an die scheußliche Mahlzeit muss ich grinsen.

»Das Zeug, das wie Hundefutter aussah?«, frage ich.

»Und es roch auch so«, fügt sie hinzu und zieht die Nase kraus, und ich weiß nicht warum, aber plötzlich blubbert Gelächter in mir auf.

Als es aus mir herausbricht, klingt es seltsam in meinen Ohren, aber es ist zu spät. Ich kann nicht aufhören, obwohl sich bereits der schrille Ton der Hysterie einschleicht, und ich lache und lache, bis ich keine Luft mehr bekomme und mir der Bauch wehtut, während der Wind die Laute in die Ferne trägt.

Ich werfe Rylee einen Blick zu. Auch sie lacht, doch gleichzeitig strömen ihr die Tränen über das Gesicht, und ihr Blick ist unverwandt auf mich gerichtet.

Gedanken ziehen durch meinen Verstand, und die Angst schwärt, doch ich brauche diesen Moment. Der weite Himmel, der Wind, meine Freundin. Etwas, woran ich mich an den dunklen Tagen, die kommen werden, klammern kann, das mich aufrichtet, wenn kein Licht am Ende des Tunnels zu sehen ist und die Finsternis meine Seele frisst.

Ich werde kämpfen. Und wie.

Und ich werde kämpfen wie ein Mädchen. Mit Lippenstift, makellos frisiert und der richtigen Gesinnung.
Herzen und High Heels.
Herzen und High Heels.
Verdammt. Ich habe solche Angst.

26

Emotionslos betrachte ich im Spiegel die dunklen Ränder unter meinen Augen. Mein Blick ist hohl. Der entsetzte Aufschrei meiner Mutter, als ich es ihnen vorhin beichtete, hallt noch in meinen Ohren wider, und ich denke an die Fassungslosigkeit in der Miene meines Vaters, ehe er fluchtartig den Raum verließ, um im Schlafzimmer unbeobachtet zusammenbrechen zu können. Natürlich fühlt auch er sich verantwortlich: Nun ist auch die zweite Tochter von diesem gierigen Ungeheuer angegriffen worden, ohne dass er sie beschützen konnte.

Ich schüttele die quälenden Gedanken ab und beginne mich auszuziehen. Mit einem Mal habe ich das dringende Bedürfnis zu duschen, um mir jeden Staubkorn dieses entsetzlichen Tages abzuspülen. Das Parfüm meiner Mutter haftet an meiner Haut. Und es haftet dort, weil ich ihr die schreckliche Nachricht überbringen musste.

Also stelle ich mich unter den heißen Wasserstrahl und schrubbe meine Haut, obwohl ich genau weiß, dass ich das wahre Übel nicht abwaschen kann. Ich muss unbedingt Rylee anrufen und mich entschuldigen, dass ich so grob zu ihr war, anstatt ihr für alles, was sie für mich tut, zu danken. Ich weiß, dass sie versteht, warum ich so bin, aber das macht es schließlich nicht besser.

Ich drehe das Wasser ab, steige aus der Dusche und wickele mir ein Handtuch ums Haar. Dann nehme ich mir ein zweites und beginne mich abzutrocknen, während ich in mein Zimmer gehe, wo mein Bademantel liegt. Auf dem Weg erhasche ich einen Blick auf mein Abbild im Spiegel, der über meiner Kommode hängt.

Ich erstarre, als ich meine Brüste sehe. Wie hypnotisiert setze ich mich wieder in Bewegung und gehe auf den Spiegel zu.

Meine Brüste sind prall und rund, die Spitzen rosig, und plötzlich kann ich kaum fassen, dass etwas, das so harmlos und unschuldig aussieht, eine solche Macht über mich besitzen soll. Wie kann ein Teil von mir, der so viel Vergnügen bereitet und ein Baby ernähren könnte, gleichzeitig das Potenzial besitzen, mich zu töten?

Wie werde ich wohl aussehen, wenn sie fort sind? Wie eine Flickendecke aus Narben? Wird die Chirurgie meine Nippel retten oder werde ich mir welche tätowieren lassen müssen? Was wird bleiben von diesem äußerlichen Geschlechtsmerkmal, das mich auf den ersten Blick als Frau auszeichnet? Denn ich werde nicht einmal mehr Haare haben, um einem Betrachter Hilfestellung zu geben.

Was bleibt? Eine kahlköpfige, flachbrüstige, ausgemergelte Gestalt, die sich höchstens mit Make-up im bald aufgequollenen Gesicht auf weiblich trimmen kann.

Der Gedanke raubt mir den Atem. Wie Säure frisst sich die Erkenntnis in meinen Magen.

Ich glaube nicht, dass ich ein allzu eitler Mensch bin, aber ein bisschen achtet doch jeder auf sich. Ist das Gottes Methode, mich dafür zu bestrafen, dass ich immer hübsch gewesen bin? Dass ich in der Schulzeit, als alle Mädchen schlaksig und ungelenk aussahen, bereits eine schöne begehrenswerte Figur hatte? Was ich für selbstverständlich gehalten und stets zu meinem Vorteil genutzt habe, wird mir nun genommen, und obwohl ich nie gedacht hätte, dass es mir so wichtig wäre, denke ich nun mit Schrecken daran, wie meine Umwelt mich wahrnehmen wird.

Die Tränen, die ich den ganzen Tag eisern zurückgehalten habe, brechen sich nun Bahn. Schluchzend lege ich meine Hände an meine Brüste, umfasse sie, wiege sie in meinen Händen, streichele die glatte, pralle Haut. Obwohl ich sie nun schon mein ganzes Leben besitze, bin ich nie auf die Idee gekommen, mir ihr Aussehen, ihre Beschaffenheit einzuprägen. Wieso auch?

Die Tränen strömen mir noch immer über das Gesicht, als ich mir schwöre, sie rekonstruieren zu lassen. Und vielleicht muss man es so sehen: Zwar sind meine Brüste jetzt perfekt, schön, rund und makellos, aber die Schwerkraft kriegt uns alle, und im Alter wären sie schlaff und faltig. Meine neuen Möpse dagegen sind auch dann noch prall und rund, wenn ich ins Altenheim gehe.

Ich bin gut darin, mir die Dinge schönzureden.

Und dann muss ich plötzlich lachen, als mir ein Gedicht von Shel Silverstein einfällt, das ich vorgestern Maddie vorgelesen habe. Darin ging es um einen Jungen, der sich seinen Schädel rasierte, weil er sein lockiges Haar nicht leiden konnte. Leider musste er feststellen, dass nicht sein Haar lockig war, sondern sein Kopf.

Keine Ahnung, warum mir der Gedanke ausgerechnet jetzt so lustig erscheint, aber ich kann gar nicht aufhören zu lachen, während ich in den Spiegel starre und mich frage, was ich wohl unter meinen Haaren vorfinden werde. Tränen mischen sich in mein Gelächter, doch als der Anfall abebbt, weine ich weiter.

Noch immer stehe ich vor dem Spiegel und betrachte mein Abbild. Mein Handtuchturban hat sich gelöst, mein Haar hängt feucht und strähnig herab, und meine Haut ist rosig von dem heißen Wasser der Dusche. Es ist derselbe Körper, in dem ich mich schon achtundzwanzig Jahre aufhalte, und doch weiß ich, dass er sich in den kommenden Wochen weder so anfühlen noch danach aussehen wird.

Ich schließe die Augen. Ich will nicht zu intensiv darüber nachdenken, denn ich kann es nicht ändern. Ich mache kehrt, krieche in mein Bett und versuche, eine Art von Trost zu empfinden, aber vermutlich kann man nicht auf Trost hoffen, wenn man sich einer Krebsdiagnose gegenübersieht.

Und dann hinterfrage ich plötzlich meine impulsive Entscheidung, mir beide Brüste amputieren zu lassen. Sollte ich nicht vielleicht eine behalten und so ein Stück von mir bewahren?

Aber das wäre dumm. Es wäre, als würde ich eine tickende Zeitbombe mit mir herumschleppen. Ich habe die richtige Entscheidung getroffen. Doch obwohl ich mir das immer wieder sage, bleiben die Zweifel bestehen.

Und dann weiß ich, was ich tun muss, um mich in meinem Entschluss zu bestärken. Ich strecke den Arm aus und greife nach meinem Handy. Schnell aktiviere ich die Voice-Mail, und Lexis Stimme erklingt.

Zeit ist kostbar. Verschwende sie klug.

»Gib mir Kraft, Lex«, flüstere ich in die Stille.

Mit einem Mal wird mir bewusst, dass ich im Augenblick nicht allein sein will. Ich weiß, dass es nur an der momentanen Einsamkeit liegt, aber mir fehlt es, dass Dante unten in der Küche umherläuft. Ich habe Rylee widerstrebend erzählt, was geschehen ist, weil ich sie nicht schon wieder anlügen wollte, obwohl ich wusste, dass sie dann bestimmt Bedenken haben würde, mich heute allein zu lassen.

Es war für mich fast ein Schock, dass sie tatsächlich nachgab, nachdem ich ihr erklärt hatte, dass ich bei ihrer gründlichen Planung nach der OP wahrscheinlich nie mehr allein sein würde und daher alle Zeit, die mir für mich blieb, nutzen wollte. Aber nun, da ich hier liege und nur meine Angst und meine tristen Gedanken als Begleitung habe, wünschte ich, ich hätte Rys Angebot, heute bei mir zu übernachten, doch angenommen.

Habe ich aber nicht.

Also höre ich mir abermals Lexis Botschaft an.

Und wieder.

Und wieder.

Denn solange ich die Aufnahme abspiele, kann ich mich selbst daran hindern, Becks anzurufen.

Er fehlt mir. So sehr. Und ich tue das Richtige, denn wenn es mir schon nach so kurzer Zeit so geht, wie würde er sich erst fühlen, wenn er mir die ganze schreckliche Behandlung zur Seite steht, nur um am Ende doch allein zurückzubleiben?

Grauenvoll.

Die Erschöpfung gewinnt langsam den Wettstreit mit meinen zermürbenden Gedanken. Mein Finger drückt alle zwei Minuten und dreizehn Sekunden auf »Wiederholen«, sobald die Aufnahme auf der Mailbox endet.

Endlich drifte ich in den Schlaf ab.

Ich verlasse die Menschen, die ich liebe, nämlich nicht ohne mich zu wehren, und verdammt noch mal, Haddie Montgomery, mach dich auf den Kampf deines Lebens gefasst, denn ich liebe dich und gebe dich nicht auf!

Die Worte trudeln durch meinen Verstand, und ich bin so müde und erschlagen von diesem entsetzlichen Tag, dass ich einen Moment nicht weiß, ob ich mich nur an sie erinnere oder ich im Halbschlaf seine Nummer gewählt habe und er sie mir jetzt gerade sagt.

Und dann ergebe ich mich dem Schlaf und richte meine letzten bewussten Gedanken auf Becks, der mein Herz erobert, anstatt auf den Krebs, der meinen Körper zerfrisst.

27

BECKS

Ich höre das Aufheulen des Motors hinter mir, als der Wagen über die Gerade saust, während der Computer mir alle Daten liefert, die ich normalerweise pedantisch verfolge und analysiere.

Aber nicht heute.

Heute rasen die Zahlen vor meinen Augen vorbei, und ich sehe sie, speichere sie ab, aber reagiere nicht darauf. Sie sagen mir eigentlich alles, was ich über den Wagen wissen muss, aber heute sind es nur bedeutungslose Daten, die in meinem Hirn nichts auslösen.

»Und? Alles okay?«, ertönte Coltons körperlose Stimme in meinem Headset, und ich mache mir bewusst, dass ich nicht einmal auf den einen Wert geachtet habe, den ich ursprünglich überprüfen wollte, daher habe ich keine Ahnung.

»Sorry, Wood«, spreche ich ihn mit seinem Spitznamen an, den ihm ein Crewmitglied vor ein paar Jahren verpasste. »Ich war abgelenkt und hab nicht auf die Zahlen geachtet.« Ich ignoriere die Blicke der Leute um mich herum, die meine Entschuldigung über ihre Headsets mitbekommen haben. Sie alle haben gesehen, dass ich auf den Monitor gestarrt habe und fragen sich jetzt vermutlich, von welcher Ablenkung ich rede. »Warte 'ne Sekunde. Ich geh sie noch mal rasch durch, dann wissen wir, ob sie im Normbereich liegen.«

»Fühlt sich so an«, erwidert Colton, und seine Stimme klingt gepresst, als er in Kurve 3 rauscht. »Das Heck rutscht jedenfalls nicht mehr weg.«

»Gut«, murmele ich und überfliege rasch die Daten, um mich zu vergewissern, dass seine Einschätzung stimmt.

Ja, Haddie hat sich in meinem Kopf festgesetzt – und verdammt, nicht nur da –, aber das kann ich Colton nicht sagen. Mich von einer Frau, die mich nicht einmal bei sich haben will, von meinem Job ablenken zu lassen, ist wirklich ungeheuer professionell.

»Gut? Mehr hast du dazu nicht zu sagen?« Der Wagen beschleunigt, als er aus der Kurve kommt, und seine Stimme vibriert mit dem Motor. »Wie wär's, wenn du langsam aber sicher mal wieder aufwachst und deine verdammte Arbeit richtig machst?«

Ich verbeiße mir die scharfe Bemerkung, die mir auf der Zunge liegt, denn ich habe mir den Anpfiff wahrlich verdient, nachdem ich unser gestriges Meeting mit Penzoil verbockt habe, weil ich auch nicht wirklich bei der Sache war.

»Die Zahlen sind im Normbereich«, sage ich mit Blick auf den Monitor. »Alles in Ordnung.«

Schweigen. Er weiß genau, dass mit mir etwas nicht stimmt. Er wird nicht nachfragen, weil wir Kerle sind, und Kerle unterhalten sich nicht über Gefühle, aber gewöhnlich bin ich bei Verhandlungen mit Sponsoren ziemlich gut. Diesmal habe ich Mist gebaut.

Noch immer herrscht Schweigen, und durch das offene Mikrofon ist nur der Motor zu hören, während ich warte, ob eine weitere Bemerkung kommt oder er mich nachher unter vier Augen zusammenfalten wird.

Etwas *wird* jedenfalls geschehen, denn Colton ist nicht der Typ, der einem Kumpel eine solche Sache durchgehen lässt. Nicht, weil ich es verbockt habe, sondern weil er sich Sorgen macht, auch wenn er es nie zugeben würde, der sture Bastard.

»Na schön. Ich fahre noch ein paar Runden. Vollgas«, fügt er hinzu, und ich verziehe das Gesicht. Das war seine Art, mich zu fragen, ob ich jetzt endlich ganz bei der Sache bin. Der Wagen ist perfekt eingestellt und ausbalanciert, und er weiß, dass ich es nicht leiden kann, wenn er ihn in vollem Tempo testet, weil dadurch das empfindliche Gleichgewicht gestört werden kann. Er will bloß eine Reaktion von mir erzwingen, aber verflucht noch mal, ich habe jetzt wirklich keine Geduld für Spielchen.

»Dann viel Spaß«, antworte ich. Aus dem Augenwinkel sehe ich, wie Smitty herumfährt, um mich anzustarren, als mein für mich typischer Protest ausbleibt.

Mist. Nun muss auch dem letzten Crew-Mitglied klar sein, dass ich nicht auf der Höhe bin.

Colton antwortet, indem er den Motor hochjagt, womit er mir genauso deutlich »Fick dich doch« übermittelt, als hätte er es ins Mikro gesprochen. Schweigend packe ich meinen Kram zusammen, während ich jede Kurve, die er nimmt, allein durch die Veränderung im Motorenlärm registriere. Einen Moment lang überlege ich, ob ich bleiben soll, um mir von ihm die Packung abzuholen, sobald er aus der Kiste steigt, komme aber zu dem Schluss, dass es das nicht wert ist. Ich bin schlecht gelaunt und gereizt, und mich mit meinem besten Freund zu überwerfen möchte ich jetzt nicht riskieren.

Obwohl so ein Krach seinen Reiz hätte.

Vielleicht will ich einfach nur jemanden provozieren – eine Reaktion erzeugen! –, da Haddie mir sogar das versagt. Was immer ich tue, von ihr kommt nichts.

Gar nichts. Null. Zero.

Zorn, Beleidigungen, schnippische Bemerkungen ... alles wäre mir lieber als dieses bleierne Schweigen.

Fünf Tage sind vergangen, seit ich zu ihr gefahren bin und sie im Garten aufgestöbert habe. Noch immer sehe ich ihren Gesichtsausdruck vor mir und spüre die Verzweiflung in ihrer Gier, als sie sich über mich hermachte. Doch die beißenden Worte, mit der sie mir die Abfuhr erteilte, klingen ebenfalls noch deutlich nach.

Dieser Widerspruch an sich brachte mich so durcheinander, dass ich ihr meine Liebe gestand. Gott, ja. Dabei hatte ich es mir noch nicht einmal selbst eingestanden, denn zu glauben, dass man es so fühlt, ist eine Sache, aber es auszusprechen und es sozusagen zur Realität zu machen ... Tja. Zurücknehmen kann ich es ja schlecht. Und was hat sie im Gegenzug getan?

Nichts.

Gar nichts.

Keinerlei Reaktion.

Kein »Becks, warte doch«, kein »Geh nicht«, kein »Oh, wow, das ist etwas zu früh«, nicht einmal »Bist du jetzt völlig durchgedreht?« Sie hat nichts gesagt und nichts getan – außer sich vollkommen zurückzuziehen.

Das tut weh, aber ich versuche es zu verdrängen. Genau wie die Tatsache, dass sie weder ans Telefon geht noch meine Nachrichten liest. Zahllose Male bin ich schon an ihrem Haus vorbeigefahren, und gestern Abend, als ich sah, dass ihr Wagen in der Auffahrt stand, habe ich an ihre Tür gehämmert und sie angefleht, mir aufzumachen. Damit ich weiß, dass es ihr gut geht. Auch wenn sie vielleicht nichts mehr von mir will, weil sie tatsächlich wieder mit Dante zusammen ist.

Natürlich hat sie nicht aufgemacht. Und dass ich rein gar nichts weiß, treibt mich noch in den Wahnsinn.

Die Frau sorgt dafür, dass ich mich wie ein liebeskranker Vollidiot benehme, und das kann ich nicht ausstehen.

Meine Gedanken kreisen jetzt schneller in meinem Kopf als Colton auf der Bahn. Ich brauche einen Moment Ruhe. Ich erhebe mich, ignoriere die Blicke der anderen in der Box, und nehme meine Schlüssel. Während ich zur Tür gehe, blicke ich auf mein Handy und tue so, als würde ich eine Nachricht lesen. »Sagt Wood, dass ich mich um etwas kümmern muss. Ich melde mich später.«

Und ohne auf eine Reaktion zu warten, bin ich draußen.

Ich muss den Kopf freikriegen.

Verdammt noch mal.

Ich bin es nicht gewohnt, auf mein Herz zu hören. Und es ist doch bloß ein gottverdammter Muskel, warum glaube ich also, dass es mir Antworten liefern könnte?

Muskeln können nichts verstehen oder erklären. Aber sie können wehtun, wenn man sie überstrapaziert und falsch behandelt.

Und das hat sie verdammt noch mal getan.

Warum will ich sie also immer noch?

Ich hasse die Liebe.

Die Musik ist blueslastig, das Licht dämmrig und das Bier eiskalt, als ich es ansetze und herunterkippe. Das Beste an meiner Stammkneipe ist neben der Tatsache, dass ich hier meine Ruhe habe, der prompte Service, denn ich brauche nur Vivians Blick einzufangen und mein Kinn anzuheben, und schon steht der nächste Drink vor mir.

Dafür, dass das Mädchen erst seit einer Woche hinter der Theke arbeitet, macht sie das verdammt gut. Grund genug, sie zu meiner neuen allerbesten Freundin zu ernennen.

Mein Handy hat endlich aufgehört, eingehende Nachrichten zu melden, aber die einzige Person, von der ich etwas hätte lesen wollen, hat mir natürlich keine geschickt.

Ich schwelge im Selbstmitleid und begieße es mit einer Mischung aus Hopfengetränken und diversen Schnäpsen. Der Alkohol betäubt meine Gedanken und Gefühle, und ich komme endlich zur Ruhe. Doch obwohl es mir schon beträchtlich besser geht, begreife ich noch immer nicht, wie sie diesen Idioten mir vorziehen konnte.

»Von wegen, er ist eher ihr Typ«, brummele ich. Ich kann es meinem betrunkenen Verstand nicht verübeln, dass er das nicht kapieren will, doch leider ist er auch noch nicht trunken genug, um zu vergessen, dass ich zu trinken begonnen habe, weil ich es nüchtern auch nicht kapiere.

Ich fange abermals Vivians Blick ein. Ein weiteres Glas in der Sammlung vor mir kann auch nicht mehr schaden.

Ich setze mich in der Ecknische, die ich beschlagnahmt habe, zurück und schlage die Beine auf der Bank übereinander. Immer wieder gehe ich die vergangenen Tage durch, um herauszufinden, wie wir von schlaflosen Nächten und dem wunderbaren Ausflug nach Ojai zu solch einem untragbaren Zustand gelangen konnten.

Ich meine, es war schon verdammt hart, nicht zu der

letzten Party von Scandalous zu gehen, mich in eine dunkle Ecke zu setzen und sie den ganzen Abend zu beobachten. Denn, verdammt, ja – sie fehlt mir. Und wie. Aber natürlich habe ich es nicht getan, denn ich bin schließlich kein Stalker.

Stattdessen habe ich mich mit einem Sixpack vor die Glotze gesetzt und das Spiel gesehen.

Ich danke Vivian, als der nächste Drink vor mir steht, und überlege, ob ich Rylee anrufen soll. Sofort schimpfe ich mich ein Weichei. Wie kann man so etwas Jämmerliches auch nur in Erwägung ziehen? Muss am Alkohol liegen.

Andererseits hat der Alkohol vielleicht gar nicht unrecht.

Und dann wird mir bewusst, dass ich mir von Ry nicht nur die Wahrheit darüber erhoffe, was Haddie wirklich denkt. Ich könnte sie schließlich auch fragen, was die Biopsie ergeben hat. Ich weiß ja, dass alles in Ordnung sein wird, aber ein ganz kleines bisschen sorge ich mich dann doch. Und da Haddie ja nicht mit mir kommunizieren will, bleibt mir praktisch nichts anderes übrig, als mich an ihre beste Freundin zu wenden.

Jämmerlich, nicht wahr? Oh, Moment. Ich kann Rylee ja gar nicht nach den Ergebnissen fragen. Sie weiß ja nicht einmal von der Biopsie.

Na, toll. Das war also auch leider nichts.

Ich schließe die Augen und finde es völlig in Ordnung, als mir prompt schwindelig wird. Wenn das Leben an sich keinen Sinn ergibt, kann man es ebenso gut betrunken genießen.

»Musst du dir gute Laune antrinken?«

Ich reiße die Augen auf, als ich Coltons Stimme höre, und sehe augenblicklich zu Vivian, die stumm »Tut mir leid« mit den Lippen bildet und mit einer Kopfbewegung zu Miller, dem Barkeeper, deutet. Er ist schon seit einer Ewigkeit hier und weiß, dass Colton und ich befreundet sind.

Verdammt. Wann ist er denn gekommen? Ich hatte geglaubt, mit Vivian, der Neuen, und dem alten Earl, der sich für niemanden interessiert, auf der sicheren Seite zu sein.

Gereizt schließe ich die Augen und lege den Kopf wieder zurück, als sei ich noch immer allein.

Colton lacht leise und lässt sich mir gegenüber auf die Bank fallen. Nur wenige Sekunden später höre ich, wie eine Flasche auf den Tisch gestellt wird und Colton sich höflich bedankt.

Ich warte auf seine Standpauke, aber er sagt nichts. Also bleibe ich mit geschlossenen Augen sitzen und frage mich, was er wohl vorhat oder gerade tut, bis meine Neugier zu groß wird. Also öffne ich die Augen einen winzigen Spalt und stelle fest, dass er genauso dasitzt wie ich, aber auf die Bierflasche blickt und am Etikett zupft.

»Hey«, murmelt er und hebt zum Gruß das Kinn, pult aber weiterhin am Rand des Etiketts, ohne mich auch nur eines Blickes zu würdigen.

»Hey«, antworte ich und gehe davon aus, dass er etwas mit seiner Nonchalance bezweckt, da er normalerweise eher der direkte Typ ist.

»Was trinkst du da?«, fragt er nach einer Weile und deutet mit dem Kinn auf die Gläsersammlung auf dem Tisch.

»Scotch.«

»Scotch?«

»Macallan«, füge ich hinzu.

»Das gute Zeug«, bemerkt er und nickt anerkennend.

»Ja.« Ich seufze und widme mich meiner eigenen Bierflasche. »Schmeckt himmlisch, berauscht und macht einen höllischen Kater.«

»Warum habe ich das dumpfe Gefühl, dass wir hier nicht unbedingt vom Whisky sprechen?«

Ich begegne seinem Blick und sehe Mitgefühl darin, und obwohl es bestimmt eine Erleichterung wäre, alles loszuwerden, möchte ich mich gleichzeitig davor drücken.

Noch lieber allerdings möchte ich Colton ausquetschen.

Vielleicht weiß er etwas über Haddie. Mädels reden über solche Sachen, also hat Haddie Ry vielleicht erzählt, wieso sie mich abweist ... und dass ich ihr wie ein Volltrottel meine Liebe gestanden habe.

Gott. Was für eine frustrierende Geschichte.

»Tut mir leid, das mit Penzoil.«

Offenbar verblüfft über den plötzlichen Themenwechsel, stutzt Colton. »Kommt vor«, sagt er schließlich, und obwohl mir klar ist, dass ich verdammt viel getrunken habe, kann ich doch nur staunen. Dieser tiefenentspannte Mensch ist mein bester Freund? Seit wann ist er mir gegenüber so zurückhaltend, obwohl er normalerweise einen mittleren Aufstand machen würde?

»Nein, ich hab Mist gebaut. Meine Schuld. Ich bin im Moment nicht ganz bei der Sache.«

»Alles okay? Bei deinen Eltern und Walker auch?«

»Ja, ja, alles gut ... Tut mir leid, ehrlich.« Dass er

sich aufrichtig um meine Familie sorgt, verursacht mir prompt ein schlechtes Gewissen. Ich setze die Bierflasche an die Lippen und trinke, schmecke aber nichts. Einen Moment lang schweigen wir beide, dann seufze ich tief.

»Es liegt an diesem verfluchten Macallan.«

Mehr brauche ich nicht zu sagen, schätze ich, denn Colton nickt nachdenklich. »Und Macallan versteckt man nicht schamhaft in einer braunen Tüte, Daniels.«

»Dessen bin ich mir sehr wohl bewusst«, murmele ich. »Vor allem kann man das gute Zeug nicht wirklich genießen, wenn ein anderer heimlich daran nippt.«

Er stößt geräuschvoll den Atem aus und lässt sich kopfschüttelnd an die Wand zurücksinken. »Alter. Das ist hart.« Sein Blick sucht meinen. »Hat sie dich abblitzen lassen?«

»Absolut.«

»Ich würde dich ja nach dem Warum fragen, aber wenn ich die leeren Gläser und Flaschen auf dem Tisch sehe, gehe ich davon aus, dass du keinen Schimmer hast. Aber was willst du, Kumpel? Sie ist eine Frau.« Ich gebe mir keine Mühe, das Grinsen zurückzuhalten, und er fährt fort. »Ich hab's dir doch schon gesagt: willkommen in der Östrogenhölle. Da findet sich niemand zurecht.«

»Leider wahr.« Ich neige mein Bier in seine Richtung und starre einen Moment lang stumm auf meine Flasche. »Ist doch sowieso alles nur deine Schuld.«

Er bringt ein hustendes Lachen hervor und setzt sich auf. »Au ja«, sagt er und reibt sich die Hände. »Sprich dich aus, Bruder. Auf die verquere Logik bin ich gespannt.«

Ich betrachte ihn düster. »Du hast mit diesem Mist doch angefangen. Uns beiden ging es gut, wir hatten Spaß und waren frei und ungebunden, aber du musst dich ja unbedingt von einem Voodoozauber einfangen lassen.«

Er lacht so laut, dass sich uns einige Köpfe zuwenden. »Einfangen? Wohl eher umhauen und bewusstlos schlagen. Wirklich, Kumpel, tut mir echt leid. Oder nein, eigentlich gar nicht.« Er schlägt mit der flachen Hand auf den Tisch. »Du wirst es verstehen, wenn es dir passiert. Warum man all das tut, warum man sich manchmal zum Affen macht, warum man zulässt, dass …« Er bricht ab und starrt mich plötzlich wie vom Donner gerührt an. »Ist nicht wahr.«

»Viv?« Augenblicklich wende ich mich von ihm ab und suche meine neue beste Freundin, damit sie mir Nachschub bringen möge.

»Ich fass es einfach nicht. Du hast doch nicht etwa … du bist doch nicht …? Doch, du bist, richtig?«, stammelt er schließlich, und ich stöhne innerlich. Jetzt weiß Donovan, dass der Voodoozauber mich auch erwischt hat.

Na, großartig.

Ich weiche seinem Blick noch immer aus. Ich will nicht, dass er sieht, wie unglücklich ich bin, nun da »es« inoffiziell heraus ist. Natürlich wird er jetzt anfangen, mich damit aufzuziehen. Viv kann eigentlich gleich eine Doppelrunde bringen, denn bestimmt werde ich sie brauchen.

»Nein, bin ich nicht«, brummele ich. Was bleibt mir schon anderes übrig, als es zu leugnen?

»Herrgott noch mal. Ich fahre in Flitterwochen, du vögelst die Trauzeugin, und schon hast du einen Knoten im Schwanz?«

»Na, wenigstens erkennst du inzwischen an, dass er lang genug für einen Knoten ist«, bemerke ich achselzuckend. Das Bier strömt angenehm kalt durch meine Kehle, und ich muss zugeben, dass es sich jetzt, wo ich ihn nicht mehr anlügen muss, leichter atmet.

Er lacht schnaubend. »Und wovon träumst du sonst? Trink noch einen.«

»Verpiss dich, Bruder. Und danke, ich glaube, ich brauch noch einen.« Ich lege den Kopf wieder zurück an die Wand und seufze. Ich würde gerne mehr sagen, möchte ihm aber nicht noch mehr Munition geben, um sich über mich lustig zu machen.

»Okay. Ich gebe einen aus. Damit du nachher auch wirklich schön besoffen bist.«

»Ich habe den Eindruck, ich bin auf dem besten Weg dazu.« Und tatsächlich muss ich die Augen öffnen, weil sich alles zu drehen beginnt und ich ihr Bild nicht mehr vor mir sehen will. »Ach, verdammt, ich kapier das alles nicht. Ich meine, ich … Verdammte Scheiße.«

»Ich hätte es nicht besser ausdrücken können.«

Wir schweigen eine Weile, während ich versuche, aus dem Chaos in meinem Kopf einzelne Gedanken zu isolieren. »Hast du bei Ry … warst du auch …?«

»Permanent verwirrt und verunsichert? Ständig angeturnt, obwohl mein Kopf mir befohlen hat, Reißaus zu nehmen?« Er schenkt mir ein winziges Lächeln, und mir wird klar, dass er es tatsächlich versteht.

»So in etwa.« Ich reibe mir das Gesicht. »Das ist doch total bescheuert.«

»Das ist es. Und wenn ich es nicht am eigenen Leib erfahren hätte, würde ich dich jetzt auslachen.« Ich werfe ihm einen wütenden Blick zu, aber er grinst nur. »Du im Bann der mächtigen Voodoo-Muschi? Zum Brüllen!«

»Fick dich.«

»Dank dir. Ich schätze, so was wird heute Nacht noch passieren, während du hier in der Bar sitzt und in dein Glas heulst. Es ginge dir besser, wenn du dir eingestehst, dass Haddie-Hexe dich längst in ihrem Bann hat.« Er stößt seine Bierflasche gegen meine. »Voodoo, Alter. Wehr dich nicht dagegen.«

»Ja, ja, das sagst du jetzt. Vor einem Jahr hast *du* dich mit Händen und Füßen dagegen gewehrt.«

»Klar. Aber sehe ich aus wie ein unglücklicher Mann?«

»Nein. Ganz im Gegenteil.«

Wir trinken einen Schluck, und unsere Blicke begegnen sich. »Für sie war das vergangene Jahr nicht gerade leicht«, sagt er ernst, und obwohl ich weiß, dass er recht hat, könnte ich trotzdem laut schreien. *Verdammt.*

Ich wende den Blick ab und nicke. »Ja, mag sein. Dennoch. Wieso mir erst sagen, zwischen uns gäbe es etwas, sich dann aber für den anderen entscheiden?«

»Und du glaubst ihr das mit dem anderen?«

Ich sehe ihm in die Augen, und fast glaube ich, eine Bitte um Vergebung darin zu erkennen, aber ... wofür? Entgeht mir hier irgendwas? »Na ja, sie hat sich ziemlich klar ausgedrückt«, setze ich hinzu. »Sie hat gesagt, sie und Dante wollten es noch einmal probieren.«

»Ihr Mitbewohner? Der Ex?« Das scheint ihn zu verblüffen. »Also, ich weiß nur, dass sie im Moment eine ganze Menge Mist durchzumachen hat, und ...«

»Was für eine ganze Menge Mist?«, hake ich nach. Und wieso hat er mich eben so angesehen? Weiß er etwas, das ich nicht weiß? »Colton, ich ...«

»Da sieh mal einer an. Wenn das nicht Surferboy persönlich ist.« Die Stimme, die mich unterbricht, bringt mich in einem Sekundenbruchteil von null auf hundert, aber ich wende mich nicht um.

»Ist das der Ex?«, fragt Colton mit ruhiger Stimme und hält meinen Blick fest.

Ich nicke. »Dante heißt er.« Noch immer wage ich nicht, ihn anzublicken. Meine Lust, mich zu prügeln, ist nicht geringer geworden, und wenn ich sein schmieriges Grinsen sehe, kann ich mich garantiert nicht mehr beherrschen. Colton mustert Dante, während seine Hand sich für alle Fälle um den Hals seiner Flasche schließt, und beinahe muss ich grinsen.

Es tut gut einen Freund zu haben, der sofort gewillt ist, eine Flasche zu köpfen, um dir den Rücken frei zu halten.

»Was ist denn mit dir los?«, höhnt Dante. »Musst du dich besaufen, weil du unsere kleine Stute heute nicht mehr besteigen darfst?«

Ich drehe langsam den Kopf, um Dante einen warnenden Blick zukommen zu lassen, doch er blickt nur trotzig zurück. Ich weiß nicht, was genau er mit seiner Bemerkung gemeint hat, aber das spielt auch keine Rolle, denn eins steht fest.

Er hat sie gerade respektlos behandelt.

Und so behandelt man keine Frau, mit der man im Bett war.

»Lass gut sein«, mahnt mich mein bester Freund, Meister im Aufbrausen, auf der Bank gegenüber.

»Ich schaff das schon«, antworte ich. Das Adrenalin beginnt bereits durch meine Adern zu strömen. Wenn das Arschloch nicht die Klappe hält, hat er definitiv verdient, was gleich passiert.

Dante lacht spöttisch. »Anscheinend hast du anderes ja nicht geschafft«, sagt er, während ich mich bereits aus der Nische zwänge. »Als ich vorgestern Abend noch bei Haddie war, konnte sie nämlich nicht genug kriegen. ›Mehr‹ war, glaube ich, das Wort, das ich sehr oft zu hören bekam.«

Meine Gedanken rasen zurück zu Haddie auf dem Küchentisch im Farmhaus und ihr Flehen um »mehr«, und ich sehe rot.

Und handele einfach.

Ich springe auf und ramme Dante, renne ihn einfach um. Ich mache mir noch nicht einmal die Mühe, zum Schlag auszuholen, weil ich das Arschloch nur am Boden sehen will. Er ist kein Leichtgewicht, aber das bin ich auch nicht. Die Wucht reißt uns beide um, und wir krachen gegen den Tisch hinter ihm.

Wie aus der Ferne höre ich splitterndes Glas und Schreie, als wir gemeinsam zu Boden gehen. Er kann den ersten Schlag landen, als wir versuchen, uns aufzurappeln, und obwohl ich den Hieb in meine Niere registriere, kann ich ihn kaum spüren. Ich bin durch alles, was in den letzten Tagen geschehen ist, derart aufgedreht, dass sich meine chaotischen Gefühle in meiner Faust zu sammeln scheinen.

Gott, tut das gut, als ich sie ihm in den Magen ramme.

Dann ist er wieder dran.

Dann ich.

Er flucht und beschimpft mich, aber ich höre kaum hin. Unsere Fäuste fliegen, wir schenken uns nichts, und immer wenn ich daran denke, dass sie »mehr« von ihm wollte, mich aber vor die Tür gesetzt hat, durchfährt mich frische Energie, die es mir möglich macht, immer weiter auf ihn einzudreschen. Er hat sie angefasst. Dieses Schwein hat sie angefasst.

Irgendwann dringt Coltons barsche Stimme durch den Nebel meiner Wut. Ich wehre seine Hände ab, die mich von Dante zerren wollen, doch langsam komme ich wieder zu Sinnen und erkenne, dass der Mann unter mir schon blutet.

»Verdammt noch mal, Becks! Runter von ihm.« Colton ist stark, und er schlingt mir einen Arm um die Brust, um mich daran zu hindern weiterzumachen. »Wenn du nicht aufhörst, sind gleich die Bullen hier.«

Ich gebe ein zustimmendes Grunzen von mir. Noch atme ich zu schwer, um etwas sagen zu können, und mein Zorn tobt noch ungebremst. Von mir aus soll man mir doch Handschellen anlegen, wenn ich dieses Arschloch unter mir vorher noch auf seinen Platz verweisen kann.

»Bist du sicher?«, fragt er und ich nicke, ehe er seinen eisernen Griff lockert.

Und mag es auch mies sein, seinem besten Freund etwas vorzumachen – aber ich hole aus, sobald Colton mich loslässt und ramme Dante die Faust erneut ins Gesicht. Das Krachen meiner Knöchel auf seinem Kinn ist ungeheuer befriedigend.

»Verfluchte Scheiße, Becks!« Wieder liegen Coltons Arme um meinen Oberkörper, und diesmal wehre ich mich umso wilder, aber Colton schafft es mich von ihm zu ziehen. Obwohl ich gegen ihn ankämpfe, sehe ich, wie Dante sich aufsetzt und sich mit dem T-Shirt Blut von der Lippe wischt. »Reg dich ab, verdammt.«

»Lass mich los«, fahre ich ihn an. Ich habe keine Probleme damit, auch auf ihn einzuschlagen, wenn er nicht endlich seine Hände von mir nimmt.

»Verdammt noch mal, jetzt hör endlich auf, okay? Willst du, dass sie die Cops rufen?« Er zerrt mich hoch, und ich winde mich aus seinen Armen und taumele zurück.

»Ich bring diesen Bastard um«, presse ich hervor. Das Blut in meinen Ohren rauscht so laut, dass ich ihn kaum hören kann.

»Wenn du ihn umbringst, stirbt sie trotzdem noch an Krebs, du Vollidiot!«

Das höre ich.

Und plötzlich scheint die Welt um mich herum stillzustehen. Colton schnappt nach Luft, als ihm klar wird, was er da gerade gesagt hat, aber ich traue meinen Ohren nicht.

»Was war das eben?« Meine Stimme ist ruhig, aber in mir herrscht Aufruhr. Ich wende mich meinem besten Freund zu, der verlegen die Augen niederschlägt, und mein Zorn kocht erneut hoch. »*Du wusstest es?*«

»Becks.« Sein beruhigender Tonfall schrammt über meine Nerven.

»*Du wusstest es?*«, wiederhole ich, als ich die Fäuste hochnehme und einen Schritt auf ihn zugehe.

»Sie will nicht, dass es jemand erfährt. Niemand soll es wissen!« Er betont den letzten Satz, damit ich begreife, in was für einem Dilemma er gesteckt hat, aber meine Vernunft hat sich eine Auszeit genommen.

»Du hast dich also praktisch nur versprochen?«, brülle ich ihn an und komme noch einen Schritt näher. »Oder hast es mir nur gesagt, damit ich mich endlich wieder beruhige?«

Er lacht leise. »Ruhig ist nicht gerade das Wort, das im Augenblick auf dich passt, Kumpel.«

Ich beiße die Zähne zusammen. Es tut gut, wütend auf ihn zu sein, denn dann muss ich mich nicht damit auseinandersetzen, was er gesagt hat.

Haddie hat Krebs.

»Also los«, sagt er und tritt einen Schritt auf mich zu. »Du willst mir auch einen verpassen? Okay.« Er hebt das Kinn und tippt dagegen. »Dann los. Hau zu, Vollidiot. Ich kann dir versichern, dass du Haddie damit nicht im Geringsten hilfst.«

»Aber ich fühle mich dann besser«, knurre ich, noch immer stocksauer, aber natürlich beginnt mein Zorn bereits in sich zusammenzufallen.

Weil etwas anderes übernimmt.

Colton beobachtet mich schweigend, während ich meine Fäuste sinken lassen und zu erfassen versuche, welche Tragweite die Neuigkeit hat.

Und aus welchen Gründen Haddie so handelt. Warum will sie nicht, dass ich Bescheid weiß? Warum will sie das allein durchstehen?

Coltons Blick ist voller Mitgefühl, als er mir behutsam eine Hand auf die Schulter legt und mich zu der Nische dirigiert, in der wir eben gesessen haben. Seine Hand drückt mich hinunter, bis ich mich setze. »Du hast es mir nicht gesagt«, wiederhole ich, weil es im Augenblick das Einzige ist, was ich verstehen kann.

Er seufzt und winkt Vivian an unseren Tisch. »Ich weiß, Kumpel, ich stehe auch nicht darauf, zwischen allen Stühlen zu sitzen, glaub mir das. Aber ich bin jetzt verheiratet, und ich hatte es Ry versprochen.«

»Schon klar. Sie ist diejenige, die deinen Schwanz lutscht.« Ich weiß, dass meine Reaktion unmöglich ist, aber es ist mir egal, weil das Adrenalin noch immer durch meine Adern rauscht.

»Sag mir, wenn du dich entschließt, erst zu denken und dann zu reden, dann kann ich dir in den Hintern treten, weil du so despektierlich über meine Frau redest.« Seine Stimme klingt ruhig, aber ich weiß, dass er sich ärgert. »Anscheinend hast du noch genügend Energie übrig. Von mir aus können wir noch eine Runde drehen, Kumpel, aber ich garantiere dir, ich bin härter drauf als dieser Spinner da.« Er deutet mit dem Kopf zu Dante, der sich die blutende Nase hält und von einem Rausschmeißer in Richtung Tür bugsiert wird.

»Tut mir leid«, bringe ich zähneknirschend hervor. »Das ist alles bloß so ... so verrückt und ich ...« Colton nickt. Er hat mir schon verziehen, das weiß ich, und dass er ein schlechtes Gewissen hat, tut mir ein ganz kleines bisschen gut. Nun da das Adrenalin abebbt, merke ich, dass mir das Handgelenk wehtut. Ich habe wohl fester auf Dante eingedroschen, als mir bewusst war.

»Was kann ich euch bringen, Jungs?« Viv steht vor uns und versucht so zu tun, als sei nichts geschehen, und ich lasse den Kopf hängen. Ich bin zu erledigt, um verlegen zu sein. »Macallan pur«, sagt Colton, und ich verspanne mich leicht.

»Zweimal?«

»Zwei Gläser, eine Flasche, bitte. Und ein Beutel mit Eis für seine Hand.«

Ich setze mich auf. Ich will nicht mehr trinken. Ich will, dass Colton mich zu Haddie fährt, und zwar jetzt sofort.

»Der Whiskey ist aber nicht ganz billig«, wendet Vivian ein. Sie kennt Colton eben noch nicht.

»Kein Problem, danke«, antwortet er und schenkt ihr sein Öffentlichkeitslächeln, und schließlich zieht sie ab.

»Danke, Wood«, sage ich, »aber ich habe genug getrunken. Ich muss zu Haddie. Tu mir den Gefallen und bring mich hin.« Ich mache Anstalten aufzustehen, doch Colton kommt mir zuvor, legt mir wieder eine Hand auf die Schulter und drückt mich zurück.

»Ganz schlechte Idee, Bruder.« Er versetzt meiner Schulter einen kleinen Schubs, ehe er sich wieder setzt. »Erstens bist du betrunken, und wenn du betrunken bist, redest du schon mal dummes Zeug. Du könntest ihr zum Beispiel sagen, dass du sie liebst, obwohl das im Augenblick das Letzte ist, was sie ertragen kann, weil sie unweigerlich denken wird, dass du es nur aus Mitleid sagst.«

Ich starre auf den Tisch, als Viv die zwei Gläser vor uns abstellt. Sie will uns einschenken, aber Colton bedankt sich höflich und nimmt ihr die Flasche ab, sodass sie uns wieder allein lassen kann.

Dann schiebt er mir den Eisbeutel über den Tisch, aber ich nehme ihn nicht. Ich habe den Schmerz verdient. Haddie hat Krebs. Sie muss viel Schlimmeres erleiden. Wenn ein simpler Eisbeutel doch nur helfen könnte!

»Sie wird denken, du sagst es ihr nur, weil sie krank ist«, fährt er fort, als er uns eingeschenkt hat, »nicht weil du es wirklich so meinst.«

Bei dem Wort »krank« ziehe ich den Kopf ein, dann stoße ich den Atem aus. Er hat recht. Einen betrunkenen Mann, der nur Mist redet, kann sie jetzt wirklich nicht gebrauchen. Aber, Herrgott, ich möchte sie im Augenblick doch nur sehen, sie beruhigen, sie in den Arm nehmen und mit ihr reden.

Er drückt mir ein Glas in die Hand und legt meine Finger darum, als ich nicht reagiere. Aber wenn ich nicht trinke, bin ich auch schneller wieder nüchtern und kann sie umso eher sehen.

»Ich hab's ihr schon gesagt«, flüstere ich, als ich in die goldfarbene Flüssigkeit starre. Ich bemerke nicht einmal, dass ich es laut ausspreche, bis Colton sich am Whiskey verschluckt.

»Alter! Ist nicht wahr, oder? Ich glaube, wir brauchen noch eine Flasche.« Er stößt sein Glas gegen meins. »Prost, Kumpel.«

Wie ferngesteuert kippe ich den Scotch herunter. Dabei ist er an mir momentan verschwendet. Ich kann den runden, samtigen Geschmack gar nicht wertschätzen, weil ich nur noch Haddie im Kopf habe.

Der Hals der Whiskeyflasche stößt mit einem satten Klingen ans Glas, als Colton nachschenkt. »Komm schon, Bruder, atme durch«, sagt er, denn meine Finger krampfen sich so fest um das Glas, als wollte ich es zerquetschen.

»Was soll ich nur tun? Wie soll ich mit ihr ...« Ich breche ab, als die Gedanken zu schnell kommen, um sie zu verarbeiten. Frustriert stoße ich den Atem aus.

»Ry ist bei ihr. Sie kommt schon klar, Daniels. Das Mädchen ist zäh.«

»Ja, aber ...« Ich scheine keine ganzen Sätze mehr hervorzubringen. Also kippe ich die zweite Runde Whiskey herunter. Dieses Mal brennt er etwas weniger, dafür wird mir schneller warm.

»Ich weiß, Becks, ich weiß.« Mehr kann er nicht sagen, und ich weiß zu schätzen, dass er mir nicht mit irgendeinem Mist kommt.

Meine Augen brennen inzwischen genauso sehr wie meine Kehle. Es gibt so viele Fragen, die ich ihr stellen will – stellen muss! –, und die Wichtigste davon ist eine, die ich nicht einmal formulieren kann, weil sie sich mir regelrecht entzieht, wann immer ich sie zu packen versuche.

»Sie hat Dante letzte Woche vor die Tür gesetzt.«

Hey. Das erzeugt Wirkung.

»Sie ist nicht mit ihm zusammen?«

»Nein. Sie hat ihn rausgeschmissen. Er hat dich nur provozieren wollen. Entweder war er eifersüchtig auf dich oder sauer auf sie, weil sie ihm einen Korb gegeben hat.«

Erleichterung durchströmt mich. Doch in ihrem Kielwasser kommt erneut die Verwirrung. Sie ist im Moment also wirklich ganz allein? Wieso tut sie sich das an? Die Neuigkeiten prasseln mit solch einer Dichte auf mich ein, dass ich kaum Schritt halten kann.

Doch dann trifft es mich wie ein Hieb zwischen die Augen. Sie wusste es schon. An jenem Abend wusste sie es schon. Sie hat mich verstoßen, um mich zu schützen. Um die Entscheidung für mich zu treffen. Obwohl ich ihr gesagt habe, dass ihr das nicht zusteht.

Oh, verflucht!

Abrupt stemme ich mich hoch. Der Raum um mich herum wird schwarz, und ich sehe plötzlich nur noch blitzende Lichter.

»Hey, hey, hey. Ganz ruhig.«

Ich höre Coltons Stimme, spüre seine Hände, aber kann mich nicht konzentrieren. Ich plumpse auf die Bank zurück, und mein Magen hebt sich, doch in letzter Minute schlucke ich und kämpfe den Brechreiz zurück.

»Ich muss unbedingt zu ihr. Jetzt«, flehe ich Colton an. Denn obwohl ich so blau bin, dass ich kaum noch stehen kann, lacht meine eigene Dummheit mich aus. Wieso habe ich das nicht sofort begriffen? Wie konnte ich nur so dämlich sein?

»Ja, verstehe ich, aber nicht vor morgen früh. Du schläfst heute bei mir«, fügt er hinzu und lacht leise.

»Vergiss es«, brummele ich. »Erst wenn die Hölle zufriert.« Aber vielleicht ist sie das ja schon, denn, verdammt und zugenäht, Haddie ist krank – so krank, dass sie vielleicht sterben muss.

»Vielleicht ist das ja schon geschehen.«

Liest er meine Gedanken? Mein Kopf fährt so schnell herum, wie es machbar ist, ohne dass alles um mich herum sich zu drehen beginnt. »Was soll das heißen?«

Er stößt sein Glas abermals gegen meins und kippt die goldene Flüssigkeit herunter. »Du liebst sie? Seit wann bist du denn *so* drauf? Ich dachte, du wolltest nur mal wieder ein Rohr verlegen, aber stattdessen muss es gleich ein ganzes Bewässerungssystem sein?« Er schüttelt den Kopf und lacht, ehe er sich wieder an die Wand zurücklehnt.

Und obwohl sein Vergleich so unsäglich platt ist, muss ich einfach mitlachen. In diesem Zustand bin ich nicht mehr anspruchsvoll. »Bewässerungssystem?«

»Tja.« Auch er ist inzwischen schon angetrunken genug, um den Gedanken nicht weiterzuverfolgen. Stattdessen versinken wir in ein angenehmes Schweigen, trinken weiter und hängen unseren Gedanken nach. »Ein Viertel der Flasche ist noch da«, sagt er schließlich. »Wir machen sie leer und lassen uns von Sammy nach Hause fahren.« Sammy ist sein Bodyguard und manchmal der Fahrer. »Wir schlafen unseren Rausch aus, und morgen kannst du dann mit klarerem Kopf zu ihr fahren und ihr beweisen, dass du sie willst. Dass du bei ihr bleibst. Dass du für sie kämpfst. Krank oder nicht krank.«

Meine Kehle zieht sich zu, als Colton genau das sagt, was ich dringend hören muss, obwohl er noch nie gut mit Worten umgehen konnte, wenn es um Emotionen oder Beziehungen geht.

Und doch ist es ein Schock, das Wort »krank« in Verbindung mit Haddie zu hören.

»Ja«, sage ich so leise, dass ich es selbst kaum hören kann.

»Sie schafft das, Daniels.«

Vor meinem inneren Auge tauchen Fotos von Lexi auf, die ich bei Haddie zu Hause gesehen habe – persönlich habe ich ihre Schwester nie kennengelernt. Und mit einem Mal spüre ich, wie mich die Angst beschleicht, dass ich eines Tages vielleicht auch nicht mehr von Haddie besitzen werde als Erinnerungsfotos.

Sofort bin ich sauer auf mich selbst, dass ich so etwas überhaupt gedacht habe. Dass ich auch nur einen Moment lang daran gezweifelt habe, dass sie diesen Kampf gewinnt. Dennoch muss ich mir eingestehen, dass ich furchtbare Angst habe, selbst wenn Mut in flüssiger Form durch meine Adern strömt, als sei es mein eigenes Blut.

»Ja«, flüstere ich. »Sie muss es schaffen.«

28

HADDIE

Ich habe Rylee eine Nachricht hinterlassen, dass ich nachdenken muss. Sie hat wie in alten Zeiten bei mir übernachtet, was wir mit zu viel Wein, zu vielen Erinnerungen und jeder Menge Lachanfälle gefeiert haben.

Und es hat gutgetan, dass Ry einfach nur Ry für mich war. Keine mitleidigen Blicke aus dem Augenwinkel, keine unterschwellige Sorge, ich könnte frühzeitig zusammenklappen und sterben.

Was der Grund dafür ist, warum ich niemandem von der Diagnose erzählt habe.

Und ich stehe zu meiner Entscheidung, dass nur Ry und meine Eltern Bescheid wissen sollen. Dass mein Herz dennoch wehtut, steht auf einem ganz anderen Blatt.

Bis gestern hielt ich mich gut. Dachte ich jedenfalls. Ich war gedanklich so sehr mit der Operation nächste Woche beschäftigt, dass ich Becks fast vollständig aus meinem Bewusstsein verdrängen konnte.

Becks und seine Abschiedsworte.

Abschiedsworte, die meine Welt aus den Angeln gehoben hatten, und doch war mir nicht entgangen, dass seine Hartnäckigkeit von Tag zu Tag nachzulassen schien. Verdammt, ja, auch ich hätte an seiner Stelle irgendwann den Rückzug angetreten, wenn man mir immer wieder einen Korb gegeben hätte, aber für mich waren seine Versuche ungemein wichtig. Seine ärgerlichen Nachrichten, das ständige Geklingel des Telefons, sein Auto, das immer wieder an meinem Haus vorbeifuhr, wenn ich meinen Wagen in der Garage geparkt hatte, sodass er nicht wissen konnte, ob ich zu Hause war oder nicht. All das war für mich in gewisser Hinsicht tröstend. Und als er ab dem Tag fünf seine Bemühungen nahezu einstellte, war es für mich ein Beweis, dass seine Worte nichts anderes gewesen waren als das: leere Worte nämlich, Gerede.

Wenn er nicht einmal länger als fünf Tage am Ball bleiben konnte, würde er wohl kaum monatelange Chemo und Bestrahlungen an meiner Seite durchstehen.

Und erst gestern Abend begriff ich, dass ich ihn unbewusst auf die Probe gestellt hatte. Ich wollte sehen, wie lange er durchhielt. Wollte seine Worte auf den Prüfstand stellen und war nun langsam davon überzeugt, dass er sie nicht ernst gemeint hatte. Eine furchtbare Enttäuschung. Und auch wieder eine Erleichterung.

Er hatte also aufgegeben. Dachte ich. Und dann bekam ich seine Nachricht. Und seine Voice-Mail. Und beides pustete mein sorgfältig konstruiertes Gerüst an schützenden Ausreden so leicht um wie ein Kartenhaus.

Nun sitze ich in meinem Auto, lege die Stirn an mein Lenkrad und rufe mir jedes einzelne Wort in Erinnerung.

Vielleicht lag es an den Unmengen Wein oder an der Tatsache, dass Ry in ihrem ehemaligen Zimmer schlief. Vielleicht war es auch die emotionale Überlastung der vergangenen Tage, dass meine Entschlusskraft, die ohnehin zu schwinden begonnen hatte, endgültig in sich zusammenfiel.

Ich rufe dich in zwei Minuten an, schrieb er mir. *Du*

musst nicht abnehmen. Aber hör dir bitte meine Nachricht auf der Mailbox an. B.

Irgendetwas an dieser Nachricht las sich anders als sonst. Ich weiß nicht, ob es an der Formulierung lag oder einfach nur mit meinem Gefühl zu tun hatte, jedenfalls juckte es mich in den Fingern, das Gespräch anzunehmen, als mein Handy kurz darauf zu summen begann. Doch ich ballte die Fäuste und hielt durch, bis mein Handy meldete, es habe eine Sprachnachricht für mich.

Und als ich sie abhörte, zog sich mein Herz vor Sehnsucht zusammen. »Had ... ich weiß nicht, ob du meine Nachrichten einfach löschst, ohne sie zu lesen oder abzuhören, aber diese hier ist wirklich wichtig, also bitte hör mir dieses eine Mal zu. Ich möchte, dass du meine Stimme und meine Entschlossenheit hörst. Denn nichts hat sich geändert. Du bist den Kampf wert. Und ich schlage mich durch jede einzelne Runde, bis du es mir endlich glaubst. Du musst nur mit mir zusammen wieder in den Ring treten. Du hast mich bereits einmal k. o. geschlagen, aber ich bin zurück. Und stelle mich der Herausforderung. Bald geht die erste Glocke.«

Ich hörte die Nachricht immer wieder ab, bis ich bemerkte, dass mir die Tränen über das Gesicht strömten. Wie gerne hätte ich ihn zurückgerufen, aber ich hatte zu große Angst. Ich bereite mich für einen Kampf der ganz anderen Art vor, wie also soll ich die Kraft finden, mich auch noch mit ihm auseinanderzusetzen?

Es war nicht einfach, die leise Stimme in meinem Hinterkopf zu überhören, die hartnäckig behauptete, ich bräuchte keine Extrakraft, wenn ich ihn nur in mein Herz ließe. Doch dann fragte ich mich, ob das leicht Verschliffene seiner Worte wohl bedeutete, dass er betrunken war und nur Schwachsinn redete, den er im nüchternen Zustand vielleicht bereuen würde. Und dann wiederum fuhr ich hellwach im Bett auf, weil mir plötzlich der Gedanke kam, dass Colton Becks vielleicht alles erzählt hatte …

Irgendwann schlief ich ein, doch ich träumte von Becks, und immer wieder erwachte ich voller Sehnsucht, bis ich gegen sechs Uhr morgens aufgab und aufstand. Ich hinterließ Ry eine Nachricht, setzte mich ins Auto und kam hierher, um dem Menschen nahe zu sein, der meine Situation besser als jeder andere verstanden hätte.

Es ist so herrlich still hier, so schön und so frisch, dass ich den Sitz nach hinten klappe, mich zurücklege und für einen kurzen Augenblick die Augen schließe.

Der Lärm eines Müllwagens in der Ferne weckt mich. Ich setze mich auf und stelle fest, dass die Sonne ein gutes Stück höher am Himmel steht. Ich stelle den Sitz wieder aufrecht, trinke einen Schluck Wasser aus der Flasche in der Mittelkonsole und schaue aufs Display meines Telefons, das ich auf stumm gestellt hatte.

Mehrere verpasste Anrufe, die meisten von Ry, einige von Becks. Ich werfe das Handy auf den Beifahrersitz und kneife die Augen zu. Ich muss zuerst mit ihr reden und mir klar darüber werden, was ich wirklich will. Wieder spüre ich ein seltsames Flattern in meiner Brust, als ich entschlossen aussteige und über die mit Grabsteinen gesprenkelte Wiese gehe.

Das schlechte Gewissen mischt sich mit der Trauer und verleiht meinen Schritten ungewohnte Schwere. Ich war noch nicht hier, seit ich meine Diagnose bekommen habe, und obwohl ich weiß, dass sie längst Bescheid wissen muss, weil ihre Seele überall ist, habe ich Schuldgefühle, es ihr noch nicht explizit gesagt zu haben.

Als ich an die massive Eiche gelange, die ihr Grab vor der gnadenlosen kalifornischen Sonne schützt und das Leben der Blumen darauf verlängert, liegt ein Lächeln auf meinen Lippen. »Hey, Schwester«, sage ich und setze mich. Ich fahre mit den Fingern über die Inschrift auf dem Stein, ehe ich mich mit dem Rücken dagegen lehne, wie ich es in den ersten Monaten nach ihrem Tod so oft getan habe.

Wie immer kommt es mir vor, als könnte ich hier ihre Stimme hören und sie an meiner Seite spüren. Natürlich weiß ich, dass ich mir das nur einbilde, aber das macht nichts. Es ist alles, was mir von ihr geblieben ist, und es muss reichen. Sage ich mir jedenfalls.

Und so spreche ich zunächst über belanglose Dinge, berichte ihr von Maddie und wie sie sich in der Schule macht, und erzähle ihr, dass Scandalous mit unserem Unternehmen zufrieden ist und den Langzeitvertrag unterzeichnet hat. Und als ich es nicht mehr aufschieben kann und ihr von meinem Krebsbefund berichte, bin ich albernerweise erleichtert, dass kein Blitz vom Himmel herabfährt und mich an Ort und Stelle erschlägt.

Unter Tränen verspreche ich ihr, dass ich es so lange wie möglich vor Maddie geheim halten werde, und erzähle ihr, wie Mom und Dad mit dieser schlechten Neuigkeit umgehen und dass der Anhänger an Moms Kette inzwischen vor lauter Berührungen ganz blank geworden ist.

Und dann verstumme ich. Ich möchte ihr so gerne auch alles andere erzählen, aber ich weiß, dass ich mir eingestehen muss, wie ungeheuer dumm ich mich benehme, sobald ich die Worte ausgesprochen habe. Was tue ich da? Wieso muss ich Becks auf die Probe stellen, ihn immer wieder abweisen und Entscheidungen für ihn treffen, ehe er sich noch damit konfrontiert sieht?

Um Zeit zu schinden, arrangiere ich die Blumen in ihren Vasen neu, und selbst das ist natürlich absolut lächerlich, da ich weiß, dass sie mich ja schlecht hier sitzen lassen kann. Eine leichte Brise weht über den Friedhof, und ich setze mich im Schneidersitz ihrem Stein gegenüber und beginne, Grashalme auszurupfen.

»Ich habe jemanden kennengelernt«, flüstere ich schließlich. »Vielleicht hast du schon von ihm gehört. Es ist Becks.« Ich lache, weil es so furchtbar klischeehaft ist, sich in den Trauzeugen zu verlieben. »Du erinnerst dich – der Kerl mit dem knackigen Hintern, mit dem ich damals in Las Vegas war.« Ich erzähle ihr von der Nacht nach der Hochzeit, dem anschließenden Hin und Her, von seinem Liebesgeständnis vor wenigen Tagen und meiner Lüge, mit der ich ihn schützen will.

»Ich kann unmöglich verlangen, dass er ausgerechnet jetzt an meiner Seite bleibt, Lex.« Wieder beginnen die Tränen zu laufen, als ich mir plötzlich vorstelle, wie grausam es sein wird, das alles allein durchzumachen. Nein, das ist nichts, was ich mir wünsche, aber am Ende wird es für alle das Beste sein. »Er ist zweiunddreißig. Er soll in Bars gehen, tolle Frauen treffen, das Leben auskosten, und nicht an eine Frau gebunden sein, die Narben statt Titten hat. Ich will ihn nicht bitten, mich festzuhalten, damit ich kotzen kann, weil ich von der Chemo zu schwach bin, um mich allein über das Klo zu beugen. Er braucht eine Frau, die die Zeit hat, für ihn da zu sein, kein kahles, aufgequollenes Gespenst, das für nichts mehr Energie aufbringen kann.«

Wütend wische ich mir die Tränen aus dem Gesicht. Ich habe recht, das weiß ich, aber ich wünschte mir verzweifelt, egoistisch sein zu können und ihn anzuflehen, bei mir zu bleiben. Sich mit diesem ganzen Mist auseinanderzusetzen, weil ich es einfach wert bin, verdammt noch mal. Aber das kann ich nicht. Er mag wieder in den Ring gestiegen sein, aber ich kann ihn doch nicht zwingen, für etwas zu kämpfen, das ihn letztlich vernichten wird.

»Ich weiß, dass ich das Richtige tue, Lex. Wenn du miterlebt hättest, was dein Tod mit Danny angestellt hat ...« Ich kneife die Augen zu, um die Erinnerungen an Lexis Mann auszusperren, als ich plötzlich wieder vor mir sehe, wie er zusammenbrach und so sehr weinte, dass er nicht einmal mehr sprechen konnte. Er war so am Boden zerstört, dass meine Eltern Maddie für eine Weile zu sich nahmen, damit er sich fangen konnte und ihr nicht zusätzlich Angst machen würde.

Und dann wird mir bewusst, dass ich die Erinnerungen gar nicht verdrängen darf. Ich muss sie im Gegenteil frisch halten, damit ich niemals vergesse, warum ich Becks nicht in diese Geschichte hineinziehen kann.

Und warum er nicht erfahren darf, dass auch ich ihn liebe.

»Ich liebe ihn«, flüstere ich in die Stille. »Und ich habe Todesangst.« Schluchzer schütteln mich, als ich endlich die beiden Tatsachen ausspreche, die ich die vergangenen zwei Wochen zu ignorieren und zu verdrängen versucht habe. Und obwohl meine Stimme diese Wahrheiten realer macht, als mir lieb sein kann, hat es auch etwas Reinigendes, als könnte ich die Worte nicht mehr zurücknehmen, obwohl ich auf diesem Friedhof im Augenblick mutterseelenallein bin und mich niemand gehört haben kann.

»Gib mir ein Zeichen, Lex. Bitte gib mir etwas, das mir sagt, dass du mich gehört hast. Dass ich keine Angst haben brauche, weil du da oben deine Flügel ausbreitest und mich vor dem Allerschlimmsten beschützt. Ich muss wissen, dass du an meiner Seite bist.«

»Das ist sie«, erklingt eine Stimme.

Erschreckt fahre ich zusammen. Danny. Ich habe ihn nicht kommen hören. Und natürlich frage ich mich sofort, wie viel er wohl mitbekommen hat.

»Sie ist immer an deiner Seite«, fährt er fort.

Ich wische mir mit meinem T-Shirt die Tränen ab und wende mich zu Danny um. Er hat die Hände tief in seine Hosentaschen geschoben und mustert mich mit zur Seite gelegtem Kopf. »Bis Maddie kam, warst du die Einzige, der ihre Sorge galt. Immer. Wir haben uns sogar einige Male deswegen gestritten. Dass immer du an erster Stelle kamst. Noch vor ihr selbst. Noch vor mir.«

Ich stemme mich hoch. Ein Fuß ist eingeschlafen, weil ich so lange gesessen habe. Ich weiß, dass ich schrecklich aussehen muss, aber das macht mir nichts, denn plötzlich bin ich wie gebannt. Danny erzählt mir etwas über Lexi, das ich noch nicht wusste.

»Das tut mir leid«, flüstere ich, doch ein winziger Teil von mir strahlt. Die innige Beziehung zu meiner Schwester war ein Geschenk.

»Das braucht es nicht.« Er blickt einen Moment

lang auf das Grab herab. »Denn es war auch eine der Eigenschaften, die ich an ihr besonders geliebt habe. Dass sie ein solcher Familienmensch war. Mir war klar, dass sie eine wunderbare Mutter werden würde, weil ihr die Familie so viel bedeutete.«

Ich kämpfe gegen den neuen Schub Tränen an, weiß aber, dass ich keine Chance habe. Ich stelle mich neben Danny, und eine Weile blicken wir stumm auf das zweite Datum auf dem Grabstein herab. Sie wird nicht wiederkommen. Aber ein Teil von ihr ist noch hier.

»Du hast mir nichts gesagt«, flüstert er nach einer Weile, und plötzlich tut mir das Herz wieder weh. Ich nehme seine Hand, ohne ihn anzusehen, und halte sie fest. »Deine Mutter hat es mir gestern erzählt, als sie Maddie bei mir abgesetzt hat. Sie musste mit jemandem sprechen, und ihr war nicht bewusst, dass ich noch nichts davon wusste. Ach, Haddie, es tut mir so furchtbar leid. Ich weiß nicht einmal, was ich ...«

»Es gibt nichts zu sagen«, unterbreche ich ihn. »Immerhin wurde der Tumor früh entdeckt. Das könnte nützen.« Aber ich sage es ohne Überzeugung, und er nickt nur und drückt meine Hand, und das Schweigen, das eben noch tröstend war, ist nun belastet. »Es ist alles noch so ... so frisch. Lex' Tod meine ich. Ich dachte, wenn ich es dir erst nach der OP erzähle, hätte ich vielleicht bessere Nachrichten. Und würde nicht alles wieder aufwühlen. Ich weiß nicht.« Ich schüttele den Kopf und atme geräuschvoll aus. »Es tut mir leid, Danny. Ich hätte es dir sagen sollen, aber ich dachte, es wäre besser für dich, nichts zu wissen.«

»Ich weiß selbst, was gut für mich ist, Haddie; es steht

dir nicht zu, solche Entscheidungen zu treffen. Nicht für mich und auch nicht für andere. Du bringst die Menschen, die sich um dich kümmern wollen, um manch eine Chance.« Er verstummt, was seine Worte nur noch unterstreicht, als er sich mir zuwendet. Ich blicke zu ihm auf und staune. Vor mir steht ein anderer Mann. Ja, die Trauer scheint ihn noch immer niederzudrücken, aber er strahlt auch eine stille Entschlossenheit aus, die ich von ihm nicht kenne. Einen Moment lang sieht er mich schweigend an, dann schüttelt er leicht den Kopf und zieht mich in seine Arme.

Zunächst stehe ich nur steif da und konzentriere mich auf die altvertraute Taubheit in mir. Doch seine Zuneigung sickert in meine Psyche, und obwohl er nicht der Erste ist, der sie ausgesprochen hat, wird mir endlich klar, wie recht er hat. Und als das schlechte Gewissen, die Scham und das Eingeständnis dessen, was ich Becks und ihm, Danny, angetan habe, auf mich einströmen, kocht alles hoch, was ich in mir zu halten versuchte.

Und dann kommt Bewegung in mich. Ich fange wieder an zu fühlen. Ich schlinge meine Arme um ihn, klammere mich an ihn und lasse die Tränen laufen, als das wackelige Konstrukt, das ich errichtet habe, um mein Herz zu schützen, über mir zusammenbricht. Danny hält mich fest, als alles aus mir herausfließt, und murmelt tröstende Worte, bis ich nur schniefen und schlucken kann.

Er hält mich noch ein Weilchen länger, ehe wir uns voneinander lösen und uns beide die Tränen abwischen. Er tritt vor, küsst seine Finger und streicht damit über Lexis eingravierten Namen.

»Sie fehlt mir so sehr, Had. Jeden Tag, jede Stunde,

jeden verdammten Augenblick.« Er verstummt, schluckt seine Tränen herunter und fährt fort. »Jeden Tag denke ich, dass sie durch die Haustür tritt und über die Schuhe schimpft, die ich dort stehen gelassen habe, und ich höre sie lachen, wenn ich von meinem Tag berichte, sehe die Liebe in ihren Augen, wenn sie Maddie in den Armen hält. Jeden einzelnen Tag geht das so …« Seine Stimme verklingt.

Seine Worte dringen tief in mich und wecken eine andere Art von Trauer, die in mir verborgen war, und ehe ich mich versehe, habe ich die Frage gestellt. »Wünscht du dir je, dass du sie niemals kennengelernt hättest?« Sein Kopf fährt auf, und als seine Augen verärgert aufblitzen, versuche ich hastig zu erklären, worum es mir geht. »Ich meine, war deine Liebe zu ihr das Risiko wert? Denn hättest du sie niemals kennengelernt, hättest du all das doch nicht durchmachen müssen. Und wärest niemals so einsam gewesen wie jetzt …«

Danny lässt einen Moment lang den Kopf hängen, dann sieht er abermals zu ihrem Grabstein. »Nein. Ich bereue keinen einzigen Tag, keinen Augenblick, den ich mit ihr verbracht habe – ob gut, schlecht oder grausam.« Er schaut auf und begegnet meinem Blick. »Sie war mein Ein und Alles, Haddie. Und, Gott, sie leiden zu sehen, sie sterben zu sehen … das war das Schlimmste, was mir passieren konnte. Sieh mich doch an – ich habe mich noch immer nicht davon erholt.« Er breitet die Arme aus und seufzt. »Aber dennoch möchte ich keine Sekunde der Zeit missen, die wir miteinander hatten, denn obwohl das Ende grausam war, hat sie mir so viel geschenkt, so viel gegeben … Sie hat mich reicher gemacht, als ich ohne sie je hätte werden können, und das ist verdammt viel. Daran klammere ich mich.« Ein winziges Lächeln huscht über seine Lippen, und es ist das erste Lächeln, seit sie gestorben ist, das mir echt vorkommt. »Durch sie weiß ich, was Hoffnung ist, und Liebe … ihre Liebe war so stark, dass ich sie noch immer fühlen kann. Sie hat mir Erinnerungen geschenkt, die für ein ganzes Leben reichen, und das allerwichtigste: Maddie!«

Und das Staunen in seiner Stimme, die Dankbarkeit darin, zaubert auch mir ein Lächeln auf die Lippen.

»Was ich darum geben würde, wenn sie noch bei mir wäre? Alles! Ich würde alles geben, wenn sie erleben könnte, wie Maddie aufwächst, und eines Tages alt und grau mit mir im Schaukelstuhl auf der Veranda sitzen würde, aber weißt du was? Wir waren uns immer einig, dass wir jeden Moment leben wollten, als wäre es der letzte. Wir konnten ja nicht ahnen, dass es bald tatsächlich so kommen würde …« Seine Stimme verklingt.

Er fährt sich mit der Hand durchs Haar, entfernt sich ein paar Schritte und bleibt wieder stehen. »Du hast gefragt, ob es das Risiko wert war«, beginnt er, ehe er sich wieder mir zuwendet. »Ich vermisse sie unendlich und, ja, ich habe sie verloren. Ist das Schicksal grausam? Ja, verdammt, und wie! Aber ob ich es vorziehen würde, sie niemals geliebt zu haben, damit ich jetzt nicht trauern müsste? Nein! Nie und nimmer! Sie war – sie ist! – all das wert, jedes Risiko, jede Träne, jeden Tag, an dem ich nicht weiß, wie ich weitermachen soll. Alles. Und mehr.« Und obwohl erneut Tränen in seinen Augen glitzern, hat seine Stimme sich niemals fester, niemals überzeugter angehört.

Einen Moment lang blicken wir einander an, dann

senkt er den Blick und räuspert sich. Ich verstehe den Wink mit dem Zaunpfahl und schlage ihm vor, dass ich ein Stück spazieren gehe, sodass er einen Moment allein am Grab haben kann.

Ich schlendere über den Friedhof, bis ich ein Fleckchen Gras auf einer Erhöhung entdecke, von wo aus ich einen guten Blick habe. Ich lasse mich nieder, stütze mich hinter mir mit den Händen ab und drehe das Gesicht in die Sonne, damit sie meine Tränen trocknet. Dannys Worte haben mich tief berührt, und ich bin ungeheuer froh, dass meine Schwester in ihrem viel zu kurzen Leben eine solche Liebe erfahren durfte. Und dann kehren meine Gedanken unwillkürlich zu Becks zurück, und ich beginne mich zu fragen, ob ich uns vielleicht die Chance auf so ein Erlebnis versage.

Ist er derjenige? Könnten wir eine solche Liebe leben? Ich habe keine Ahnung, aber Danny hat recht. Es ist vermessen, das Schicksal für uns steuern zu wollen. Ja, die Angst ist noch immer da, auch der Wunsch, ihn abzuweisen, um ihn zu beschützen, aber gleichzeitig empfinde ich zum ersten Mal ein Prickeln der Aufregung, weil es vielleicht doch eine Chance für uns gibt.

Dann sehe ich plötzlich eine Pusteblume vor mir, und das Schluchzen bleibt mir im Hals stecken. Erinnerungen fluten mein Bewusstsein, und ich bin mir sicher, dass Lex mir ein Zeichen geschickt hat, um mir zu verstehen zu geben, dass sie mir zuhört, auf meiner Seite ist und mir die Daumen drückt.

Ich beuge mich vor, pflücke die Blume und betrachte die silbrig weißen Schirmchen, die nur darauf warten, von mir in den Wind gepustet zu werden. Als ich die Augen schließe, rinnt eine einzelne Träne meine Wange herab.

»Ich wünsche mir, ich wünsche mir, ich wünsche mir den Wunsch von dir«, rezitiere ich das Mantra der Löwenzahnschwestern. »Ich wünsche mir Zeit, damit ich noch tausend weitere Wünsche äußern kann.«

Die Augen noch immer geschlossen, puste ich so fest ich kann. Als ich die Lider wieder aufschlage, tanzen die Schirmchen im Wind davon, und einen Moment lang stelle ich mir vor, ich könnte eines von ihnen sein und frei und sorglos durch die Luft trudeln.

»Zeit ist kostbar, Haddie«, sagt Danny, der zu meiner Rechten erscheint, während ich den Schirmchen nachschaue.

»Verschwende sie klug«, beende ich Lexis Motto.

Es wird Zeit, endlich damit anzufangen.

29

BECKS

Erleichtert stelle ich fest, dass das Hämmern in meinem Kopf endlich nachzulassen scheint. Ich sitze auf dem Balkon, die Füße auf dem Geländer, eine Flasche Wasser in der Hand, und spüre, wie meine Augen langsam zufallen.

Aber noch rasen meine Gedanken mit Lichtgeschwindigkeit durch meinen Verstand: Den halben Morgen habe ich damit verbracht, im Internet zu recherchieren, was bei einer Mastektomie gemacht wird und womit man als Angehöriger oder Partner rechnen muss, wenn man dem Patienten bei Chemo und Bestrahlung beistehen will.

Gott – zum Fürchten!

Es ist eine Therapie, die quasi erst tötet, um anschließend zu heilen.

Man sollte meinen, dass die moderne Medizin längst bessere Methoden gefunden hätte, aber wahrscheinlich geht man erst erprobte Wege, ehe man neue und unbekannte einschlägt.

Mir ist es egal, Hauptsache es hilft. Und das ohne Wenn und Aber.

Jetzt will ich sie nur noch sehen. Sie in die Arme nehme. Um ihr von Angesicht zu Angesicht zu erklären, dass ich mit ihr in den Ring steige und *mit* ihr kämpfe. Und für sie.

Und dann heißt es vermutlich warten.

Ry hat mir versprochen, sich bei mir zu melden, sobald sie etwas von Haddie hört. Sie glaubt, dass sie zum Friedhof gefahren ist, und hat ihren Schwager hinterhergeschickt, damit er sich vergewissern kann, dass es ihr wirklich gut geht.

Ich schraube den Verschluss auf die Wasserflasche, als mein Handy eine eingehende Nachricht meldet – vermutlich die hundertste, die an diesem Morgen zwischen Colton, Ry und mir hin und her geht. Doch als ich das Telefon nehme und aufs Display blicke, verschlägt es mir den Atem. Haddie.

Treffen wir uns im Ring?

Ein Lächeln breitet sich auf meinem Gesicht aus, weil diese Botschaft so unendlich viel enthält, was sich nicht in Worte fassen lässt. Doch gleichzeitig ermahne ich mich energisch, nicht gleich euphorisch zu werden. An diesem Punkt waren wir schon einmal. Niemand garantiert mir, dass sie nicht doch wieder davonläuft.

Dennoch bin ich ungeheuer erleichtert.

Sofort überlege ich, wie ich am besten antworte, und als es an der Tür klingelt, möchte ich am liebsten schreien, weil im Augenblick nichts wichtiger ist als diese verflixte Nachricht. »Es ist offen«, brülle ich also nur, während ich zu tippen beginne.

Rex hebt den Kopf und blickt zur Tür, und ich will gerade auf »Senden« drücken, als ich aufschaue und mir das Handy aus der Hand fällt.

Haddie steht in der Tür. Sie trägt ein Top und Shorts, ein Sweatshirt um die Taille geknotet, aber als mein Blick auf ihre Füße fällt, stockt mir der Atem.

Ich fasse es nicht.

Sie trägt pinke Flipflops.

Lächerlich, dieser Traum meiner Mutter – sie spinnt einfach, mehr nicht –, aber das Gefühl der Vorbestimmung setzt sich dennoch fest. Vielleicht – ganz vielleicht – hat meine Mom ja doch recht gehabt. Mein Blick wandert zu Haddies Gesicht. Es ist gerötet, und ihre Augen sind vom Weinen geschwollen.

Und sie hat nie schöner ausgesehen.

Sie sieht mir in die Augen. Ihr Blick ist voller widerstreitender Emotionen, aber die, die alle anderen überlagern, sind Hoffnung, Hingabe und Entschlossenheit.

Ich erhebe mich, ohne den Blick von ihr zu nehmen und gehe mit hämmerndem Herzen auf sie zu. Ich hoffe inständig, dass sie spürt, was zwischen uns besteht, denn alles in mir ist bereit, ihr hier und jetzt zu beweisen, wie sehr ich sie liebe. Und dass ich für immer für sie da sein werde.

Als ich mich ihr nähere, kann ich in ihrer Miene lesen wie in einem offenen Buch, und ich bete darum, dass sie mir erlaubt, unsere Geschichte zu einem Happy End zu bringen.

30

HADDIE

Mit einem zögernden Lächeln kommt Becks auf mich zu, und alles in mir sagt Ja. Ja zu ihm und ja zu dieser Entscheidung, denn mit einem Mal weiß ich ganz genau, dass es die richtige ist. Ja, ich will ihn an meiner Seite wissen, und ich weiß, dass er mir guttun wird.

Meine Unterlippe zittert, als ich mir bewusst mache, wie unnötig der ganze Ärger gewesen ist, den ich veranstaltet habe, und wie sehr ich ihn gekränkt haben muss. Am liebsten würde ich mich in seine Arme werfen, aber ich warte ab. Er ist es, der den ersten Schritt machen muss, und nun wird sich zeigen, ob er mich jetzt, da er weiß, was wirklich mit mir los ist, überhaupt noch will.

Doch er bleibt wieder stehen, und ich begreife, dass er sich zurückhält, um mir zu erlauben, das Tempo zu bestimmen. In seinen Augen spiegeln sich Hoffnung, Erleichterung und Liebe ... aber auch Unsicherheit, die ihn dazu bringt, seine eigenen Gefühle zu zügeln. Und so stehen wir einen Moment lang da, bis ich es einfach nicht mehr aushalte.

Einen Sekundenbruchteil später liege ich in seinen Armen, und wer nun den ersten Schritt getan hat, ist mir völlig egal, denn es fühlt sich so gut an. »Es tut mir leid«, sage ich wieder und wieder, als er mich so fest an sich drückt, dass ich kaum noch atmen kann.

»Schsch, Baby«, wiederholt er unablässig und hält

mich, bis er sich ein Stück von mir zurückzieht, seine Hände an mein Gesicht legt und mich zwischen unseren gestammelten Worten immer wieder küsst. Tränen rinnen mir über das Gesicht, aber es kümmert mich nicht, denn er hält mich und küsst mich und gibt mir alles, was ich im Moment so dringend brauche.

»Haddie?« Er sieht mir in die Augen, und sein Blick stellt die Fragen, die er nicht zu formulieren wagt. *Bist du sicher? Lässt du es diesmal wirklich zu? Darf ich an deiner Seite kämpfen?*

Und ich nicke und beuge mich vor, um mit einem Kuss meine Antwort zu unterstreichen. Sein Herz hämmert wild an meiner Brust, und seine Hände kühlen mein verweintes Gesicht, als ich meine Zunge zwischen seine Lippen dränge. Ein Stöhnen entfährt mir, als unsere Zungen sich umspielen und den verführerischen Tanz der Wiedervereinigung beginnen.

Ich weiß, es ist nur eine Woche her, doch es fühlt sich an, als sei es eine Ewigkeit gewesen.

Rastlos und ängstlich zugleich fahren meine Hände über seinen nackten Oberkörper. Ich bin noch immer nicht ganz sicher, ob er mich nicht doch zurückweist, obwohl seine Hände, seine Lippen, sein ganzer Körper mir eine andere Botschaft übermittelt. Hungrig mache ich mich mit Zunge und Zähnen über ihn her, und sein tiefes Stöhnen treibt mich an.

»Haddie«, keucht er und versucht halbherzig, den Kuss zu beenden.

»Hm-hm?« Meine Hände schieben sich an seinem Rücken unter den Bund seiner Shorts und drücken seinen appetitlichen Hintern.

»Had«, stöhnt er. »Wir müssen reden.«

Ich halte inne und nehme den Kopf ein Stück zurück, um ihm in die Augen zu sehen. Scharf zieht er die Luft ein, als meine Hände an seinen Seiten aufwärtsfahren. Behutsam lege ich sie an seine Wangen. »Ja, wir müssen reden. Und ich muss mich entschuldigen. Ich werde dir alles erzählen und dir jede Frage beantworten, und wenn es die ganze Nacht dauert, aber jetzt ... jetzt brauche ich dich, Becks.«

Skepsis flackert in seinem Blick auf, die Besorgnis, dass wir letztlich doch wieder nur dort landen werden, wo wir am ersten Tag waren, und ich kann es ihm nicht verübeln. Also zügele ich mein Bedürfnis, zum ersten Mal seit einer Ewigkeit wieder aus den richtigen Gründen fühlen zu wollen, und trete im Geist einen Schritt zurück. Und nun wird mir auch bewusst, dass ich nicht in den sprichwörtlichen Ring mit ihm steigen kann, nur um ihn sofort wieder in eine Ecke zu verweisen.

Er hat recht.

So gerne ich unsere wiederaufgenommene Verbindung mit körperlicher Erlösung zementieren möchte – wir müssen reden. Ich stöhne, mache mich von ihm los, weiche vorsichtshalber wirklich einen Schritt zurück und hole bebend Luft. Nervosität überfällt mich, denn jetzt wird es ernst.

»Du hast recht«, sage ich schließlich leise. Mein Herz pocht laut in meinen Ohren. »Du brauchst dringend ein paar Erklärungen.« Tränen steigen mir in die Augen, denn obwohl ich ihn und diese Beziehung unbedingt will, weiß ich nicht, wie ich ihm überhaupt etwas erklären soll, ohne wie eine Vollidiotin zu klingen.

»Komm her«, sagt er und zieht mich wieder an seine solide Brust. »Lass mich dich einfach nur einen Moment lang halten, okay? Im Augenblick brauchst du nämlich noch gar nichts zu erklären. Versprich mir einfach nur hoch und heilig, dass du uns das nicht noch einmal antun wirst.«

Mir zieht es die Kehle zu, denn meine Gedanken rasen natürlich sofort zu dem Gift, das in mir steckt, und zu der Tatsache, dass ich vielleicht gar keine Wahl habe, als ihm wehzutun, aber er hat »uns« gesagt, weswegen ich diesen Moment lang einfach in seiner Nähe schwelgen und mich von seiner Wärme trösten lassen kann.

Er seufzt, als er begreift, wie ich seine Worte aufgefasst habe, und drückt mich noch fester an sich, »Nicht jetzt, Haddie. Denk nicht jetzt daran. Es werden noch zahlreiche Tage kommen, an denen deine Krankheit sich zwischen dich und mich drängen wird, aber diesen Moment ruiniert sie uns nicht. Denn jetzt und hier bist du nur eine atemberaubende lebenslustige Frau und ich ein gutmütiger Kerl, der dich furchtbar vermisst hat. Du bist nicht krank, ich nicht gesund ... wir sind einfach wir, okay?«

Seine Worte bahnen sich ihren Weg in meine Seele, winden sich um mein Herz und verknoten die Bande, die wir, wie ich mir endlich eingestehen kann, längst geknüpft haben. Und zum ersten Mal löst die Erkenntnis keine Angst in mir aus, denn er hat auch damit recht: Wir müssen im Augenblick leben und ihn genießen, nur er und ich.

City und Country.

Je länger wir eng umschlungen dastehen, umso leichter fällt es mir zu glauben, dass wir es schaffen können. Er wird seine eigenen Entscheidungen treffen, und ich muss darauf vertrauen, dass er das tut, was er für das Beste hält.

Nichtsdestoweniger ist es meine Aufgabe, dafür zu sorgen, dass er umfassend informiert ist, damit er weiß, auf was er sich einlässt.

»Becks, können wir reden?«

Er lacht leise, und ich spüre das Vibrieren in meiner Brust. »Du klingst schon wie ich.«

»Sehr komisch.«

Er zieht mich zu der Sitzgruppe unter der Markise, lässt sich nieder und platziert mich so auf seinem Schoß, dass mein Rücken an der Armlehne der Couch ruht. Einen Moment lang mustert er mich eingehend, dann erscheint ein kleines Grinsen auf seinen Lippen.

»Hi«, sagt er, und nun muss auch ich grinsen, denn nach all den intensiven Emotionen der vergangenen Tage wird das aufgeregte Flattern in meinem Bauch durch eine wunderbare Leichtigkeit bestimmt.

»Hi.«

Er beugt sich vor und drückt mir einen Kuss nach Beckett-Art auf die Lippen: So unschuldig, dass man nicht merkt, wie er sich in dein Herz schleicht und ein Stückchen davon stiehlt, bis er es dir frech präsentiert, ohne je die Absicht zu haben, es dir zurückzugeben. Und das ist gut so, denn er muss jetzt nichts mehr stehlen. Ich bin endlich bereit, es ihm freiwillig zu geben – und zwar jetzt sofort und im Ganzen.

»Es gibt ein paar Dinge, die ich loswerden muss – Erklärungen, Entschuldigungen –, also wäre ich froh, wenn du mich einfach eine Weile reden lässt, okay?«

Er nickt, und lehnt sich ein Stück zurück, um mir zu signalisieren, dass ich anfangen soll.

Und das tue ich. Ohne Umschweife. »Ich habe erlebt,

wie Lexi am Krebs zugrunde gegangen ist, und es war ein langes, qualvolles Sterben. Als es zu Ende ging, brach ihr Mann zusammen. Und was Maddie betrifft, lässt sich überhaupt noch nicht sagen, welche Auswirkungen der Verlust der Mutter auf sie hat ...« Meine Stimme verebbt, als ich versuche, meine Gefühle unter Kontrolle zu bringen, denn ich will nicht nur, dass er mir zuhört, sondern auch, dass er versteht.

Er streicht mir mit der Hand über mein nacktes Bein, aber ich bin so sehr auf das konzentriert, was ich zu sagen habe, dass ich es erst registriere, als sich ein Kribbeln in meinem Inneren bemerkbar macht. Es ist mir mehr als willkommen, aber ich weiß, dass ich das hier durchziehen muss. Erst die Arbeit, dann das Vergnügen.

»Nach Lex' Tod richtete sich in meiner Familie natürlich alles Augenmerk auf mich. Ich glaube, tief im Inneren wusste ich schon immer, dass mich dasselbe Schicksal ereilen würde.« Er schüttelt den Kopf und will protestieren, aber ich lege ihm meinen Finger an die Lippen, damit er still bleibt. »Ich meine nicht das mit dem Sterben. Ich meine Brustkrebs. Seit ihrer Diagnose hat die Angst schwer auf mir gelastet und mich verändert. Und als ich Dannys furchtbaren Zusammenbruch miterlebte, schwor ich mir, dass ich das niemals jemandem antun würde. Ich schwor mir, niemals jemanden so nah an mich heranzulassen, dass er so leiden würde, wie Danny es tat. Ich schwor mir, die Leute zu schützen, die mir wichtig waren, und mir war klar, dass ich mich deshalb niemals auf echte Liebe einlassen durfte ...« Und dann rollt die erste Träne über meine Wange.

»Haddie.« Mein Name ist nur ein Seufzen auf seinen

Lippen, als er die Hand hebt, um mir die Träne behutsam wegzuwischen, und ich schüttele rasch den Kopf, um ihn daran zu hindern. Wenn er mich berührt, ist es aus mit meiner Beherrschung, aber ich muss das hier zu Ende bringen. Erst danach kann ich mich durch ihn – durch uns! – wieder stärken, damit wir anschließend nach vorne schauen können.

»Ich weiß, aber für mich war das nur folgerichtig. Und dann kamst du.« Ich schaue ihn an und sehe so vieles, was ich niemals erwartet hätte, und das meiste davon gehört zu dem, was mir nach Lexis Tod abhandengekommen ist. »Ich weiß nicht, wie ich erklären soll, was du … wieso du …«

»Das brauchst du auch nicht, denn mir geht es genauso«, sagt er leise.

»Doch, ich muss«, beharre ich. »Du hast mir gesagt, du liebst mich, und ich habe dich vor die Tür gesetzt. Ich habe dich zutiefst gekränkt, und das mit Absicht, und das schlechte Gewissen hat die ganze Zeit über an mir genagt. Am liebsten hätte ich dich angerufen und gesagt, wie leid mir alles tut, aber ich wollte dich wirklich nur schützen, Becks.« Ich schließe die Augen und überlege, wie ich ihm darüber hinaus klarmachen soll, wie leid es mir tut.

»Had.« Seine Hände liegen wieder an meinen Wangen, und er hält mein Gesicht, damit ich den Blick nicht abwenden kann. »Ich hatte dir schon gesagt, dass ich nicht kampflos verschwinde. Ich bin an deiner Seite und bleibe es auch.« Er beugt sich vor und küsst mich auf die Stirn.

»Aber machst du dir denn keine Sorgen, dass du dich in nächster Zeit statt mit schönen Dingen mit einer Frau beschäftigen musst, die nichts mehr auf die Reihe kriegt?«, bricht es aus mir heraus. »Die ihr Haar verliert, wahrscheinlich unfruchtbar sein wird und ständig kotzen muss? Mit einer Frau, die es vielleicht nicht einmal schafft?« Meine Stimme zittert. Meine Worte klingen hohl und selbst in meinen Ohren fremd, doch ich muss sie aussprechen, um ein für alle Mal Klarheit zu bekommen.

»Montgomery!«, ruft er scharf. Ich bin so in meine Gedanken verheddert, dass er erst lauter werden muss, ehe ich ihn höre. Verwirrt schaue ich zu ihm auf. »Ich möchte dir im Moment ja wirklich nicht zu nahetreten, aber halt endlich die Klappe. Ich will's nicht hören.«

»Aber du musst. Es ist die Realität, und die ist ...«

Er legt seine Hand sanft über meinen Mund, sodass der Rest meiner Worte nur als gedämpftes Gebrabbel zu hören ist. »Jetzt bist du still, und ich rede, klar?« Sein Tonfall klingt spielerisch, aber ich weiß, dass es ihm ernst ist.

Ich nicke, und er stößt den Atem aus und fährt sich mit der Hand durchs Haar, ehe er sie wieder auf mein Bein legt. »Du kapierst es wirklich nicht, oder?« Er betrachtet mich lächelnd, während sein Daumen geistesabwesend über mein Bein reibt. »Erinnerst du dich an unsere erste gemeinsame Nacht? Du wolltest bedingungslosen Sex, aber ich wusste genau, dass es mit einem Mal nicht getan sein würde. Jedenfalls nicht für mich. Ich wusste, dass ich von dir nicht genug bekommen würde, also versuchte ich, dich mit aller Macht an mich zu binden. Doch du hast dich genauso vehement gewehrt.« Er schüttelt den Kopf bei der Erinnerung. Seine Augen blicken ernst und glasklar. »Du bist die Frau, die man nur einmal im Leben trifft, Haddie.«

»Was meinst du damit?«

»Du bist der teure Macallen.«

»Wie bitte?« Ich ziehe die Nase kraus und die Brauen zusammen. Doch dann muss ich an das Gespräch denken, das wir vor Wochen vor meiner Tür geführt haben, und endlich verstehe ich, was er damals gemeint hat. Die Überzeugung in seiner Stimme zieht mir die Kehle zu und lässt mein Herz anschwellen.

»Na ja, wenigstens bin ich das gute Zeug«, sage ich verlegen, und er schenkt mir ein spitzbübisches Grinsen.

»Das beste.« Er nickt bekräftigend. »Und es wäre mir auch egal, wenn er in einer Billigflasche serviert wird, Haddie, denn es kommt nur auf den Inhalt an. Was immer aus dir wird – ob du kahl bist oder unfruchtbar, ob du Narben hast oder dich andauernd übergibst – für mich bist du schön. In jeder Hinsicht. Ich würde dich immer wieder wählen.« Seine Augen blicken eindringlich, seine Worte dringen tief. »Du hast schon immer etwas an dir gehabt, dem ich nicht widerstehen konnte.«

Frische Tränen steigen in meine Augen. Seine Worte überwältigen mich, und auch wenn ich sie nicht verdient habe, verleihen sie mir den Mut, mir die Knöchel zu bandagieren und die Boxhandschuhe anzuziehen. Ich bin bereit für den Kampf meines Lebens.

Mit ihm in meiner Ecke.

Und es ist schon seltsam. Ich habe mich so lange so vehement gegen Bindungen gesträubt, dass mir ganz entgangen ist, wie befreiend es sich anfühlt, sie eigenständig zu knüpfen.

Mir fällt etwas ein, das er in Ojai gesagt hat.

»Es hat geklickt«, flüstere ich.

»Ja, das hat es«, stimmt er leise lachend zu. »Aber

weißt du was? Das Klicken hat jetzt keine Bedeutung mehr. Das war nur wie das anfängliche Einrasten. Jetzt? Jetzt rasselt es.«

»Was? Es rasselt?« Ich muss lachen.

»Ja. So klingen die Ketten, die ich um dein Herz lege und mit einem Schloss sichere.« Er schenkt mir ein jungenhaftes Grinsen, das alle Schmetterlinge in meinem Bauch gleichzeitig aufflattern lässt. »Simple Bande? Kann man durchtrennen. Ich nehme Ketten, um uns aneinanderzubinden, weil es verdammt viel braucht, um sie wieder zu lösen.«

Ich versuche mein Klein-Mädchen-Seufzen als Kichern zu tarnen. »Das klingt ziemlich schräg«, sage ich, weil mir nichts Besseres einfällt und die Flamme der Lust in mir erneut zu wachsen beginnt.

Ein träges Lächeln umspielt seine Lippen. »Ja, irgendwie schon, aber auch aufregend. Lass uns das mal ausprobieren, City. Irgendwie macht mich der Gedanke an.«

Ich beuge mich vor und küsse ihn. »Versprochen?«, flüstere ich an seinen Lippen.

»Ich verspreche dir, was immer du willst, solange du mich nie wieder abzuweisen versuchst.« Der spielerische Unterton ist aus seiner Stimme verschwunden.

Ich strecke die Hand aus und streiche ihm über die Brust aufwärts. »Ich kann dir nicht versprechen, dass ich es nicht versuchen werde, Becks, denn ich werde Angst bekommen … Verdammt, ich *habe* bereits Angst vor dem, was vor uns liegt. Aber ich verspreche dir, dass ich nicht mehr weglaufen werde.« Er schenkt mir ein atemberaubendes Lächeln, und ich küsse ihn, weil ich gar nicht anders kann.

Schließlich löse ich mich von ihm und lege meine Stirn an seine. Ein letztes Geständnis muss ich noch machen. »Ich habe Sex lange dazu benutzt, um vergessen zu können, aber das will ich jetzt nicht mehr«, flüstere ich. Ich spüre seinen warmen Atem und rieche sein Aftershave, und ich warte noch ein wenig ab, um sicherzugehen, dass er mir wirklich zuhört. »Du hast das geändert, Becks. Ja, ich steige mit dir in den Ring, aber nicht, um gegen dich zu kämpfen, sondern um mit dir an meiner Seite einen anderen Kampf auszufechten – und letztendlich für unsere Zukunft zu kämpfen.« Ich küsse ihn abermals und lege meine Hände in seinen Nacken. »Endlich weiß ich, was ich für dich empfinde, und jetzt ist es an der Zeit, es dir auch zu zeigen. Ich will dich lieben.«

Er schnappt nach Luft und erstarrt einen kurzen Augenblick, doch dann erscheint ein breites Lächeln auf seinen Lippen. »Darum musst du mich nicht zweimal bitten«, sagt er lachend und zieht mir rasch das Tanktop über den Kopf.

Und dann liegen seine Lippen wieder auf meinen. Geschickt nutzt er die absolute Macht, die er über meine Sinne hat, und entlockt mir mit seinem Mund die unterschiedlichsten Laute. Seine Hände streichen über meinen bloßen Rücken, dann über meine Rippen, und unwillkürlich erstarre ich, als sie sich über meine Brüste legen. Die kalte, harte Wirklichkeit zerrt mich schlagartig aus meiner sinnlichen Trance. »Becks ...«

Er beugt sich vor, bis sein Mund an meinem Ohr ist. »Du bist so unfassbar schön, Haddie Montgomery, mit oder ohne die zwei hier.« Er streicht mit den Daumen über meine Nippel, und ich keuche auf. »Die sind es nicht, die dich zu der Frau machen, die ich liebe. Ganz sicher nicht. Verstehst du das?«

Sanft küsst er die empfindliche Stelle unterhalb des Ohrs, als die Bedeutung seiner Worte mich wie eine Links-Rechts-Kombination in die Eingeweide trifft. Neue Tränen steigen in meinen Augen auf, aber mir bleibt keine Chance, darauf zu reagieren, denn nun schließt Becks seinen Mund um einen Nippel und beginnt zu saugen.

Die Emotionen verstärken die Empfindungen, und wie aus eigener Kraft bewegen sich meine Hüften an ihm, um die Sehnsucht zu stillen, die er mit Zunge und Zähnen erzeugt. »Süße Haddie«, murmelt er und stößt Laute zwischen Seufzen und Stöhnen aus.

Er liebkost meine Brüste, während er gleichzeitig mich und sich auszieht. Ehe ich mich versehe, hat er mich halb von der Couch gezogen, sodass mein Hinterteil nun in der Luft hängt, Schultern und Rücken aber noch auf der Sitzfläche liegen und meine Beine weit gespreizt sind.

Er beginnt, eine Spur aus hauchzarten Küssen über meinen Bauch zu ziehen, während seine Finger ganz leicht vom Knie an der Innenseite meiner Schenkel aufwärtsstreichen.

Ich atme aus, als seine Finger genauso zart und spielerisch über mein Geschlecht tanzen, und unwillkürlich hebe ich ihm die Hüften entgegen, um ihn wortlos um mehr anzuflehen. Er lacht leise, während seine Finger meine Schamlippen auseinanderziehen, dann pustet er kühle Luft über meine Klitoris.

»Becks …«, wimmere ich.

»Ich will dich schmecken«, murmelt er und senkt den Kopf, und schon fühle ich seinen Mund auf meiner

Scham. Und obwohl ich ihn beobachte und zusehe, was er tut, ist die Hitze seiner Zunge dennoch ein Schock, der mir einen Stromstoß durch den Körper jagt.

Seine Finger gleiten einmal, zweimal über meine Klit, ehe er sie in mich steckt. Ich bin augenblicklich nass und bereit für ihn, und er zieht sie zurück und steckt sie wieder hinein, während seine Zunge mich zu lecken beginnt. Ich wühle meine Finger in sein Haar, um ihn zu stoppen, weil ich plötzlich glaube, es nicht aushalten zu können, aber er lacht nur leise und macht weiter, und das Vibrieren, das sich auf seine Zunge überträgt, macht die Empfindung umso intensiver.

Er schaut auf und blickt mich hungrig, gierig an. »Du hast gesagt, du wolltest aus dem richtigen Grund fühlen, also lehn dich zurück, rede nicht – schrei, wenn du willst! – und lass mich machen, denn ich sorge dafür, dass du fühlst, um dich zu erinnern ... und nicht, um zu vergessen.«

Er küsst mein Geschlecht, ehe er mit der Zunge erneut zwischen die Schamlippen fährt, doch diesmal zieht er die Finger aus mir heraus und taucht mit der Zunge hinein, und während er sie wieder und wieder in mich stößt, verblasst die Welt um mich herum, und meine Lust steigt ins Unermessliche.

Ein Schrei löst sich aus meiner Kehle, und ich stoße ihm meine Hüften entgegen, als mein Kopf zurückfällt und ich mich ganz der süßen Folter seiner Zunge ergebe. Nur mit Mühe gelingt es mir, meine Augen offen zu halten, aber ich will ihm zusehen, wie er mich leckt, mich liebkost ... mich liebt.

Und als er plötzlich seinen Blick hebt und dem meinen

begegnet, während seine Zunge mich kostet und seine Hände mich halten, durchfährt mich ein Beben, das jeden Nerv stimuliert und mich ihm und dem heranrollenden Orgasmus hilflos ausliefert.

»Oh, Gott«, schreie ich, als die Wogen über mir zusammenschlagen und ich mich aufbäume, und mit der körperlichen Erlösung öffnet sich mein Herz weit. Becks stöhnt, macht aber weiter, bis ich schließlich kraftlos zusammensacke und sich meine Fäuste, die sich in sein Haar gekrampft haben, langsam wieder lösen.

»Nummer eins«, glaube ich ihn murmeln zu hören, doch ich besitze nicht mehr genügend Energie, um darauf zu reagieren.

Ich schließe die Augen und lege den Kopf zurück, als meine Muskeln in den Nachwehen zittern und zucken. Sein Mund lässt von meiner Scham ab, und die kühle Luft ist wie ein kleiner Schock. Er stemmt sich hoch und richtet sich auf, und dann spüre ich den sanften Druck seiner Erektion an meinem Eingang.

»Sieh mich an, Haddie«, sagt er und holt mich aus meinem Orgasmus-Koma zurück. Die Mischung aus Autorität und Mitgefühl in seiner Stimme bringt so vieles in mir zum Schwingen, und plötzlich erkenne ich, was genau Becks in meinen Augen so unglaublich sexy macht.

Denn nur er kann eine solche Kombination in pure Leidenschaft verwandeln.

Der einzige Gedanke, den ich fassen kann, ehe er sich zermürbend langsam in mich schiebt, ist, was für ein unfassbares Glück ich habe, einen Mann wie ihn gefunden zu haben.

Und nicht wieder hergeben zu müssen.

Unsere Blicke verschränken sich, als wir uns beide der trägen Wonne unserer Vereinigung hingeben, während er sich langsam wieder aus mir herauszieht. Einen Moment lang verharrt er, hält sich sichtlich zurück, um sich nicht sofort in mich zu rammen, und kippt das Becken ein wenig, und obwohl es nur eine winzige Bewegung ist, bringt er sich genau in die Position, die meinen ganzen Körper erneut zum Vibrieren bringt.

Mir stockt der Atem, meine Nägel bohren sich in meine Oberschenkel, und mir schwinden die Sinne, als er sich fast träge zu bewegen beginnt, sodass jeder Nerv in mir stimuliert werden kann. Ich schaue herab auf unsere Verbindung, die Spitze seiner Erektion in mir, der Schaft von meiner Lust nass glänzend, und beobachte hungrig, wie er langsam in mir verschwindet und auf jede mögliche Art eins mit mir wird.

Ich empfinde es fast wie einen Verlust, als er sich vorbeugt und mir die Sicht nimmt. Doch dann blicke ich auf in seine Augen, die so dicht über mir sind, und erkenne darin alles, was ich mir je gewünscht habe. Liebe. Verlangen. Lust. Vertrauen.

Und was ich in diesem Moment empfinde, lässt sich am besten mit einem einzigen Wort umschreiben – Ehrfurcht!

Mein Herz fliegt ihm zu, und ein Lächeln breitet sich auf meinem Gesicht aus. Ich stemme mich hoch, um ihn zu küssen, und er knurrt, als sich meine Muskeln durch die Bewegung um ihn zusammenziehen.

Und damit ist es vorbei mit der Zurückhaltung.

Die Lust schlägt über uns zusammen, als er meinen Oberkörper mit einem Ruck zu sich zieht, um mit seiner Zunge in meinen Mund einzudringen. Ich schmecke meine eigene Erregung, als seine Hüften sich zu bewegen beginnen und das anfängliche Kribbeln rasch zu einem Erdbeben der Begierde anschwillt.

Rastlos fahren meine Nägel über seinen Körper, während sein Mund mich brandmarkt und sein Schwanz mich nimmt. Der Ansturm der Empfindungen ist so intensiv, die Leidenschaft so dringlich, dass ich mich nicht zurücknehmen kann, als der nächste Orgasmus sich anzukündigen beginnt.

Ich bin verloren. Ich muss mich zwingen, Luft zu holen, als meine Schenkel ihn umklammern, und in der Überflutung meiner Sinne erschlafft mein Mund. Ich kann nicht mehr denken, nicht mehr reden, kaum noch atmen, ich kann nichts mehr ... nur noch fühlen.

Ich schaue zu ihm auf, zu Becks, dem Ruhigen, Verlässlichen, dem kein Rebellentyp je das Wasser reichen könnte. Sein Blick ist glühend, fordernd, verlangend, dominant und nichts könnte aufregender sein. Eine Hand greift nach unten, packt meine Hüfte und unterstützt sie, um die Empfindung zu verstärken, und die Leidenschaft in seinem Blick in Verbindung mit seiner Herrschaft über meinen Körper gibt mir den Rest. Ich explodiere.

Er zieht mich an sich, sodass er sich tiefer, schneller, härter in mich rammen kann, und verlängert meinen Orgasmus, während er seinen eigenen befeuert. Dann vergräbt er sein Gesicht an meiner Halsbeuge und stöhnt meinen Namen im Rhythmus seiner Stöße, bis die Wucht langsam abebbt und wir uns eng umschlungen wiegen.

Mein Herz donnert so laut in meinen Ohren, dass mir seine Worte beinahe entgehen, doch als sie in mein Bewusstsein dringen, kann ich sie laut und deutlich hören. Mein Körper erstarrt, Tränen brennen in meinen Augen, doch ich kann mein Lächeln im ganzen Körper spüren. Ich halte ihn noch ein wenig fester, und meine Seele seufzt zufrieden, bevor ich behutsam den Kopf zurückziehe, um ihm in die Augen zu sehen.

Ich will ihn ansehen, während ich es ihm sage.

»Ich liebe dich auch, Beckett.«

31

»Ich hatte richtig viel Spaß heute. Ich melde mich, sobald ich von der Reise zurück bin, okay?« Die Lüge geht mir nicht leicht über die Lippen, und ich kann nur hoffen, dass Maddie mir das schlechte Gewissen nicht anhört. Und tatsächlich herrscht am anderen Ende der Leitung einen Moment lang Stille. *Verdammt.* »Und du rockst bei deiner Pyjama-Party heute das Haus, okay?«

»Das mach ich. Das wird bestimmt ganz, ganz toll.« Sie kichert, und ich bin so froh, es zu hören, zeigt es mir doch, dass ihr Leben sich immer weiter in Richtung Normalität bewegt. Wenn sie erfährt, dass ich krank bin, könnte sie das um Monate zurückwerfen. »Pass auf dich auf. Und ruf mich ganz oft an, ja. Hab dich lieb, Haddie Maddie.«

»Mach ich«, sage ich. »Hab dich noch doller lieb, Maddie Haddie.«

»Herzen und High Heels.«

Ich unterdrücke das Schluchzen, das aufzusteigen droht, und schlucke. »Herzen und High Heels, mein Schatz«, flüstere ich.

Es klickt, die Leitung ist tot. Ich presse mir eine Hand auf den Mund, rutsche mit dem Rücken an der Wand herab und lasse das Telefon neben mir zu Boden fallen, während ich gegen die widersprüchlichen Emotionen ankämpfe, die mich heute in Dauerschleife erschüttern.

Ich hasse es, Maddie anlügen zu müssen, auch wenn ich nur ihr Bestes will. Dennoch fühlt es sich an wie Verrat, ihr vorzumachen, dass ich auf eine Reise gehe, anstatt ihr zu erklären, warum ich diese OP durchführen lasse.

Das mit der Reise war Becks' Idee gewesen. Er hatte gebeten, bei unserem letzten Mädelstag dabei sein zu dürfen und war uns brav zur Pediküre, zum anschließenden Sandalenshoppen und zum Eisessen hinterhergetrottet. Maddie hatte mich überrumpelt, als sie mich fragte, warum Nana und nicht ich sie in der kommenden Woche zum Pfadfinderinnentreffen fahren würde. Ich war gedanklich so sehr mit dem Vertrag mit Scandalous und der Frage beschäftigt, wie ich während der Behandlung meinen Verpflichtungen nachkommen sollte, dass mir auf die Schnelle keine Ausrede einfiel.

Becks war eingesprungen und hatte ihr erzählt, dass er mir eine Reise geschenkt hätte. Maddie war ganz aus dem Häuschen gewesen, dass ich ein Flugzeug besteigen würde, und das Gespräch hatte sich anschließend um nichts anderes mehr gedreht.

Ich seufze und lege den Kopf zurück. Ich habe nur noch ein paar Minuten für mich, ehe Becks zu mir kommt. Ich schließe die Augen und lächle wie immer, wenn ich an ihn denke. Er hat mich durch alle präoperativen Termine, Besprechungen und CTs begleitet. Er hat mich in den Armen gehalten, wann immer ich nachts vor Angst nicht schlafen konnte, und mich dann so ausgiebig verwöhnt und gut gevögelt, dass ich anschließend viel zu erschöpft war, um ein Gefühl wie Angst überhaupt empfinden zu können.

Und er hat die Schokokekse seiner Mutter mit mir geteilt.

Wenn das nichts Ernstes ist zwischen uns beiden!

Mein Lächeln wird noch breiter, und mir wird wohlig warm. Mein Herz geht auf, und wieder einmal kann ich kaum fassen, dass ich ihn an meiner Seite habe. Ich habe ein solches Glück!

Ich liebe ihn.

Der Gedanke bringt mich noch immer zum Staunen. Wie leicht es ist, Liebe zu empfinden.

Und es ist so viel erfreulicher, sich auf die letzten Tage zu konzentrieren, statt an die morgige Operation zu denken. Eigentlich gelingt es mir ganz gut, damit umzugehen, doch die Furcht lässt mich nie ganz los.

Furcht und Sorge – Becks nennt sie meinen Schatten. Und er hat sich sogar ein Spiel ausgedacht, um mich zum Lachen zu bringen. Wann immer wir draußen in der Sonne sind, geht er so hinter mir, dass er auf meinen Schatten tritt. Am Anfang dachte ich, er hätte nicht alle Tassen im Schrank, aber als er beharrlich weitermachte, fing ich an, ihm zum Spaß auszuweichen, bis wir schließlich lachend und kreischend fangen spielten und die Leute am Santa Monica Pier sich befremdet nach uns umdrehten. Ich hatte einen satten Punktevorsprung in der Ausweichbilanz, als wir das Ende des Piers erreichten.

Dort packte Becks mich, zog mich in seine Arme und küsste mich, und der Kuss war unvergleichlich: Über uns die Sonne, um uns herum der Lärm des Vergnügungsparks, und der Geschmack von Toffee auf Becks' Zunge … das werde ich niemals vergessen. Und als er zu lachen begann und ich mich von ihm löste, um herauszufinden, was es gab, zog er nur eine Augenbraue hoch und blickte zu Boden. Seine Füße standen auf meinem Schatten.

Um Angst und Sorgen in den Staub zu treten.

»Ich hab gewonnen«, sagte er mit einem schelmischen Grinsen.

Die Erinnerung bringt mich erneut zum Lächeln. Es ist großartig, gegen jemanden wie Beckett Daniels zu verlieren. Ich meine, wer will schon mit einem Kerl diskutieren, der bei McDonald's Hamburger holt und dich zu einem romantischen Dinner auf einer Karodecke auf seinem Balkon einlädt? Praktisch war die Decke obendrein, als er beschloss, mich zum Nachtisch zu vernaschen, nachdem wir unter dem Nachthimmel eine Runde »Wahrheit oder Pflicht« gespielt hatten. Das Beste an der Nacht – neben dem Offensichtlichen – war sein Versprechen, mir beim nächsten Mal etwas von der hausgemachten Lasagne seiner Mutter abzugeben.

Doch, er muss mich wahrhaft lieben.

Mit einem Mal wird mir bewusst, dass ich den Anhänger meiner neuen Kette betaste. Eine klassische Kette mit schön ineinandergreifenden Gliedern und einem Vorhängeschloss als Anhänger. Vor zwei Tagen habe ich sie per Post bekommen. Auf der beiliegenden Karte stand nur: »Hörst du es klirren?«

Ja, vielleicht habe ich instinktiv die Angewohnheit meiner Mutter übernommen, den Glücksbringer an der Kette zu befingern. Aber Becks hat Angst und Sorge in den Staub getreten, und was bleibt sind Hoffnung, Liebe und die Menschen, denen ich wichtig bin.

Plötzlich muss ich lachen, und es klingt ein wenig seltsam in der Stille des Hauses. Bis vor Kurzem konnte ich kaum ertragen, wie einsam Lexi sich im Kampf gegen den Krebs gefühlt haben musste, doch jetzt, da ich mir zugestanden habe, Becks zu lieben, weiß ich, dass ich mir unnötige Sorgen gemacht habe. Lexi war alles andere als allein. Sie hatte eine ganze Armee an Menschen, die sie innig liebten, und das hätte ich auch, wenn ich es anderen erzählen würde – und der Gedanke ist ungeheuer tröstlich.

Doch erst die OP, dann sage ich es meinen Freunden. Eins nach dem anderen.

Tatsächlich habe ich zum ersten Mal, seit meine Schwester tot ist, eine Art Frieden gefunden. Vielleicht ist es das Wissen, dass Becks bei mir ist, vielleicht auch die Tatsache, dass die Operation schon morgen stattfinden wird, ich weiß es nicht. Aber ich weiß, dass sich in mir eine Ruhe ausgebreitet hat, die mir in den vergangenen Monaten fehlte.

Ich lasse den Kopf sinken und lache wieder.

»Der schönste Laut der Welt.«

Ich blicke auf und entdecke Becks, der im Türrahmen meines Schlafzimmers lehnt. Er trägt Jeans und ein Hemd, das am Kragen offen steht, die Ärmel sind aufgekrempelt. Ich glaube nicht, dass ich mich jemals an ihm und seiner entspannten Haltung sattsehen kann. Und ich bin so daran gewöhnt, ihn in seinen lässigen Shorts zu sehen, dass ich fast vergessen hätte, wie umwerfend er aussieht, wenn er ein wenig formeller gekleidet ist. Obwohl es mir gefällt, dass er zu den Shorts meistens kein T-Shirt trägt, ist auch dieser Look ganz und gar nicht zu verachten. Genüsslich mustere ich ihn von Kopf bis Fuß, bis mein Blick zu seinen Augen zurückkehrt. Er lächelt entwaffnend.

»Ich habe vergessen, wie appetitlich du angezogen aussiehst, Country.« Mein Lächeln wird womöglich noch breiter, als er auf mich zukommt und vor mir in die Hocke geht, damit wir auf einer Augenhöhe sind.

»Und ich könnte nie im Leben vergessen, wie wunderschön du bist.«

»Nicht schlecht, Mr. Daniels, nicht schlecht.«

Er beugt sich vor und drückt mir einen sanften Kuss auf die Lippen, doch er reicht aus, um die fünf Prozent meines Körpers zu wecken, die noch nicht allein durch seine Gegenwart in Flammen stehen. Ich schiebe meine Zunge zwischen seine Lippen und lege meine Hände in seinen Nacken, als er sich auf die Knie sinken lässt, um den Kuss zu vertiefen.

»Hm«, summt er, als er sich behutsam von mir losmacht. »Ich würde das zu gerne fortsetzen, aber wir beide müssen unbedingt weg.«

Verwirrt schüttele ich den Kopf. Das ist mein letzter Abend vor der Operation, und wir wollten es uns hier bei mir gemütlich machen, Junkfood essen, bis ich ab zwölf nicht mehr darf, und uns unterhalten, bis es Zeit wird, zum Krankenhaus zu fahren.

»Aber wir hatten doch abgemacht ...«

»Ich weiß«, sagt er grinsend, küsst mich auf die Stirn und erhebt sich. »Aber ich habe es mir anders überlegt. Steh auf, schöne Frau. Du hast zwanzig Minuten Zeit, um dich fertig zu machen.« Ich schaue zu ihm auf. Unsere Hände sind vereint, unsere Herzen ebenfalls, und ich sehe so viel mehr als einen attraktiven Mann.

Ich sehe meine Zukunft.

Er zieht mich auf die Füße. Ich will ihn küssen, aber er dreht mich um und versetzt mir einen Klapps auf den Hintern. »Nichts da, Montgomery. Dafür ist später noch viel Zeit. Und jetzt wird sich beeilt, Eure Hoheit. Die Kutsche wartet.«

Ich verdrehe die Augen und schnaube über seine hochtrabenden Worte. »Weiter als ich kann man wohl kaum von einer Hoheit entfernt sein«, brummele ich, während ich mich auf meinen Schrank zubewege, ohne seine Hand loszulassen, bis unsere Arme ganz gestreckt sind und unsere Finger auseinanderrutschen.

»Das sehe ich anders«, sagt er. Sein Blick folgt mir, als wolle er keine Sekunde von mir lassen.

»Tja, dann wärest du automatisch mein Ritter auf dem weißen Pferd.« Ich ziehe eine Braue hoch und werfe ihm einen Blick über die Schulter zu.

Er lacht leise. »Au ja. Wollt Ihr mal mein Schwert sehen?«

»Nur wenn Ihr es zu benutzen wisst, Sir.«

»Oh, das hört sich vielversprechend an«, sagt er. »Ich könnte euch gleich eine Kostprobe bieten.«

Ich muss lachen und bin mit zwei Schritten wieder bei ihm, um ihm einen Kuss auf die Lippen zu drücken. Ich bin eigentlich zu glücklich für eine Frau, die morgen eine Mastektomie durchführen lassen wird, aber Lexis letzte Worte hallen in meinen Ohren wider.

Zeit ist kostbar. Verschwende sie klug.

Und ich verschwende nur wenig, als ich mich rasch anziehe, denn ich will den Abend und die Nacht noch voll auskosten. Ich habe keine Ahnung, was Becks vorhat, aber ich bin ungeheuer gespannt. Obwohl wir ausgemacht hatten, dass der Abend möglichst ruhig und unspektakulär verlaufen sollte, bin ich mir sicher, dass Becks irgendwie versucht, mir etwas besonders Gutes zu tun.

Genau wie er versucht hat, jeden einzelnen Moment der vergangenen Wochen zu etwas ganz Besonderem zu machen. Und dafür bin ich ihm dankbar.

Aber vielleicht irre ich mich ja auch. Vielleicht versucht Becks gar nicht, allem eine Bedeutung zu verleihen, weil die Operation vor mir liegt; vielleicht benimmt er sich geliebten Menschen gegenüber immer so wunderbar. Was mich – so oder so – zu einer Frau macht, die verdammtes Glück in ihrem Leben hat.

Becks hat mein Zimmer verlassen, und als ich fertig bin, mache ich mich auf die Suche nach ihm. »Becks?«, rufe ich, bekomme aber keine Antwort.

Ich schaue in die Küche und biege dann um die Ecke, als ich sehe, dass die Eingangstür offen steht. Was ist da los? Ich trete durch die Tür hinaus, schnappe nach Luft und schlage mir unwillkürlich die Hand vor den Mund.

Das glaube ich nicht. Das glaube ich einfach nicht.

Und doch ist es so.

Vor meinem Haus steht eine Pferdekutsche, auf deren Bock ein Kutscher sitzt. Becks steht breit grinsend daneben und blickt mir entgegen. »Können wir, Eure Hoheit?«

Im Augenwinkel sehe ich staunende Nachbarn in ihren Gärten stehen, als ich auf das Gefährt zugehe und zu begreifen versuche, was er vorhat. »Woher hast du ... Was sollen wir ...« Meine Worten verklingen, als eins der Pferde wiehert.

»Wenn du den Kampf schon aufnimmst, dann solltest du stilvoll in den Ring steigen, City.« Ich kann ihm ansehen, dass er stolz auf seine Idee ist, und mein Herz schmilzt.

»Prinzessinnen tragen gar keine Boxhandschuhe«, necke ich ihn, als ich die Hand nehme, die er mir hinhält.

Becks zieht mich zu sich. »Besondere Prinzessinnen schon.« Er küsst mich zärtlich auf die Lippen. »Herzen und High Heels, Montgomery, Herzen und High Heels.«

»Wohin fahren wir?«

»Das möchtest du wohl gerne wissen, was?« Becks lässt mich zappeln. Er hat einen Arm um mich gelegt, und ich schmiege mich an seine Seite, während wir uns mit zwei Pferdestärken durch die Abendluft bewegen.

Das Schweigen, das sich über uns legt, ist ein gutes, obwohl ich immer wieder an Morgen denken muss. Doch meine Neugier überlagert alles, zumal meine Krankenhaustasche zu meinen Füßen steht, was bedeutet, dass wir nicht mehr nach Hause fahren werden. Ich denke, Becks weiß genau, dass die Spannung mich langsam umbringt, und ganz offensichtlich genießt er es.

Der Himmel ist inzwischen dunkel. Autofahrer starren uns neugierig an, als wir gemächlich über die Straße traben, aber ich nehme den Trubel der großen Stadt kaum wahr. Viel mehr fasziniert mich der Mann neben mir, denn wenn ich eins gelernt habe, dann, dass ruhig und verlässlich absolut nicht im Widerspruch zu sexy und aufregend steht.

»Wir sind da!«, verkündet er plötzlich, als die Kutsche auf einen nicht weiter bemerkenswerten Gewerbehof fährt. Ich betrachte die leeren Bürogebäude, die Laderampe und die Industriegaragen mit dem offenen Rolltor. Das vordere Büro diente offenbar einst als Empfang.

»Becks?«

»Psst, warte ab«, sagt er und grinst spitzbübisch. »Komm schon, auf geht's.«

32

Mit verengten Augen starre ich auf Becks' Rücken, als er mit rasselndem Schlüsselbund die getönte Glastür eines Bürogebäudes aufschließt.

»Hast du ein Unternehmen gegründet?«, versuche ich zu raten. In den vergangenen drei Minuten habe ich mindestens zwanzig verschiedene Vermutungen angestellt.

»Würdest du jetzt endlich mal die Klappe halten und abwarten?« Becks lässt den Schlüssel im Schloss, dreht sich um und legt seine Hände an meine Wangen, um mir einen dicken Kuss auf die Lippen zu drücken und das, was mir bereits auf der Zunge liegt, im Keim zu ersticken.

Okay, ich bin still.

Becks wendet sich wieder der Tür zu. Das Schloss klackt laut, dann schiebt er die Tür auf. Hinter uns treten die Pferde unruhig von einem Huf auf den anderen. Becks legt mir eine Hand auf den unteren Rücken und dirigiert mich in das dunkle Büro. Wir durchqueren einen Vorraum und treten durch eine weitere Tür, und ganz plötzlich gehen überall grelle Lichter an, und tosender Lärm bricht aus.

»Gute Reise, liebe Möpse!«, tönt es von allen Seiten, als ich vollkommen überrumpelt zurücktaumele und gegen Becks stoße. Ich brauche einen Moment, um zu realisieren, was ich vor mir sehe.

Wir stehen in einer Art Lagerhaus oder Fabrikhalle, in

der riesige aufblasbare Spielgeräte wie breite Rutschen und Hüpfburgen aufgebaut sind. Ich muss lachen, als ich entdecke, was sich in der Mitte der Halle befindet: Ein Boxring – ebenfalls in aufgeblasener Form – inklusive riesiger Boxhandschuhe. In Pink!

Meine Wangen schmerzen von meinem breiten Grinsen, als ich mich staunend umsehe und alles in mich aufzunehmen versuche. Und erst, als ich das Gesamtbild erfasst habe, bin ich in der Lage, mich wirklich umzusehen, und mein Herz schwillt vor Liebe an.

Jeder Mensch, den ich mir an meiner Seite wünschen könnte, ist gekommen: meine Eltern, Rylee und Colton, Danny minus Maddie, Rylees Eltern, Lexis Freunde, Kollegen von PRX, ehemalige College-Kumpel ... Allein die Anzahl der Leute, die zu diesem Widerspruch einer Party gekommen sind und nun alle jubeln und applaudieren, macht mich sprachlos.

Und jeder Einzelne trägt irgendwie und irgendwo einen BH. Männer tragen Bikinioberteile auf dem Kopf oder um die Arme geschlungen, die Frauen ihre BHs über der Kleidung oder um die Hüfte befestigt, sodass die Körbchen vermeintlich das Hinterteil stützen.

Ich blicke über die Menschenmenge vor mir und schaue in ein Gesicht nach dem anderen, bis ich Rylees Blick begegne. Reglos steht sie zwischen all den anderen, und in ihren Augen glitzern Tränen. Gleichzeitig setzen wir beide uns in Bewegung, gehen aufeinander zu und schließen uns in die Arme. Einen Moment lang umklammern wir uns stumm, denn für manches bedarf es in einer solchen Freundschaft keiner Worte.

»Ich hatte solche Angst, dass du böse auf mich bist,

weil ich nun doch allen Bescheid gesagt habe«, murmelt sie schließlich in mein Ohr, während wir einander wiegen. »Aber ich wollte einfach nicht, dass du glaubst, du müsstest das alles allein durchstehen.«
Ich ziehe den Kopf ein Stück zurück und sehe meine beste Freundin mit einem Lächeln an. »Glaubst du wirklich, ich könnte je ernsthaft böse auf dich sein?« Ich lege die Hände an ihr Gesicht und wische ihr mit dem Daumen die Tränen ab. »Ich weiß doch, dass du niemals etwas tun würdest, was mir schaden könnte.«

Wieder ziehe ich sie in die Arme und drücke sie fest. Und mit einem Mal ist mir, als würde in mir ein Schalter umgelegt. Bei allem, was Becks in den vergangenen zwei Wochen getan hat, und angesichts all dieser Liebe, die mir entgegenschlägt, habe ich plötzlich das Gefühl, als sei ich endlich wieder ich selbst.

Ich habe mich wiedergefunden, als ich mich am nötigsten brauchte. Und Becks, sie und all meine Freunde haben es möglich gemacht.

»Und jetzt hör auf zu weinen«, sage ich. »Bereiten wir diesen Schätzchen einen stilvollen Abschied.«

Sie lacht, als ich sie loslasse und mich prompt jemand an den Schultern packt und umdreht. Es ist Colton, und ich pruste los, als ich sehe, dass ihr tätowierter Macho-Ehemann einen rosafarbenen Spitzen-BH um den Bizeps trägt.

»Colton! Leihst du mir das Ding da, wenn ich erst einmal neue Möpse habe?«, sage ich, während er seine Arme um mich schlingt und mich fest an sich drückt.

Sein Lachen vibriert durch meinen Körper. »Tut mir leid, Herzchen, aber Ry hat mir versprochen, dass sie den nachher noch trägt, und wer weiß, was dann daraus wird?« Er drückt mich erneut. »Aber wenn du diesen ganzen Mist hinter dir hast, dann ziehn ihr zwei auf einen Shoppingtrip, der sich gewaschen hat, okay?« Ich lache, verstumme jedoch, als er mich ein Stück von sich weghält und eindringlich ansieht. »Du kriegst das hin, Montgomery. Wehe nicht.«

Ich schlucke den Klumpen in meiner Kehle. Ich habe noch nie erlebt, dass der stoische Colton Donovan jemand anderem außer seiner Frau gegenüber Gefühle zeigt. Ich drücke seine Oberarme und bilde stumm mit den Lippen ein »Danke«, als mich schon wieder jemand an den Schultern packt und umdreht.

Meine Mutter fackelt nicht lange und zieht mich so fest in ihre Arme, dass ich kaum noch atmen kann und meine Tränen zu fließen beginnen. »Ich liebe dich so sehr, Tochter«, flüstert sie schniefend. »Wir schaffen das. Das steht außer Frage.«

Ich nicke, da ich kein Wort herausbringe. Wir sehen einander einen Moment lang an, dann entdeckt sie die Kette um meinen Hals. »Wow, wie hübsch«, sagt sie und ich muss unwillkürlich lächeln, als ich daran denke, wie Lex und ich immer über Mutters verdammte Ketten gescherzt haben.

In der nächsten halben Stunde werde ich regelrecht herumgereicht. Mein Vater, Danny und alle anderen ziehen mich in ihre Arme, und meine Wangen schmerzen von meinem Dauerlächeln und mein Herz quillt über. So viel Liebe, so viel Zuspruch. Ich hatte gedacht, dass ich es ohne schaffen könnte, aber nun erkenne ich, wie sehr ich beides nötig habe.

Ich löse mich gerade aus den Armen eines ehemaligen Kollegen von PRX, als Becks mit einer älteren Frau an seiner Seite zu mir tritt. Die Familienähnlichkeit ist unverkennbar.

Seine Mutter ist groß und schön, hat die gleiche Haarfarbe wie Becks und bewegt sich mit großer Anmut. Als sie meinem Blick begegnet, erscheint ein so herzliches Lächeln auf ihrem Gesicht, dass die Nervosität, die mich gepackt hat, mit einem Mal wie weggeblasen ist.

»Mrs. Daniels?«, sage ich und halte ihr meine Hand hin.

»Ach, Unfug«, sagt sie, tritt beherzt vor und zieht mich ebenfalls in die Arme. »Ich stehe nicht auf Formalitäten, also gewöhn dich besser dran. Ich freu mich sehr, Haddie.« Sie drückt mich an sich, dann weicht sie zurück, lässt aber ihre Hände auf meinen Schultern und wendet sich mit einem anerkennenden Lächeln ihrem Sohn zu. »Sie ist wunderschön, Beckett.« Er verdreht die Augen, und ich muss erneut lachen.

»Ich freu mich auch, Sie endlich kennenzulernen. Tut mir leid, dass es unter solchen Umständen ist.«

»Wieso das denn? Ich bin Trisha, und hör bloß auf, dich zu entschuldigen.« Sie zieht die Brauen zusammen, was mich an Becks erinnert, und mir wird warm ums Herz. »Ich musste unbedingt herkommen und mir die Frau anschauen, für die ich, wie Becks sagt, unbedingt Lasagne machen muss. Denn weißt du, wenn er so was teilt, muss er dich wirklich verdammt gern haben.« Wieder zieht sie mich an sich, und diesmal bringt sie ihren Mund nah an mein Ohr. »Stütz dich ruhig auf meinen Sohn, wenn du seine Kraft brauchst«, sagt sie leise. »Sein

Rücken ist stark und hält es aus, aber sein Herz vielleicht nicht, falls du es nicht tust.«

Dann küsst sie mich auf die Wange und tritt wieder zurück, nimmt jedoch meine Hand und drückt sie fest. »Mein Becks ist ein guter Kerl, meine Liebe, und er darf dir nach Herzenslust den Lippenstift verschmieren. Aber wenn er deine Wimperntusche ruiniert, dann sagst du mir Bescheid, damit ich ihn zusammenfalten kann.«

»Oh, Herrgott noch mal, Mutter!«, stöhnt Becks, und ich bemerke entzückt, dass ihm das Blut in die Wangen steigt.

Grinsend nicke ich, als hätte er nichts gesagt. »Das mache ich. Versprochen.«

»Schön. Und jetzt feiert, was das Zeug hält. Mein Sohn bringt mich hinaus. Ich wollte nur wissen, für wen ich demnächst Lasagne zubereiten soll. Sag einfach, wann immer dir danach ist.«

»Sehr gerne.«

Trisha wendet sich zum Gehen, und Becks will erleichtert ihren Arm nehmen, als sie noch einmal stehen bleibt und sich zu mir umdreht. »Haddie … du hast nicht zufällig pinke Flipflops, oder?«

Verwirrt ziehe ich die Stirn in Falten. »Doch, einige Paar sogar. Wieso?«

Becks beginnt zu fluchen, aber Trisha strahlt von einem Ohr zum anderen. »Ich wusste es!«, ruft sie, während er sie energisch auf die Tür zusteuert, und ihr aufgeregtes Plappern ist noch eine Weile deutlich über den Stimmen der anderen zu hören.

Huch? Was war denn das?

Kopfschüttelnd wende ich mich um. Wieder kann ich

kaum fassen, wie glücklich ich mich schätzen darf. Wohin ich auch blicke, überall Menschen, die mir nur Gutes wollen. Zufrieden schlendere ich zu den Tischen, auf denen das Büfett errichtet worden ist. Ich habe nicht mehr so furchtbar viel Zeit zum Essen; vor der OP muss ich nüchtern sein.

Ich probiere verschiedene Häppchen, mache Small Talk mit den Gästen und nehme dankend an, als jemand mir einen Cocktail in die Hand drückt. Wenn schon, denn schon, nicht wahr?

Erst als ich am Ende des Tisches ankomme, entdecke ich den Kuchen, und wieder pruste ich los. Es ist der Torso einer Frau, die BH und Höschen im passenden Set trägt. Doch was bei mir fast einen Lachanfall auslöst, ist das, was mit Zuckerguss quer über ihrem Bauch geschrieben steht: »Rettet Leben! Begrabscht mehr Brüste!«

»Cool, oder?«, erklingt Becks' Stimme an meinem Ohr, als er mich rückwärts an seine Brust zieht und seine Arme um mich schlingt.

Ich schließe die Augen und schwelge in der Wärme und der Ruhe, die seine Umarmung mit sich bringen. Ich drehe meinen Kopf so, dass ich mein Gesicht in seiner Halsbeuge verbergen kann. »Danke«, flüstere ich. Er ist ein großes Risiko eingegangen, diese Party zu organisieren.

»Na ja, Rylee hat verdammt viel gemacht, ihr gebührt eigentlich das meiste Lob.« Er küsst mich auf die Schläfe. »Jedenfalls dachten wir, die Mühe könnte sich lohnen«, neckt er mich.

»Und wie sie sich lohnt«, kommt Rys Stimme von links. Noch in Becks' Armen wende ich mich ihr zu und lache erfreut auf, als ich das Tablett mit den bis zum

Rand gefüllten Schnapsgläsern in ihren Händen sehe. Tequila! »Wenn unser Toast je nötig gewesen ist, dann heute!«, sagt sie mit einem Leuchten in den Augen und bezieht sich auf unseren Trinkspruch aus College-Zeiten. Mit dessen Hilfe haben wir schon üble Partys, noch üblere Männer und all das Elend überstanden, das man im Leben als Studentin so durchmachen muss.

Ich löse mich aus Becks' Armen und helfe ihr, das Tablett abzustellen. Als ich mich umdrehe, um Becks ein Glas zu geben, sehe ich plötzlich, dass alle im Saal in jeder Hand ein Glas mit Tequila halten und uns erwartungsvoll ansehen. Offenbar war ich so fasziniert von meinem Titten-Ade-Kuchen, dass ich gar nicht bemerkt habe, was vor sich ging.

Ry nimmt ein Glas und reicht mir ein zweites. »Bist du so weit?«

Ich grinse und nicke. »Und ob.« Und der Blick, mit dem sie mich bedenkt, verrät mir, dass sie genau weiß, was ich damit wirklich meine.

»Okay, Leute, hört mal her. Auf drei! Für meine beste Freundin, meine Schwester im Geiste ... Krebs ist ein Arschloch!« Die Menge, mich eingeschlossen, johlt und pfeift und hebt das erste Glas in die Luft. »Eins, zwei, drei ...«

»Auf das Glück und den Mut!«, brüllt der ganze Saal einstimmig, dann wird es still, als alle erst das erste Glas, dann das andere ansetzen. Jubel bricht aus, rasch gefolgt von wildem Fluchen, als das Brennen in der Kehle einsetzt.

Und verdammt, es brennt heftig! Doch gleichzeitig tut es mir im Augenblick ungeheuer gut, denn es bedeutet, dass ich am Leben bin. Der Gedanke erzeugt plötzlich eine ganz andere Art von Brennen, und ich blinzele gegen die Tränen an, als mir die Bedeutung dieses Augenblicks in seinem gesamten Ausmaß bewusst wird.

Ich verstumme und betrachte die Menschen, die ich liebe, um mich herum, und mir wird erst klar, dass ich in Gedanken ganz weit weg war, als Becks mir die leeren Gläser behutsam aus den Fingern nimmt. »Tut mir leid«, sage ich leise.

Augenscheinlich spürt er, was sich gerade in mir abspielt, denn er tritt vor mich und küsst mich sanft auf die Lippen. »Ich glaube, wir sollten uns eine Runde im Ring gönnen, Ms. Montgomery«, murmelt er und dreht uns beide dem aufblasbaren Boxring zu. »Du brauchst ein bisschen Training, und du darfst mich gerne als Punching Ball benutzen.«

»Treib's nicht zu weit, Country.«

»Komm schon. Oder willst du lieber das Nummerngirl sein? Ich bin sicher, dass wir irgendwo so ein aufregendes knappes Outfit für dich auftreiben können.«

Ich boxe ihm empört gegen die Schulter.

»Also bitte – mehr hast du nicht drauf? Du kämpfst ja wie ein Mädchen.«

»Allerdings. Das hoffe ich doch.«

Ich drücke Rylee zum x-ten Mal an mich und versichere ich, dass wir uns morgen früh sehen – na ja, eher nachher, wenn ich aus der Narkose erwache –, und scheuche sie und Colton aus der Tür des Lagerhauses.

Ich atme tief aus, um mich zu sammeln, während ich zusehe, wie Colton für sie die Tür des Range Rovers öffnet, um anschließend hinter ihr einzusteigen. Sammy startet den Wagen und verlässt den Parkplatz, der jetzt, um drei Uhr morgens, wie ausgestorben daliegt.

Ich bin erschöpft. Emotional gesättigt, aber total erschöpft.

Und mit einem Mal begreife ich, dass es genau das war, was Becks hat erreichen wollen – dass ich durch all die Liebe und Unterstützung, die mir heute Abend zuteilgeworden ist, viel zu müde bin, um Angst davor zu haben, was in wenigen Stunden geschehen wird.

Wie konnte er wissen, dass ich genau das brauchen würde, obwohl ich es nicht einmal selbst wusste?

Ich schüttele den Kopf und frage mich einmal mehr, womit ich diesen Mann verdient habe, aber im Grunde spielt es keine Rolle. Fest steht, dass ich ihn nicht mehr hergeben werde, was immer geschieht.

»Du hast einen bösen rechten Haken, das muss man dir lassen …«

Ich fahre zusammen, als ich seine Stimme höre. Ich dachte, er sei noch in der Halle, um all die Geschenke und Karten einzusammeln, die unsere Freunde mitgebracht haben.

Er legt den Schalter an der Wand um, und es wird dunkel in dem Büroraum, als ich auf ihn zugehe. Das Licht aus der Halle, das hinter ihm durch die Tür dringt, malt Schatten auf sein Gesicht. Automatisch muss ich an Rylees Hochzeit vor ein paar Wochen denken. Als die Party vorbei war, stand er genau so vor mir.

Kaum zu glauben, was in der Zwischenzeit alles geschehen ist.

Ich blicke ihn stumm an. Viele Gedanken, Sätze, Worte gehen mir durch den Kopf, aber nichts davon ist geeignet auszudrücken, was ich für ihn fühle. Ich hatte geglaubt, dass die Krebsdiagnose meine Welt in ihren Grundfesten erschüttern würde, und das hat sie auch – aber nicht so sehr wie der Mann vor mir es getan hat.

»Bist du müde?«, fragt er, als ich nicht auf seine Bemerkung eingehe.

»Ja, aber ich muss vor allem all das hier verarbeiten. Ich kann einfach nicht in Worte fassen, was es mir bedeutet. Eigentlich wollte ich ja nicht, dass jemand Bescheid weiß, aber die Liebe, die ich heute Abend empfunden habe ... ich bin noch immer sprachlos, also danke noch mal.«

Er kommt zu mir und streicht mir eine Haarsträhne aus dem Gesicht. »Du weißt, dass ich alles für dich tun würde, oder?«

Ich beuge mich vor und lege meine Lippen auf seine, und sein Geschmack reicht, um die Gedanken an das, was als Nächstes kommt, zurückzudrängen, denn im Augenblick gibt es nur ihn und mich.

Seine Hände streichen über meinen Oberkörper aufwärts und setzen trotz meiner Erschöpfung meine Nerven in Flammen. Als er meine Brüste erreicht, den Kopf neigt und ehrfürchtig beide nacheinander küsst, brennen bittersüße Tränen in meinen Augen.

Dann richtet er sich wieder auf, und seine Liebe zu mir ist so deutlich zu spüren, als könnte ich sie anfassen und mitnehmen. »Süße Haddie«, murmelt er und küsst mich auf den Mund. »Ich liebe dich.«

Alles in und an mir seufzt bei den Worten, die er gar nicht aussprechen müsste, weil er sie mir mit allem, was er tut, beweist. »Ich liebe dich auch.«

Er zieht mich in die Arme und hält mich fest, und ich präge mir diesen Moment in allen Einzelheiten ein: Das Gefühl der Geborgenheit, der unbedingte Glaube daran, dass alles gut werden wird. Die kleinen Dinge, an die ich mich später klammern kann, wann immer ich meine Entscheidung anzweifle, ihm das hier anzutun. Plötzlich fällt mir etwas ein.

»Hey, Country?«

»Hm-hm?«, murmelt er an meinem Scheitel.

»Du hast gesagt, du würdest alles für mich tun, nicht wahr?«

»Ja«, sagt er gedehnt und mit einem fragenden Unterton, weil er natürlich nicht weiß, worauf das hier hinausläuft.

Ich blicke zu ihm auf. »Es gibt da noch eine Drei-Tages-Regel, der du niemals nachgekommen bist, erinnerst du dich?«

Er zieht die Brauen hoch und drückt gespielt unschuldig die Zunge von innen gegen seine Wange. »Aha? Was wäre denn da noch?«

»Nun ja, angerufen hast du mich, also ...« Ich fahre ihm mit dem Finger über den Hals und beiße mir auf die Unterlippe, während sich jeder Nerv in mir darauf ausrichtet, was er mir, wie ich genau weiß, nicht versagen wird.

Er blickt betont über meine Schulter, mustert die Wand hinter mir und kann sich das Grinsen nicht verkneifen. »Also, wenn du darauf bestehst ...«

Und mehr braucht es nicht. Wie zwei Ausgehungerte fallen unsere Münder übereinander her, und unsere Hände zerren dem anderen die Kleider vom Leib.

»Wir müssen bald los«, keucht er, als er mich hochhievt, sich meine Beine um die Hüften legt und mich gegen die Wand rammt.

»Zeit ist kostbar, Daniels. Verschwende sie klug.«

Epilog

BECKS
Ein Jahr später

Es ist derselbe Traum, der mich nun seit einem Jahr immer wieder heimsucht. Ich weiß, dass es nur ein Traum ist, aber es gelingt mir dennoch nie, ihn abzuschütteln oder mich gegen die harte Realität zu wappnen, die sich wie ein Eimer Eiswasser über mich ergießt.

Still liegt der Friedhof da, bis ihre Rufe erklingen. Sie will gefunden werden, und ich suche unablässig, weiß aber, dass es sinnlos ist. Nichts bleibt mir, nur der kalte Marmor, in dem ihr Name eingemeißelt ist wie die Liebe in meinem Herzen.

Es ist ein seltsamer Ort, friedlich und doch so grausam in seiner Bedeutung, denn hier liegen die, die einem genommen wurden. Dass sie hier liegt, nachdem sie so furchtbar gelitten hat, ist etwas, über das ich nicht zu oft nachdenken kann. Sie hat hart gekämpft, doch ihr rechter Haken war wohl doch nicht stark genug.

Ich beginne zu laufen, denn ich weiß, dass ich sie finden muss, ehe es zu spät ist. Nur noch eine Berührung, einen Blick, einen letzten Kuss, bevor sie für immer von mir geht. Das ist der beste und gleichzeitig schlimmste Teil des Traums, denn ich will sie finden, während ich absolut nicht will, dass sie dort ist. Hier kann ich nicht gewinnen.

Welcher Idiot hat eigentlich gesagt, es sei besser, seine Liebe zu verlieren, als niemals geliebt zu haben?

Wie grausam ist es, zu wissen, dass man die Geliebte nur noch in seinen Träumen sehen kann?

Ihr blondes Haar weht hinter dem Baumstamm hervor, wo sie immer auf mich wartet. Unser letztes Rendezvous, die Berührung, der Kuss … Erinnerung. Ich strecke die Hand nach ihrem Blondhaar aus und …

Rex' Gebell weckt mich und reißt mich in die Wirklichkeit, und ich stöhne auf. Ich zittere am ganzen Körper. So oft ich diesen Traum auch habe, er erschüttert mich jedes Mal so sehr, dass ich mich danach erst einmal fassen muss. Es tut nicht gut, daran zu denken, was hätte sein können, wenn …

Mein Herz hämmert laut. Ich kneife die Augen gegen die helle Morgensonne zu und verfluche wie immer meine Mutter, die der Meinung war, das Farmhaus bräuchte keine Rollos. Blind taste ich im Bett neben mir, und als ich nichts fühle, setze ich mich ruckartig auf.

Ich kann ja verkraften zu träumen und während des Traums zu glauben, dass alles real ist, aber wenn ich aufwache und den besten Beweis, dass es wirklich nur ein verdammter Albtraum war, nicht dort vorfinde, wo er zu sein hat, drehe ich durch. Wenn ich mich nicht sofort vergewissern kann, dass sie noch da und ganz und am Leben ist, bricht mir der Schweiß aus.

Ich reibe mir die Hände über das Gesicht und versuche, die Reste des Traums loszuwerden. Doch obwohl der Aufruhr in meinem Inneren nur langsam abebbt, bin ich beinahe froh über den nächtlichen Schrecken. Erinnert er mich doch immer wieder daran, was für ein gottverdammter Glückspilz ich bin. Ich stemme mich hoch. Vielleicht ist das, was ich für heute geplant habe, der Grund dafür, dass der Traum mich nach längerer Zeit abermals heimgesucht hat.

Auf meinem Weg hinaus in den Flur, ziehe ich rasch die Schublade der Kommode auf und fasse hinein, um mich zu vergewissern, dass alles da ist, wo es sein soll. Meine Finger ertasten das Kästchen, und ich atme erleichtert auf, obwohl meine Nerven erwartungsvoll zu vibrieren beginnen.

Dann gehe ich ins Bad, erledige, was nötig ist, und putze mir die Zähne, ehe ich den Flur entlangschlurfe, um der ersten Schwäche des Tages nachzugeben – meiner Kaffeesucht.

Ich habe vor, heute noch vielen, vielen weiteren Schwächen nachzugeben, doch alle von der koffeinfreien Sorte.

Ich biege um die Ecke zur Küche und glaube ein Déjàvu zu haben. Es ist wie das erste Mal, das wir hier waren. Vieles hat sich im vergangenen Jahr geändert, aber vieles ist auch geblieben.

Haddie steht am Fenster im Gegenlicht der Morgensonne, die ihr einen fast unwirklichen Schimmer verleiht. Ihr Körper ist durchtrainiert, wenn auch noch dünner als früher, da sie während der Therapie stark abgenommen hat. Ihr Haar ist noch kurz, aber endlich so weit nachgewachsen, dass sie erst vergangene Woche zum ersten Mal beim Friseur gewesen ist, um sich einen vernünftigen Schnitt verpassen zu lassen. Sie kam überglücklich nach Hause, doch an der Art, wie sie sich immer wieder in den Nacken fasst, erkenne ich, dass sie sich noch nicht daran gewöhnt hat. Dabei ist der Pixie ungeheuer sexy.

Sie lachte laut, als ich ihr sagte, dass ich mich jetzt schon darauf freute, alle paar Monate eine völlig neu gestylte Frau in meinem Bett zu haben. Aber ich würde alles sagen, um die Sorgenfalten in ihrer Miene zu glätten, und ich fürchte, das weiß sie.

Bei dem Gedanken muss ich lächeln. Wir sind im vergangenen Jahr durch die Hölle gegangen und haben mehr durchgemacht, als jede noch frische Beziehung aushalten müssen sollte – und was ist daraus entstanden? Wir sind stärker denn je!

Und das vor allem, weil sie irgendwann aufgehört hat, sich gegen mich – *gegen uns!* – zu wehren.

Und endlich akzeptiert hat, dass ich mit ihr alt werden will.

»Morgen«, murmele ich und muss einen Frosch im Hals schlucken, als der Traum plötzlich zurückflutet. Sie wendet sich zu mir um. Ihr Gesicht ist tränenüberströmt, und ihre Hand krampft sich ums Telefon.

Mein Herz sackt ab, und ich reiße entsetzt die Augen auf. Bitte nicht! Ich bin mit ihr hierhergefahren, um sie von der endlosen Warterei auf die Ergebnisse der letzten Tests und Scans abzulenken. Die typischen vier bis fünf Tage, die es meistens dauert, sind wirklich ungemein schwer auszuhalten.

Und zwar für uns beide.

Denn es ist grausam, erleben zu müssen, wie der geliebte Mensch hofft und positiv zu denken versucht, nur um wieder zu hören, dass der Krebs noch da ist, noch immer sein Unwesen treibt und den vielen Chemos und Bestrahlungen zu trotzen scheint. Ja, es mag nichts gewachsen sein, vielleicht hat sich sogar etwas zurückgebildet, aber da ist er noch immer.

Und manchmal scheint die Kraft und der Kampfeswille zu fehlen, die ganze Prozedur von Neuem zu beginnen.

Ich gehe zu ihr. Mein Hals tut weh, meine Augen brennen, und mein Herz schmerzt, als sie aufschluchzt. Ich ziehe sie behutsam in die Arme und achte darauf, nicht zu stark zu drücken, weil sie vergangene Woche die erste Behandlung zum Brustaufbau bekommen hat.

»Becks«, sagt sie, aber ich murmele beruhigend auf sie ein und wiege sie automatisch. Jetzt geht alles wieder von vorne los. Wieder wird ihr das Haar ausfallen, das gerade erst nachgewachsen ist, und wieder – ...

»Becks!« Ihre Stimme klingt fordernd, und ich löse mich ein Stück von ihr und schaue auf sie herab.

Noch immer strömen Tränen über ihr Gesicht, aber erst jetzt bemerke ich das breite Lächeln darunter. Ich zwinge mich, den Klumpen in meiner Kehle zu schlucken, wage aber nicht zu glauben, was dieses Lächeln hoffentlich bedeutet. Mein Herz hämmert heftig, als sie auf die stumme Frage in meinem Blick nickt.

»Ist das dein Ernst?«, flüstere ich.

Ihr Lächeln ist jetzt so strahlend, dass es laut aus ihr herausblubbert, und es klingt so schön, dass mir vor Erleichterung die Knie einzuknicken drohen.

»Er ist weg«, sagt sie und vibriert vor Aufregung, vor Leben, vor Glück. »Die Scans sind frei!«

Jemand johlt, und ich kapiere erst, dass ich es bin, als ich sie schon von den Füßen reiße und herumwirbele. Und dann küsse ich sie und küsse sie wieder, während ich zu begreifen versuche, doch es ist hoffnungslos.

Ich kann mich im Augenblick nur auf das eine konzentrieren, und das ist das pure Glück. Ich liebe und bewundere diese Frau in meinen Armen, und ich kann nicht mehr ohne sie.

Nach zahllosen Runden, die sie immer wieder tapfer in den Ring gestiegen ist, nun endlich der Sieg durch KO.

Sie beginnt zu kichern, als ich nicht aufhöre, sie zu küssen, aber ich kann nicht anders ausdrücken, was ich empfinde, nachdem sie mir Sekunden zuvor fast einen Herzanfall beschert hat.

Sie drückt mich weg und hält sich mich grinsend vom Leib. »Verzeih mir, dass ich dir einen Schrecken eingejagt habe. Ich habe den Anruf gerade bekommen und konnte es selbst noch nicht fassen.«

»Oh, Baby«, ist alles, was ich hervorbringe. Dann nehme ich ihr Gesicht in die Hände und küsse sie wieder, und der Geschmack der Freudentränen kommt mir köstlich salzig vor.

Und dann macht es Klick in meinem Verstand.

»Moment. Ich bin gleich zurück«, sage ich ihr und stürme aus der Küche.

HADDIE

Noch herrscht der Unglaube in mir vor, aber das Gefühl ist dennoch das Schönste dieser Welt. Ich bin Becks dankbar, dass er mir einen Moment lang Zeit lässt, das Unfassbare zu verarbeiten.

Ich hab's geschafft!

Heilige Scheiße.

Das Adrenalin setzt ein, und plötzlich zittere ich so stark, dass ich mich an die Wand lehnen muss und daran herabrutsche. Obwohl Rex draußen aufgeregt bellt, weil er eingelassen werden will, schließe ich einen Moment die Augen. Lexis Gesicht taucht vor mir auf, und ich danke ihr stumm, dass sie mir beigestanden hat. Meine Löwenzahnschwester, die ihre Wünsche in den Wind pustete und hoffte, dass einer eines Tages in Erfüllung gehen würde.

Meiner ist in Erfüllung gegangen. Ich habe das Mehr an Zeit bekommen, um das ich gebeten habe.

Mein Verstand schaltet wieder um, und ich versuche mich zu erinnern, was die Ärztin am Telefon genau gesagt hat, aber nach »negativer Befund« und »keine Anzeichen verbleibender Krebszellen« habe ich nicht mehr richtig zugehört. Ich kneife mich fest in den Oberschenkel, weil ich plötzlich befürchte, dass es ein Traum ist, aber es tut verdammt weh, und darüber bin ich heilfroh.

Dann fällt mir ein, dass ich meine Eltern und Danny benachrichtigen muss, aber meine Hände zittern zu stark, als dass ich die Tasten richtig treffen könnte. Ich versuche es immer noch, als Becks zurückkehrt.

Ich lasse das Telefon in meinen Schoß fallen und versuche mir die Tränen abzuwischen, aber es ist sinnlos. Diese Tränen habe ich mir verdammt noch mal verdient. Als ich zu ihm aufschaue, steht er direkt vor mir und sieht auf mich herab, und in seinem Blick liegt so viel Liebe, dass mir der Atem stockt.

»Was ist?«, sage ich verlegen, als er nichts tut, mich nur ansieht, und unwillkürlich verschränke ich die Arme vor meiner bandagierten Brust.

»Uh-oh«, sagt er leise und geht in die Knie. Er nimmt meine Hände und zieht sie von meiner Brust. »Komm ja nicht auf die Idee, diesen traumhaften Körper vor mir verstecken zu wollen.«

Ich verdrehe die Augen, und er zieht eine Augenbraue hoch, woraufhin ich grinsen muss. Er küsst mich, lässt sich neben mir nieder und legt den Kopf zurück an die Wand. Dann stößt er den Atem aus, als hätte er einen Entschluss gefasst.

»Heute wollte ich eigentlich deine Eltern und Ry und Colton einladen, damit wir grillen und Spaß haben und dein Schatten keine Chance hat, sich festzusetzen.« Ich schenke ihm ein Lächeln. Er ist so gut zu mir, dass ich manchmal nicht weiß, womit ich das verdient habe. »Ich hatte ein Feuerwerk am Teich geplant und wollte dich mit Liebe und Freude ersticken, um dann anschließend ... na ja. Jedenfalls hatte ich alles perfekt durchgeplant.« Er schaut herab auf unsere verschränkten Hände und lacht leise. »Aber wie wir im vergangenen Jahr erfahren haben, macht das Schicksal häufig nicht das, was wir erwarten.«

Ich stoße ein Schnauben aus – wie wahr! Das Schicksal ist unberechenbar. Und wie oft es sich doch zum Guten wendet! Meine Befürchtung zum Beispiel, dass HaLex durch meine Krankheit scheitern würde, noch ehe das Unternehmen richtig gestartet war, war unnötig, denn Danny hat mich nach Kräften unterstützt, und nun sind wir bereits verdammt gut im Geschäft. Und wer hätte gedacht, dass ich meine eigenen Regeln breche und mich nicht nur auf eine Beziehung einlasse, sondern die Bande, die ich eigentlich nicht wollte, selbst noch mit Doppelknoten sichern würde?

»Das ist total lieb von dir. Aber wir können doch trotzdem all das machen. Wir haben allen Grund zum Feiern.« Er blickt noch immer auf unsere Hände, und unwillkürlich frage ich mich, ob er vielleicht ein wenig enttäuscht ist – natürlich nur wegen der Dinge, die er geplant hat.

Er schaut auf und sieht mir in die Augen, und sein Lächeln wärmt mein Herz wie nichts anderes es kann. »Was haben wir in diesem einen verfluchten Jahr gelernt?«, fragt er.

»Dass Krebs ein Arschloch ist, auf das ich verzichten kann.«

Er lacht laut auf, und ich bin froh, ihn so unbeschwert zu hören, denn auch er hat sich furchtbare Sorgen wegen der Ergebnisse gemacht. »Du hast recht, aber ich wollte eigentlich auf etwas anderes hinaus.«

»Ähm … Dass Wandsex definitiv scharf ist?« Meine Finger wandern schon seine nackte Brust aufwärts, und ich finde, wir haben langsam genug geredet.

Doch Becks packt meine Hand und hält sie fest. »Du bist unverbesserlich«, sagt er und grinst, als seine Schlafshorts sich zum Zelt zu heben beginnt. »Dennoch hast du auch damit recht, und wenn du nur für einen kurzen Augenblick ernst sein würdest, könnten wir in wenigen Minuten rattenscharfe Liebe machen.«

»Aha. Wenn ich deine Frage richtig beantworte, gibt es also gleich Wandsex?« Er nickt, wodurch meine Libido erwacht und mir das Denken vollends unmöglich macht.

Ich reiße mich zusammen. Versuche es zumindest. »Hm. Mal sehen. Du magst Regeln …«

»Und du liebst es, sie zu brechen, du Schlaumeier.«

»Ich brauche Hilfe, Mr. Daniels. Denn du hast gerade Wandsex erwähnt, weswegen ich jetzt nur noch daran denke, wie du mich gegen die Wand rammst und deinen steinharten …«

»Hör auf, mich abzulenken«, lacht er, beugt sich vor, küsst mich und leckt mir sanft über die Lippen, ehe er sich wieder zurückzieht und mich erneut ernst ansieht. »Aber nach welcher Regel haben wir das ganze Jahr über gelebt? Unser Motto?«

Ich neige den Kopf und blicke ihn prüfend an, weil ich nicht weiß, wieso Lex' Worte, die wir zu unserem Motto gemacht haben, ausgerechnet nun, da mir mehr Zeit denn je gewährt wurde, zum Tragen kommen soll. »Zeit ist kostbar. Verschwende sie klug?«, sage ich dennoch und muss lächeln, als ich im Geist Lex' Stimme höre.

»Ganz genau«, murmelt Becks. »Und deshalb, Haddie Montgomery, möchte ich keine Minute mehr verschwenden, die du nicht ganz offiziell zu mir gehörst.«

Ich beginne schon zu protestieren, dass ich doch längst zu ihm gehöre, als ich begreife. Meine Hände beginnen erneut zu zittern doch diesmal aus einem anderen Grund. Er schiebt die Hand in seine Hosentasche und zieht ein schwarzes Kästchen hervor. Ich halte den Atem an, als mein Verstand einen Sprung voraus macht.

Und ich weiß nicht, wohin ich lieber schauen möchte – auf das Kästchen, das er nun aufklappt, oder in sein Gesicht, wenn er mir die Frage aller Fragen stellt, und schließlich blicke ich auf. Ich habe nur diesen Moment, um ihn dabei zu beobachten, während ich den Ring an meinem Finger eine Ewigkeit bewundern kann.

Ich lache nervös, als mir klar wird, dass er mich wirklich unbedingt fragen sollte, ob ich ihn heiraten will, da ich im Geiste bereits eingewilligt habe.

»Wir sind durch die Hölle gegangen, Haddie Montgomery, und wieder zurückgekehrt, und mit jedem Schritt dieser Reise ist meine Liebe zu dir gewachsen. Ich wäre glücklich, wenn du auch nur die Hälfte davon empfindest, was ich für dich empfinde. Die Zeit steht still, wenn ich dich in meine Arme ziehe. Ich liebe das Gefühl, und ich liebe es, dass ich es nur mit dir erlebe. Ich will das Erste sein, was du am Morgen berührst, und das Letzte, was du vor dem Einschlafen schmeckst. Ich will den Rest meines Lebens mit dir verbringen, Had ... und keine Zeit mehr verschwenden. Willst du meine Frau werden?«

Mit einem Aufschrei werfe ich mich auf ihn, und wir plumpsen zu Boden, und ich küsse ihn immer wieder auf jedes Stück verfügbare Haut und versichere ihm, wie sehr ich ihn liebe, und irgendwann gelingt es ihm, meine Hand lange genug stillzuhalten, um mir den Ring mit dem ovalen Diamanten über den Finger zu schieben.

»Heißt das Ja?«, fragt er lachend, als ich mich rittlings über ihn schwinge und sein Gesicht erneut mit Küssen bedecke.

»Ja!«, schreie ich. Mein Herz ist voller Liebe, und ich kann noch immer nicht fassen, dass dieser umwerfende, großartige, fürsorgliche, aufregende Mann wirklich mich – mich! – haben will!

City und Country.

Ich beuge mich vor und küss ihn wieder, und als ich meine Zunge zwischen seine Lippen schiebe, bewegen sich meine Hüften wie von selbst. Er stöhnt als Antwort, und ich muss lachen.

Wandsex ist rattenscharf.

Aber Verlobungssex auf dem Küchenboden ist sogar noch besser. Zeit ist kostbar. Warum sie damit vergeuden, erst aufzustehen und zur Wand zu gehen?

Das, liebe Leserinnen, war die Geschichte von Haddie und Becks und ihrer Liebe zueinander. Und so haben sie sich kennengelernt ...

Laut wummern die Bässe, als ich die halbnackten Frauen um uns herum begutachte – jede Einzelne scheint nur darauf zu warten, abgeschleppt zu werden. Ein koketter Wimpernaufschlag hier, dunkelrote Lippen dort, und immer wieder freien Einblick in diverse Ausschnitte, wann immer sich eine zu weit über den Tisch beugt.

Was also hält mich davon ab, irgendeine anzuquatschen und sie mit aufs Zimmer zu nehmen? Dabei könnte ich nach der harten Woche ein bisschen Ablenkung gebrauchen.

Das ist alles nur Woods Schuld. Meine Standardantwort. Es ist immer seine Schuld. Aber ich denke ja gar nicht daran, meinem besten Freund gegenüber zuzugeben, dass er recht gehabt hat, als er sagte: »Sie hat eine rattenscharfe Freundin.«

Rattenscharf? Von wegen. Haddie Montgomery ist heißer als ein Vulkan.

Ich lasse meinen Blick über die überfüllte Tanzfläche gleiten und versuche, sie zu übersehen, aber es hat überhaupt keinen Sinn. *Mach dir nichts vor, Daniels. Du beobachtest sie schon den ganzen Abend.* Ich trinke mein Glas mit einem Zug aus, kann den Blick aber nicht von ihr lösen, als sie die Arme hebt und die Hüften schwingt. Ihre langen, wohlgeformten Beine bewegen sich im Takt der Musik, und ich kann den Gedanken daran, wie sie genau diese aufregenden Beine um meine Hüften schlingt, einfach nicht aus meinem Kopf verbannen.

Endlich gelingt es mir, meinen Blick von ihr zu lösen. Wieder sehe ich mir die anderen Frauen an, aber keine spricht mich so an wie Haddie. Natürlich schaue ich nach kurzer Zeit wieder zu ihr hinüber, und als ich sehe, wie ihr Kleid ein Stück hochrutscht, als sie ihre Hüften kreisen lässt, stöhne ich auf. Und wer meint, dass es mir peinlich sei, irrt, denn welcher gesunde, lebendige Mann zwischen zehn und hundert würde solch eine Perfektion nicht bewundern?

»Hey«, höre ich Coltons Stimme zu meiner Rechten. Er hält mir ein Glas mit einem neuen Drink hin.

»Danke«, sage ich und muss mich zwingen, mich auf den Mann zu konzentrieren, der mir wie ein Bruder ist. Doch als ich seinem Blick begegne, mustert er mich mit einer Mischung aus Belustigung und leichter Verwirrung – und diesen Blick hasse ich! Geht das schon wieder los! »Was?«, fahre ich ihn gereizt an. »Warum guckst du mich so an?«

»Ernsthaft jetzt? Du hast den Zwei-Komma-fünf-Ausdruck im Gesicht, Kumpel.« Er trinkt einen Schluck von seinem Bier und schüttelt den Kopf, als würde er sich für mich schämen.

»*Wie bitte*?«, bringe ich empört hervor. Und das ausgerechnet von ihm, dem König der Kondome, der mir eben zu meinem Entsetzen gestanden hat, dass er es mit seiner Freundin Rylee ohne macht – ein Vertrauensbeweis, den ich bei Colton noch nie erlebt habe! Nein, ich denke nicht, dass er in seinem Glashaus mit Steinen werfen sollte! »Zwei-Komma-fünf?«, wiederhole ich. »Du hast doch keine Ahnung, wovon du redest.«

»Welche ist es?«, fragt er, als hätte ich nichts gesagt, legt mir einen Arm um die Schultern und deutet auf die Tanzfläche.

»Keine«, antworte ich barsch. »Viel nackte Haut – schön anzusehen, während man sich betrinkt. Ich habe nämlich ein Arschloch als Chef« – ich lache, als er mich für die Bemerkung in den Schwitzkasten nimmt –, »und den erträgt man nur mit viel Alkohol und dieser Frau da drüben ...«

»Ha!«, ruft er, denn natürlich ist ihm mein Ausrutscher nicht entgangen. Und es ist auch ganz klar, dass er sich die Chance, sich für meine Bemerkungen in Bezug auf Rylee zu rächen, nicht entgehen lässt. »Ich wusste es doch. Auf der Tanzfläche *ist* also eine, bei der du sofort an den Ehesegen und die obligatorischen zwei Komma fünf Kinder denkst.«

»Schwachsinn, Alter. Das ist so weit von der Wahrheit entfernt, dass – ...«

»Komm schon. Welche ist es?«, sagt er lockend, und ich stöhne innerlich. Er wird nie aufhören, solange ich ihm nicht etwas gebe, womit er mich aufziehen kann.

Wohl wissend, dass er mich eingehend mustert, um sich ja keine noch so kleine verräterische Geste von meiner Seite entgehen zu lassen, blicke ich wieder zur Tanzfläche hinüber. Einerseits bin ich erleichtert, dass Haddie und ihre beste Freundin Rylee, Coltons Neue, nicht mehr tanzen, ich mich also auch nicht verraten kann. Andererseits ärgert es mich, denn die beiden waren verdammt nett anzusehen.

»Scharfe Blonde, rotes Kleid, auf zwei Uhr?«, fragt Colton und lenkt meinen Blick auf eine Frau, die ihre Aktivposten herzeigt, als würde sie als Profi an einer Stange tanzen. Sie ist wirklich heiß, keine Frage, aber – danke, nein, nicht mein Stil. Sich selbstbewusst zu präsentieren finde ich großartig, aber man muss sich ja nicht gleich selbst anbieten.

Ich werfe Colton einen Blick zu und ziehe eine Augenbraue hoch. »Ist das dein Ernst?«

»Schau doch, wie sie sich bewegt«, erwidert er. »Herr im Himmel!«

»Klar, so was im Bett ist bestimmt großartig«, sage ich, und er stößt ein schnaubendes Lachen aus. »Aber wenn ich eine Schaufensterpuppe vögeln will, gehe ich zu Macy's. Ist es nicht übrigens ungesund, Plastikverpackungen abzulecken? Wegen der Weichmacher und so weiter?«

Er wirft den Kopf zurück und lacht laut, während ich mir einen kräftigen Schluck von meinem Drink genehmige. Und natürlich habe ich ein schlechtes Gewissen, dass ich über die ahnungslose Frau so respektlos rede.

»Weichmacher klingt in meinen Ohren nach Geschlechtskrankheit, aber, verdammt, manchmal muss man halt ein paar Risiken eingehen. Eine Kostprobe wird dich schon nicht umbringen.«

Er schaut erneut zu der Frau im roten Kleid, die die Tanzfläche noch immer für ihre semipornografische Show nutzt. »Nicht einmal für die eine Nacht?«

»Nein. Du kennst mich. Darauf stehe ich nicht.«

Ich höre Haddies Gelächter über die Musik, ehe ich die beiden selbst sehe, und ich bin froh über die Unterbrechung. Ich stütze meine Ellenbogen auf das Geländer, blicke ihnen entgehen und tue unbeteiligt. Auch Colton dreht sich sofort um, sodass ich sie beobachten kann, ohne dass er es merkt. Genüsslich betrachte ich Haddies hübsche Brüste, die bei ihrem schwingenden Gang leicht hüpfen. Die Kombination von blonden Haaren auf gebräunter Haut ist appetitanregend, und ich lasse meinen Blick abwärts über ihre Beine wandern. Als ich wieder aufschaue, grinst sie breit, und sofort überlege ich, was sie mit diesem Mund wohl noch alles anstellen könnte. Der Gedanke ist so verlockend, dass ich mich darin verliere, und als ich wieder halbwegs zu mir komme, starrt sie mich fragend an.

»Ja?« Schokobraune Augen. Spöttisch. Neugierig. Herausfordernd.

»Entschuldige.« Ich schüttele den Kopf. »Ich war in Gedanken.« *Oh, ganz toll, Becks.* Das wird sie dir abnehmen, da du sie anglotzt, als wolltest du sie zum Abendessen vernaschen. Shit, vielleicht wird es sogar erst Frühstück, denn ich bin mir sicher, dass die Nacht mit ihr als Hauptgang lange werden würde.

»In Gedanken«, wiederholt sie, nimmt mir mein Glas aus der Hand und hält es ein wenig hoch, um mich wortlos zu fragen, ob sie einen Schluck nehmen darf. Ich nicke, und sie hebt es an die Lippen, trinkt und reicht es mir zurück. »Danke. Aber wusstest du denn nicht, Country, dass in einem Großstadtclub wie diesem – und dann noch ausgerechnet in Las Vegas – das Denken verboten ist?« Sie gesellt sich zu mir und nimmt neben mir dieselbe Haltung an wie ich. Als sie mich berührt, sind alle Nerven in mir schlagartig wach.

»Country?« Woher zum Henker kommt denn der Spitzname plötzlich?

»Ja«, erwidert sie grinsend, ehe sie ihr Haar zurückwirft. »Tiefenentspannt. Höflich. Naturbursche. Der gute Kerl vom Land. Ruhig und verlässlich.« Sie zieht die Brauen hoch und wartet ab.

Tja, verdammt, sie hat recht mit ihrer Einschätzung, aber warum habe ich das dumpfe Gefühl, dass sie mir damit kein Kompliment machen wollte? Und warum sollte mich das auch nur ansatzweise stören? »Na und? Was spricht dagegen?«, kontere ich, und sie neigt den Kopf zur Seite und mustert mich. »Ruhe und Verlässlichkeit erlauben es einem, sich für wichtige Dinge Zeit zu nehmen, damit das Endergebnis umso süßer ausfällt.«

Und ich bemerke vergnügt, dass ich einen Treffer gelandet habe, denn sie reißt die Augen auf und zieht scharf die Luft ein. Spannend. Das Spielfeld scheint soeben freigegeben worden zu sein. Gut, dass ich ein geduldiger Mensch bin, denn sie wirkt nicht wie eine, die an der Seitenlinie sitzen bleibt.

Sie beugt sich zu meinem Ohr »Süß klingt gut«, flüstert sie. »Aber manche Mädels mögen es lieber schärfer gewürzt.« Sie grinst, und ich muss zugeben, dass ihre Schlagfertigkeit mindestens genauso aufregend ist wie ihre Oberweite.

»City, ich kann dir versichern, dass ich Fähigkeiten habe, die gemeinhin nicht im Lebenslauf auftauchen.« Ich trinke einen Schluck und versuche, ungerührt zu bleiben, muss aber grinsen. »Im Übrigen zählen nicht Zucker oder Zutaten, sondern der Mensch, der sie meisterhaft zusammenstellt.«

Stumm blicken wir einander eine Weile an, während wir versuchen, den anderen einzuschätzen. Ist Interesse da? Ist es die Sache wert? Ach, verdammt – wen kümmert's? Sie ist definitiv eine rattenscharfe Braut.

Ein kleines, wissendes Lächeln umspielt ihre Lippen. Die Musik ändert sich, wird langsamer, verführerischer, und sie schüttelt den Kopf. »City?«, fragt sie nach und fährt sich mit der Zunge über die Oberlippe, wie um mich zu necken.

Mein Verstand ist plötzlich leer. Verdammt, ich muss es langsamer angehen. Woher will ich wissen, dass sie sich nicht jedem gegenüber so benimmt? Sie flirtet gerne und ist kein Kind von Traurigkeit. Aber die beste Freundin der Freundin des besten Freundes? Komplizierter kann es wohl nicht werden.

Ich schaue wieder zur Tanzfläche, wo die Leiber wie im Paarungstanz wogen, dann zurück zu Haddie, die mich amüsiert beobachtet, und mein bestes Stück will sofort in Habachtstellung gehen. Komm schon, ich bin scharf auf sie, und sie ist scharf auf mich. Oder?

Es kann natürlich auch am Alkohol liegen. Und an der Atmosphäre um uns herum.

Wahrscheinlich ist da nichts.

Aber ... vielleicht doch.

Verdammt. Verdammt und zugenäht.

Ich kann nicht widerstehen. Und wenn ich sie nicht anfassen darf, dann muss ich mit Worten Eindruck hinterlassen. Damit sie erkennt, dass ein tiefenentspannter Junge vom Land vielleicht nicht das Schlechteste ist. »Ja – City«, wiederhole ich. »Stilvoll, vierundzwanzig Stunden im Einsatz und immer mittendrin.« Ich trinke einen Schluck, ohne den Blick von ihr zu nehmen, während sie mich nachdenklich mustert.

»Immer mittendrin?« Sie nimmt mir mein Glas abermals ab, steckt den Strohhalm aus ihrem leeren Glas in meins und saugt provozierend langsam daran. Herrgott. Die Frau ist wirklich sexy.

Sie scheint etwas im Augenwinkel zu sehen, und ich folge ihrem Blick, als sie den Kopf wendet. Colton und Rylee gehen zusammen die Treppe hinauf zur Zwischenebene. Wenigstens muss ich mir jetzt keine Sorgen mehr machen, dass er seine Nase in Dinge steckt, die ihn nichts angehen.

»Immer mittendrin«, wiederhole ich. »Du bist gerne aktiv, richtig?« Ich nehme ihr mein Glas ab, nehme den Strohhalm heraus und trinke.

Haddie grinst. »Absolut. Am liebsten sogar.« Sie verstummt und wartet ab, aber das kann ich auch, also schweige ich und sehe sie nur unverwandt an. Schließlich ergreift sie wieder das Wort. »Und danach wäre mir jetzt auch. Aktiv zu sein, meine ich.«

Ich muss schlucken, weil ihre unschuldigen Worte einen prompten Effekt auf meinen Schwanz haben. »Und was schwebt dir da so vor?« Da! Soll sie doch zur Abwechslung mal überlegen, ob ich flirte oder immer so rede, denn umgekehrt komme ich irgendwie nicht weiter. Verdammt, normalerweise durchschaue ich jeden schnell. Was ist anders bei ihr?

Sie gibt mir keine Antwort, sondern dreht sich um und blickt über die Schulter zu mir. »Kommst du?«

Und, verdammt, mein Verstand will diese Frage auf so viele Arten beantworten, dass ich nur stöhnen kann. Unser Geplänkel und der Anblick ihres runden Hinterteils vor mir verursachen mir ein heftiges Ziehen in den

Eingeweiden und weiter abwärts. »Du weißt ja, was man so sagt, nicht wahr?«

»Was?«, fragt sie und bleibt stehen. »Hinter jeder erfolgreichen Frau steht ein Mann?«

Ich lache leise. Wieder wirft sie mir einen Köder hin, den ich nehmen kann – oder auch nicht. »Nicht ganz. Der einzige Grund, aus dem ein Mann hinter einer Frau geht, ist der ungehinderte Blick auf ihre Kehrseite.«

Sie leckt sich die Lippen, und ich kann nicht wegschauen. »Bisher hat sich noch keiner bei mir beschwert, Country«, sagt sie und wirft ihr Haar zurück. »Im Übrigen mag ich den Mann nicht nur hinter mir.« Sie zwinkert mir zu und geht davon, ohne sich noch einmal umzusehen, ob ich ihr denn auch wirklich folge.

Dann vielleicht über dir? Oder unter dir? Oder ... Shit, meine Fantasie beginnt sich regelrecht zu überschlagen.

Mag sein, dass sie mich für den braven Burschen vom Land hält, aber vielleicht würde sie ihre Meinung ändern, wenn sie wüsste, was ich mir gerade alles so vorstelle ...

Lass uns tanzen, Baby.

Monica Murphy

Für die Liebe muss man manchmal ein Risiko eingehen – ohne Wenn und Aber.

»Superheiße Romance... voll Spannung, Lügen, Geheimnissen und prickelnder Erotik.« *Rockstars of Romance*

978-3-453-41972-8   978-3-453-41962-9   978-3-453-41963-6

Leseprobe unter **www.heyne.de**

HEYNE ‹